JULIA™

AF274867

AIMEE CARSON
CITA PERFECTA

HARLEQUIN™

Una división de HarperCollins Ibérica, S.A.
Avenida de Burgos, 8B - Planta 18
28036 Madrid
www.harlequiniberica.com

© 2025 Harlequin Ibérica, una división de HarperCollins Ibérica, S.A.
N.º 481 - 6.6.25

© 2011 Aimee Carson
Cita perfecta
Título original: How to Win the Dating War

© 2012 Leanne Banks
El último deseo
Título original: The Princess and the Outlaw

© 2011 Kimberly Kerr
El privilegio de amarte
Título original: The Privileged and the Damned
Publicadas originalmente por Harlequin Enterprises, Ltd.
Estos títulos fueron publicados originalmente en español en 2012

I.S.B.N.: 978-84-1074-513-1
Depósito legal: M-6431-2025
Impreso en España por: BLACK PRINT
Fecha impresión Argentina: 3.12.25
Distribuidor exclusivo para España: LOGISTA
Distribuidores para Argentina: Interior, DGP, S.A. Alvarado 2118. Cap. Fed./Buenos Aires y Gran Buenos Aires, VACCARO HNOS.

Capítulo 1

MANEJAR herramientas tumbado de espaldas no era fácil con aquel incesante dolor en el pecho, y cuando se le resbaló la llave inglesa, la mano de Cutter se estrelló contra la palanca de cambios. Sintió un gran dolor, y la parte inferior de su Barracuda del setenta y uno se iluminó por las estrellas que vio.

—Maldita sea —sus palabras se perdieron bajo la música rock que sonaba en el garaje.

La sangre de los nudillos le cayó sobre la camiseta. Se giró hacia la derecha y las costillas gritaron en protesta, provocando en él un gemido de dolor cuando se sacó un trapo del bolsillo de los vaqueros y lo lio alrededor de la muñeca. El pecho seguía enviándole angustiosas señales, pero el lado positivo era que el escozor de los dedos superaba ahora el dolor del brazo izquierdo que le acompañaba desde hacía dos meses.

Porque Cutter Thompson, antiguo campeón del circuito americano de automóviles de serie, nunca hacía nada a medias. Ni siquiera meter la pata. Había terminado su carrera con estilo, dándole una vuelta de campana al coche y entrando en la línea de meta cabeza abajo antes de estamparse contra un muro.

Estaba acostumbrado al dolor. Y aunque meterse bajo las tripas de su Barracuda iba contra las órdenes del médico, Cutter iba a terminar aquel proyecto aunque le costara la vida.

La música se detuvo. La voz de Bruce Springsteen se paró a media estrofa, y un par de sandalias de tacón avanzaron hacia el coche. Las uñas de los pies pintadas de color canela. Tobillos bonitos. Pantorrillas esbeltas y bien formadas. Lástima que el resto quedara bloqueado por la parte inferior del coche. Aquellas piernas bonitas estarían probablemente cubiertas por una falda. Desde su posición, si movía un poco la plataforma sobre la que estaba tumbado, podría tener una visión completa.

Se podía saber mucho de una mujer por la ropa interior que llevara puesta.

La dueña de las piernas se inclinó delicadamente con las rodillas juntas hasta que su rostro apareció debajo del coche. Tenía unos ojos oscuros y exóticos y el cabello brillante de color castaño.

—Hola, señor Thompson —la voz era suave y cálida como la miel caliente. Sonreía con entusiasmo auténtico—. Bienvenido a Miami.

Bienvenido a casa, Thompson. Como si una lesión que ponía fin a su carrera a los treinta años fuera una bendición.

Cutter se quedó mirando a la dama.

—Ha interrumpido usted a Springsteen.

Ella no dejó de sonreír.

—Soy Jessica Wilson —hizo una breve pausa—. ¿Ha oído mis mensajes?

Jessica Wilson. La loca que no aceptaba un «no» por respuesta.

—Los cinco —le confirmó Cutter con ironía. Volvió a centrarse en el trabajo para hacerle ver que no quería saber nada de ella—. No me interesan las maniobras publicitarias —afirmó.

No estaba interesado en la publicidad. Punto.

Antes le gustaba. Vivía para ella, qué diablos. Y sus seguidores eran absolutamente leales, le seguían por todo el circuito de carreras apoyándole incondicionalmente, en lo bueno y en lo malo. Lo que solían hacer los padres.

Excepto los suyos.

¿Y qué se suponía que tenía que decirle ahora a la prensa? ¿Menudo accidente tan espectacular? ¿Y qué había que decir sobre la suspensión con la que le habían castigado los técnicos? Aunque por supuesto, eso fue antes de que todos supieran que aquella decisión tomada en una décima de segundo le había costado algo más que fractura de costillas, de un brazo y una bonita conmoción. Le había costado la carrera.

Un dolor distinto le agujereó la base del cráneo y sintió una punzada de tristeza en el estómago. Agarró la herramienta y manejó con torpeza el tornillo. Para colmo se había destrozado la mano buena también.

Se dio cuenta entonces de que la dama seguía ahí, como si estuviera esperando a que cambiara de opinión. Había gente que insistía demasiado. Volvió a intentarlo.

—Estoy ocupado.

—¿Cuánto tiempo lleva trabajando en ese coche?

Cutter frunció el ceño, sorprendido por el cambio de tema.

—Catorce años.

—Entonces no creo que quince minutos más de retraso supongan ningún inconveniente, ¿verdad?

Cutter levantó la cabeza y la miró fijamente. Estaba tratando de ser antipático y librarse de aquella pequeña damita. ¿Por qué seguía ella empeñada en mostrarse tan amable? Tenía los ojos muy abiertos. Luminosos. Del color del chocolate fundido. Cutter bajó la herramienta.

—Sí supondrían un inconveniente.

—Como le decía en mis mensajes, la Fundación Brice quiere contar con usted para su gala benéfica anual —continuó la mujer haciendo caso omiso de su actitud—. Necesitamos a una quinta persona famosa para completar la lista.

—Les resultará difícil encontrar a cinco famosos tan ingenuos como para querer participar.

Ella ignoró el comentario y siguió hablando.

—Creo que su participación supondría una gran baza, ya que es un héroe nacional y además nacido en Miami.

Cutter sintió un nudo en el estómago.

—Han pensado en el tipo equivocado.

Allí no había ningún héroe. Ya no. Eso había terminado en aquella décima de segundo en la que tomó aquella decisión autodestructiva en la carrera.

—Mi respuesta sigue siendo no.

Ella se lo quedó mirando con aquellos grandes ojos de cervatillo inocente. Tenía que estar incómoda, apoyada en los talones con el pecho sobre los muslos y la cabeza colgando lo suficiente para poder mirar debajo del coche. Pero su voz mantuvo un tono paciente.

—¿Sería tan amable de escucharme, nada más?

Maldición. No iba a marcharse.

Cutter se pasó la mano con la cara y gimió frustrado. Necesitaba paz. Necesitaba escuchar a Springsteen a todo volumen para acallar el torbellino que tenía en la cabeza. Y necesitaba echar a andar el Barracuda. Pero no podía conseguir nada de todo eso si aquella mujer no se iba. Aunque, si seguía mucho tiempo en aquella posición, se desmayaría por falta de riego en el cerebro. Al menos así podría sacarla a rastras del garaje.

Por mucho que deseaba que se fuera, no podía permitir que una persona mantuviera una conversación mientras actuaba como contorsionista. Aunque todavía no se le hubiera recuperado el pecho del esfuerzo que había supuesto ponerse debajo del coche y moverse le causaría más dolor, tenía que convencerla para que se fuera desde una posición erecta.

Emitiendo un suspiro forzado y un gemido de agonía, se agarró del chasis del Barracuda y tiró de la plataforma con ruedas en la que estaba tumbado para salir de debajo del coche. Se incorporó y sus costillas protestaron. Cuando por fin logró ponerse de pie obtuvo una visión de su cimbreante cuerpo embutido en un vestido veraniego de color del cielo en primavera. La melena, que le caía por los hombros, enmarcaba un rostro delicado de bellos ojos marrones. Elegante. Femenina por los cuatro costados. Casi valía la pena el dolor que estaba sufriendo en las costillas por ver aquella imagen.

Casi.

La mujer volvió a sonreírle y señaló con la cabeza hacia el coche.

—Catorce años es mucho tiempo. Parece que todavía necesita mucho trabajo.

Cutter frunció el ceño. Por muy mona que fuera, nadie tenía permiso para criticar su Barracuda.

—El motor está casi terminado —en gran parte porque cuando el médico le dio la mala noticia, Cutter había sacado al coche de su encierro y se había entregado a él hasta finales de mes para terminarlo. Era mejor que darle vueltas al lío en que se había convertido su vida—. Estará listo para probarlo cualquier día de estos.

Ella miró por la ventanilla.

—Pero solo está el asiento de atrás.

—Ahí besé a mi primera novia. Resulta que es mi lugar favorito. Solo le faltan algunos detalles técnicos.

—Mm —murmuró ella dando un paso atrás y mirando los bloques de hormigón sobre los que se sostenía el coche—. ¿Las ruedas se consideran también un detalle técnico?

Cutter alzó una ceja, intrigado por su tono irónico.

—Ya me pondré a ello. He estado ocupado —compitiendo. Destruyendo su carrera.

Torció el gesto. ¿Acaso no podía un hombre retirarse a su garaje un rato con su coche sin que una mujer alegre e insistente le siguiera hasta allí? Tal vez, si se mostraba ocupado, se marcharía.

Rodeó el coche, se acercó al capó abierto y quitó la tapa del depósito de aceite. La mujer se colocó a su lado al instante. Ignorando su cercanía, sacó la varilla y utilizó el trapo que tenía en los nudillos heridos para comprobar el nivel.

Ella miró por detrás de su hombro derecho.

—Aceite de sobra —dijo con tono algo burlón—. Me extrañaría que hubiera perdido mucho, dado que el coche no anda.

Le habían pillado.

—Nunca se tiene demasiado cuidado.

—Es un buen lema, señor Thompson.

—Así es —aunque no había sido precisamente el suyo, al menos hasta hacía poco. Volvió a poner el medidor de aceite en su sitio con más fuerza de la necesaria—. No quiero saber nada de maniobras publicitarias.

—Es por una buena causa.

—Siempre lo es.

—Todavía no ha oído los detalles.

—No me hace falta —volvió a poner la tapa del depósito de aceite sin mirar hacia ella—. No voy a hacerlo.

Ella puso las manos en el marco del coche y se inclinó hacia delante. Su provocador aroma le envolvió.

—La Fundación Brice lleva a cabo la clase de trabajo que usted y sus patrocinadores siempre han apoyado en el pasado. Sé que, si oyera usted los detalles, accedería.

Aquella damita optimista parecía muy segura de sí misma. Cutter se incorporó y puso las manos en el marco del coche al lado de las suyas. Finalmente la tenía cara a cara. Su tono aceitunado sugería algún antepasado mediterráneo. También sus facciones. Pómulos altos. Boca carnosa pero no demasiado.

—Ya no tengo patrocinadores —alzó una ceja para remarcar el comentario—. Y usted no sabe nada de mí.

—Empezó en el circuito de camionetas de serie a los diecisiete años. Dos años más tarde, la revista *Top Speed* dijo que eras un piloto a seguir —sus grandes ojos marrones se clavaron en los suyos—. Entró de sopetón en el circuito de coches de serie y se abrió camino hasta la cima. Es conocido por sus cortantes palabras y por no tener miedo al volante, por eso se le conoce con el apodo del Comodín. Ha mantenido el título de campeón durante los últimos seis años.

La mujer guardó silencio un instante antes de continuar.

—Hasta que tuvo lugar su accidente dos meses atrás, cuando chocó intencionadamente contra su mayor rival, Chester Coon.

Cutter sintió una punzada ácida en el estómago e hizo un esfuerzo por no apartar la mirada. Pagaría el resto de su vida por aquel momento. Lo revivía cada noche en sueños. El rugir de los motores. El olor a neumático. Y entonces veía a Chester a la izquierda. Cutter apretaba con fuerza el volante. Y entonces se despertaba bañado en sudor y con el corazón acelerado.

Y sintiendo cada una de las heridas como si fueran recientes. Pero el momento exacto en que chocó contra Chester quedaba en blanco. Amnesia retrógrada, le había dicho el médico. Un regalo que le debía a la conmoción que había sufrido.

O tal vez fuera una maldición.

Apretó con más fuerza el marco del coche.

—Los técnicos tendrían que haber suspendido a Chester por el incidente de Charlotte del año anterior. Ese maldito novato ponía a todo el mundo en peligro cuando conducía. Y estuvo a punto de matar a otro piloto.

—Se conducía con mucha violencia el día de su accidente. Todo el mundo sabía que Chester se lo estaba buscando.

Cutter inclinó la cabeza sorprendido. Estaba claro que Jessica Wilson conocía las reglas no escritas de las carreras.

—No serás una de esas fanáticas a las que le gusta perseguir a su piloto favorito, ¿verdad? —tras los cinco mensajes que le había dejado, eso era lo que había pensado. Pero, viéndola en persona, no le parecía una loca—. En ese caso, la artimaña de tu fundación es muy imaginativa. Aunque es difícil superar a la fan que burló el control de seguridad del circuito, consiguió la llave de mi caravana y me esperó desnuda en la cama.

El brillo de los ojos de Jessica resultaba cautivador.

—Confío en que consiguiera echarla.

Cutter se inclinó hacia delante y aspiró su embriagador aroma.

—Así fue. Pero me lo habría pensado dos veces si se hubiera tratado de ti.

—Soy aficionada a las carreras, señor Thompson —afirmó ella con voz pausada—. No una fanática.

Él deslizó la mirada hacia su boca.

—Qué lástima. Me encantaría que me llegaras por mensajería envuelta únicamente en un lazo.

Jessica le miró con recelo.

—Eso se lo está inventando.

—No —Cutter inclinó la cabeza—. La historia lleva años circulando por el mundillo de las carreras. Aunque podría ser solo una leyenda urbana.

Jessica se inclinó más hacia él, entornó los ojos y bajó un octavo el tono de voz.

—Y usted es una leyenda por apoyar organizaciones que trabajan con niños desfavorecidos.

Ya estaba otra vez allí la benefactora.

—Y yo que pensé que te habías acercado más para coquetear conmigo.

Sus profundos ojos marrones no se inmutaron.

—Nunca he utilizado el coqueteo como un arma.

—Lástima —pero le gustaba tenerla cerca, así que siguió—. Y como te he dicho, no voy a…

—Esos niños necesitan el apoyo de un modelo de comportamiento como usted.

Un modelo de comportamiento.

La expresión le golpeó con toda la fuerza del accidente que puso fin a su carrera. Aparte de ser un espectacular ejemplo de cómo destruir la única cosa buena de su vida, ¿qué tenía que ofrecerle al público

ahora? No era más que un piloto acabado que había
llevado a cabo una maniobra arriesgada y se había cubierto de vergüenza.

Aparte del brillo burlón de sus ojos verdes como el
mar, Jessica no había visto todavía sonreír a Cutter.
Vio cómo todo asomo de buen humor se borraba y se
le endurecían las facciones.

—Mira —Cutter se pasó una mano con impaciencia
por el pelo castaño claro—. Me confundes con alguien
a quien le importan los demás. Mis patrocinadores me
pagaban millones. Me decían qué obras benéficas debía
apoyar. La única persona a la que yo apoyo es a mí mismo.

A Jessica se le borró la sonrisa ante aquellas palabras tan egocéntricas.

Cutter se dio la vuelta y pasó por delante de estan-
terías llenas de piezas de coche y herramientas para
dirigirse hacia un lavabo que había en la esquina.

—Y ahora mismo tengo un coche que arreglar —
añadió con tono firme.

Jessica sintió una punzada de desilusión en el pecho. Así que no le importaba. Solo le interesaba su
cuenta bancaria. Y tal vez las palabras de apoyo que
había pronunciado en el pasado habían sido escritas
por alguien a quien pagaban. No se trataba de su desilusión porque su ídolo no fuera el héroe que ella pensaba. Se trataba de la Fundación Brice que había fundado Steve. Y ella le había prometido que conseguiría
a Cutter Thompson. Se lo debía a Steve.

¿Cuántos exmaridos ayudaban a su exmujer a poner en marcha su negocio?

Su servicio de citas por Internet le había dado un
sentido a su vida cuando todo se derrumbaba. Y en-

contrar a la persona adecuada para otros le compensaba en cierta medida por su propio fracaso.

Y aunque había prometido tiempo atrás que no se dejaría llevar por la melancolía, el garaje olía a gasolina y a aceite de motor, despertando poderosos recuerdos. Durante los últimos meses de su matrimonio, Steve se había apartado de ella y pasaba más y más tiempo en su barco. Tal vez casarse a los veinte años había sido un error, pero Jessica estaba segura de que podrían superarlo todo. Se había equivocado. Y Steve había empezado a insistir en que no podía darle lo que ella necesitaba.

Al final, Jessica le había dado la razón.

Pero entre su padre y su ex, estaba acostumbrada a los hombres y sus masculinos feudos. Y Cutter Thompson era un hombre de verdad. Largas y poderosas piernas embutidas en vaqueros desgastados. Brazos bien musculazos. La amplitud de la espalda bajo la camiseta gris era una señal inequívoca de poderío masculino. Era el favorito de los medios de comunicación por su encanto algo brusco, así que la abrupta sinceridad no le había resultado nueva. Pero el leve encogimiento con el que caminaba sí lo era. ¿Por qué andaba cojeando?

La curiosidad pudo más que la prudencia.

—¿Por qué cojea si lo que se fracturó en el accidente fue el brazo?

—No cojeo, es que tengo un cartílago roto entre las costillas y me duele mucho —abrió el grifo del lavabo y sin torcer el gesto ni quejarse puso los nudillos destrozados de la mano derecha bajo el agua. Agarró el jabón con la izquierda y lo dejó caer dos veces.

Jessica sintió una punzada de simpatía. Fuera egoísta o no, nadie merecía tener una lesión permanente en los nervios debido a un brazo roto.

—Déjeme —dijo colocándose a su lado.

Los ojos de Cutter se iluminaron con un apagado tono de humor.

—¿Me prometes que serás delicada?

Jessica le ignoró, agarró el jabón y le tomó la mano ensangrentada. Era larga y callosa, y una extraña sensación se apoderó de su vientre y descendió algo más. Ninguno de los dos dijo nada, acrecentando la tensión. El sonido del agua corriendo cortaba el silencio mientras ella le limpiaba cuidadosamente la mano herida con los dedos.

Cuando terminó, a Cutter le brillaban todavía más los ojos.

—¿Seguro que no te has dejado nada?

—Seguro —Jessica le secó pausadamente la mano con una toalla de papel—. La debilidad de su mano izquierda es peor de lo que ha dicho su agente de prensa —cuando acabó alzó la mirada hacia la suya—. Ahora entiendo que haya decidido retirarse.

El brillo de los ojos de Cutter se apagó, pero mantuvo la mirada firme y el tono burlón.

—Un hombre no puede conducir a más de ciento treinta kilómetros por hora con baches con mano poco firme.

Jessica buscó alguna señal de tristeza, pero no la encontró.

—Lo siento.

—Son cosas que pasan —se encogió de hombros y adquirió una expresión indiferente—. No me puedo quejar. He ganado suficiente dinero como para no tener que volver a trabajar.

Se quedaron mirándose durante unos segundos. Jessica contuvo el impulso de salir huyendo de allí. Cutter había ganado sus millones. Competir le había servido para su propósito. Sabía que iba a volver a rechazar su proposición, pero Steve contaba con ella. A pesar del aire indiferente de Cutter, el instinto le decía que debía dejar el tema de las lesiones e intentarlo de nuevo con la persuasión.

Buscó algo que decir y deslizó la mirada hacia las manchas de su camiseta.

—Deberías quitarte la sangre antes de que se seque.

—¿Lo dices porque no pega con las manchas de aceite?

Cielos, tenía una respuesta para todo.

—No —contestó Jessica con sequedad—. Lo digo porque las manchas de sangre no están de moda.

A Cutter se le iluminaron los ojos con expresión vengativa.

—La sangre siempre está de moda —aseguró—. Y levantarme de una posición horizontal me ha ayudado. Ahora puedo respirar sin morirme de dolor. Si trato de sacarme la camiseta por la cabeza me desmayaré del dolor —Cutter compuso un amago de sonrisa—. ¿Qué te parece si me la quitas tú?

Jessica puso los ojos en blanco antes de mirarle.

—Señor Thompson, me pasé la mitad de la infancia siguiendo a mi padre por su fábrica llena de hombres. Estoy inmunizada contra ese tipo de testosterona.

Y tras su divorcio se consideraba también completamente inmune a cualquiera que no estuviera dispuesto a comprometerse completamente. Necesitaba a alguien dispuesto a trabajar duro para mantener viva la llama.

Los chicos malos y egocéntricos, por muy guapos que fueran, nunca habían estado en su lista de parejas aceptables. Mientras todas sus amigas suspiraban por el rebelde de turno, Jessica permanecía impávida. Incluso cuando era adolescente evitaba las relaciones peligrosas destinadas al fracaso. Suponía que debía agradecérselo al divorcio de sus padres.

Pero no quería dejarse llevar por la autocompasión. Hacer planes, tomar la iniciativa era la única manera de evitar los errores del pasado. Los de sus padres y los suyos propios.

—No sé, mi testosterona es bastante potente —aseguró Cutter—. Y la seducción podría ayudar mucho a convencerme para participar.

—Créame —Jessica sonrió con tirantez—. No tengo ninguna intención de seducirle.

Cutter sonrió a su vez.

—Tras seis dolorosos accidentes de coche, esta es la primera vez que tengo ganas de llorar.

—No malgaste ninguna lágrima por mí, señor Thompson —reuniendo todo su valor, Jessica se dirigió hacia su enorme bolso, que estaba al lado del equipo de música, sacó una carpeta y volvió al lado de Cutter—. Solo he venido aquí para reclutarle.

Jessica sacó la foto de un niño de ocho años y sonrisa dulce y continuó sin preámbulos.

—El padre de Terrell murió de cáncer. Él asiste al programa de Hermano Mayor que financia la Fundación Brice.

A Cutter se le borró la media sonrisa del rostro y se hizo una pausa mientras la miraba con recelo.

—¿Y qué tiene que ver eso conmigo?

—Es más fácil decirle que no a un niño sin nombre ni cara. Y quiero que sepa a quién está fallándole si se niega a participar —sacó una segunda foto, esta vez de un niño con pecas—. Mark tiene once años y es un niño de acogida que asiste a un programa que ayuda a los pequeños a encontrar su sitio en un nuevo hogar —se detuvo para hacer una pausa dramática—. A los mayores es más difícil colocarlos.

—¿Huérfanos? —Cutter frunció el ceño—. ¿Estás sacando fotos de huérfanos?

Su respuesta le dio algo de esperanza, así que Jessica sacó una tercera foto, la de un adolescente malencarado. Llevaba el pelo por los hombros y los pantalones caídos hasta las caderas, enseñando los calzoncillos rojos. Tenía una mirada beligerante. Si no bastaba con las sonrisas dulces y las caras pecosas, un adolescente con actitud defensiva sería más difícil de rechazar. Jessica había investigado en la historia de Cutter para conseguir que accediera.

—Emmanuel dejó el instituto —le contó—. La Fundación Brice le asignó un mentor que le llevó a verle a usted competir —abrió mucho los ojos.

Cutter frunció todavía más el ceño.

—¿Estás tratando de llorar adrede?

Jessica parpadeó y deseó saber cómo hacerlo.

—Estaba metiéndose en carreras callejeras ilegales —al ver que las lágrimas no brotaban, optó por poner un tono de voz más grave—. Igual que usted.

Cutter torció el gesto.

—Vaya, eres muy buena. Has hecho tus investigaciones. Pero la voz ronca es un poco excesiva. Respondo mucho mejor a la seducción.

Jessica ignoró el comentario y siguió.

—Ahora está yendo a clases nocturnas para sacarse el graduado escolar —al ver que el rostro de Cutter no se inmutaba, lanzó toda la artillería—. Ha decidido que quiere ser piloto de carreras. Igual que tú.

Cutter dejó escapar un suspiro burlón, y al hacerlo torció el gesto por el dolor. Se puso una mano en la cadera, como si buscara una posición más cómoda.

—Si con eso consigo que te vayas y puedo poner mis costillas en hielo, inscríbeme en esa lista de los cinco ingenuos.

Misión cumplida. Jessica sonrió aliviada y feliz.

—Gracias —dijo—. Sacaré la información para que podamos…

—Cariño —Cutter volvió a torcer el gesto y subió más la mano sobre la cadera. Le estaba doliendo—. Tendremos que posponer esta conversación hasta mañana. Pero no te preocupes —un brillo burlón volvió a asomar a sus ojos—. Dejaré sobre la mesa la proposición de que me quites la camiseta.

Capítulo 2

DIABLOS, no —afirmó Cutter.

—Pero la prensa ya lo ha anunciado —dijo Jessica.

La creciente sensación de pánico aumentó cuando vio a Cutter cruzar el moderno salón. La estancia estaba decorada con muebles de cuero y toques de acero y cristal, pero, era el inmenso ventanal que daba a Bahía Biscayne, flanqueada por palmeras, lo que la convertía en lujosa.

Si ahora se echaba atrás, sería una pesadilla.

—Se anunció anoche en las noticias de las seis —continuó Jessica.

Estaba llena de esperanza cuando llegó a su casa aquella noche para hablar de la gala benéfica. Cutter se sentía claramente mejor que el día anterior, ya no andaba tan encorvado. Lo único que tenía que hacer era explicarle los planes de la gala, conseguir que su nombre apareciera en la página de la red social que patrocinaba el evento y habría cumplido con Steve. Lo que significaba que ya no tendría que hablar más con Cutter Thompson.

Eso habría estado muy bien.

Cutter se giró para mirarla. Tras la ventana se veía el muelle con sus filas de yates de lujo amarrados.

—Tendrías que haber esperado a explicarme cómo iba esta treta publicitaria antes de anunciar mi participación.

—No tenemos mucho tiempo. Empezamos la semana que viene. Y no entiendo cuál es el problema.

Cutter estaba muy serio.

—Creí que sería como la subasta que hacen todos los años. Los hombres se exhiben. Las mujeres pujan. La Fundación Brice consigue dinero para los niños sin hogar y yo me siento en la cena de recogida de fondos con la afortunada mujer que ni sabe ni le importa a qué niño está ayudando con su vergonzosa puja.

Se cruzó de brazos y estiró la camisa contra los fuertes músculos.

—No sabía que tendría que interactuar con las mujeres que compiten para conseguir una cita conmigo.

—Pero ese es el chiste de la historia —Jessica se levantó del asiento de cuero, incapaz de disimular una sonrisa entusiasta a pesar del rechazo de Cutter. Había trabajado mucho para crear algo que no fuera el típico concurso superficial de belleza masculina—. No se trata de subastar a un famoso como si fuera un trozo de carne cara.

Él la miró fijamente.

—No encuentro nada degradante en que un grupo de mujeres trate de sobrepujarse para conseguir una cena conmigo.

A Jessica se le borró la sonrisa.

—Tal vez tú no, pero yo quería hacer algo más significativo. Ver a hombres inteligentes pavoneándose por el escenario para aumentar la puja es una manera indigna de conseguir dinero.

—Te olvidas de mi parte favorita: cuando las mujeres gritan—. Cutter sonrió por primera vez en toda la noche—. Hay que saber cómo manejar al público. Llevarlo al límite. La clave está en saber esperar al momento adecuado para quitarse la camisa.

Tenía un pecho impresionante aunque estuviera cubierto, sin duda habría conseguido millones para varias obras benéficas a lo largo de los años.

Jessica se centró en la tarea que tenía delante.

—La junta quería algo fresco y nuevo, no lo mismo de todos los años —cruzó la gruesa alfombra para ponerse a su lado—. A excepción de la cena benéfica, toda la interacción se lleva a cabo por Internet. Inicias un pequeño debate amoroso con las damas que compiten por ti. Se supone que tiene que ser una entretenida batalla de sexos sobre cómo debe ser la cita perfecta.

Jessica sonrió. Aquella era su parte favorita. A raíz del fracaso de su matrimonio, el estudio de las relaciones se había convertido para ella en una pasión.

—Por una cantidad simbólica, la gente puede votar por la pareja más compatible. Así que son los votantes los que deciden quién será tu compañera en la cena benéfica, no la dama con más dinero para apostar.

Habían hecho falta varias semanas para llegar finalmente a un plan del que se sentía orgullosa. Esperó a ver alguna señal de aprobación por parte de Cutter.

—Entonces, ¿es la gente la que decide qué participante, una mujer a la que nunca he visto ni volveré a ver, es la más compatible conmigo?

Quedaba claro por su tono de voz que el plan le parecía ridículo.

—¿A quién diablos se la ocurrido esta idea de bombero?

Jessica frunció el ceño.

—Fue una sugerencia mía. Me pareció una idea divertida para ligar.

—¿Qué entiendes tú por ligar?

—Meterse en una conversación sin importancia que demuestra que encuentras a la otra persona interesante.

Cutter se la quedó mirando.

—Tal vez sea así a los doce años. Pero para los adultos se trata únicamente de sexo.

—Claro que no —Jessica no disimuló el tono crítico. Se mordió el labio inferior y trató de mantener la calma—. Hay muchos datos que avalan la idea de que la gente que triunfa es la gente positiva. Construir relaciones sólidas es la base para el triunfo, ya sea en el trabajo, en la amistad o en el amor. Y ligar —continuó con énfasis— demuestra que el aspecto más importante de una relación amorosa es la comunicación.

Cutter alzó tanto las cejas que Jessica pensó que se le iban a salir de la frente.

—¿Quién te ha contado todas esas tonterías?

—No son tonterías.

—Cariño, eres tan cándida que podrías iluminar el mundo con los rayos de sol que salen de tu falda —afirmó él—. La atracción entre un hombre y una mujer surge por una chispa, así de simple. Y, si no salta esa chispa, no hay nada más que se pueda comunicar.

Jessica tenía experiencia de sobra con un hombre al que le faltaba habilidad para mantener un diálogo serio. Sin él la chispa se apagaba, y aunque ella había hecho todo lo que estaba en su mano para evitar la muerte de su matrimonio, una pequeña parte de ella, la parte que había fracasado, no lograba recuperarse.

Sintió una punzada de tristeza en el corazón y se cruzó de brazos para aligerar la carga.

«Piensa en positivo, Jessica. Aprendemos de nuestros errores y seguimos adelante. No permitas que don Cínico pueda contigo».

—Las chispas se sustentan con atracción emocional e intelectual —aseguró—. Y las dos son tan importantes como la atracción física.

Cutter frunció el ceño con expresión confundida.

—¿Qué tiene que ver eso con una fiesta de ligoteo virtual entre desconocidos?

Jessica aspiró con fuerza el aire para recuperar el control. Se había salido del camino. No era importante convencerle de sus puntos de vista. Lo único que necesitaba de él era que mantuviera el compromiso inicial. Si reculaba ahora, la gala benéfica fracasaría antes incluso de empezar. Cientos de fans se llevarían una desilusión. Y Steve la mataría, porque reclutar a Cutter había sido idea suya. Steve consideraba al piloto retirado una opción arriesgada, pero Jessica siempre se había sentido atraída por el magnetismo que Cutter transmitía por televisión.

Al parecer se le daba bien fingir cuando había dinero de por medio.

—Olvidemos que considero la idea inicial fallida —dijo Cutter interrumpiéndole sus pensamientos—. Tenemos otros problemas. En primer lugar, no sé nada sobre redes sociales.

—Yo puedo ayudarte —se ofreció ella animada.

—En segundo lugar, no tengo tiempo para toda esta historia de distracción por Internet.

—Puedes hacerlo desde cualquier sitio, incluso en la cola del supermercado. Solo se necesitan cinco segundos para hacerle una pregunta a alguna candidata. Y tal vez diez para responder a lo que ellas digan.

—Yo no mando mensajes.

Jessica se le quedó mirando con asombro.

—¿Cómo es posible que alguien que viva en el siglo XXI no mande mensajes?

Cutter se dirigió hacia el bar de madera de caoba y mármol negro situado en el extremo del salón.

—Cariño, yo interactúo con las mujeres en vivo —sacó una botella de Chardonnay, le quitó el tapón y lo dejó sobre la barra mirándola a los ojos—. Si quiero salir con ella, se lo pido en persona. Si voy a llegar tarde a la cita, telefoneo.

Sacó una cerveza de la nevera, le quitó la chapa y le lanzó una mirada escéptica.

—No me paso las veinticuatro horas del día pegado al móvil para poder informar a mis amigos vía Twitter que voy a ir a la tienda a comprar cervezas —lanzó la chapa con los dedos y cayó en el cubo de basura.

Jessica contuvo una sonrisa.

—Me alegro, porque dudo que a nadie le interesen ese tipo de detalles —no sabía si estaba haciendo algún progreso con él. Tras una breve pausa, agarró una copa de vino del bar y se sirvió un poco de Chardonnay. Luego se sentó y le miró—. Cutter, no te estoy pidiendo que le cuentes a la gente detalles irrelevantes de tu vida.

Con la cerveza en la mano, Cutter rodeó la encimera y se sentó en el otro taburete a su lado.

—Entonces, ¿mi búsqueda del mejor papel de baño es irrelevante?

Jessica no pudo evitarlo y sonrió.

—Sí.

Cutter se giró en el asiento para mirarla.

—¿Y qué me dices de esos molestos emoticonos? —frunció ligeramente el ceño—. Las caritas sonrientes no son mi estilo.

—Ya me he dado cuenta. Pero hay una carita de diablo sonriente que sí iría muy bien contigo.

—Puedo hacerlo al natural —lo demostró componiendo una mueca.

Jessica contuvo una carcajada.

—Tampoco hace falta poner exclamaciones.

—¿Y qué hay de la utilización de las mayúsculas?

—Las mayúsculas son para principiantes.

Cutter se inclinó un poco más hacia delante.

—¿Y si tengo algo importante que hacer, como volver loca a una mujer con mi ingenio y mi brillante personalidad? ¿No querría poner en mayúsculas la palabra «guapa» para hacerle un cumplido sobre su aspecto?

La intensidad de su mirada dejaba claro que se estaba refiriendo a ella. Jessica sintió una pequeña llamarada pero la ignoró.

—Olvídate del aspecto. Conseguirás más puntos alabando su sentido del humor. Y un escritor de mensajes experimentado no necesita el botón de mayúscula —Jessica inclinó la cabeza—. Deja a una mujer temblando solo utilizando las palabras adecuadas.

Aquel amago de sonrisa apareció en los labios de Cutter.

—Un hombre de verdad deja a una mujer temblando solo con la mirada adecuada.

Totalmente de acuerdo. Por eso era mejor que estuviera sentada. Porque le estaba enviando unas vibraciones muy poderosas. Se sentía tentada, casi hipnotizada. Le dio un sorbo a su vino y le miró por encima del borde de la copa.

—Accederé a pasar por esto si me echas una mano al principio —dijo Cutter.

—¿Qué quieres decir?

—Nos reuniremos y tú compartirás conmigo la responsabilidad de los mensajes.

Jessica se atragantó con el vino y tosió.

—¿Quieres que coquetee con otras mujeres en tu nombre?

—Solo quiero que me ayudes hasta que me sepa manejar.

—La respuesta es no —giró el taburete para mirarle—. Tienes que ligar tú solo.

—¿Por qué? No voy a casarme con ninguna de ellas. Ni siquiera me estoy comprometiendo a salir con ellas. Lo único a lo que accedo es a una cena en nombre de una buena causa.

—Porque… porque es… —mientras su boca trataba de ponerse de acuerdo con su cerebro, Jessica buscó la palabra adecuada. «Sacrilegio» le sonaba melodramática. «Maleducado» seguramente no le importaría.

Sintiéndose perdida dejó la copa sobre la barra.

—Porque es poco romántico y además poco ético. No puedes externalizar el coqueteo.

Cutter inclinó la cabeza sin dar crédito.

—Jessica, no estamos hablando de destruir la economía local.

—Tú eres el Comodín —afirmó ella sin alterarse—. Las mujeres burlan la seguridad para subirse a tu cama. Estoy segura de que estás más que cualificado para manejar un coqueteo por Internet con varias mujeres a la vez.

Sin inmutarse ante su intento de halagarle, Cutter dijo:

—Nunca he ligado con una mujer por Internet en mi vida —se encogió de hombros—. Así que o me echas una mano para empezar o no lo hago.

Jessica apoyó los codos en la barra y se cubrió los ojos con las palmas de las manos. Cutter Thompson era agotador y un cínico. Pero se lo había prometido a Steve.

Se lo debía.

Tal vez no fuera el amor de su vida como una vez creyó, pero la había ayudado a encontrar su pasión. El gran regalo de la satisfacción profesional. Le encantaba su trabajo. La definía. Y a pesar de su divorcio, Steve había formado parte de aquel descubrimiento. Y su consejo durante los años de arranque del negocio había sido muy valioso.

No tendría el éxito que tenía hoy de no haber contado con su apoyo.

—Muy bien —dejó caer las manos sobre la barra y se giró para mirarle a los ojos—. Pero estas son las reglas. Cuando le pilles el tranquillo, yo desaparezco. Y nadie puede saber que te estoy ayudando. Deben pensar que todo sale de ti o la vergüenza caerá sobre nosotros. Mantener la integridad del evento es mi máxima prioridad.

La expresión del rostro de Cutter no dejaba traslucir nada.

—Quiero tener mi Barracuda terminado a finales de este mes. Esa es mi prioridad.

Cutter abrió la puerta de cristal con una sensación de victoria y alivio y entró en la pequeña pero elegante recepción de Parejas Perfectas, S.A. Se quitó las gafas de sol y la gorra de béisbol. Había tardado veinte minutos en librarse del periodista que le había seguido desde que salió de casa. Una semana entera de despliegue en prensa sobre la gala benéfica tenía a los paparazzi más pesados de Miami persiguiendo de nuevo a Cutter Thompson. Había dejado Carolina del Norte y había vuelto a Miami para evitar aquel tipo de acoso.

Por supuesto, su repentina aversión a las entrevistas solo servía para que la prensa buscara con más ahínco información sobre sus actividades, pero estaba decidido a guardar lo de la pérdida de memoria para sí mismo.

Ya era bastante malo que hubiera recuperado la consciencia en la ambulancia con el dolor más grande de su vida; no necesitaba que el mundo se regocijara con los detalles. Y desde luego, no estaba dispuesto soportar una pregunta más sobre sus motivos para arrollar a Chester Coon de manera ilegal.

Cuando conociera la respuesta, si alguna vez sucedía, contrataría una página entera de publicidad en el *Times* para que todo el mundo lo supiera. Hasta entonces, todos los periodistas eran personas no gratas para Cutter.

Aunque se las había arreglado para perder de vista al periodista que le seguía, el encuentro le había dejado de mal humor y no podía recuperarse. Había pasado un buen día en el garaje. El dolor era tolerable, y los nuevos rodamientos funcionaban de maravilla. Pero luego tuvo que recorrer la ciudad con aquel vampiro pisándole los talones. Y le debía toda aquella publicidad a la buena samaritana Jessica Wilson, la mujer que había destrozado sus planes de reclusión con un aluvión de fotografías destinadas a provocar su simpatía.

Era un débil.

Ahora su única opción ahora era entrar y salir de allí lo más rápidamente posible. Acabar la primera ronda de charla con sus aspirantes y volver a la paz de su garaje. Necesitaba volver a reptar bajo el Barracuda. Allí era fácil resolver los problemas. Las partes conectaban y funcionaban. Las piezas rotas podían repararse o reemplazarse.

No como su vida.

Miró a su alrededor con el ceño fruncido. La pequeña sala de recepción que quedaba a la izquierda estaba decorada de manera hogareña, con un grupo de sillones de piel dispuestos en círculo y las paredes cubiertas de fotos de parejas sonrientes que se burlaban de su mal humor. Algunas parecían cándidas, otras profesionales, y había otras de bodas con novios felices.

Jessica apareció en el vestíbulo con sus preciosas y largas piernas desnudas bajo una falda gris que terminaba en un delicado volante. Una blusa rosa de gasa se le ajustaba a las suaves curvas. Era una intrigante mezcla de sofisticación, profesionalidad y feminidad.

Pero creía en conceptos como el amor verdadero y la «comunicación efectiva».

—Gracias por venir —dijo Jessica—. He quedado a cenar con una persona a las ocho, así que voy un poco justa de tiempo.

Allí estaba, luchando por su causa. Ayudándole con su parte. Cutter todavía estaba tratando de entender la razón.

—¿Por qué es tan importante para ti este evento para recaudar fondos? ¿Tan horrible fue tu infancia que te sientes obligada a arreglar la de otros?

La expresión de Jessica reflejaba cierta impaciencia.

—No. Mi infancia consistió en unos padres que me querían y cuidaron de mí. Llevo mucho tiempo apoyando el trabajo de la Fundación Brice, y mi exmarido es el presidente de la junta. Le prometí que te reclutaría para la cena benéfica.

Cutter alzó una ceja. El hecho de que estuviera divorciada le resultaba sorprendente. Y que se llevara bien con su ex, todavía más.

—Me parece extraño escuchar las palabras «exmarido» y «apoyo» en la misma frase.

—Estamos en el siglo XXI —afirmó ella mientras enfilaba por el pasillo.

Cutter la siguió.

—No paras de decirme eso.

—Nuestro matrimonio fracasó —continuó Jessica—. Pero nuestra amistad no, y se lo debía.

¿Debérselo?

En el mundo de Cutter, los padres divorciados hablaban mal el uno del otro y no se hablaban entre ellos, lo que había obligado al pequeño Cutter de cinco años a transmitir los mensajes entre ellos. No eran capaces de mantener una conversación. Por lo que él sabía, sus padres estuvieron locamente enamorados hasta que su madre se quedó embarazada de Cutter y tuvieron que casarse. Según su madre, durante los cuatros años de matrimonio no vivieron ni un momento feliz.

¿Quién quería ser así de desgraciado?

Cutter alzó una ceja con gesto interesado.

—¿Por qué te sientes obligada hacia tu ex? ¿Le trataste como a una basura durante vuestro matrimonio?

Jessica le lanzó una mirada fulminante.

—Se lo debo porque me ayudó a arrancar mi negocio de citas por Internet tras nuestro divorcio.

Cutter se detuvo mientras ella seguía avanzando por el pasillo.

—¿Tu exmarido te ayudó a poner en marcha un negocio en el que otras personas encuentran el amor? —le resultaba difícil entender que una mujer tan segura de la existencia de los finales felices formara parte de la liga de los divorciados. Pero la profesión que había escogido le resultaba todavía más irónica—. ¿Un matrimonio fracasado no te descalifica para ejercer tu trabajo?

Jessica se detuvo y se giró para mirarle con el ceño fruncido.

—Un divorcio no te descalifica en nada —aseguró con voz firme.

Cutter se acercó un poco más con gesto desconcertado.

—¿No te basta con haber arruinado tu vida, también quieres estropear la de los demás?

Jessica se mordió el labio inferior. Cutter estaba seguro de que lo hizo para no soltar una impertinencia.

—Cuando dos personas son compatibles, su vida no tiene por qué estropearse —entró en una salita decorada de manera muy femenina, en tonos malvas y cremas—. Y a pesar de mi divorcio, sigo creyendo en las relaciones románticas.

Cutter entró tras ella y dejó escapar un resoplido burlón.

—Yo no estoy divorciado, pero sé que esas relaciones son una farsa.

Jessica rodeó el escritorio adornado con un jarrón de coloridos lirios amarillos y tomó asiento frente al ordenador mirándole de reojo. Cuando habló lo hizo con tono algo preocupado.

—No saquemos a relucir tus poco entusiastas puntos de vista cuando hables de tu cita ideal por Internet —dijo.

Daba la impresión de que le consideraba una causa perdida. Y sí, era de los que habían visto la luz mucho tiempo atrás.

—Mis puntos de vista no son poco entusiastas, son realistas —y cuanto antes empezaran, antes podría poner fin a aquel falso coqueteo cibernético—. De acuerdo, ¿por dónde empezamos?

—Haciéndole una pregunta a las candidatas. Algo para iniciar la conversación.

—Algo sobre ligar, ¿verdad? —se acercó a ella por

detrás y frunció el ceño al ver la pantalla del ordenador. Se sentía un estúpido por tomar parte de aquello—. ¿Qué te parece preguntarles sobre cuál sería su lugar favorito para una cita?

Jessica se cruzó de brazos.

—Necesitas algo más abierto. Contestarán que la playa o un restaurante y la conversación morirá ahí.

—Al menos yo terminaría por esta noche y tú tendrías tiempo para tomar una copa antes de cenar.

Jessica le miró con sus ojos de cervatillo dándole a entender que se perdería la cena antes de dejar las cosas a medias.

Su ex debía de ser un tipo increíble.

Cutter exhaló un suspiro resignado y se sentó en el escritorio.

—De acuerdo, ¿y si les pregunto sobre las peores citas que han tenido?

—Tendríamos el mismo problema. Eso implicaría respuestas individuales, y lo que buscas es un debate interactivo —Jessica sonrió—. Por no mencionar que es una manera negativa de empezar.

Cutter se la quedó mirando.

—¿Quieres decir que no solo tengo que participar en este debate, sino que además tengo que ser optimista al respecto? —no sabía cómo hacer algo así desde que su padre se marchó para siempre y su madre le culpó por ello.

—Regla número uno de una primera cita —dijo Jessica con una sonrisa tranquilizadora.

Pero Cutter tenía la sensación de que la estaba empastando. En cierto modo, eso la hacía más intrigante todavía.

—A nadie le gustan los llorones.

No sabía por qué, pero le resultaba divertida.

—Creía que era no comer ajo y llevar ropa cómoda.

—La ropa es una declaración de intenciones. Un reflejo de ti mismo.

—Cierto —aseguró él—. Se puede saber mucho de una mujer por la ropa interior que lleva.

Jessica alzó una ceja y habló con tono paciente.

—Para cuando llegues a la ropa interior ya deberías saber bastante de ella.

Cutter negó con la cabeza.

—A ti te gustan los tonos pastel. El encaje. Nada de tangas. Nada transparente. Ropa interior práctica y al mismo tiempo bonita.

A Jessica se le sonrojaron las mejillas, pero su tono resultó desafiante.

—¿Has pensado ya en una pregunta para tus candidatas?

Cutter se pasó la mano por la barbilla, disfrutando con su sonrojo.

—Entonces, ¿el tema de la lencería queda descartado?

La respuesta de Jessica fue entornar ligeramente los ojos y componer una mueca de paciencia que le resultó adorable. Cutter se dio cuenta entonces de que ya no estaba de mal humor. Maldición, ¿cuándo había empezado a divertirse? ¿Y cómo era posible que alguien tan ridículamente optimista respecto a las relaciones le sacara de su estado malhumorado con sus radicales puntos de vista sobre el amor? Apartó los ojos de los suyos y trató de concentrarse en la tarea que tenía por delante.

La mayor broma de Cupido era torturar a los hombres con la regla de los opuestos que se atraían.

Aquella idea le inspiró.

—¿Y qué te parece hablar de qué provoca la chispa entre dos personas?

Supo que había triunfado por el brillo de sus ojos.

Y la admiración que mostró su expresión hizo que la espera hubiera valido la pena.

—Perfecto —dijo Jessica con una sonrisa.

Se giró hacia el ordenador y tecleó. Unos instantes más tarde alzó la mirada y clavó en él sus ojos exóticos.

—Poción de Amor Número Nueve dice que la respuesta es la química. ¿Qué quieres contestarle?

Cutter no tenía ni idea, estaba cautivado por su hechizo.

—¿Dónde están las pociones de amor del uno al ocho?

—No puedes mofarte de su seudónimo.

—¿Es la regla número dos de la primera cita?

—No —respondió ella con ironía—. Va implícita con la primera, la de los llorones negativos.

Cutter hizo un esfuerzo por no sonreír.

—Seguro que tienes un montón de normas para una cita —apartó la mirada de sus ojos marrones para clavarlos en el monitor—. Pregúntale qué entiende por química.

Cuando Jessica tecleó la pregunta, la respuesta de otra candidata hizo su aparición en la pantalla. Cutter se inclinó hacia delante para leerla.

—Juanita Calamidad dice que la chispa nace de una atracción sexual.

Eso era obvio. Volvió a mirar a Jessica, y su dulce aroma le envolvió. No solo era guapa, sino también sensual y segura de sí misma.

¿Cómo era posible que se sintiera tan atraído por una ferviente gurú de las relaciones amorosas? La sangre le bulló con fuerza en las venas, perturbándole con su intensidad.

—Yo diría que Juanita está en lo cierto —murmuró—. No hay nada de qué discutir. Diré que estoy de acuerdo con ella.

Jessica abrió los ojos de par en par.

—No puedes hacer eso.

—¿Por qué no?

—En primer lugar, si le das la razón, no hay discusión. Y sin debate es aburrido. En segundo lugar, la chispa no se define únicamente por la atracción sexual. Lo físico es solo una pequeña parte. La química es una conexión basada en intereses compartidos.

Cutter alzó una ceja.

—A menos que estemos hablando de compartir el interés por el cuerpo del otro, no es eso a lo que se refiere Juanita Calamidad.

Jessica curvó los labios hacia abajo.

—Juanita se equivoca.

Cutter la miró y sintió un gran deseo de sonreír.

—¿Quién está siendo negativa ahora? —desde aquel ángulo veía una apertura de su blusa que dejaba entrever la curva de sus senos cubiertos por un sujetador de encaje.

Solo se había equivocado en una cosa: era color lavanda.

La señorita Rayo de Sol llevaba puesto un cliché.

Sintió una oleada de satisfacción. Había cambiado de opinión. Ver su día interrumpido y sufrir la persecución de aquel periodista habían valido la pena por disfrutar de su compañía.

—Volviendo a Juanita —dijo Jessica—, ¿por qué no empezamos respondiendo que la atracción sexual es importante? —le miró—. ¿Qué podríamos añadir? —se preguntó pensativa.

Unos ojos capaces de hacer que un hombre se convirtiera en cavernícola.

Cutter la miró y sonrió levemente.

—¿Qué te parece «también me gustan las mujeres que me desafían»?

Su sonrisa fue como un bálsamo en una quemadura.

—Eso está mejor.

Sí. Mucho mejor. Cutter sonrió todavía más.

—Ah, y dile también que me gusta la ropa interior de encaje en tono lavanda.

Capítulo 3

UN desastre.

La gala benéfica de la Fundación Brice iba a ser un enorme desastre y todo era culpa suya.

Jessica se detuvo en el semáforo en rojo y consultó el reloj. Solo tenía diez minutos para llegar a la cena. La última hora había sido larga, frustrante e infinitamente esclarecedora. Le asombraba no haberse arrancado todos los pelos de la cabeza. Y por si la actitud de Cutter no hubiera sido suficiente por sí sola, le había mirado el escote. Como si fuera un adolescente impulsivo incapaz de controlar su testosterona. Desde su posición había sido inevitable que lo viera, pero mencionarlo no había sido muy galante.

La palabra «galante» no tenía cabida en el universo de Cutter Thompson.

Al principio no le había hecho ninguna gracia continuar tratando con Cutter durante su participación en aquella guerra de sexos. Ahora parecía que se trataba de una bendición disfrazada. Porque Cutter Thompson en un coche sin duda aceleraría el corazón de cualquier mujer.

Cutter Thompson en una entrevista televisiva era realmente eléctrico.

Pero Cutter Thompson ligando por Internet era un desastre. Cada vez que una candidata respondía, su respuesta automática habría asustado a la mitad de las participantes y también a buena parte de Miami. No se daba cuenta de que una respuesta llena de chulería podría provocar efectos desastrosos, sobre todo porque las palabras no se veían amortiguadas por una cara bonita, unos ojos verdes chispeantes de humor y un tono burlón.

Pensándolo ahora, tal vez debería haber pensado en las consecuencias de pedirle al antiguo número uno de las carreras que participara. Cuando se ofreció a hacer aquello por Steve lo hizo para ayudarle a conseguir un éxito, no para pasar vergüenza. Y Steve tenía razón. Tenía que habérselo pedido al violonchelista local que había ganado el concurso de música más importante de América el año anterior. Era demasiado blandito y excesivamente dulce, pero nadie se habría dado cuenta por Internet.

Ahora estaba atrapada con el Comodín, el maestro de los comentarios cortantes.

Jessica metió el coche en el aparcamiento del restaurante, apagó el motor y se quedó sentada tamborileando con los dedos sobre el volante. Faltaba un mes para la batalla de los sexos, y no quería estar constantemente pendiente de Cutter para evitar cada comentario inapropiado durante todo el concurso. Lo que significaba que el señor Cutter Thompson necesitaba una lección o dos sobre cómo comportarse por Internet. No se podía hacer nada por él en las relaciones personales cara a cara, pero, si pudiera lograr que superara la prueba de la estrategia publicitaria, el resto no importaba. Cuando hubiera terminado con él, podía insultar al Papa si quería.

Al día siguiente, cuando se encontraran para el segundo asalto, iba a revisar la etiqueta cibernética con él y las normas de comportamiento aceptables. Sin duda podría enseñarle algo a aquel hombre.

Y, si no podía, tendría que pasar todo el mes pegada a él, soportando que le lanzara alguna que otra mirada furtiva al escote. Y la idea no le resultaba en absoluta atractiva.

—Buen trabajo, Jessica —dijo Steve con voz acallada.

Con una mano en el volante, Jessica ajustó el auricular de su móvil y la voz de Steve se escuchó con perfecta claridad.

—El debut de Cutter Thompson anoche fue oro puro. ¿Trabajar con él resulta difícil, es una *prima donna*?

¿*Prima donna*? Jessica apretó con más fuerza el volante. Más bien era una mezcla entre una *prima donna* y un adolescente con las hormonas revolucionadas. Y exudaba una virilidad que le haría millonario si pudiera embotellarla y venderla. Y en cierto modo lo había hecho. Jessica había disfrutado aquella mañana del perverso placer de desayunar mirando a Cutter con su traje de piloto, los brazos cruzados y su media sonrisa plasmados en la caja de cereales. Por el amor de Dios, ¿por qué no podía limitarse a sonreír? Parecía como si supiera que aquel amago de sonrisa era más poderoso que la sonrisa completa de cualquier actor de Hollywood.

—Se ha mostrado un poco difícil. Pero estaba preparada —aseguró sintiéndose culpable por mentir.

¿Cómo podía nadie estar preparado para alguien como Cutter?

—¿Y cómo te fue la cena de anoche? —quiso saber Steve.

Jessica torció el gesto mientras enfilaba el coche hacia el barrio de Cutter.

—Desde luego no se parecía en nada al perfil que colgó en la página.

—Hay muchos tipos raros por ahí —dijo Steve preocupado—. Mantente alejada de los acosadores, ¿de acuerdo?

Jessica sonrió.

—Todavía no me ha tocado ninguno.

—Bien. Pero, si necesitas que contrate a alguien para que rompa algunas piernas, avísame.

—Eso es un buen amigo.

Steve se detuvo un instante antes de continuar.

—Solo quiero verte feliz, Jessica.

Ella se agarró con más fuerza al volante, se despidió y colgó.

Era feliz. Y algún día encontraría a alguien con quien compartir esa felicidad. Esa persona existía, podía sentirlo. El hombre perfecto para ella. Era como lo que les decía a sus clientes de Parejas Perfectas:

—Tenéis que estar abiertos al amor para encontrarlo. Y tenéis que estar dispuestos a trabajar duro antes y después de encontrarlo.

Steve era un gran tipo. Pero no era el tipo perfecto para ella.

Y ni todo el trabajo del mundo habría servido para arreglar una mala elección. La melancolía amenazó con apoderarse de ella, pero Jessica la apartó de sí.

Por el momento no importaba, en cualquier caso. Su vida, ocupada completamente por su trabajo, se había expandido desde que arrastró a Cutter a formar parte de la gala benéfica. Por el momento, las citas tendrían que esperar.

Y había aprendido mucho de sus errores. La próxima vez estaba segura de que le saldría bien. Aunque lo cierto era que siendo niña estaba convencida de que sus padres eran felices, y estaba completamente equivocada. Ignoró la punzada de dolor que sintió en el corazón.

Se detuvo frente a la moderna casa de tres pisos de Cutter, que quedaba oculta desde la calle por una jungla de árboles de plátano y refuerzos de bambú. Un jardín tan salvaje como su dueño. El garaje ocupaba toda la planta de abajo, y en la puerta había una nota que decía: *Da la vuelta.*

Tras rodear la casa, Jessica pasó por delante de una reluciente piscina azul y se dirigió hacia el jardín de atrás que terminaba en Bahía Biscayne. En la dársena había atracada una lancha rápida de aspecto potente. Cutter estaba en el muelle recogiendo un cabo con movimientos seguros y confiados.

Jessica cruzó hasta el final del muelle. El pelo de Cutter tenía reflejos dorados que brillaban bajo el sol. Presentaba un aspecto informal con unos pantalones cortos caqui y camiseta.

—Parece que te encuentras mejor —dijo ella.

—Estoy esperando a que me llegue una pieza del Barracuda, así que he pasado el día poniendo la lancha a punto. Pensé que podríamos dar una vuelta en ella y cortejar a mis candidatas al mismo tiempo —sus ojos verdes como el mar se deslizaron por el vestido estilo principesco color melocotón de Jessica y por sus sandalias de tacón—. Pero vas demasiado vestida.

—Igual que la sangre, la seda siempre está de moda.

A Cutter le brillaron los ojos cuando le tendió la mano.

—Entonces sube a bordo.

Cuando la ayudó a subir a la lancha, el roce de su piel le resultó más perturbador de lo que esperaba. Tal vez solo tuviera que acostumbrarse a la visión de sus piernas desnudas y fuertes.

—Qué lancha tan bonita —dijo soltando los dedos de los suyos.

—Es una de las embarcaciones más rápidas del vecindario. Tiene un motor de cuatrocientos treinta caballos.

Jessica se sentó en el banco de cuero que cruzaba la popa de lado a lado y apoyó los brazos en el respaldo. Aquella era una parte de Cutter Thompson con la que sí podía lidiar.

—Eso es porque tu vecindario está lleno de barcos lentos.

Desde el asiento del piloto, situado delante de ella, Cutter se giró para mirarla con la mano en la llave del motor.

—¿Estás diciendo que mi lancha es pequeña?

Ella sonrió y cruzó las piernas. Cutter defendía su barco como defendía su coche. Era esa clase de hombre.

—Te estoy diciendo que tu lancha es lenta.

—Cariño —Cutter puso el brazo en el respaldo del asiento—. Yo no tengo nada lento. Y eso incluye mi lancha.

—Yo he llevado lanchas más rápidas.

El rostro de Cutter exudaba incredulidad.

—¿Como por ejemplo?

—Una Mach SideWinder.

Cutter se la quedó mirando con sus facciones cinceladas iluminadas por el sol. Finalmente soltó un silbido de admiración.

—Vaya. Esas lanchas superan los doscientos setenta kilómetros por hora.

—Ya lo sé. Mi padre las construye —y tras el divorcio de sus padres, ella se había pasado horas con su padre en la fábrica. Se vio dividida entre dos mundos, uno ultrafemenino y otro completamente viril.

—Supongo que mi plan para impresionarte con velocidad no va a funcionar —dijo.

—Me temo que no.

Cutter esbozó aquella media sonrisa suya que siempre la dejaba sin respiración.

—Supongo que tendré que pensar en algo mejor —aseguró con chulería.

Jessica se dio cuenta con asombro de que el corazón le latía con fuerza en las costillas. La hipnotizadora mirada de Cutter se apartó de la suya cuando encendió el motor de la lancha y la sacó hacia el canal, donde finalmente pudo aspirar el aire fresco y salado. Hacía sol, y sin tener su mirada clavada en ella se sintió capaz de relajarse. Pero ¿desde cuándo se sentía atraída por los trogloditas?

Apartó de sí aquel pensamiento mientras pasaban por delante de exclusivas mansiones con jardines tropicales y barcos amarrados en un desfile de riqueza hasta que por fin llegaron al centro. Los edificios y los rascacielos les hacían parecer pequeños, y tras encontrar un sitio seguro con vistas a la ciudad, Cutter apagó el motor y echó el ancla antes de tomar asiento a su lado. Luego estiró las piernas hacia el extremo del barco. Sus musculosas piernas parecían no tener fin.

Pero ella estaba allí para completar su trabajo, no para babear ante unas piernas bonitas. Jessica se incorporó un poco más e hizo un esfuerzo por mirarle a la cara. Pero su fuerte mandíbula, los ojos verdes y el cabello castaño con reflejos dorados no eran precisamente el alivio visual que necesitaba. Jessica se aclaró la garganta y recuperó el control.

—Tenemos que hablar de la etiqueta en las redes sociales.

Cutter compuso una mueca de desagrado total.

—Preferiría que me arrancaras las uñas de los dedos.

Ella continuó haciendo caso omiso de su falta de entusiasmo.

—Tienes que recordar que las palabras sin expresión facial y sin la inflexión del tono de voz están abiertas a interpretación —le mantuvo la mirada y utilizó la voz para enfatizar lo que decía—. Tú piensas que estás siendo encantador e ingenioso, pero la otra personas cree que la estás insultando.

—Eso es lo que hago la mayor parte del tiempo.

Jessica se le quedó mirando y se dio cuenta de que le estaba diciendo la verdad. ¿Por qué querría alguien esforzarse en ser desagradable?

—Bueno… eso no nos sirve.

—No sé hacer la pelota.

Jessica alzó una ceja al escuchar aquello.

—Solo tienes que ser consciente de los matices de tus palabras y de cómo pueden ser interpretados.

—¿Matices? —repitió Cutter, como si la palabra le resultara desconocida.

—Y recuerda —continuó ella sin inmutarse, complacida al ver que al menos ahora fingía escucharla—. A la gente le interesa la gente que está interesada en ellos. Reírse un poco de uno mismo es bueno y humaniza, pero no debe abusarse de ello o parecerá que te falta autoestima.

Por supuesto, aquella parte del consejo no iba destinada a Cutter Thompson. Pero le estaba soltando el discurso entero porque aquel hombre necesitaba toda la ayuda que pudiera conseguir.

Cutter frunció el ceño en expresión dubitativa.

—Tal vez tendría que haber accedido a mediar en el conflicto de Oriente Medio en lugar de participar en esto —aseguró—. Habría sido más fácil —se reclinó en el banco—. Pero se me ha ocurrido la pregunta de hoy para mis candidatas: «Si te invito a una fiesta de disfraces, ¿de qué pareja de superhéroes te gustaría ir y por qué?».

Jessica sonrió. El progreso era impresionante. Parecía que Cutter podía aprender. Tal vez tras la sesión de aquel día podría seguir solo.

—Me gusta. Es gracioso, tiene un punto de coqueteo y no puede contestarse con un monosílabo —animada, Jessica sacó el móvil del bolso—. La enviaré ahora mismo.

—No hace falta —Cutter sacó el móvil de sus pantalones cortos y empezó a pulsar torpemente los botones.

Jessica parpadeó.

—Creía que tú no mandabas mensajes.

—Me he pasado el día practicando —la miró a los ojos—. Les he contado paso a paso a mis antiguos compañeros mecánicos cómo iba poniendo a punto la lancha.

Jessica esbozó una sonrisa y trató de imaginarse a un grupo de hombres con las manos manchadas de grasa y los teléfonos móviles sonándoles en los bolsillos traseros.

—¿Y qué les ha parecido?

—Creen que he perdido el juicio.

A juzgar por su tono y la expresión de su rostro, estaba claro que él también lo pensaba.

—Es una manera rápida de comunicarse —aseguró ella—. También es perfecto cuando no tengo tiempo para algunas de las largas conversaciones de mi madre —le sonrió—. Tal vez lo encuentres útil para utilizarlo con tu familia.

Cutter desvió la vista y miró hacia la ciudad.

—Yo no tengo familia —afirmó con tono neutro.

A Jessica le dio un vuelco al corazón.

—¿Dónde están tus padres?

—Mi padre se marchó cuando yo era pequeño y mi madre murió hace cinco años.

Su tono de voz no albergaba ninguna emoción.

—Lo siento —murmuró ella.

—No lo sientas —el leve frunce de sus labios no delató ninguna tristeza—. El lema de los Thompson es: «Cuando la vida te dé un palo, aguanta la vara».

Y estaba claro que él lo había seguido. Ella observó su perfil pensativa, preguntándose cuántos años tendría cuando adoptó aquella actitud.

Cuando Cutter se giró hacia ella, debió de captar aquel interrogante en sus ojos.

—Cariño —dijo mirándola con expresión burlona—. No tengo sentimientos que compartir ni me gusta el psicoanálisis. Si estás buscando un hombre con un lado femenino, no lo tienes delante —aseguró clavándole sus ojos verdes.

A pesar del aceleramiento de su corazón, Jessica resistió el impulso de apartar la mirada de la suya. Mientras le miraba fijamente, su cerebro le lanzó una advertencia frenética sobre su incompatibilidad.

Por desgracia, su cuerpo no captó la señal.

Porque en lo referente a los hombres, Jessica prefería el encanto. O al menos la buena educación.

Cutter Thompson carecía de ambas cosas. Pero cuando él deslizó la mirada hacia su boca como si estuviera pensando en besarla, Jessica se quedó sin aliento.

Cutter tomaría lo que quisiera sin pedir disculpas. Sin acercamientos sensuales y lentos. Nada de pétalos de rosa o sábanas de seda. Y ella no estaba familiarizada con la rama rebelde. Steve había sido su primer amante, y lo que había empezado suavemente creció hasta volverse cómodo. El sexo al menos había estado bien. Y Jessica había tenido dos relaciones íntimas desde que se divorció. Satisfactorias ambas, pero no de esas que encendían el mundo y dejaban marcas de fuego sobre la tierra.

Y ninguno de aquellos hombres era como Cutter.

El agua lamía la lancha mientras ellos se miraban fijamente hasta que sonó el móvil de Cutter. Él miró la pantalla, rompiendo el hechizo, y Jessica aspiró con fuerza el aire, aliviada ante la nueva bocanada de aire fresco.

—Juanita Calamidad dice que quiere ir como Batman y su novia porque me quedarían bien las medias apretadas —Cutter la miró con picardía—. Supongo que tendría que explicarle que los hombres de verdad escogerían a la mala y sexy Catwoman antes que a la aburrida novia de Batman.

Jessica no se molestó en contener un gemido. Y ella que creía que había progresado algo. Sus modos egoístas no iban solo dirigidos hacia el dinero, sino también hacia las mujeres. No tendría que sorprenderla, pero su frívola actitud hacia las relaciones iba contra todo lo que ella consideraba importante.

Su mirada pícara, su media sonrisa... sin duda componía aquella expresión para todas las mujeres que consideraba atractivas.

Cutter Thompson era lo peor de lo peor, un hombre con la profundidad emocional de un gusano y una actitud despectiva hacia el romanticismo. Era todo lo que ella no quería con un envoltorio bonito. Y si el ritmo de su corazón servía como indicativo, la reacción de su cuerpo iba más allá de unas piernas desnudas y musculosas.

Lo que significaba que no era tan inmune al proto-
tipo de chico malo como ella pensaba.

Una hora más tarde, Cutter miraba cómo Jessica
maniobraba la lancha hacia su casa. Se había puesto al
mando para que él pudiera continuar con los mensajes, y estaba impactado con su habilidad para llevar la
embarcación y al mismo tiempo interceptar sus comentarios inadecuados al mismo tiempo. Cuanto más
disgustada parecía, más se divertía él. Y aunque la paz
y la tranquilidad habían sido su objetivo desde el día
que anunció que se retiraba, Jessica Wilson se había
convertido rápidamente en una gran excepción a esa
norma.

Debería encontrar a Emmanuel, el adolescente de
mala actitud, y darle las gracias personalmente.

Era muy fácil tomarle el pelo a Jessica.

—Creo que ya le he pillado el truco a este asunto
del coqueteo *online* —aseguró—. Ya no necesito tu
ayuda.

Jessica se le quedó mirando con los ojos muy abiertos y con expresión de pánico.

Cutter sonrió sin poder evitarlo. No sonreía tanto
desde que ganó su primer gran premio.

—¿Qué pasa? —le preguntó con toda la inocencia
que un expiloto de carreras de treinta años podía fingir—. ¿No confías en mí?

Jessica maniobró con pericia en su muelle y apagó
el motor.

—Estoy segura de que serías capaz de espantar a
cualquier mojigata.

Tras salir de la lancha, Cutter la amarró y luego
miró a Jessica.

—Las mujeres saben que no encontrarán en mí a

un príncipe azul —le gustaba ver cómo ella mantenía su feminidad mientras comprobaba el nivel de aceite del coche o atracaba una embarcación—. Por eso me encuentran tan atractivo. Es una cuestión de propagación de la especie —se inclinó hacia delante, tomó la mano de Jessica y la ayudó a bajar al muelle—. En el fondo saben que con los chicos buenos no se va a ninguna parte.

Él lo había aprendido como había aprendido todo lo demás. Por las malas. Y a muy temprana edad.

—No estoy de acuerdo —sus ojos de gacela le sostuvieron la mirada—. Y, si no te importa, me quedaré por aquí y moderaré la boca de Cutter Thompson hasta que esta pesadilla de coqueteo haya terminado.

Él estuvo a punto de sonreír otra vez. Si seguía así, terminaría perdiendo su reputación.

—No me importa en absoluto.

—No te olvides de la fiesta del sábado en el Acuario de Miami. Steve ha invitado a la prensa para que los periodistas tengan acceso a nuestros famosos de la batalla de los sexos. Eso nos hará publicidad.

Prensa, periodistas, publicidad… diablos, no.

La idea le dejaba un sabor amargo en la boca y endureció los músculos de la mandíbula.

—No tengo intención de asistir a ninguna fiesta con periodistas —el tiempo de divertirse había acabado. Había que volver al Barracuda. Encontraría otra cosa con la que trabajar hasta que llegara el nuevo carburador.

Cutter se dirigió hacia la casa y Jessica le siguió.

—No es una conferencia de prensa —aseguró—. Solo asistirán un par de periodistas de los periódicos importantes.

Claro, los mismos periodistas que habían estado merodeando por su casa desde que volvió a Miami.

De ninguna manera estaría en la misma habitación que ellos.

—No tengo interés en hacer ninguna entrevista —aseguró—. Lo último que deseo es que un periodista pesado me esté preguntando sobre mis métodos para ligar y que luego escriba un artículo sobre mi vida social —sabía muy bien que no le preguntaría sobre eso. Utilizarían la batalla de los sexos como una excusa para acercarse a él y luego acosarle con dureza sobre el accidente.

Una fuerte tensión se apoderó de su cuerpo.

Jessica se detuvo lentamente y se le quedó mirando con expresión perpleja.

—Antes no parecía importarte la opinión de la prensa.

Él se paró en la entrada.

—Eso era cuando tenía que tratar con ellos por mi trabajo.

Cuando las preguntas eran fáciles y las bromas estaban llenas de alegría y camaradería. Últimamente las bromas habían sido reemplazadas por duras preguntas sobre su accidente, sobre el movimiento precipitado que puso fin a su carrera. Y no estaba más cerca de saber la respuesta ahora de lo que lo estaba dos meses atrás.

Tal vez no llegara a recordar nunca el momento en que destrozó su vida.

Sintió una punzada en el estómago y clavó la mirada en la de Jessica.

—Nada de fiestas. Nada de interactuar con la prensa —frunció el ceño y siguió andando en dirección al garaje—. Y no voy a cambiar de idea.

A la mañana siguiente, Jessica desayunaba ojeando el periódico mientras la imagen de Cutter la miraba fijamente desde la caja de cereales. Todavía tenía que averiguar cómo era posible que ese hombre provocara en ella semejante efecto.

Era guapo, sí. Y muy viril. Pero ¿qué más daba eso si era la antítesis de todo lo que buscaba?

En los cinco años que hacía que se había divorciado había acudido a muchas primeras citas, había pasado por todas las combinaciones posibles de buen aspecto físico y encanto. Incluso había ido a cenar con un modelo que aparecía con regularidad en las revistas. Era guapísimo y muy dulce, pero no hubo química entre ellos. No tenían nada en común. Cuando él le pidió una segunda cita, Jessica le rechazó con educación.

Había pensado que era inmune al atractivo sexual de hombres que no le convenían, pero el poderoso tirón de Cutter Thompson estaba siendo más poderoso que la suma total de todas sus experiencias.

Jessica suspiró, llegó a las páginas de sociedad del periódico y se quedó mirando la foto principal con la cucharada de cereales a medio camino de la boca.

Era una foto de Cutter y ella sentados uno al lado del otro en la lancha. Cutter estaba tecleando un mensaje en el móvil y ella aparecía inclinada para leerlo. Pero lo peor de todo era el titular.

¿El héroe local de las carreras ha abandonado el estado de reclusión para empezar a salir con mujeres?

El asombro se convirtió en horror cuando leyó la nota que lo acompañaba, en la que se mencionaba la negativa de Cutter a aparecer en público desde que se retiró. Y quien había tomado la foto había hecho un buen trabajo al identificarla. Incluso se mencionaba el lema de Parejas Perfectas: *Alimentando el diálogo sin-*

cero para encontrar a la persona adecuada. En el texto se planteaban muchas preguntas sobre su relación, y se sugería que Cutter y ella estaban viviendo una apasionada aventura.

Sintió una oleada de pánico, y sin pensárselo dos veces, agarró el bolso y se dirigió hacia la puerta.

Veinte minutos más tarde, Jessica salió del coche y se dirigió a casa de Cutter. La puerta del garaje estaba abierta y se escuchaba música rock muy alta. Cuando entró, apagó la música y se dirigió hacia el coche antiguo y hacia las zapatillas deportivas que asomaban por debajo.

Jessica se apoyó en los talones y se inclinó hacia delante.

—Tenemos un problema, Cutter.

Él siguió manejando la herramienta que tenía en la mano.

—Voy a empezar a pensar que no te gusta mi gusto musical.

Jessica se armó de paciencia y lo intentó de nuevo.

—Cutter, ha salido una foto nuestra en el periódico.

Él siguió con lo que estaba haciendo.

—¿Y?

Exhalando un suspiro de desesperación, Jessica tiró de los pies de Cutter y lo sacó de debajo del coche con un movimiento certero.

Cutter se quedó tumbado de espaldas y la miró con la llave inglesa todavía en la mano. Tras una breve pausa, dijo:

—Por lo que parece, no se trata de una foto bonita.

—Salimos los dos mandando un mensaje juntos.

Cutter frunció el ceño.

—Entonces repito: ¿Y?

Jessica se cubrió los ojos con la palma de la mano y contó, pero solo llegó hasta siete.

—Cutter —dijo con toda la calma que pudo dejando caer la mano—. Esto no es bueno para nuestro concurso. ¿Y si alguien adivina que te estoy ayudando? Y aunque no lleguen a esa conclusión, si estuvieras saliendo conmigo en serio como sugiere el periódico, entonces no deberías coquetear con otras mujeres por Internet.

Sus palabras le llevaron a alzar una ceja en gesto escéptico.

—No todos nos manejamos con las mismas restricciones.

Jessica venció la tentación de comentar lo poco romántico de su actitud y continuó:

—De acuerdo, se me había olvidado que eras una causa perdida. Pero habías accedido a seguir unas normas, ¿te acuerdas? Como la de que mantendrías tus relaciones en el ámbito privado hasta que terminara el concurso. La imagen es importante. ¿Y qué pensarían mis clientes si creen que salgo con un hombre que coquetea con otras mujeres? O peor, que le estoy ayudando yo a ligar.

Sintió la opresión del miedo en el pecho y le empezaron a sudar las manos.

—Mi negocio está basado en la creencia de que se puede encontrar a tu alma gemela a través de la comunicación sincera.

—Cariño, una comunicación demasiado sincera acabaría con tus intentos de emparejamiento —aseguró.

—Ahora no estamos hablando de tus equivocados puntos de vista, Cutter —afirmó ella con voz tajante.

Cutter suspiró y bajó la llave inglesa.

—De acuerdo. Ayúdame a sentarme para que podamos mantener esta tortuosa conversación sin que haya además dolor físico.

Jessica le agarró la mano y le ayudó a incorporarse. Tenía los dedos cálidos. Su metro noventa de altura se cernió sobre ella. Estaba demasiado cerca para su comodidad. Volvió a esbozar su típica media sonrisa.

—Debo estar recuperándome. No me ha dolido nada.

—Qué lástima —porque, si se caía redondo allí mismo, todos sus problemas quedarían resueltos.

Cutter apretó los labios. Bueno, tal vez a él le pareciera que la situación era graciosa, pero la batalla de los sexos de este año era creación suya. Y su negocio lo era todo para ella. Conseguir la pareja ideal para otros era lo que mantenía su esperanza de ser ella la que algún día la encontrara.

—La gente no puede pensar que estamos saliendo. Eso pondría en peligro el concurso y mi trabajo.

—A la gente le importa un comino lo que hagas en privado. Y para ellos solo somos unos buenos amigos que han salido a dar una vuelta en lancha mientras siguen a su estrella de Hollywood favorita por Twitter.

Frustrada por su tono burlón, Jessica cerró los ojos y aspiró con fuerza el aire.

—Sé que piensas que mi trabajo es ridículo —abrió los párpados—. Sé que crees que el amor verdadero es una farsa. Pero esto es a lo que me dedico. Esto es lo que soy. Y, si arruino mi reputación, podría tener graves repercusiones en mi negocio.

Cutter frunció el ceño.

—Yo tampoco quiero que arruines tu negocio —aseguró pasándose una mano por el pelo con gesto de resignación—. Tienes una pared llena de clientes agradecidos. Y eso lo respeto.

—Gracias —Jessica parpadeó para contener las repentinas lágrimas que le habían causado sus palabras—. Pero eso no me resuelve el problema.

Cutter se acercó al coche con gesto pensativo y apoyó la espalda contra la puerta, cruzándose de brazos. Había bastante distancia entre ellos, pero los bíceps se le marcaron bajo la camiseta y por un instante Jessica perdió el tren de sus pensamientos.

—¿Qué pone? —preguntó Cutter.

Ella parpadeó y trató de centrarse.

—¿Qué pone dónde?

—En el periódico.

—Habla de tu reclusión, de quién soy yo, de mi negocio, y luego se pregunta sobre nuestra relación.

Cutter se la quedó mirando un instante con gesto pensativo rascándose la parte de atrás del cuello.

—Maldición —murmuró dejando caer la mano—. Ya sé lo que hay que hacer.

Jessica contuvo el impulso de agarrarle de la camisa y zarandearle para que lo soltara. Su expresión hablaba por sí sola. Fuera cual fuera su plan, no le hacía ninguna gracia.

—Tú vas al acuario con pareja y yo voy solo —afirmó con tono grave—. Una velada contigo y conmigo en el mismo espacio pero mostrando claramente que no somos pareja apoyará la teoría de que somos solo amigos.

Jessica le mantuvo la mirada mientras procesaba la información. Cutter estaba accediendo a ir a la fiesta. A asistir a un evento en el que habría prensa y al que se había negado en rotundo a asistir antes.

No era tan egoísta como ella pensaba.

Se sintió invadida por la gratitud y se lanzó hacia sus brazos sin pensar en lo que hacía. Aterrizó contra un muro de acero que olía a almizcle y a hombre y se quedó momentáneamente paralizada.

La voz de Cutter sonó tirante, como si algo le doliera.

—No hace falta que te pongas sentimental. Ni que te hubiera pedido que te casaras conmigo.

Jessica soltó una risita. El intenso alivio que sentía por su negocio unido a aquella dosis de virilidad hacía que se sintiera un poco aturdida.

—Te agradezco lo que estás haciendo por mí, Cutter —dejó caer los brazos y dio un paso atrás sin apartar la mirada de la suya—. Y nunca te daría el sí si me pidieras algo semejante.

Él compuso una mueca entre burlona y ofendida.

—No te preocupes, cariño. Nunca te lo voy a pedir.

Capítulo 4

El vestíbulo del Acuario de Miami estaba lleno de relucientes luces, enormes tanques con peces exóticos y coloridos y gente bien vestida. Phillip Carr, el presidente de Inversiones Carr, parecía haber venido al mundo vestido de esmoquin. Tenía el pelo rubio, los ojos azules y la sonrisa fácil, pero para Cutter resultaba demasiado cursi. Demasiado refinado. Y se sentía demasiado cómodo poniendo la mano en la espalda de Jessica.

No sabía a qué jugaba aquel tipo, pero estaba actuando como la pareja perfecta de Jessica, asegurándose de que ambos hablaran con todos los grupos de invitados y trabajándose a la gente como un político en campaña. Finalmente se acercaron a la pequeña banda de antisociales de Cutter, dejándole sin aliento.

Porque desde lejos Jessica parecía impresionante, pero de cerca era mortal. Un vestido rojo ajustado le marcaba el contorno de los senos y la cintura antes de caer en cascada hacia el suelo. Llevaba el cabello recogido en lo alto de la cabeza y unos suaves mechones sueltos le rozaban el delicado cuello. Tenía los blancos hombros expuestos de un modo que desataba la libido de Cutter.

Era la personificación del estilo y el refinamiento. Igual que el hombre que tenía la mano pegada a su espalda como si fuera un complemento más. Y sufrir un discurso de veinte minutos sobre el negocio de Phillip Carr era más de lo que Cutter podía soportar.

Phillip era la clase de hijo de la que cualquier padre estaría orgulloso, a pesar de que era un imbécil pomposo. Monopolizaba la conversación hablando de sí mismo y miraba a los demás por encima del hombro. Buscaba la adoración de la sociedad, y sin duda la sociedad se la otorgaba a espuertas a pesar de la falta de sinceridad que encerraba la actitud del hombre.

Porque a la gente le gustaba el encanto aunque fuera a todas luces falso.

Y aprobaban las buenas maneras aunque la intención que se ocultaba bajo la etiqueta fuera una farsa.

Cutter ya no jugaba a eso. Cuando era un niño le obligaban a comportarse como debía, pero no funcionó entonces ni mucho menos iba a funcionar ahora. Lo único que podía hacer era sufrir en silencio. Por desgracia no había mucho que celebrar cuando finalmente Phillip dejó de hablar de sí mismo.

—Hay una nueva exposición de arte esta semana en la galería —dijo el hombre.

El rostro de Jessica se iluminó, y eso fue como un puñetazo en el estómago para Cutter.

Phillip Carr dirigió su sonrisa lamida hacia él.

—¿Has visto la exposición sobre la obra de Picasso?

Dado que el hombre le estaba mirando directamente a él, el silencio ya no era una opción.

—No —dijo Cutter—. Odio su trabajo.

Al parecer la palabra «odio» era demasiado fuerte, porque Jessica le lanzó una mirada fulminante. La charla del resto del grupo se cortó y Phillip Carr compuso una mueca de compasión que resultaba molesta. Al parecer Cutter era un paleto al que había que tenerle lástima por no saber apreciar el arte fino.

—Su última etapa puede resultar difícil de entender para algunas personas —dijo Phillip.

Cutter recibió la bofetada de condescendencia en la cara sin inmutarse y le dio un sorbo a su cerveza antes de responder.

—¿Qué hay que entender sobre una mujer a la que le sale la nariz por la mejilla?

Phillip sonrió con tirantez.

—Es un estilo artístico llamado cubismo.

—Me da igual cómo se llame —Cutter se encogió de hombros con naturalidad—. Sigue siendo feo.

Phillip Carr sonreía ahora de oreja a oreja, pero la sonrisa no le llegaba a los ojos. Y las dagas visuales que Jessica le estaba lanzando ahora a Cutter le pasaban rozando. Los concursos para ver quién orinaba más lejos no eran el estilo habitual de Cutter, pero la actitud prepotente de Phillip, por no mencionar el posesivo contacto sobre Jessica, le llevaron a ello.

—Picasso tenía un don —aseguró Phillip.

—A Picasso le gustaban los retos anatómicos —contestó Cutter.

Jessica se aclaró la garganta, y esta vez el cuchillo le hizo a Cutter la raya al medio.

—Bueno… —sonrojado al principio, Phillip le lanzó entonces una mirada condescendiente—. Conducir muy rápido en un circuito circular no puede calificarse de reto.

La ignorante descripción de su deporte y la expresión agitada del hombre provocaron una sonrisa en labios de Cutter, que le dio otro sorbo a su cerveza.

—Las carreras pueden resultar difíciles de entender para algunas personas.

Jessica lanzó un dardo óptico que le dio a Cutter directamente en la frente, pero él ya había tenido bastante.

—Si ya hemos terminado con nuestra pequeña discusión artística —dijo—, voy a ver qué hay en el bufé.

Jessica observó frustrada cómo Cutter se dirigía hacia la mesa de los aperitivos dispuesta al lado de uno de los tanques con peces. Cuando Phillip empezó a hablar otra vez de su negocio supo que tardaría un buen rato en dejar el tema. Mirando de reojo a Cutter, murmuró una disculpa al grupo, se abrió paso entre los invitados, agarró un plato y se puso a su lado en la fila del bufé.

—¿A qué ha venido esto? —preguntó en voz baja para no llamar la atención.

Cutter siguió observando el despliegue de comida con expresión despreocupada.

—Creo que estaba hablando de Picasso con tu pareja mientras tú me lanzabas cuchillos con la mirada.

—Estaba tratando de que fueras amable.

—Yo no soy amable.

Jessica dejó escapar un suspiro desesperado.

—¿No puedes al menos fingir que lo eres?

Él alzó la mirada.

—Cariño, lo que vayas a conseguir de mí tiene garantía de ser cien por cien auténtico.

—¿Incluidos los insultos?

—Incluidos los insultos —Cutter apretó los labios divertido—. Parece que hoy tienes problemas con todas mis conversaciones.

Jessica inclinó la cabeza con falsa paciencia al oírle mencionar el debate del día de la batalla de los sexos.

—No iba a permitir que animaras a Juanita a compartir sus historias sobre sus proezas sexuales en el trabajo.

A Cutter se le iluminaron los ojos con un brillo pícaro.

—Me cae bien Juanita.

—Por supuesto —murmuró Jessica—. Tiene el sexo en el cerebro.

—Una cualidad admirable en una mujer.

Jessica apretó los labios y mantuvo la mirada en la comida mientras se servía una cucharada de fresas. ¿Por qué permitía que los comentarios de aquel hombre la sonrojaran?

—Solo porque Juanita Calamidad haya dicho que renunció a una cita con el director de la empresa para salir con un bombero porque él sabría mejor cómo apagar su fuego —Jessica puso los ojos en blanco—, no significa que haya sido la ganadora del debate de esta noche.

Cutter se detuvo para mirarla.

—Desde luego, Poción de Amor no ha sido la ganadora —afirmó—. Decir que ella hubiera preferido al director porque le gustan los hombres que saben mandar tanto física como intelectualmente es un insulto a los bomberos de todo el mundo. Y también demuestra que es una esnob intelectual. Prefiero escuchar las escapadas de Juanita.

Jessica apretó con más fuerza el plato.

—No es aceptable.

Cutter se detuvo a medio camino de agarrar un canapé y la miró.

—¿Por qué no?

Ella se inclinó y bajó todavía más el tono de voz.

—Porque estará encantada de contártelas todas con pelos y señales.

Las comisuras de los labios de Cutter se alzaron unos milímetros.

—¿Y tienes algún problema con eso?

—Sí —aseguró Jessica. Tras mirar a su alrededor y ver que nadie estaba interesado en ellos, rodeó la mesa y se puso a su lado—. Tengo muchos problemas con eso —susurró.

Y en cierto modo se sentía extrañamente fuera de cada una de esas conversaciones. Era una mujer moderna y triunfadora. Sabía cómo coquetear. Y estaba en contacto con su sexualidad. Entonces, ¿por qué la intimidaba el coqueteo entre Cutter y Juanita?

Cutter se inclinó hasta acercarse demasiado.

—¿Qué tienes en contra de esas historietas?

El calor que sintió en las mejillas podría haber frito el canapé de gamba que había puesto en el plato. Jessica hizo un esfuerzo por mantener la frialdad. En el fondo tenía la desagradable sensación de que los detalles de Juanita harían parecer la vida sexual de Jessica aburrida.

Apartó de sí aquel pensamiento y apretó con más fuerza el plato.

—Las relaciones sexuales no son para el consumo público. Deberían mantenerse en el plano privado —dijo tratando de encontrar las palabras adecuadas—. Compartir los detalles empequeñece la intimidad entre dos personas y… ¿por qué sonríes? —preguntó al ver su expresión.

Cutter no sonreía nunca. Esbozaba una media sonrisa, pero no llegaba a ser plena. Y esta le estaba provocando un escalofrío sensual por todo el cuerpo.

—Porque mi medidor de tonterías se ha vuelto a disparar —aseguró.

Jessica sintió una fuerte bofetada de calor en la cara y forzó la vista hacia la mesa del bufé sin saber qué se estaba sirviendo en el plato.

—No es una tontería.

—Cariño —dijo Cutter con voz grave acercándose más a ella—. No sé quién se olvidó de enviarte la circular, pero el sexo no tiene que suponer el encuentro místico de dos almas. A veces se trata solo de un alivio físico entre dos personas que se gustan. Y no tiene nada de malo.

El deseo que desprendía su mirada hizo que Jessica se derritiera. Mientras su cuerpo trataba de deshacer el nudo que se le había formado en los nervios, Cutter se dio la vuelta y se dirigió a otra de las mesas de comida.

Jessica reunió la dignidad que le quedaba y se acercó a él.

—Tal vez para aquellos que no han evolucionado y siguen siendo animales —susurró con firmeza.

Cutter se rio entre dientes y los ojos le brillaron alegres. Jessica lo entendió entonces.

—Lo estás haciendo adrede, ¿verdad? —preguntó asombrada.

—¿Hacer qué? —la expresión inocente de su rostro resultaba falsa.

—Te estás mostrando como un machista para que yo pique —se le quedó mirando, molesta por haber caído de pleno en su trampa.

Cutter apretó los labios como si estuviera reprimiendo una sonrisa.

—Jessica Wilson hablando sobre relaciones en su improvisada tribuna es una imagen digna de ver —dicho aquello se dirigió hacia la parte de los postres.

Con el corazón latiéndole todavía con fuerza por su apasionado discurso, Jessica parpadeó, recuperó la compostura y finalmente fue tras él.

—Cariño —dijo Cutter—, si sigues yendo detrás de mí, la gente pensará que te gusto.

Jessica contuvo una respuesta airada y aspiró con fuerza el aire.

—Y, si te estrangulo al lado de la bandeja de las trufas de chocolate, la teoría de que somos amigos se vendrá abajo.

Cutter ignoró el comentario y se dispuso a llenar su plato.

—¿Cuántas de nuestras conversaciones han sido auténticas y cuántas han sido solo para hacerme caer?

—No te lo digo —aseguró Cutter—. A las mujeres les gustan los hombres misteriosos —le lanzó una mirada burlona—. Enigmáticos —se acercó un poco más y se inclinó hacia ella.

La proximidad de sus brillantes ojos verdes le puso los nervios de punta.

—Hombres que saben cómo apagar el fuego de una mujer.

Jessica sentía como si estuviera a la parrilla, pero mantuvo la compostura.

—Algunas mujeres somos algo más que deseos sexuales andantes —consiguió mantener un tono seguro y firme aunque le temblaban las rodillas—. Tenemos objetivos más elevados en la vida que un simple alivio físico. Como las relaciones románticas. O una conversación profunda e inteligente. Hablando de eso... si me disculpas, voy a ir a buscar a la pareja con la que he venido.

Con la sangre latiéndole con fuerza por el estimulante intercambio, Cutter vio cómo se marchaba la elegante figura de Jessica mientras le dirigía una sonrisa falsa por encima del hombro.

Jessica Wilson estaba muy segura de que sus sentimientos eran más fuertes que sus necesidades físicas.

Que los conceptos básicos como el deseo y la lujuria no podían contaminar sus elevadas metas de conexión espiritual y finales felices de cuento de hadas. Le sonrió a Phillip cuando él le ofreció una copa de champán y luego miró de reojo en dirección a Cutter con gesto de satisfacción.

La señorita Rayo de Sol estaba encantada consigo misma. La batalla de los sexos se estaba poniendo interesante y amenazaba su promesa de no pensar en mujeres hasta que hubiera decidido qué hacer con su vida.

Porque a veces había que hacer excepciones. A veces había que enfrentarse a los retos. Y explorarlos.

Como en el caso de Jessica Wilson.

La rubia bajita del vestido de cóctel parecía muy segura de su respuesta.

—Poción de Amor Número Nueve tenía razón. La mayor parte de las mujeres escogen hombres fuertes y que al mismo tiempo las estimulen intelectualmente —dijo mirando al grupo de mujeres que tenía alrededor.

El vestíbulo estaba abarrotado, y Cutter se encontraba en el grupo de al lado, pero Jessica sabía que estaba escuchando. La rubia sonrió a la concurrencia.

—¿Para qué sirven los músculos si a un hombre le falta inteligencia?

Jessica miró a Cutter de reojo y alzó una ceja en gesto triunfal. Como no quería verse rodeado por cinco mujeres que estaban debatiendo al detalle cada línea que se había escrito desde el comienzo de la competición, Phillip se había ido para acorralar a un cliente potencial en una esquina. Dada la experiencia de su primera cita, Jessica sabía que no reaparecería enseguida.

La mujer alta de cabello negro miró a la rubia con picardía.

—Susan, me he casado y me he divorciado muchas veces. Créeme —dijo con ironía—, una mujer puede pasar por alto muchas cosas si su hombre sabe cómo hacerla arder.

El murmullo de aprobación del grupo de mujeres a las palabras de Juanita Calamidad hizo que a Jessica se le congelara la sonrisa en la cara. Cuando estaba tratando de pensar en algún comentario diplomático vio a Cutter dirigirse en su dirección. Parecía decidido a unirse al debate. Ella abrió la boca para hablar con la esperanza de atajar cualquier comentario que pudiera hacer, pero cuando pasó a su lado le deslizó los dedos por la espalda, bombardeándole el cuerpo con mensajes perversos.

Con la carne de gallina y el corazón latiéndole frenéticamente, se giró para ver a Cutter desaparecer por una puerta. Tardó treinta segundos de reloj en recuperarse de aquel roce sensual.

¿Quién se creía que era?

Afectada más allá de lo normal y con el cuerpo en llamas, Jessica murmuró una excusa a las demás mujeres y fue tras él. Cuando cruzó el umbral y salió a un corredor vacío, Cutter le tomó el brazo, resucitando en ella deliciosas señales.

—Me has metido mano —susurró, molesta por su instantánea reacción al roce de su piel—. En público.

—Sí —Cutter ignoró su angustia mientras avanzaba por el desierto pasillo lejos de la multitud—. Porque sabía que me ibas a seguir.

—Meter mano es inaceptable —aseguró siguiéndole—. Y además iba a intervenir en la conversación.

—Por eso lo he hecho —afirmó él sin pararse—. Quería evitar que perdieras el tiempo.

Jessica se detuvo finalmente y sintió una oleada de furia al recordar las palabras de la mujer de cabello oscuro.

—Tiene las prioridades confundidas.

Cutter compuso una mueca de fingido disgusto.

—Os estáis tomando este concurso demasiado en serio —aseguró—. Y tal vez su experiencia le haya enseñado la importancia del sexo para mantener vivo un matrimonio.

El pasillo no estaba muy iluminado, pero ella le lanzó una mirada fulminante a Cutter de todas maneras.

—O tal vez el hecho de tener las prioridades confundidas haya provocado que todos sus matrimonios fracasaran.

Cutter no respondió, se limitó a guiarla hacia la enorme estancia situada al final del corredor. Jessica se detuvo sorprendida.

—¿Me has traído al tanque de los tiburones? —preguntó.

—Aquí no hay nadie, así que me pareció un lugar seguro para mantener una conversación. Además —Cutter alzó una ceja—. Me parece adecuado tras tu encontronazo con la profesional del divorcio —se apoyó contra el tanque—. Hablando de relaciones fracasadas, ¿dónde está ese maravilloso ex tuyo?

Jessica se acercó al tanque y mantuvo los ojos en uno de los tiburones que pasó cerca de ellos. Su sinuosa ondulación resultaba hipnotizadora.

—Tenía que atender un asunto de trabajo y no ha podido venir.

—¿Y dónde está Phillip?

Su tono no dejaba lugar a dudas sobre la opinión que tenía de él. Por alguna razón, Jessica sintió la necesidad de defenderle.

—Phillip es un hombre brillante, encantador y sofisticado. Y sí —continuó al ver el modo en que Cutter la miraba—, está un poco obsesionado por el trabajo —se aclaró la garganta—. Ahora mismo está hablando con un potencial cliente.

Cutter la miró con curiosidad.

—¿Te sucede con frecuencia?

Ella le observó hechizada. Su presencia hacía que le resultara difícil concentrarse, pero fue la expresión de su rostro la que le aclaró la confusión.

—Ah —dijo con una media sonrisa—. Ya lo pillo —se puso las manos a la espalda y se apoyó en el tanque—. Crees que mi actitud hacia el sexo se debe a que estoy decepcionada de mis relaciones. Que me he estado marchitando como una fruta macerada.

—Bueno, hay sexo y sexo —Cutter alzó una ceja en expresión sugerente.

La promesa que encerraba su voz y el recuerdo de su contacto provocaron que su cuerpo volviera a latir. Pero Jessica se limitó a poner los ojos en blanco.

—Gracias por aclarármelo.

Cutter le puso un único dedo en el brazo, lo que provocó una oleada de shock en su espalda. La penumbra no podía disimular la abrasadora mirada de sus ojos verdes. Y en su rostro no había burla, solo determinación y convicción. Le deslizó el dedo desde el codo hasta al hombro.

—Podría aclarártelo ahora mismo.

El cuerpo de Jessica se estremeció y se le aceleró la respiración.

—He venido con una pareja.

Una pareja de conveniencia, y Phillip lo sabía. Pero de todas maneras…

—Así que no se puede tener relaciones sexuales con un hombre si se está saliendo con otro, ¿verdad?

A Jessica le latía el corazón con tanta vehemencia que sentía la vibración. Pero tenía que parecer segura de sí misma.

—Por supuesto que no —afirmó. Pero la intensidad de la mirada de Cutter tiñó sus palabras de desesperación—. Y un sexo estupendo no sustituye a los intereses comunes.

Estupendo, ahora estaba empezando a parecer una solterona ridícula. Pero todo en aquel hombre le ponía nerviosa. Cutter se acercó más, envolviendo sus sentidos, y su cuerpo se volvió imposiblemente tirante. Decidida a desafiarle, alzó la barbilla y mantuvo la voz pausada.

—Ni a una conversación chispeante.

Ignorando su sermón, Cutter inclinó lentamente la cabeza hacia delante y su aroma le penetró por las fosas nasales. El sudor le perló la nuca. Jessica cerró los ojos esperando. Anticipándose. Pero en lugar de besarla, como ella esperaba, le dio un pequeño mordisco en el hombro.

El deseo se apoderó de ella y las palmas, que tenía apoyadas contra el cristal, empezaron a sudarle.

No era un gesto pensado para tranquilizar. Ni para seducir suavemente. Encerraba la promesa de fantasías que había imaginado en sueños pero que no había llegado nunca a explorar. De esas que desaparecían al despertar y te dejaban deseando algo aunque no supieras exactamente qué.

Con los labios en el hombro de Jessica, le dijo con naturalidad:

—¿Qué clase de conversación?

Ella tragó saliva.

—Sobre libros.

Cutter le mordisqueó la oreja y a ella se le volvió a poner la carne de gallina. Se mordió el labio inferior para no soltar un gemido y trató de concentrarse en el cristal frío que estaba tocando con las palmas de las manos.

¿Qué le estaba pasando? ¿Dónde estaba su fuerza de voluntad? Debería apartarle, pero no podía. Debería marcharse, pero no quería hacerlo. Porque en el fondo quería conocer el contenido de aquellos sueños. Y el instinto le decía que Cutter podría enseñárselo. Él le deslizó la boca por el cuello, haciéndole arder la piel.

—¿Está permitido algún tema más? —Cutter apretó sus duras piernas contra sus caderas.

A ella le temblaron las rodillas y la cabeza empezó a darle vueltas.

—Películas —susurró mientras las manos de Cutter se movían hacia sus costillas—. Buen vino, música y actualidad —terminó a duras penas, orgullosa de haber sido capaz de hablar con coherencia.

Cutter alzó la cabeza para mirarle con el muslo entre sus piernas y la mano cubriéndole el seno.

—¿Quiere que haga esto? —le deslizó un pulgar por el pezón—. ¿O quieres que hablemos de la importancia histórica de Picasso?

El tenue hilo que la unía a la cordura terminó de romperse, y los pezones se le pusieron duros. Un escalofrío de placer le recorrió la espina dorsal. Se escuchó a sí misma murmurar una respuesta ininteligible. Y como si el balbuceo fuera la señal, la boca de Cutter aterrizó sobre la suya. Fue un beso carente absolutamente de delicadeza. Lleno de poder. Básico.

Igual que era él.

Provocó en Jessica un fuego interior más abrasador de lo que nunca imaginó. Se agarró a la camisa de Cutter, sujetándole mientras sus labios recibían los suyos. Las manos de él, grandes y abrasadoras a través de la seda, le cubrieron el trasero y la atrajo hacia sí, apretando el duro muslo contra su centro.

Jessica dejó escapar un pequeño grito de placer, y entonces Cutter apartó la boca de la suya y dijo:

—Tal vez quieras hablar de los méritos del vino de importación frente al vino local —le mordisqueó el labio inferior—. O debatir sobre el mensaje de la última película extranjera.

—Oh, por el amor de Dios —gruñó ella frustrada—. Déjalo estar.

La boca de Jessica buscó desesperadamente la suya. Siguieron besándose con pasión salvaje. Nada de convencionalismos ni de disimulos. Los segundos se transformaron en minutos y Jessica se sintió atrapada en medio de un deseo que exigía satisfacción. Abrumada, sintió cómo las lágrimas de placer le quemaban los párpados y le cerraban la garganta. Cutter dejó sus labios y volvió a poner la boca sobre su hombro, esta vez mordiéndolo con más fuerza y pasión. Una erupción de colores psicodélicos hizo explosión en sus ojos y los músculos se le agarrotaron mientras el placer le recorría el cuerpo.

Las caricias de Cutter se hicieron más suaves y Jessica descendió lentamente a tierra firme. Fue consciente poco a poco del frío cristal que tenía a la espalda. Le temblaban las piernas y se sentía débil.

Débil. Esa era la palabra adecuada. A pesar de sus estúpidos y mojigatos intentos de mantenerle alejado de ella, había bastado un pequeño mordisco para que tirara por la borda todos sus ideales.

Cutter se incorporó, pero Jessica mantuvo los ojos cerrados y consiguió decir:

—No quiero ver ni un ápice de satisfacción en tu rostro.

—De acuerdo.

Jessica abrió los ojos y le miró mientras él seguía hablando.

—Solo te diré: «te lo dije» y lo dejaré así.

Sintiéndose todavía débil y demasiado impactada para poder hablar, Jessica permitió que Cutter la tomara del brazo y la llevara al corredor vacío. Cuando se acercaron al vestíbulo fue capaz finalmente de moverse por sí sola.

Él la miró con expresión pecaminosa. Jessica no le había visto nunca tan animado.

—Creo que te vendría bien una copa —dijo Cutter—. ¿Por qué no buscas a tu simpático acompañante mientras yo le digo al camarero que te traiga más champán?

Jessica le miró con los ojos entornados y contuvo la extraña y poco digna necesidad de sacarle la lengua. Entraron en el vestíbulo, y tras dirigirle su típica media sonrisa, Cutter se giró hacia el bar.

Un periodista del *Miami Insider* se materializó como por arte de magia delante de él, y Cutter puso cara de resignación irritada.

—Me alegro de volver a verle, señor Thompson —dijo el periodista. Su sonrisa de tiburón no tenía mejor aspecto con esmoquin—. El mundo deportivo estaba empezando a pensar que iba usted a evitar a la prensa eternamente.

El rostro de Cutter se ensombreció.

—He estado trabajando en un proyecto.

Impávido ante la actitud de Cutter, el periodista sonrió.

—Solo quiero hacerle una pregunta.

Los ojos verdes de Cutter se volvieron duros como el granito y Jessica contuvo el aliento.

—¿Por qué embistió a Chester? —quiso saber el periodista.

Cutter frunció el ceño.

—Eso no importa —afirmó con desdén—. Él ganó y yo no.

Confiando en que aquello fuera el final de la historia, Jessica dejó escapar un suspiro. Pero cuando Cutter trató de seguir avanzando, el periodista se colocó delante de él impidiéndole el paso.

—Pero Chester llevaba tiempo rozando los límites del juego limpio y muchos pilotos estaban pidiendo que interviniera la federación —el periodista miró a Cutter con intención—. Había mucha animadversión entre ustedes dos.

El hombre hizo una pausa, pero al ver que Cutter no decía nada, continuó:

—Algunos dicen que está en su naturaleza competitiva el ir a por todas y ganar. Otros dicen que lo hizo porque quería darle una lección a Chester y enseñarle las reglas del juego —el entrometido periodista ladeó la cabeza—. ¿Por qué corrió ese riesgo?

Cutter rodeó al hombre con una expresión de absoluto desprecio en la cara.

—A estas alturas, el motivo es irrelevante.

El periodista vio cómo Cutter avanzaba unos metros antes de gritarle:

—No lo es cuando ha convertido al mejor piloto del circuito en el mayor fracaso.

Capítulo 5

EL mayor fracaso.

La voz de Springsteen se lamentaba en el garaje. Con las caderas presionadas contra el Barracuda mientras se inclinaba sobre el capó abierto, Cutter batalló con el cierre del filtro del aire. No necesitaba que lo cambiara, lo que él necesitaba era algo para evitar aporrear el coche furioso.

En el pasado habría ido a dar una vuelta por el circuito. Correr a más de trescientos kilómetros por hora le hacía sentirse vivo y le borraba las emociones negativas.

Pero eso ya no era una opción. Desde que echó a perder su vida sentía como si estuviera paralizado y amordazado. Y ahora que no contaba con la válvula de escape de las carreras, la presión de la negatividad le crecía en el pecho y le hacía estar de mal humor.

Aunque nunca había sido precisamente muy alegre.

Tras salir del acuario el sábado por la noche, se

pasó todo el domingo debajo del coche. Las costillas todavía le mandaban avisos dolorosos de las doce horas de trabajo. Las dos horas de ejercicio que había hecho aquella mañana tampoco ayudaban. A la décima serie de levantamiento de pesas ya tenía la camiseta pegada al cuerpo por el sudor y su pecho protestaba. En cierto modo, el constante dolor era un alivio porque evitaba que pensara en la última pregunta de aquel periodista. Sin embargo, Cutter sabía que aquel iba a ser un día de ibuprofeno y bolsas de hielo.

Peleándose con el cierre del filtro e irritado por su insistencia en no moverse, Cutter soltó un palabrota.

—Tal vez deberías intentarlo con palabras dulces —le dijo una voz a su espala.

Jessica.

Tras una breve pausa, Cutter agarró con más fuerza la llave inglesa.

—Yo no utilizo palabras dulces —aseguró mientras seguía intentándolo.

No estaba de humor para hablar con ella. El dolor del pecho era un reflejo del caos que le daba vueltas en la cabeza, y ninguna de las dos cosas le permitía comportarse de un modo socialmente aceptable.

—No voy a marcharme solo porque me estés ignorando —aseguró Jessica.

El sonido de sus pasos fue seguido por el fin del solo de guitarra en el equipo de música, y después se hizo el silencio.

La voz que Cutter escuchó a su espalda sonó dulce y al mismo tiempo decidida.

—Esconder la cabeza debajo de ese coche no resolverá tus problemas.

Ella no sabía nada, y Cutter hizo un esfuerzo por contener una mueca de desagrado.

—Yo no he dicho que sea así.

—Ese es el problema —insistió ella—. Que no dices nada de nada.

Jessica se inclinó en la parte delantera del coche a su lado. Su perfume le invadió los sentidos, haciendo revivir sus emociones. Su deseo. Incluso su amargura.

Cutter se pasó la mano por el pelo con gesto de frustración. No necesitaba la visita de una buena samaritana que tratara de ayudarle. Lo que necesitaba en aquel momento era estar solo. Y si la señorita Sensibilidad fuera capaz de entenderlo, entonces podría ir a darse esa ducha que tendría que haberse dado tras el entrenamiento con pesas de por la mañana.

Se incorporó y dejó caer la llave inglesa en la caja de herramientas.

—Hablar no cambia las cosas.

—Eso no lo sabes si no lo intentas.

Cutter se quedó mirando su hermoso rostro. Aquellos ojos grandes y expresivos la miraban con incertidumbre. Con recelo mezclado con miedo. No era de extrañar. Tras el episodio del acuario, estaba claro que no confiaba en su propio comportamiento con él. La velocidad con la que se había excitado entre sus brazos había sido asombrosa. Y, si para él había sido impactante, para Jessica sin duda también.

La idea le produjo tal satisfacción que estuvo a punto de borrar su mal humor, pero la compasión del rostro de Jessica se lo devolvió. El veraniego vestido dejaba al descubierto la blanca piel de sus hombros. Sus largas piernas terminaban en un par de sandalias sin tacón. Muy femenina.

—Cariño —dijo Cutter con voz pausada mientras se acercaba más a ella.

Jessica parpadeó levemente, como si no supiera muy bien qué debía hacer a continuación.

—Si eres lista, te marcharás de aquí —le dirigió

una mirada con la que pretendía poner fin a la conversación y se dirigió hacia la puerta—. Yo voy a darme una ducha.

Mordiéndose el interior de la mejilla, Jessica vio a Cutter desaparecer en el interior de la casa. ¿Por qué estaba allí? Tendría que irse sin duda. Pero cuando el periodista le llamó fracasado, la expresión del rostro de Cutter le partió el corazón. Y no se la quitaba del pensamiento. Esa y la de satisfacción que había puesto cuando la puso de rodillas en sentido figurado… cuando ella estaba acompañada por otro hombre.

El recuerdo le provocó una punzada en el vientre. Sí, la única razón por la que Phillip había accedido a ir a aquel evento era para promocionar su negocio. Pero de todas maneras, la participación de Jessica en el incidente hacía que se sintiera incómoda. Cuando Cutter le pidió ayuda para su coqueteo, ella le acusó de ser poco romántico y poco ético. Pero ¿dónde la situaban a ella sus acciones?

Cerró los ojos y se apretó el puente de la nariz. Seguramente sería mejor no responder a esa pregunta. Pero igual que el divorcio no le impedía creer en los finales felices, tampoco una pequeña indiscreción…

La mente de Jessica volvió al momento increíblemente sensual en el tanque de los tiburones y un escalofrío le recorrió la espina dorsal. De acuerdo, la indiscreción no podía calificarse de pequeña. Pero un breve momento de debilidad…

La excusa murió atajada por el recuerdo de cómo se agarró de Cutter, cómo atrajo desesperadamente su boca hacia la suya, prolongando el contacto hasta que prácticamente le suplicó que acabara el trabajo.

De acuerdo, así que tampoco había sido breve.

Jessica compuso una mueca y se devanó los sesos en busca de algún tópico mejor.

Ah, sí. Viejo pero bueno: «Hay que aprender de los errores y seguir adelante». Ese funcionaba bien. Gracias a Dios. Exhalando un pequeño suspiro, Jessica se frotó la frente y miró hacia la puerta cerrada por la que Cutter había desaparecido. El instinto le dijo que se fuera, que le dejara con su mal humor. Pero la única razón por la que Cutter había ido a la fiesta en la que se había encontrado con ese periodista había sido para ayudarla con su problema de publicidad. Aspirando con fuerza el aire, cruzó el garaje y se dirigió hacia las escaleras que daban a la zona habitable. Al final del pasillo había una puerta abierta, y escuchó el sonido del agua corriendo. Sintió una náusea de ansiedad cuando se acercó lentamente al umbral y se apoyó contra el quicio.

El baño era de mármol gris con remates dorados. La ducha estaba encastrada en unos bloques de cristal, y el agua que caía de la ducha cubría de vapor el recinto. Cutter estaba ante el lavabo de doble seno con las manos en el extremo de la camiseta, como si estuviera a punto de quitársela.

Sus miradas se cruzaron en el espejo, y durante un breve instante, la intimidad de aquel lugar estuvo a punto de llevarla a salir corriendo de allí. La expresión oscura del rostro de Cutter tampoco ayudaba. Pero se mantuvo.

—Incluso los hombres prehistóricos, a pesar de tener un vocabulario limitado, expresarían seguramente sus sentimientos cuando estuvieran disgustados —dijo.

Cutter dejó caer las manos a los costados y deslizó la mirada hacia el lavabo.

—Yo no estoy disgustado.

Jessica entró despacio en el baño.

—No voy a marcharme hasta que hables conmigo.

—¿Por qué?

—Puede que me sienta responsable por haberte arrastrado a la fiesta.

La mirada de Cutter volvió a cruzarse con la suya.

—Considera lo del tanque de los tiburones como pago.

Jessica sintió cómo se sonrojaba, pero decidió ignorar el comentario y siguió.

—Dime, ¿qué es lo que te tiene agobiado? —le observó en el espejo—. ¿El fin de tu carrera, las lesiones… o haber perdido la adoración de un periodista sensacionalista?

Cutter resopló en parte molesto y en parte burlón.

—Me importa un bledo la prensa y sus opiniones —se inclinó hacia delante y se apoyó en la encimera—. Y sí, me fastidia que mi carrera haya terminado. No todos somos tan optimistas —alzó las cejas.

—¿Te estás burlando de mí?

Cutter la miró sin mostrar ninguna emoción.

—Solo estoy constatando un hecho.

Era verdad. Jessica no sabía ser de otra manera. Tras un periodo de luto por el divorcio de sus padres se fijó en lo positivo, agradecida de que la ruptura hubiera sido amistosa. Tras llorar por el fin de su matrimonio con Steve, logró sacudirse la tristeza y volver a renacer.

¿Qué opción le quedaba?

Inclinó la cabeza con expresión de curiosidad.

—¿Por qué has dejado que la pregunta del periodista te molestara?

Tras girarse rápidamente sobre los talones, Cutter abrió la puerta de la ducha y cortó el agua. Se dio la vuelta y se apoyó contra los bloques de cristal, colgando los pulgares de la cinturilla de los vaqueros. La camiseta le marcaba los músculos y tenía los tobillos cruzados en actitud indiferente. Cómoda. Tal vez su vida fuera un torbellino, pero estaba en su casa y estaba muy seguro de su presencia física. Era la personificación de la belleza masculina.

Pero tenía la mirada distante, y cuando finalmente habló sus palabras la sorprendieron.

—No tengo ningún recuerdo del accidente.

Jessica se le quedó mirando. Las últimas gotas de agua cayeron al suelo de la ducha mientras ella procesaba la noticia. Aunque pudiendo escoger, ¿quién querría recordar algo tan espantoso?

—Seguramente eso sea algo bueno.

—¿Ah, sí? —dijo Cutter sacudiendo lentamente la cabeza—. Primero iba en cabeza y un instante después me despierto con un dolor insoportable y con la mano izquierda sin fuerza —apretó los músculos de la mandíbula—. Mis días en las carreras han terminado —a juzgar por su tono quedaba claro que esa certeza había sido peor que el dolor físico—. Tomé una decisión que puso fin a todo y ni siquiera puedo recordar por qué lo hice.

Jessica le observó durante un instante.

—Debió de ser duro poner fin a tu carrera.

—Fue algo más que eso —Cutter se pasó la mano por el pelo con frustración—. No soy una persona despreocupada desde que tengo diez años. No me dejo llevar. No sonrío si no tengo ganas. Y en las carreras era el único lugar en el que podía ser yo mismo.

Jessica alzó una ceja.

—¿Eras desagradable?

Él apretó los labios para reprimir una sonrisa.

—Más bien no tenía que fingir ser agradable. Las carreras iban con mi forma de ser —una expresión sombría le cruzó el rostro—. Y ahora eso ha desaparecido.

Desaparecido. Una sola palabra que tenía mucho significado y que le llegó a Jessica al corazón. Ella sabía a qué se refería. El final de su matrimonio no había sido exactamente lo mismo, pero había similitudes. Le entendía.

Se acercó a su lado y apoyó la cadera contra la encimera.

—Cutter, yo sé lo que es sentirse perdida.

—¿Estás comparando mi lesión con tu divorcio? —preguntó él con escasa convicción.

Jessica se cruzó de brazos.

—Sé que para ti el matrimonio no significa nada, pero para mí supuso el final de mi sueño. Y tuve que levantarme y seguir adelante.

La expresión burlona de Cutter se suavizó un poco y la miró con más fijeza, como si estuviera sopesando sus palabras.

Jessica se animó y siguió.

—Solo podrás volver a encontrar el camino dando pasos, y eso es imposible si te escondes del mundo ocultándote bajo el coche.

—Ahora mismo lo único que tengo es mi Barracuda. Cuando haya terminado, ¿qué sugieres? ¿Que busque otro trabajo? Competir en las carreras es lo único que conozco. Lo único que he hecho. Lo único que he querido hacer siempre.

—Encontrarás algo más que también te encante.

—No hay nada más que me encante.

—Entonces encontrarás algo que te gustará casi tanto. Pero, si solo te concentras en lo que has perdido, nunca serás capaz de ver lo que queda —aseguró acercándose un paso más—. Tu actitud negativa está cerrándote a otras posibilidades.

Cutter la miró como si se hubiera vuelto loca.

—¿Qué posibilidades?

Ella se apartó un mechón de pelo de la cara con desesperación.

—No lo sé —dijo dejando caer la mano—. Solo tú puedes averiguarlo —dio otro paso más hacia delante y le sostuvo la mirada—. Pero eso no ocurrirá hasta que dejes de sentir lástima de ti mismo.

Cutter se la quedó mirando durante lo que pareció una eternidad y finalmente su rostro se suavizó con un asomo de buen humor. Y el brillo de sus ojos suponía definitivamente una mejora sobre el escepticismo.

—A la gente no le gustan los llorones, ¿verdad? — preguntó.

Asombrada por la transformación, Jessica sonrió sin poder evitarlo.

—No.

Cuando Cutter dio un paso pequeño pero muy significativo hacia ella, la tensión del aire adquirió un tono definitivamente sensual.

Jessica tragó saliva y se apartó de la encimera.

—Te dejaré solo para que te duches.

—Espera —dijo acercándose a un cajón y sacando unas tijeras—. Antes de que aparecieras con esa arrolladora simpatía tuya traté de quitarme la camiseta y me di cuenta de que me he hecho daño de verdad en las costillas con el entrenamiento. No puedo levantar los brazos sin sufrir todo tipo de dolores —le tendió las tijeras y compuso una expresión burlona—. ¿Podrías cortarme la camiseta?

Jessica frunció el ceño con el corazón latiéndole con fuerza y miró la camiseta del circuito de coches de serie.

—Te la vas a cargar.

—Cariño, tengo millones de ellas —frunció el ceño con regocijo—. ¿No tienes compasión por un hombre que sufre?

Jessica entornó la mirada, agarró las tijeras y las blandió en su dirección.

—Te lo mereces por excederte sin estar completamente curado —con los ojos clavados en la tarea que tenía entre manos, empezó a cortar desde abajo hacia el cuello. El algodón se partió para dejar al descubierto un estómago plano y unos pectorales bien definidos. La visión le resultó más perturbadora de lo que esperaba y los dedos se le volvieron más torpes cuando se reveló el pecho. La mezcla de colonia almizclada con aceite de motor resultaba hipnotizadora. Dio un paso atrás. La camiseta estaba completamente abierta y las mangas le colgaban de los hombros.

—Sigo sin poder ducharme —aseguró Cutter.

La diversión no había terminado todavía. Tras exhalar un profundo suspiro, ella le dijo:

—Date la vuelta.

Cutter le presentó una espalda que necesitaría de un GPS para no perderse en ella. Pero no podía resultar tan perturbadora como el frente. Cortó la tela y dejó al descubierto aquella bella expansión de músculos, tendones y piel bronceada. ¿Quién hubiera adivinado que tendría la espalda tan impresionante como el pecho?

Jessica agarró con fuerza las tijeras cuando Cutter se giró. El pecho. La espalda. Increíbles. Se viera desde donde se viera, Cutter Thompson era una perita en dulce capaz de dejar en blanco la más racional de las mentes. Y ella solía tener la mente más racional de todas.

Cutter se aclaró la garganta para que se pusiera en marcha y Jessica le bajó las mangas por los brazos.

Él torció el gesto y soltó un leve silbido. Estaba claro que le dolía de verdad.

—Buena caricia —dijo apretando los dientes—.

Tu seducción habría funcionado si no fuera por la agonía.

—No voy a seducirte.

—¿No quieres devolverme el favor?

Las mejillas le ardieron con el recuerdo. Fue todavía peor cuando Cutter, con su verde mirada clavada en la suya, soltó el cierre de los vaqueros exponiendo un poco más de abdomen plano. A Jessica le empezó a latir con fuerza el corazón bajo las costillas.

—Seguro que puedo hacerte cambiar de opinión respecto a esto también.

También. Igual que lo había hecho en el tanque de los tiburones.

Sin decir una palabra, Jessica se dio la vuelta y obligó a sus pies a dirigirse hacia el pasillo mientras trataba de ignorar el sonido de sus vaqueros al caer al suelo y el de la puerta de la ducha abriéndose. Cutter estaba allí. Desnudo. Y dispuesto. El agua le resbalaría por la espalda y por el ancho pecho. Y tras la descarada invitación, lo único que tenía que hacer era quitarse la ropa y seguirle a la ducha.

La imagen hizo que le temblaran las piernas y le falló el paso.

Bajó las escaleras sintiendo cómo su decisión se iba haciendo más fuerte con cada zancada. Ya había probado el oscuro deseo que Cutter despertaba en ella. Un trozo más grande sin duda se le atragantaría. No podía volver a tocarle. Era demasiado tentador, la animaba a salir del camino que había escogido el día que firmó los papeles del divorcio. Cutter hacía que se cuestionara la decisión de mantenerse fiel a su plan de encontrar un compañero.

El compañero adecuado.

Jessica salió por la puerta principal y se subió al coche, agarrándose con fuerza al volante. El corazón le latía acelerado sin ningún pudor, y su cuerpo, excitado y ardiente, insistía en que aceptara la oferta de Cutter.

Pero la lógica era su aliada.

Centrar sus metas y conseguirlas era su especialidad. Por desgracia, la gala benéfica y mantener al Comodín a raya la habían desviado de su camino. Cutter Thompson no era el único hombre del planeta con atractivo sensual. Había llegado el momento de empezar a buscar de nuevo. Si buscaba con el suficiente ahínco, sabía que podría encontrar a un hombre moderno que no solo quisiera una relación, sino que conectara con ella tanto en el plano físico como en el emocional.

Un hombre que supiera ser amable y educado.

Un hombre que creía en el «para siempre», como ella.

La pelirroja de la acera se agarraba al rubio musculoso como si él necesitara un ancla. Los dos se sonreían el uno al otro con sus dientes perfectos. Cutter frunció el ceño mientras observaba la escena desde su coche deportivo aparcado delante del edificio de Parejas Perfectas.

Jessica, tan delicada y guapa como siempre, hablaba con la pareja en la puerta de entrada. Su falda entallada terminaba por encima de la rodilla, acentuando la longitud de sus piernas. La blusa color arándano hacía que su piel aceitunada brillara. Llevaba el brillante cabello oscuro recogido parcialmente hacia atrás, cayéndole en suaves ondas sobre los hombros, dejando al descubierto el arco del cuello y enmarcando su rostro sonriente. Estaba claro que la feliz pareja le proporcionaba una gran satisfacción.

Cutter la observó, cautivado por su expresión. Su incombustible entusiasmo, su optimismo respecto al amor, las relaciones y el potencial del futuro resultaban intrigantes. Podría haberle sacado todo lo que podía a su exmarido y dedicarse el resto de su vida a vivir bien. A ir de compras y a comer con sus amigas. A quejarse amargamente de los fallos de su ex, de sus sueños rotos y de las pequeñas crueldades de la vida.

Pero había escogido ayudar a otras personas divorciadas a encontrar el amor. Y aunque Cutter no compartía su creencia en los finales felices, estaba claro que Jessica había transformado su desgracia en algo positivo.

No como él. Un hombre que había sido víctima de una catástrofe creada por él mismo y que no era capaz de levantarse. Y tenía que reconocer que Jessica estaba en lo cierto. Se estaba dejando llevar por la autocompasión. Y a nadie le gustaban los llorones.

El recuerdo le hizo sonreír. Tal vez había llegado el momento de tomar prestada una página del libro de Jessica y mirar hacia delante.

Satisfecho con su decisión, cuando la pareja de la acera se marchó, Cutter salió del coche. Supo el momento exacto en que Jessica le vio. Se le puso el cuerpo tenso y le miró con recelo, pero su desconfianza no impedía la gracilidad habitual de sus movimientos.

—Gracias por venir —dijo ella acercándose. Entraron en el edificio y se detuvo para abrir la puerta—. He quedado dentro de una hora para cenar en este lado de la ciudad.

A Cutter la noticia le resultó… perturbadora. Se acercó un poco más. Y tuvo la satisfacción de ver cómo se le incomodaba la mirada.

Bien. Ella también lo sentía. Tal vez fuera a cenar con otro hombre, pero no podía negar su mutua atracción. Habían transcurrido varios días desde su encuentro en el acuario y la tensión del cuarto de baño, y su cuerpo reaccionaba con su mera presencia.

Solo era cuestión de tiempo que Jessica Wilson se rindiera.

—Una cita, ¿eh? —trató de mantener una expresión seria—. ¿Bombero o director?

Ella le miró con gravedad.

—Ninguno de los dos —dijo enfilando por el pasillo—. Es farmacéutico.

Cutter apretó los labios y se puso a su lado.

—A menos que se trate de Viagra, le resultará difícil apagar esos fuegos armado solo con un bote de pastillas.

Jessica mantuvo la mirada firme hacia delante.

—Solo tiene treinta años. No creo que necesite Viagra.

—Nunca se sabe —dijo él—. ¿Y estás segura de que cree en el «para siempre»?

—Ya se comprometió una vez. Se separó de su mujer hace dos años.

—¿Soy el único que ve la ironía de esto? —al ver que ella no le miraba intentó una táctica distinta—. Tal vez esté todavía enganchado a su ex.

Jessica se detuvo en el umbral de su despacho y se apoyó en el quicio de la ventana con los brazos cruzados y expresión de paciencia.

—Mike y yo tenemos muchas cosas en común. Los dos somos profesionales a los que les gusta ayudar a la gente. Compartimos el gusto por el jazz. Y los dos buscamos una relación duradera —Jessica le sostuvo la mirada, como si todo lo que hubiera dicho estuviera dirigido hacia él—. Pero la razón principal por la que he accedido a salir con él es porque conectamos en una discusión vía correo electrónico sobre el divorcio.

—Eso es muy romántico —Cutter se apoyó en el quicio opuesto de la puerta—. ¿Qué ha sido de la regla número uno de ser positivo?

¿Eran imaginaciones suyas o Jessica estaba apretando los dientes?

—Cuando dos personas conectan, lo demás no importa. Y el amor es algo más que corazones de caramelo, rosas y velas.

—Entonces, ¿lo que se lleva en el siglo XXI es comprar los acuerdos de divorcio? —dijo Cutter.

Jessica puso los ojos en blanco en gesto de paciencia.

—Será mejor que empecemos —dijo él entrando en el despacho—. No quisiera hacer esperar a Mike y a su bote de Viagra.

Una hora más tarde, Cutter se reclinó en el respaldo de la silla de Jessica y miró la última respuesta en la pantalla del ordenador.

La sinceridad absoluta debe ser siempre una prioridad.

—Maldición —Cutter frunció el ceño—. Gracias a Dios que ha terminado. Ha sido como intentar coquetear con una abuela estirada. Espero que Demasiado Caliente no sea escogida como mi cita.

Jessica le miró divertida.

—No está tan mal.

—Así que, si me pregunta si me gusta su vestido y a mí me horroriza, quiere que le diga la verdad.

—Siempre hay una manera diplomática de decir las cosas.

—Cariño —dijo él con socarronería—, no hay diplomacia en la fealdad —apoyó la cadera en el escritorio y metió los pulgares en las trabillas de los vaqueros, mirándola fijamente. El aroma de Jessica le estaba volviendo loco—. Tú pareces haber congeniado muy bien con ella. Tal vez deberíais ir las dos juntas a la cena benéfica. Cuando Juanita Calamidad me consiga como premio, podríamos ir los cuatro.

—Yo encontraré a mi propio acompañante, muchas gracias —Jessica se reclinó en la silla—. Y Demasiado Caliente va pisándole los talones a Juanita. La gente se está conectando ahora desde todos los puntos del país. Hay mucha expectación con este emparejamiento.

Jessica sonrió radiante. Los ojos le brillaban de felicidad, y Cutter tuvo que hacer un gran esfuerzo de autocontrol para no estrecharla entre sus brazos.

—La Fundación ha recaudado un millón de dólares solo con la votación.

Cutter alzó las cejas al escuchar la astronómica cifra.

—No sé si sentirme animado por la generosa naturaleza de nuestros compatriotas o preocupado por lo cuestionable de sus gustos a la hora de entretenerse.

Jessica se rio entre dientes.

—Ten cuidado, Cutter. Tu cinismo vuelve a asomar.

Contento de oírla reír, Cutter apretó los labios como si estuviera conteniendo una sonrisa. No lo consiguió, y entre ambos fluyó una corriente de diversión mutua. Cuando hubo desaparecido se quedaron mirándose. El tenso silencio se alargó hasta que Jessica se aclaró la garganta, consultó el reloj y se levantó de la silla.

—Si no me marcho ahora mismo, llegaré tarde.

A su cita para cenar.

Apoyado en el escritorio, Cutter observó a Jessica con intensidad, sus ojos grandes y exóticos y las curvas de su cuerpo. Había llegado el momento de dejar de esconderse del mundo bajo el Barracuda y de tomar las riendas de aquella atracción.

—¿Por qué no pasas de esa reunión con Mike y haces lo que de verdad quieres hacer? —le preguntó.

—¿A qué te refieres? —ella le miró como temerosa de escuchar la respuesta.

—Lo que quieres es pasar la noche en mi cama.

Jessica sintió un fuego en el cuello que le subió hasta las mejillas y le dejó la nuca húmeda. No había sorna en su tono de voz. Sus ojos verdes brillaban con un deseo auténtico que la dejó sin aire en los pulmones. Cuando se sintió con fuerzas suficientes, abrió el cajón del escritorio y sacó el bolso.

—No tengo tiempo para esto.

El rostro de Cutter reflejó que se estaba divirtiendo mucho.

—Me encanta —dijo cruzándose de brazos—. Las mujeres sois un caso. La sinceridad solo es vital cuando es conveniente.

Jessica se mordió la lengua y no lo negó.

—Cuando yo estaba de un humor de perros y quería que me dejaras en paz, me perseguiste hasta que hablamos de mis sentimientos —Cutter alzó una ceja—. Pero cuando el tema es el sexo evitas la verdad como si fuera una plaga.

—Eso no es cierto.

De acuerdo, sí lo era. Pero no iba a admitirlo.

—Jessica, ¿cómo puedes decir eso? —se preguntó—. Sigues pasando de puntillas alrededor de nosotros dos incluso después de lo que pasó en el acuario.

—Yo no paso de puntillas.

Y eso no era mentira. Estaba completamente en pie de guerra tratando de protegerse del fuego de sensualidad que la rodeaba.

—Menuda farsa —dijo Cutter.

No le debía nada. Un momento de pasión en la penumbra al lado de los tiburones no significaba que tuviera algún poder sobre ella. Pero sí tenía algo que decirle.

—De acuerdo, aquí tienes un poco de sinceridad —Jessica alzó la barbilla—. Quiero que dejes de intentar ligar conmigo.

—¿Por qué? —Cutter se inclinó hacia delante—. ¿Es que no te fías de la chispa que hay entre nosotros?

Exacto.

—No. El hombre adecuado es más importante que cualquier chispa —aseguró frotándose las sienes—. Y además, está provocando que nuestro trabajo en esta competición sea incómodo.

Cutter arrugó la frente.

—Debí de haberme saltado el día que entregaron el manual sobre cuándo se permite la sinceridad y cuándo no. Al parecer todo depende de tu nivel de comodidad.

Con el corazón latiéndole con fuerza el la garganta, Jessica hizo un esfuerzo por mantenerle la mirada y se puso el bolso al hombro.

—Si no me voy ahora mismo, llegaré tarde —no le importaba que fuera una retirada obvia. Necesitaba tiempo para reagruparse—. ¿Dónde nos encontramos para la sesión de mañana? ¿Quieres venir aquí o me paso yo por tu casa?

Cutter se la quedó mirando como si estuviera considerando las opciones.

—Ninguna de las dos cosas. Voy a darle al Barracuda el día libre. Reúnete conmigo en la lancha a las cinco.

Capítulo 6

REALMENTE la sutilidad no es tu fuerte —le gritó Jessica a Cutter.

Le vio salir del agua con el traje de baño, el pecho desnudo y el Atlántico extendiéndose sin fin a su espalda. Sunday Key, una minúscula isla, quedaba al sur de South Beach y solo se podía llegar a ella por barco. Estaba lo suficientemente cerca como para que hubiera cobertura pero lejos de los periodistas curiosos. Vestida con pantalones cortos y camiseta, Jessica se sujetó las rodillas y metió los dedos de los pies en la arena cálida. Aunque no necesitaba calor extra.

La media sonrisa de Cutter era más devastadora que un tsunami.

Cutter se dejó caer en la toalla que tenía al lado y se tumbó, extendiendo sus largas y musculosas piernas y cerró los ojos.

—¿No te ha gustado la pregunta de hoy?

—La escribiste cuando fuiste a bajar las cosas del barco para que no pudiera verla —Jessica se le quedó mirando. Habían llegado muchas respuestas de las candidatas, y no apoyaban su causa—. Y no está bien que utilices a tus candidatas contra mí.

—Pensé que te gustaría que finalmente estuviera entrando en el espíritu de la competición.

—¿Qué es más importante, la chispa o el hombre? —preguntó repitiendo la pregunta que les había lanzado a las participantes—. ¿Por qué no dices sencillamente que te dejarías llevar por una sucesión de encuentros sexuales sin significado?

—Esa es tu interpretación.

Por suerte tenía todavía los ojos cerrados, así que no vio el sonrojo de sus mejillas.

Estupendo. Seguramente habría caído en alguna trampa que Cutter llevaba toda la noche maquinando. Hacer todo lo posible por ignorar su cuerpo casi desnudo y húmedo ya le resultaba difícil. ¿Por qué tenía además que oler tan bien? No a colonia, sino a jabón fresco, agua salada y el aroma a hombre que Cutter exudaba. Tal vez fuera la testosterona. O las feromonas. Dios sabía que Cutter tenía de sobra.

Una suave brisa agitó las ramas de una palmera, proyectando sombras sobre el rostro de Cutter.

—¿Y qué tal el hombre Viagra? —abrió un ojo para mirarla de reojo—. ¿Podría ser un príncipe azul?

La asaltó el recuerdo de la noche anterior, y la derrota amenazó con apoderarse de ella. Jessica se tumbó a su lado y se quedó mirando el cielo azul. ¿Por qué últimamente todas sus citas parecían condenadas al desastre?

—Más bien un príncipe de la oscuridad.

—¿Cómo el de una novela gótica?

—No. Como el de alguien deprimido y negativo que piensa que el fin del mundo está cerca.

—No es un tipo alegre, ¿no?

Jessica se puso de costado y apoyó la cabeza en una mano para mirarlo.

—Se pasó toda la velada hablando de su exmujer. Y cada vez volvía a contarme lo de su ruptura se echaba a llorar. Y no me refiero a sollozos silenciosos. Eran unos gemidos que llamaban la atención de las mesas que teníamos cerca.

Cutter arrugó las cejas en gesto burlón.

—Se veía venir —aseguró mirándola—. Al menos está en contacto con sus sentimientos.

Jessica le fulminó con la mirada para hacerle entender que no lo encontraba gracioso.

—Estar en contacto vale —dijo con sequedad—. Pero obsesionado no está bien.

—Al parecer tu método para escoger pareja no funciona.

Ella alzó una ceja.

—No creo que el tuyo sea mejor.

—Ni siquiera sabes cuál es.

—Claro que sí. Si te gusta lo que ves, vas a por ello.

Cutter la miró con expresión claramente divertida. Por supuesto, no veía nada malo en su proceder. Ella, en cambio, se negaba a dejarse llevar por la lujuria. Había escuchado demasiadas historias de sus clientes al respecto. Había cometido bastantes errores por sí sola, permitir que su libido tomara las riendas solo serviría para empeorar las cosas.

Y con haber firmado una vez los papeles del divorcio ya era bastante, gracias. La sombra de la tristeza se cernió sobre ella y amenazó con nublar su habitual positivismo, pero hizo un esfuerzo por apartarla de sí.

Si se mantenía fiel a su plan, todo saldría bien.

—Tú eres reactivo —el tono de Jessica no dejaba dudas sobre lo que quería decir—. Sin embargo, yo soy preactiva. No acepto salir con ningún hombre que no esté en el mismo barco que yo. Pregunta en cualquier página de contactos y te dirán que encontrar a tu pareja es una cuestión de números. Escogí cuidadosamente de la base de datos.

Cutter alzó las comisuras de los labios.

—Debe de ser muy cansado besar a tantos sapos.

Tras lo ocurrido el día anterior, le parecía importante volver a trazar esa línea en la arena entre ellos. O tal vez construir un muro imposible de escalar.

Jessica sacudió la cabeza.

—No tengo relaciones físicas hasta haber establecido una sólida conexión emocional.

Cutter la miró sin dar crédito.

—Estás de broma.

Hubo algo en su tono que la hizo ponerse a la defensiva.

—No. Y no inicio conversaciones por Internet hasta haberme asegurado de que esa persona encaja con mi perfil.

—¿De verdad? —Cutter se puso de costado para imitar su posición y apoyó la cabeza sobre el codo—. ¿Perfiles? ¿No es eso lo que utiliza el FBI para encontrar a los asesinos?

Al ver que Jessica no se dignaba a hacer ningún comentario, siguió:

—Entonces, ¿quieres decir que todas las relaciones empiezan pensando en el futuro? —quiso saber—. ¿Nunca te desmelenas y disfrutas del momento?

—Yo no soy como tú. Cutter. Tengo sentimientos. El sexo es algo íntimo que debería empezar por el cariño. Y no quiero perder el tiempo con hombres que no son apropiados.

—Por eso sigues sin pareja. Eres demasiado quisquillosa.

Jessica miró hacia el cielo.

—Soy selectiva —le miró fijamente—. También sirve para descartar a los hombres que solo tienen una cosa en mente.

—Cariño —murmuró él—. Todos los hombres tienen únicamente una cosa en mente.

Ella sintió un calor en el vientre y entre las piernas que le nubló la mente y le hizo difícil respirar. Si las relaciones se construyeran en base a una atracción animal, Cutter sería su hombre. Pero no era así, porque la atracción sexual no tenía el poder de perdurar.

Y se lo seguiría repitiendo a sí misma hasta que su cuerpo entendiera el mensaje.

Por desgracia, la expresión de su rostro resultaba casi tan hipnotizadora como los bien definidos músculos de su pecho, y se sentía cada vez más atraída hacia su mirada. Todas sus buenas intenciones se estaban perdiendo en el calor que le corría por las venas.

Sonó el móvil de Cutter, rompiendo el hechizo, y él lo sacó del bolsillo del pantalón. Mientras Jessica le daba a su cuerpo un firme discurso sobre las normas, Cutter miró la pantalla antes de alzar la vista hacia ella.

—Demasiado Caliente dice que cuando dos personas comparten un lazo, esa es la única chispa que necesitan —sin decir nada más, Cutter empezó a teclear su respuesta.

—¿Qué estás escribiendo? —preguntó Jessica preocupada.

Una tenue sonrisa se le dibujó en los labios mientras movía los dedos por las teclas.

—No te preocupes. Solo le estoy dando la sinceridad que ella tanto valora.

Jessica frunció el ceño al instante.

—Déjame verlo —Jessica fue a por el móvil, pero

él lo mantuvo lejos de su alcance—. ¿Qué le estás diciendo?

—Solo que espero que la clase de lazo del que habla vaya acompañado de látigos, cadenas y esposas.

A ella se le escapó un grito de angustia. Se lanzó hacia el teléfono y Cutter rodó de espaldas sosteniendo el móvil lejos de su alcance mientras se reía. Pero se le cortó la risa cuando Jessica perdió el equilibrio y cayó sobre su pecho sin ninguna elegancia.

A ella se le subió el corazón a la boca, bloqueándole la entrada de aire. Cutter la miró y ella sintió bajo las manos el latido de su corazón, el fuerte músculo y la piel caliente.

—¿Sabes cuál es tu problema? —le preguntó Cutter mirándola fijamente—. Que necesitas la perspectiva de un hombre para buscar el perfil adecuado para tus citas.

Jessica se quedó boquiabierta. ¿Ella fantaseando con ellos dos teniendo relaciones sexuales en la playa y Cutter dándole consejos sobre sus citas?

—Pero hoy es tu día de suerte —continuó él con un brillo en los ojos—. He decidido ayudarte a escoger a tu próxima cita.

Al día siguiente, Cutter aparcó frente a la pintoresca casa de Jessica. Limpia e impecable, estaba pintada de amarillo chillón con persianas blancas y tenía un porche de aspecto confortable. La alegría que exudaba la casa era el reflejo perfecto de su dueña. Cutter se reclinó en el asiento.

El día anterior, cuando Jessica aterrizó sobre su pecho, había necesitado de toda su fuerza de voluntad para no actuar siguiendo el impulso de su cuerpo. Y no era descabellado pensar que el sentimiento era mutuo. Los ojos cálidos de Jessica brillaban con lujuria. Pero el simultáneo horror de su expresión fue lo que impidió que se colocara encima de ella y tomara lo que quería, que le entregara lo que sabía que ella deseaba.

Porque Jessica no quería desearle.

Cutter miró la alegre casa y torció el gesto. Las mujeres con las que se acostaba le deseaban tanto como él a ellas, o incluso más. Nunca en su vida había perseguido a una mujer y no iba a empezar ahora. La última vez que persiguió a alguien era un niño de siete años en busca de su padre, que se había marchado para siempre. Cutter agarró la palanca de cambios con fuerza ante el resurgir de aquel recuerdo.

El día había empezado siendo perfecto. Las visitas de su padre se espaciaban cada vez más, y Cutter llevaba meses esperando para verle. Hacía calor, el algodón de azúcar estaba buenísimo y las gradas del circuito de carreras estaban llenas de fans. Era la fantasía de cualquier niño.

Hasta que su padre empezó a comprarle todo lo que le pedía y Cutter supo que algo pasaba. Cuando la carrera terminó, su padre se paró en la puerta de casa de su madre… y finalmente dejó caer la bomba. Se iba de la ciudad.

Y Cutter supo instintivamente que no volvería a verle.

Por supuesto, su padre lo negó. Ni las lágrimas ni las súplicas le hicieron cambiar de opinión. Y cuando le vio irse, Cutter entró en pánico y salió corriendo para perseguir al coche por la calle. Cuando las luces desaparecieron al doblar una esquina, Cutter estaba demasiado cansado para seguir.

Sonó el claxon de un coche en algún punto del vecindario de Jessica y Cutter apretó con más fuerza la palanca. Maldición, odiaba aquel recuerdo. Odiaba a su padre por haberse marchado, pero se odiaba más a sí mismo por haberle suplicado que se quedara.

Hizo un esfuerzo por soltar la palanca y se dirigió hacia la puerta de Jessica. Estaba seguro de que terminarían viviendo una apasionada aventura, pero se negaba a presionarla. Quería que fuera ella la que le suplicara que la tomara. Quería que ella tomara la decisión y que se lo hubiera pensado bien. Que no fuera el impulso de un momento.

Deseaba a Jessica con toda su alma y la chispa que había entre ellos era muy poderosa. Cualquier cita que tuviera ahora palidecería en comparación con su química.

Así que ofrecerle consejo sobre con quién quedar a continuación en su interminable fila de posibles candidatos al señor Perfecto era una buena estrategia. Cuanto más tiempo pasara con aquellos especímenes blanditos y sentimentales, más rápidamente sucumbiría al sensual torbellino que les unía.

Complacido con su plan, Cutter bajó del coche justo cuando un deportivo italiano se detenía en la entrada. Un hombre de cabello oscuro vestido de negro se bajó, pero Cutter le ignoró hasta que le vio dirigirse, igual que él, hacia la casa de Jessica.

Tal vez había llegado demasiado tarde para escoger a su siguiente víctima.

—¿Eres la cita de esta noche de Jessica? —le preguntó Cutter.

El hombre le miró escudriñándole.

—Soy su exmarido —le tendió la mano pero siguió caminando—. Steve Brice.

El exmarido a quien tanto le debía. Por quien tanto hacía. No había nada en Steve Brice blando ni sentimental.

—Cutter Thompson —se presentó estrechándole la mano.

—Te he reconocido por el periódico —Steve le miró con recelo—. ¿Has venido para sacar a Jessica?

Cutter se preguntó por qué le miraría así. ¿Estaría celoso de las citas de Jessica? Cutter no estaba allí para acostarse con ella, al menos por el momento.

Los dos hombres subieron juntos los escalones de la entrada.

—He venido a ayudarla a escoger su siguiente cita.

—¿De verdad? —el ex de Jessica se rio con una carcajada inesperada y carente de malicia—. Buena suerte entonces —murmuró cuando ella abrió la puerta.

Quince minutos más tarde sonaba un tema de jazz de fondo, el ordenador portátil de Jessica estaba encima de la mesita auxiliar y Cutter esperaba en el sofá lleno de cojines del salón.

—Por si te apetece, he abierto un vino blanco —Jessica salió de la cocina con una botella y dos copas—. Está helado.

Steve salió tras ella con dos botellines de cerveza, uno de ellos medio vacío.

—Me da la impresión de que eres más de cerveza —le tendió el botellín lleno—. También está fría.

Cutter aceptó la oferta del otro hombre.

—Gracias.

Hasta el momento habían interactuado de forma relativamente reservada, y cuando la conversación giró hacia el nuevo gimnasio que la fundación de Steve iba a inaugurar en el club juvenil local, Cutter les dejó solos en la cocina hablando de la gran fiesta de inauguración. Al parecer iban a ir juntos.

Steve señaló con la cabeza la foto del hombre hispano de treinta años que aparecía en pantalla.

—¿Has elegido al médico o al abogado? —tomó asiento en la butaca frente a Cutter.

Jessica se sentó al lado de Cutter en el sofá, y él experimentó una instantánea sensación de orgullo masculino.

—Al abogado —dijo.

Steve parpadeó y Cutter contuvo una sonrisa.

—Está especializado en derecho medioambiental —añadió para aclararlo—. Ha luchado por la protección de los Everglades. El año pasado ganó uno de los prestigiosos premios verdes —apretó los labios—. Así que él también es un buen samaritano.

Steve asintió.

—Buena elección —los ojos le brillaron alegres mientras le daba un sorbo a su cerveza—. A ella le gustan los altruistas.

Como su ex, un hombre famoso por su trabajo benéfico.

Cutter se estaba preguntando muchas cosas desde que la había conocido. El hombre parecía decente, pero eso no significaba que hubiera sido un buen marido. Aunque se preocupaba por Jessica y quería verla feliz. ¿Cómo era su relación?

Sus pensamientos quedaron interrumpidos cuando Steve señaló hacia el ordenador.

—Le dije hace mucho tiempo que la ayudaría a encontrar al hombre adecuado.

Jessica le lanzó a su ex una mirada irónica.

—Hay algo intrínsicamente perverso en que el primer marido escoja las citas de una chica.

Cutter la miró por encima del botellín.

—Desde luego no es muy romántico.

—No, no lo es —respondió ella mirándole—. Pero

dime, ¿qué tienes contra el médico? —preguntó con curiosidad.

—En su perfil dice que ha trabajado en Angola, Afganistán, India y Somalia —dijo Cutter.

Ella se le quedó mirando como esperando que dijera algo más. Al ver se callaba, dijo:

—Así que también le gusta ayudar a la gente. ¿Qué tiene de malo?

Steve respondió por él.

—Dificultades para centrarse.

—Problemas con el compromiso —añadió Cutter.

—Probablemente tenga una mujer en cada puerto —continuó Steve.

Jessica se sirvió el vino y miró hacia los dos hombres.

—¿Puedo participar en la conversación?

A pesar del hecho de que Steve también había respondido, Jessica clavó la mirada en Cutter. Otro momento satisfactorio. Tal vez ellos dos hubieran estado casados y seguían siendo amigos, pero la atención de Jessica era para él.

—Puedes participar en la decisión final —dijo Cutter—. Pero teniendo en cuenta lo del príncipe de la oscuridad, creo que tu capacidad de elección habla por sí sola.

Como si se lo hubiera pensado dos veces, Cutter miró a Steve.

—Mejorando lo presente, por supuesto.

Steve alzó su cerveza en silencioso gesto de agradecimiento, pero Jessica seguía con los ojos clavados en Cutter.

—Mi historial de elección no tiene nada de malo —aseguró desafiante.

Cutter alzó una ceja.

—Si te gustan los llorones, no.

—O los que viven en el garaje de casa de sus padres —añadió Steve.

Cutter se giró hacia Steve con expresión divertida.

—De ese no había oído hablar.

—Ni vas a oír —afirmó ella con tono firme.

—Era todo un personaje —aseguró Steve riéndose.

Pero dejó de reírse en cuanto Jessica le fulminó con la mirada. Con las mejillas sonrojadas, le dio un sorbo a su vino y luego se dejó la copa en la rodilla. Pero mantuvo la barbilla alzada como negándose a permitir que sus pasadas incursiones en el mundo de las citas acabaran con su ilusión.

Cutter se preguntó de dónde sacaría la energía para tanto optimismo.

—Sigo sin entender qué problema tiene el médico —dijo ella.

La pregunta hizo que Cutter se revolviera en el asiento para mirarla mientras otro recuerdo desagradable se despertaba en él. Hacía años que no pensaba en su padre. Pero últimamente, aquellas impresiones vagas y bien enterradas estaban emergiendo con una frecuencia preocupante. Antes de que su padre se marchara para no volver, siempre estaba cambiando de trabajo. Y cada vez que le hablaba a Cutter de su nuevo empleo lo hacía emocionado. Pero ninguno de los puestos conseguía acaparar su atención durante mucho tiempo.

Y la atención a su hijo le había durado siete años. Nueve incluyendo las llamadas telefónicas que Cutter recibió en su octavo y noveno cumpleaños.

Después de eso solo hubo silencio.

Cutter puso el brazo en el respaldo del sofá para tratar de suavizar la tirantez del pecho, pero no lo consiguió.

—El médico ha estado trabajando para tres agencias distintas en cuatro países en menos de dos años

—le dijo a Jessica—. Creo que se deja deslumbrar por los objetos brillantes.

Ella inclinó la cabeza sin entender.

—¿Objetos brillantes?

¿Quién sabía si el médico de Jessica no sería como su padre? Sus actos así lo indicaban, al menos sobre el papel.

—No importa dónde esté —Cutter alzó una ceja—. O con quién esté. El aliciente de algo posible es más interesante para él que la realidad que tiene delante —se quedó mirando a la hermosa mujer real que tenía al lado.

Jessica frunció el ceño meditabunda.

—¿La hierba está siempre más verde al otro lado de la valla?

—Hierba más verde. Objetos brillantes —Cutter se encogió de hombros—. Es lo mismo.

Ella levantó la copa y la detuvo en el aire con la mirada clavada en la de Cutter. No parecía convencida.

—No puedes saber las razones que se esconden tras las acciones del médico.

—Es verdad —Cutter se inclinó hacia delante y acercó la cabeza un poco más a la suya—. Pero, cariño —dijo complacido al ver que el pulso de Jessica se le aceleraba en la base del cuello—, tendrás que hacerle pasar por ese agotador proceso tuyo de preselección y conocerle para comprobarlo.

A Jessica le brillaron los ojos, pero Cutter no supo si estaba molesta por la referencia que había hecho a sus normas para las citas... o confundida por su proximidad. El momento se hizo más largo y cargado de electricidad hasta que Steve se aclaró la garganta. Cutter se giró para mirarle y se dio cuenta de que se había olvidado de que estaba en el salón.

El exmarido de Jessica tenía una expresión profundamente divertida cuando dejó la cerveza sobre la mesita y se puso de pie.

—Tengo una cena de trabajo, así que os dejaré a los dos con esto —dijo—. Jessica, no te olvides de que la cena del club juvenil es el sábado a las siete —Steve se acercó a ella y le dio un beso en la mejilla—. Buena suerte esta noche con tus planes.

Se incorporó y miró a Cutter como si supiera cuál era su estrategia.

—Y a ti también —añadió con una sonrisa que quería decir «la vas a necesitar».

Capítulo 7

KEVIN sonrió a Jessica en la entrada del restaurante Puerta Sagua. Los hoyuelos reaparecieron por enésima vez aquella noche.

—¿Te gustaría volver a cenar conmigo el sábado?

Jessica se le quedó mirando. Era un hombre perfecto. Interesante, divertido y educado. Rubio, con los ojos azules y guapo. Y, sin embargo, Jessica se había pasado toda la noche comparándole con Cutter.

A pesar de todo el tiempo que pasaba con él, sintiéndose frustrada por su actitud y por las descaradas palabras que la volvían loca, no podía descansar de él ni siquiera cuando salía con otro hombre. En su ausencia, la mente de Jessica había estado elaborando todas las observaciones sarcásticas que él habría hecho si hubiera estado allí.

Frustrada, Jessica sonrió con tirantez mientras le miraba a los ojos.

—Este fin de semana voy a estar ocupada —pensando en cómo sacarse a Cutter Thompson de la cabeza. La desesperación por conseguirlo hizo que dejara una puerta abierta para Kevin—. Tal vez en otro momento.

—Lo estoy deseando.

Se inclinó hacia delante y Jessica contuvo el aliento. Aquel era el momento que estaba esperando, el instante en que todo se arreglaría. Pero cuando le rozó levemente los labios no sintió nada.

Ningún escalofrío. Ninguna chispa. Ni siquiera un leve estremecimiento.

Molesta consigo misma, se retiró y le dio las buenas noches. La irritación fue en aumento cuando le vio dirigirse hacia el coche que estaba en la puerta, entrar y marcharse. Con él se fue también el deseo de volver a verle.

Si un beso no era capaz de alterarle siquiera lo más mínimo el pulso, ¿qué sentido tenía?

Jessica suspiró y se dirigió hacia su coche, aparcado un poco más lejos calle arriba. Cutter la había acusado de ser demasiado quisquillosa durante el proceso de selección, pero aquel era el tercer hombre con el que había quedado aquella semana. Tendría que haber sido algo divertido en cada ocasión, pero no fue así. Cada noche se iba a la cama haciendo una lista de las cualidades de su cita en la cabeza, pero cuando se dormía soñaba con Cutter. Sueños eróticos y calientes que la dejaban temblando de deseo. Sueños oscuros que la dejaban muriendo por saber cómo terminaban. Pero siempre se despertaba demasiado pronto con el corazón latiéndole con fuerza y el cuerpo en llamas e insatisfecho.

Despierta o dormida, el hombre de la media sonrisa y la actitud cínica estaba siempre con ella, o en carne y hueso o en sueños. Si continuaba así, la acompañaría hasta la tumba.

Jessica frunció el ceño, abrió la puerta del coche y se sentó al volante. No ayudaba que Cutter hubiera guardado silencio sobre su falta de entusiasmo en cada cita. Para su sorpresa no hubo comentarios sarcásticos; se guardaba sus opiniones para sus adentros y la ayudaba a escoger al siguiente candidato. Y a pesar de su cinismo, escogía bien.

En teoría, cada hombre que Cutter escogía era perfecto. Pero cuando llegaba el momento de la verdad ninguno de ellos le hacía tilín.

Jessica suspiró y se reclinó en el asiento del conductor mientras veía a la gente caminar por la acera. Turistas y lugareños. Familias y grupos de amigos de marcha. Y luego estaban las parejas...

¿Por qué era tan efectiva ayudando a los demás a encontrar el amor pero fallaba de forma miserable en lo que se refería a ella misma? Todas sus relaciones habían terminado en fracaso. Pero a diferencia que muchas de sus clientas a las que no habían tratado bien, Jessica no podía culpar a los hombres. Todos sus fracasos sentimentales habían sido con hombres con las que otras mujeres soñaban.

¿Qué decía eso de ella?

Sintió una oleada de ansiedad que le recorrió todo el cuerpo. Había escogido a los chicos buenos, se había entregado y había trabajado duro por mantener el romance vivo. Y sin embargo cada vez que la cosa terminaba se quedaba preguntándose qué había pasado. La típica excusa de «no eres tú, soy yo» ya empezaba a oler. Había empezado con Steve y siguió después del divorcio. No tenía ninguna prueba de que conseguiría triunfar en el amor. Entonces... ¿significaba eso que estaba destinada a fracasar?

Cuando estaba sola, aquel miedo le resultaba casi insoportable. Pero ahora se sentía tan increíblemente atraída por un hombre que era el polo opuesto a lo que ella necesitaba que no era capaz de sentir ningún entusiasmo por nadie más. Su cuerpo estaba inmerso en una neblina de deseo que la rodeaba tanto si estaba con Cutter como si no.

Cerró los ojos y apoyó la frente en el volante.

«Piensa, Jessica, piensa». ¿Dónde estaba la mujer famosa por idear planes lógicos y seguirlos? En un esfuerzo por lidiar con la tristeza, el día que firmó el divorcio trazó sus metas para el futuro. Lo había hecho antes, así que podría hacerlo ahora.

¿Cómo apartaba una mujer de sus pensamientos a un hombre diabólicamente sexy? Jessica se mordió el labio y consideró sus opciones. Negarse la verdad no había servido. Fingir que la atracción no existía y tratar de seguir tampoco funcionó. Y, si la falta de respuesta de su cuerpo al fabuloso Kevin era un indicativo, estaba metida en un buen lío. Así que tal vez necesitaba sacarse a Cutter de sus pensamientos. Apartarse de su influencia descubriendo cómo sería el sexo con el chico malo con mala actitud. Poner fin al misterio de una vez por todas. La posibilidad le aceleró el corazón de un modo que el contacto con Kevin nunca lograría. Tal vez había llegado el momento de cerrar el corazón y el cerebro y dejarse guiar por el cuerpo. Solo por una vez. Nunca había tenido una aventura de una sola noche en su vida y nunca la había deseado hasta ahora. Sí, tenía que lidiar con Cutter hasta que terminara el concurso. Pero era una mujer inteligente y sofisticada y sabría hacerlo.

Y lo que era más importante: tenía que hacerlo.

Porque en el fondo temía que, si no sacaba a Cutter de sus pensamientos, se quedaría atrapada para siempre en aquel limbo sensual. Deseándole durante el resto de su vida.

Con el corazón latiéndole salvajemente, Jessica encendió el motor y enfiló rumbo a la casa de Cutter.

Arrodillado en la parte inferior del Barracuda, Cutter giró una vez más el tornillo del asiento del conductor con la llave inglesa hasta que, convencido de que ya estaba asegurado, se colocó en el asiento de atrás para admirar su trabajo.

—¿Cutter?

La voz de Jessica interrumpió sus pensamientos.

—Estoy aquí.

Ella apoyó los codos en el marco de la puerta y asomó la cara por la ventanilla.

—¿Por qué estás aquí sentado sin música?

—No estaba de humor.

La sonrisa de Jessica no le alcanzó a los ojos y Cutter se preguntó la razón.

—¿Está perdiendo Springsteen su encanto?

—He preferido el silencio.

Lo cierto era que Cutter había estado tan ocupado últimamente que había olvidado su necesidad de escuchar música. Había instalado el carburador, comprado ruedas nuevas y hoy las había montado, lo que le dejó la mano débil y el pecho dolorido por el esfuerzo. Lo que le quedó de tiempo aquella semana lo había invertido investigando sobre una idea que tenía para un nuevo negocio. Resultaba que era más viable de lo que creyó en un principio. Así que, en general, Cutter estaba contento con los progresos que estaba haciendo para recuperar su vida.

Pero no tan contento como lo estaba de ver a Jessica.

Y allí estaba el problema.

La observó durante un instante preguntándose por qué parecía distraída.

—Tu cita ha terminado pronto —eso no suponía ninguna sorpresa. Si hubiera sabido lo seguro que era empujarla en dirección a otros hombre, habría ideado aquel plan antes. Al ver que ella no decía nada, continuó—: ¿Qué tiene de malo Kevin?

La pregunta la llevó a fruncir los labios, y se le quedó mirando un instante más, como si fuera a asegurar que no tenía nada de malo. Pero siempre les veía algún defecto, y al parecer a Cutter le resultaba extraordinariamente divertido.

Ninguno de esos buenos samaritanos había captado su interés. Los tres encantadores caballeros eran educados, divertidos y guapos. Uno de ellos era dueño de varios hoteles de moda.

Jessica abrió la puerta del coche y se sentó a su lado. Cerró de un portazo y dejó el bolso en el asiento. Su seductor aroma envolvió a Cutter. Sorprendido por su comportamiento, deslizó la mirada por su cuerpo. Los pechos se le marcaban bajo la blusa de seda y llevaba una minifalda que le ofrecía una buena porción de piel desnuda.

Se quedó mirando el asiento delantero como si el cuero encerrara un gran secreto. Aspiró con fuerza el aire, abrió la boca para decir algo y se mordió el labio inferior antes de decir precipitadamente:

—He decidido tener una aventura de una noche por primera vez en mi vida.

Cutter entendió sus palabras y todas las células de su cuerpo gritaron: «Ya era hora». El dolor de las cosillas se fue mientras el deseo que llevaba días consumiéndole alcanzó nuevas cotas. La deseaba más de lo que había deseado a ninguna mujer en toda su vida.

Pero la profundidad de su deseo era una variable con la que no había contado.

Cuando pensó en las palabras «aventura de una noche», como si Jessica estuviera ya preparada para seguir adelante sin haber experimentado lo que podían compartir, Cutter frunció el ceño, molesto por la limitación que le ponían sin haber siquiera empezado. Jessica daba por hecho que no estaría lo suficientemente bien como para querer repetir. Estaba escribiendo el guion antes incluso de dar el primer bocado. La blusa de seda que llevaba puesta era de un rojo brillante que le acentuaba el tono de los ojos y el brillo de la piel. Le miró expectante mientras el ardiente deseo de Cutter se enfrentaba a su creciente impaciencia.

Al ver que transcurrían los segundos y él no respondía, Jessica alzó las cejas.

—¿No vas a decir nada?

Él se revolvió en el asiento para mirarla.

—Estoy pensando.

Estaba sopesando lo que significaba que aquella mujer hubiera cambiado de opinión. Pero estaba claro que él la deseaba aún más que ella a él. Y odiaba que le dejaran con el palito corto en la mano. Sus antiguos resentimientos cobraron vida, le resultaba imposible olvidar aquella lección aprendida de un modo tan duro siendo un niño.

No inviertas en alguien que no haya invertido en ti.

Jessica frunció ligeramente el ceño y apretó los labios.

—La semana pasada estabas intentando convencerme para que dejara colgado a mi cita y pasara la noche en tu cama.

Las ganas de hacer una broma pudieron más que él, y fingió sorprenderse.

—Entonces, ¿soy el afortunado receptor de tu decisión?

Jessica le miró como si estuviera loco.

—¿Habría venido hasta aquí para decirte que voy a actuar en contra de mi buen juicio con otro?

Cutter contuvo una carcajada. Estaba claro que no iba a alimentar su ego.

—Tal vez haya decidido que no quiero ser tu premio de consolación mientras buscas a alguien mejor.

Jessica frunció el ceño todavía más.

—No se trata de que sea mejor. Se trata de encontrar al adecuado para mí.

Cutter alzó las cejas con gesto irónico.

—Lamento darte esta noticia, pero tu método de selección no va a funcionar —un nuevo pensamiento cruzó por la mente de Cutter—. ¿Podría ser que te sintieras atraída hacia mí solo porque me consideras imposible?

No le resultaba reconfortante la idea de ser deseado por lo que no era en lugar de por lo que era.

—Esa no es la razón por la que te encuentro atractivo —aseguró ella.

A pesar de sus dudas, las palabras de Jessica le proporcionaron una buena dosis de satisfacción masculina. Pero ver que no quería desearle era un infierno. Le daría una lección, le diría que se marchara y volviera cuando estuviera preparada de verdad.

Pero al parecer estaba condenado de adulto como lo estuvo de niño.

Porque aunque tenía el ego dañado, quería que se quedara. El deseo estaba ganando su guerra interior, pero se negaba a ponerle las cosas fáciles a Jessica. Si le deseaba lo suficiente para pasar una única noche con él, entonces no se lo pondría fácil.

—¿Por qué me encuentras atractivo? —le preguntó.

Jessica se le quedó mirando mientras su cabeza buscaba una respuesta. Ella se había estado haciendo aquella misma pregunta desde que dieron aquel paseo en la lancha, cuando se preguntó cómo sería besarle.

Y ahora que había tomado la decisión de estar con él, de actuar contra todos sus principios, Cutter no parecía contento.

Jessica se mordió el labio inferior mientras nadaba en una mezcla de deseo y duda. Había dado por hecho que lo único que tenía que hacer era decir que quería estar con él para que Cutter la tomara. Pero nada estaba saliendo como esperaba y eso le ponía nerviosa.

Cutter extendió el brazo por el respaldo del asiento.

—¿Y bien? ¿No vas a seducirme?

La pregunta la noqueó como un puñetazo y Jessica se le quedó mirando. No había asomo de sorna en su expresión, ninguna pista que indicara que estaba de broma. Tenía un gesto serio mientras esperaba, y entonces ella lo entendió.

Oh, Dios. Iba a hacer que ella se encargara de todo el trabajo. Tomar la iniciativa sexual en una relación segura y cómoda era una cosa, pero ¿en un encuentro casual? Deslizó la mirada hacia la falda de ante y trazó círculos sobre la tela. Por primera vez en su vida había elaborado un plan que no estaba segura de cumplir.

—¿Has cambiado de opinión? —le preguntó Cutter en voz baja.

Jessica detuvo el movimiento de los dedos en la falda y alzó la vista. Cutter la miraba con los brazos cruzados. Su aroma almizclado y la visión de toda aquella belleza masculina despertaron su deseo. Y Cutter parecía dispuesto a esperar toda la noche a que ella tomara la iniciativa.

Deslizó la mirada hacia los gloriosos bíceps que habían alimentado su imaginación con su perfección. Sus ojos verdes brillaban con deseo contenido. La tensión era evidente en su rostro, lo que provocó en Jessica un fuego interior desde el vientre hasta la cara interna de los muslos. El tiempo se ralentizó y se llenó con el sonido de sus respiraciones. Cutter deslizó la mirada hacia su boca.

Había besado a su primera novia en aquel asiento trasero. ¿Habrían hecho también el amor? Pero la verdadera pregunta era: ¿tendría ella el valor de seducirle para que le hiciera el amor a ella?

Le temblaron las piernas, y Jessica decidió dejar a un lado las dudas. Le puso la palma de la mano en el pecho y deslizó los dedos por sus duros músculos, absorbiendo su calor.

El brillo de los ojos de Cutter se intensificó.

—Cariño —la palabra resonó bajo la mano de Jessica—. No quiero que esto tenga nada que ver con tu frustración por no encontrar lo que quiera que estés buscando.

—No es eso.

Cutter vaciló un instante.

—Y tampoco quiero que vengas a mí porque estés triste.

Ella sintió una fractura en su firmeza, pero la esperanza y la firmeza de su pecho la volvieron audaz.

—¿Qué sentimiento se me permite tener? —preguntó con sonrisa coqueta.

Un atisbo de humor iluminó otra vez las facciones de Cutter, empequeñeciendo los miedos de Jessica.

—El deseo es siempre bienvenido.

Ella se mordió el labio y sopesó sus opciones. La deliciosa visión de sus piernas cubiertas por los vaqueros y la visible erección simplificaron su decisión. Quería tenerlo cerca. Contoneó las caderas, se levantó la falda, le pasó una pierna por encima del regazo y se puso a horcajadas encima de él. El cuerpo se le suavizó al sentir la firmeza de sus muslos. Satisfecha con la sorpresa y el deseo que reflejaban los ojos de Cutter, dijo:

—Es bueno saberlo.

Cutter la miró con fuego en los ojos y los brazos todavía inertes, forzándola a seguir.

Con todas las células de su cuerpo en tensión, Jessica volvió a intentarlo colocando ambas manos sobre su pecho. Le deslizó las palmas por el torso con la idea de bajarle la cremallera de los pantalones. Pero en aquel momento le temblaban los dedos por los nervios. Tal vez, si bromeaba con él, conseguiría que dejara de contenerse.

—Esta es tu oportunidad para demostrarme que el buen sexo es mejor que hablar de intereses comunes.

Los ojos de Cutter echaban chispas mientras las manos de Jessica exploraban su plano abdomen, pero su expresión no varió.

—¿No lo he hecho ya?

Jessica se estremeció con el recuerdo.

—Eso fue solo un aperitivo —dijo sosteniéndole la mirada con la esperanza de animarle a tomar la iniciativa—. Quiero la comida completa.

A él se le oscureció un poco más la mirada, y, desesperada por obtener una respuesta, Jessica le puso la boca sobre la suya.

Fue un beso completamente distinto al del acuario. Ella había iniciado este, y continuó tratando de persuadir a aquel hombre. La leve presión de sus suaves labios contra los de Cutter, firmemente apretados, no lograron convencerle, como si todavía quisiera algo más de ella. Pero la sensación y el sabor de su energía contenida la volvieron loca. Y las dudas empezaron a disiparse. Tras años de dedicación a sus bien ideados planes, después de todas las preocupaciones que había tenido tras su divorcio, ahora mismo solo estaba segura de una cosa: valía la pena tirar por la ventana la precaución por alguien como Cutter.

La respiración de Jessica de mezcló con la suya mientras le seducía deslizándose de una comisura de la boca a la otra, animándole a participar. Tenía los muslos fuertes entre los suyos, el pecho era una pared sólida bajo sus manos acariciadoras. Y su boca empezó a moverse levemente, saboreándola a su vez. Pero no la tocó.

Insatisfecha con su falta de participación, Jessica le pasó la lengua por el labio y Cutter aspiró con fuerza el aire. Soltó una palabrota entre dientes y finalmente le agarró los brazos. Pero en lugar de atraerla hacía sí como ella quería, la apartó varios centímetros. Jessica estuvo a punto de gemir de frustración.

—Sigo sin encajar en tu perfil, Jessica.

Ella se le quedó mirando. Sabía a qué se refería. Cutter no creía en los finales de cuento de hadas. Pensaba que el amor verdadero era una falacia. Podría hacerla reír con un comentario irónico, seducirla, e incluso acostarse con ella. Pero no podía ofrecerle compromiso.

A ella le latió con fuerza el corazón por el deseo a pesar de que sintió cómo crecía en su interior la incomodidad. Pero estaba cansada de contener el aliento y esperar a que se le pasara la fascinación que sentía por aquel hombre.

Y sobre todo estaba cansada de desearle y no tenerle.

—Lo único que necesito saber es qué tal se te da desabrochar botones —le deslizó un dedo por el labio.

Con los ojos clavados en ella, Cutter levantó los brazos y le acarició la piel con los pulgares, enviándole un mensaje electrificante.

—Soy más lento de lo que solía ser.

Jessica se llevó las manos a la parte delantera de la blusa.

—Entonces yo me desabrocharé los míos —empezó por la parte de arriba.

Cuando quedó al descubierto el escote cubierto por el sujetador de encaje, Cutter deslizó la mirada hacia su pecho y ella sintió un disparo de fuego entre las piernas.

—Me acostaré contigo —aseguró con firmeza—. Pero no haré un repaso de los últimos acontecimientos de actualidad.

Animada y con los dedos todavía trabajando en su camisa, Jessica desnudó más piel.

—¿Y qué tal andas de cine extranjero?

—Podría improvisar una conversación sobre vino bueno.

Ella le desabrochó el último botón.

—¿Estás preparado ya para Picasso? —Jessica dejó caer la blusa al suelo.

La única barrera que quedaba era su sujetador de encaje.

Cutter habló con tono ronco.

—Picasso era el famoso escandaloso de su época. Está sobrevalorado.

Jessica tuvo que sonreír ante aquel hombre de palabras bruscas, rostro bello y cuerpo bien formado. Era una mezcla letal. Temiendo que su falso valor la abandonara, se desabrochó rápidamente el sujetador y lo tiró al suelo del coche.

—Jessica…

Parecía que la capitulación completa estaba al alcance de la mano cuando Cutter deslizó la mirada por sus senos desnudos, provocando que le ardiera la piel.

Demasiado ansiosa para entretenerse, Jessica le subió la camisa por el pecho. Y aunque él levantó los brazos para ayudar, le resultaba difícil quitársela con la espalda pegada al asiento. La hipnotizadora visión de su plano abdomen y el musculoso pecho era una provocación. Jessica se impacientó y tiró con más fuerza.

Con los brazos levantados y la camiseta atrapada en los hombros, Cutter sonrió divertido.

—¿Tienes prisa?

Ella detuvo la mano.

—Sí —dijo incapaz de disimular la irritación en el tono de voz. La seducción no estaba yendo tan rápido como ella esperaba—. Y tú podrías ayudarme un poco más.

Cutter se inclinó hacia delante, permitiendo finalmente que Jessica le sacara la prenda por la cabeza.

—Tendría que haber pensado en un sitio más amplio —dijo ella.

—Pensé que te gustaría la romántica tradición del asiento de atrás.

Jessica tiró la camiseta y se puso en jarras.

—¿Vas a hacerme el amor en algún momento?

Sin decir una palabra, Cutter la atrajo hacia sí y puso la boca sobre la suya con decisión, dándole una probadita de esos labios que anhelaba. Duros. Poderosos. Las manos de Cutter le acariciaron la espalda baja, alimentando su deseo, y ella se derritió contra él, aliviada de que al final hubiera tomado el mando.

El vello del pecho de Cutter le hizo cosquillas en los pezones, y Jessica gimió contra su boca, disfrutando de la firmeza de sus músculos. El momento se prolongó. El placer se hizo más fuerte cuando las manos de Cutter abandonaron su espalda y se centraron en las piernas. Cuando le subió más la falda, le acarició la cara interior de los muslos con los pulgares. Mientras su húmeda boca devoraba la suya, deslizó uno de los pulgares hacia el clítoris cubierto por la ropa interior, provocando una descarga eléctrica, y Jessica subió los brazos al techo del coche.

Cutter se la quedó mirando mientras la acariciaba a través de la seda. Con las manos apoyadas en el techo del Barracuda, ella cerró los ojos mientras el placer iba en aumento y se le humedecían las braguitas.

Cutter siguió seduciéndola hasta que estuvo tan húmeda que temió hacer combustión espontánea antes de que tuvieran relaciones sexuales.

—Cutter —gimió abriendo los párpados para mirarle—. No puedo esperar más.

Su mirada la atravesó.

—Entonces haz algo al respecto —le dijo con voz ronca—. Es tu espectáculo.

Su espectáculo. Su elección. Su decisión. Y él la obligaba a confirmarlo una y otra vez. No le estaba poniendo las cosas fáciles, pero seguía matándola lentamente con el pulgar y Jessica temblaba por el deseo de que aquel hombre la colmara.

Haciendo un esfuerzo por centrarse a pesar de la neblina de placer, Jessica buscó en el bolso que tenía en el asiento y sacó uno de los preservativos que había comprado de camino. Le temblaban las manos por la impaciencia y por el deseo. Abrió el envoltorio y el preservativo cayó en el regazo de Cutter. Jessica se quedó mirando en silencio el trozo de látex, una visión descarada de la realidad de su decadente decisión.

—Cariño —murmuró él—. Los preservativos no funcionan así.

A pesar del mesurado tono de voz, Jessica notó su deseo y eso la animó a bajarle la cremallera y agarrar su dura erección. Cutter se estremeció soltando un breve gemido y la reacción le resultó gratificante. Sintiéndose más segura, le acarició la virilidad, maravillándose ante su suavidad y su increíble longitud.

Le cubrió con el látex y alzó las caderas, colocando su erección entre las piernas. Pero cuando se echó las braguitas a un lado, Cutter tomó la decisión final por ella y se arqueó hacia arriba.

Penetrándola profundamente.

Jessica gritó de alivio y dejó caer la cabeza hacia atrás, disfrutando de la maravillosa sensación mientras él le sujetaba las caderas y la retiraba y la embestía otra vez. Y otra. Los duros embates de Cutter y su lánguido ritmo eran una mezcla de dulce éxtasis y delicioso tormento. Abrumada, Jessica cerró los ojos y clavó las uñas en el techo rezando para que aquella dulce tortura terminara pronto.

Con las mandíbulas apretadas, Cutter hizo un esfuerzo por controlar la respiración y sujetó con firmeza a Jessica mientras se movía debajo de ella. Sus caderas se agitaban al unísono, con ritmo lento y al mismo tiempo poderoso. Aunque sentía la tentación de tomarla más deprisa y con más urgencia, se contuvo.

Antes la paciencia no hubiera sido una opción. Pero últimamente había aprendido a reconocer su valor. Y si solo iba a tener una noche, quería saborear cada momento. Recrearse en cada sensación. Por primera vez en su vida no quería precipitarse. Y tras doce años llegando al límite, disfrutando de la adrenalina de la velocidad tanto dentro como fuera del circuito, el descubrimiento de un placer más mesurado era toda una revelación. La visión del precioso cuerpo de Jessica y el contoneo de sus caderas era demasiado, y le cubrió los senos urgiéndola a acercarse para besarla en la boca. Su cabello le enmarcó la cara como una cortina de seda que olía a manzanas y algo que no supo identificar.

La suavidad y la fragancia de su piel contrastaban

con sus afilados ángulos. A pesar del contraste, encajaban bien. Estaba acostumbrado a estar solo y nunca se había sentido tan en sintonía con otro ser humano. Las experiencias sexuales de las que había disfrutado no habían sido más que un simple intercambio satisfactorio entre dos personas. Con Jessica suponía mucho más, y en cierto modo le hacía sentirse incómodo.

Sus respiraciones se hicieron más agitadas y Jessica apartó la boca de la suya y se agarró a sus hombros con desesperación. Sus jadeos le urgían, pero incluso estando tan cerca del clímax estaba decidido a exprimir cada instante de placer. En lugar de aumentar el ritmo, le colocó las manos en la zona lumbar y aumentó la fuerza y la intensidad de las embestidas, profundizando el contacto. Eran embates lentos y exigentes que rodeaban los bordes del orgasmo hasta que llegaron a ser demasiado intensos.

Jessica le clavó las uñas en los hombros.

—Cutter… —murmuró atragantada.

Y entonces él lo supo. Lo supo por su mirada descompuesta y por el temblor. Sintió también la enorme potencia y una intensa satisfacción se apoderó de él. Con cada movimiento de las caderas los fue llevando más alto, recordándole a Jessica que le deseaba tanto como ella a él.

Con cada embestida la iba guiando hacia el éxtasis, asegurándose de que nunca lo olvidara.

Hasta que, empapada en sudor como él, Jessica sollozó su nombre justo antes de tensarse y soltar un grito al alcanzar el orgasmo.

Capítulo 8

DOS días más tarde, la pequeña zona de recepción de Pareja Perfectas estaba abarrotada de gente. Una docena de invitados divorciados ocupaban los asientos de cuero. Era el evento más concurrido de Jessica desde que había empezado a celebrar esas reuniones cinco años atrás, pero tuvo que hacer un esfuerzo por mantener la sonrisa. Cuando por fin terminó, en lugar de recrearse en las despedidas, se retiró a su despacho, agradecida de que hubiera terminado.

Jessica se dejó caer en la silla de su escritorio y se frotó las sienes para liberarse de la tensión. Tenía todos los músculos del cuerpo tirantes desde que se despidió torpemente y salió corriendo del coche de Cutter como alma que lleva el diablo.

Tendría que haberlo visto venir. Hasta que llegó Cutter, todas sus parejas sexuales habían estado comprometidas emocionalmente con ella, y salir de aquel entorno seguro le había resultado más difícil de lo que imaginó. Así que, cuando todo acabó, entró en pánico.

No dejaba de pensar en la expresión de asombro de Cutter cuando agarró la blusa y se marchó a toda prisa.

—Oh, Dios —gimió avergonzada dejando caer la cabeza en las manos.

Era una adulta segura de sí misma. ¿Por qué tenía que actuar como una torpe? Se suponía que la lógica y la razón eran su especialidad. Entonces, ¿por qué no había conseguido mantener la frialdad?

Eran preguntas estúpidas porque ya conocía la respuesta. Todo lo relacionado con hacer el amor con Cutter había sido una sorpresa. Desde su inicial renuencia a su modo de negarse a ir deprisa. Era un antiguo piloto de carreras, por el amor de Dios. ¿Dónde estaban sus ganas de correr? ¿Por qué no había sido una cuestión rápida y acelerada?

En el fondo eso era lo que había esperado cuando le buscó. Una satisfacción rápida y dura. Y luego seguir con su vida.

Pero Cutter la había tomado con deliberada calma y con una intensidad abrumadora. Cuando llegaron a los últimos y deliciosamente agonizantes momentos finales, parecía como si hubiera sentido su repentina necesidad de acelerarlo, de poner fin a la tortura de sentir demasiado. Pero él había prolongado adrede cada escalofrío de placer hasta que Jessica pensó que iba a morir.

Y entonces había experimentado el orgasmo más increíble de su vida.

El recuerdo la atravesó, hundiéndola en el deseo, y Jessica cerró los ojos. Nunca antes había sollozado el nombre de nadie durante el sexo. Ni había gritado de aquella manera. Pero esta vez hizo las dos cosas.

—Jessica —la llamó una voz familiar. Y el corazón le dio un salto.

Estupendo. El destino no había terminado aquella

noche con ella. Había vuelto a aparecer para darle una vuelta más al cuchillo y acabar con ella.

Forzando otra sonrisa, Jessica alzó la vista y miró hacia la puerta de su despacho. Susan, que solía ser una habitual en aquellas reuniones después de cada uno de sus cuatro divorcios, era una morena alegre de cuarenta y tantos años a la que se le daba muy bien poner fin a sus matrimonios.

—He venido a devolverte esto —Susan le tendió un libro con consejos sobre las relaciones—. Gracias por prestármelo.

Jessica se puso de pie y rodeó el escritorio para tomar el ejemplar.

—De nada —lo colocó otra vez en el estante con la esperanza de que la mujer se diera cuenta de que estaba en medio de una crisis y se marchara.

Pero el destino retorció con más fuerza todavía el cuchillo.

Susan se balanceó ligeramente sobre los pies como si tuviera algo importante que decir.

—Casarme con los hombres con los que tuve aventuras no funcionó.

Jessica se quedó paralizada. Susan sonrió con aire cándido y se encogió de hombros.

—Supongo que seguir mi instinto sexual no fue la decisión más sabia.

La decisión de Jessica de acostarse con Cutter hizo que le resultara más difícil mantener una expresión calmada, pero lo intentó mientras Susan seguía.

—Pero que hayas compartido conmigo tus objetivos me ha motivado para hacer algunos cambios.

—No he hecho nada —aseguró Jessica.

Pero sí que lo había hecho. Había dado estúpidamente por hecho que era más fuerte y más lista que Susan. Pero se había equivocado y se sentía un fraude.

—Solo te recomendé un libro cuando me preguntaste —aseguró.

Susan sacudió la cabeza.

—No, lo que me ha inspirado es tu firme dedicación a la búsqueda de la relación adecuada.

La ironía resultaba tan obvia que Jessica apenas podía soportarlo. Susan siguió hablando.

—Solo quería que supieras que he decidido seguir tu ejemplo.

Jessica contuvo una risa histérica, odiando su nuevo papel de hipócrita mientras se despedía de Susan. Cuando la otra mujer se marchó, Jessica se dejó caer en la silla.

¿Dónde estaba la Jessica de cabeza fría? Había ido desapareciendo poco a poco desde que Cutter apareció en su vida. ¿De verdad pensaba que mejoraría las cosas con el sexo? En cuanto regresó de la órbita a la que le había lanzado y aterrizó de nuevo en el coche supo que Cutter había hecho trizas su plan de dejar de pensar en él.

De hecho estaba todavía más dentro de su cabeza que antes.

El recuerdo de su cuerpo le quemaba. ¿Por qué el hombre que menos le convenía era el que le había dado mayor placer?

Por el amor de Dios, la había hecho aullar. Jessica sintió cómo se le contraía el estómago por los nervios. Solo quedaban dos sesiones de la batalla de los sexos para acabar. Y por primera vez en su vida, Jessica se preguntó si existiría un plan que pudiera salvarla.

La pintura blanca de casa de Cutter reflejaba el brillante sol de Florida y enfatizaba las líneas de su casa de arquitectura moderna. No había nada suave, ningún ángulo redondeado.

Como ocurría con él.

Tras subir los escalones que llevaban a la entrada de la segunda planta, Jessica miró el timbre de la puerta con ansiedad. Se recolocó el tirante del vestido de flores. Se suponía que sus brillantes colores debían inspirarle confianza, pero no era así. Volvió a mirar el timbre y lo pulsó con un gruñido.

«Puedes hacerlo, Jessica. Limítate a acabar el concurso. No tienes que ir más allá. Tú solo finge que…».

Se abrió la puerta y Cutter apareció ante sus ojos, interrumpiendo sus pensamientos.

No se podía saber qué pensaba a juzgar por su expresión neutral. Se apoyó en el quicio de la puerta con las manos en las caderas. Los vaqueros y la camiseta negra dejaban poco a la imaginación, pero ella ya no la necesitaba. Ahora tenía los recuerdos tan grabados en la mente que nunca se los podría borrar. Cutter tenía el pelo húmedo, como si acabara de darse una ducha.

—Has vuelto —dijo mirándola con recelo.

Su afirmación y la mirada de sus ojos verdes solo sirvieron para recordarle cómo se había marchado.

—Claro que sí —le dirigió una sonrisa fría en un intento de aparentar naturalidad—. Tenemos trabajo que hacer.

—Ah, sí —contestó él con tono sarcástico—. La batalla de los sexos —se apartó a un lado para dejarla pasar.

Jessica sintió su mirada deslizándose por ella mientras avanzaba sobre sus altos tacones hacia el moderno salón. Los enormes ventanales mostraban la vista de Bahía Biscayne, que parecía un mural tropical pintado en la pared. Jessica observó el moderno mobiliario sin saber dónde sentarse. El sofá de cuero implicaba intimidad, pero no podía quedarse ahí de pie eternamente, así que se dirigió hacia el mueble bar de caoba que había en una esquina.

Cutter la siguió.

—Creí que habías venido para terminar la aventura de una noche que me prometiste —le dijo a la espalda.

El recuerdo le provocó una llamarada entre las piernas, y estuvo a punto de tropezarse con la alfombra. Se subió a uno de los taburetes y apoyó las palmas sobre la fría encimera de mármol mientras él se acercaba por el otro lado. Cuando Cutter apoyó las manos en la encimera se le definieron más los músculos y todo su cuerpo vibró de deseo. Jessica hizo un esfuerzo por mantener la calma frente al hombre más perfecto del mundo.

—¿O lo único que voy a tener es el rato en el Barracuda? —preguntó él.

Cutter alzó una ceja esperando la respuesta de Jessica. Cuando por fin le respondió, no contestó a su pregunta.

—¿Puedo tomar algo de beber?

Él apretó los labios y la observó. El sedoso cabello castaño le caía sobre los hombros en ondas y tenía la mirada angustiada. La parte superior del vestido se le ajustaba a aquellos senos que le habían perseguido en sueños desde su encuentro en el Barracuda. El deseo reapareció con fuerza en sus venas.

A él desde luego le vendría bien tomar algo.

—Solo tengo cerveza —dijo mirándola fijamente—. Y no puedo garantizar la temperatura.

—Con tal de que no esté ardiendo, no importa.

Cutter se giró hacia la pequeña nevera, agradecido por tener un momento para enfriarse. Las dos noches que habían transcurrido desde que le hiciera el amor a Jessica habían sido muy agitadas. Cuando no estaba teniendo sueños eróticos con ella, revivía el momento

anterior al accidente. Se había despertado repetidamente con el corazón latiéndole con fuerza y el cuerpo sudoroso. Seguía sin recuperar la memoria de los
momentos que rodeaban al accidente. Y no podía entender por qué Jessica había salido a toda prisa del
coche.

El recuerdo de su huida y la antigua y conocida
sensación de abandono le cortaban el estómago como
la leche agria mientras sacaba dos botellines de cerveza de la nevera.

Quitó las chapas, las dejó sobre la encimera y miró
fijamente a aquella artista del escapismo.

—Me gustaría saber en qué punto de tu larga lista
de reglas dice que salir corriendo después del sexo es
de buena educación.

O que estaba bien volver solo porque le interesaba
publicitariamente. Porque cuando Jessica le dijo por
qué estaba allí se dio cuenta de que tenía la esperanza
de que quisiera verle. Apretó con fuerza su botellín
frío.

Ella se pasó nerviosamente los dedos por el pelo.

—Salir corriendo no está en mi lista —se le sonrojaron las mejillas y frunció ligeramente el ceño—.
Pero tampoco estaba el sexo por diversión.

Cutter levantó ambas cejas.

—¿Diversión? —de todas las cosas que había sentido al hacerle el amor a Jessica, la diversión no era
una de ellas—. Esa no es la palabra que yo habría utilizado.

Placer intenso, sí. Satisfacción increíble, sin duda.
Orgasmo como ninguno, desde luego.

Y quedarse solo mientras la veía salir huyendo
tampoco era su idea de la diversión.

—Ya te lo había dicho, Cutter —dijo ella—. Yo no
tengo aventuras sexuales sin sentido.

Sin sentido. Se inclinó hacia delante y la miró intensamente. Le ardía el estómago todavía más que antes.

—Cariño —dijo—. El hecho de que no crea en el «para siempre» no significa que lo que hemos compartido sea algo trivial.

—Yo no he dicho que fuera trivial.

—Eso me ha parecido entender.

—Estás tergiversando mis palabras.

Cutter guardó silencio al darse cuenta de que iba encaminado a sufrir una nueva frustración. Pero tenía que saberlo.

—Entonces, ¿cuál es tu problema?

Ella apretó los labios y sus delicados hombros se agitaron levemente.

—Solo estoy… —cerró los ojos y se frotó la frente—. Desilusionada conmigo misma.

Su afirmación fue como un puñetazo para él. Jessica tenía un aspecto desdichado, y su actitud le hizo sentirse sucio.

—¿Por qué? —quiso saber.

Cutter pensó que iba a escuchar que no era su tipo. Que un tipo rebelde, maleducado y con actitud chulesca no estaba en su lista de deseos.

—Nada de sexo sin implicación emocional —aseguró adquiriendo una expresión todavía más turbada—. He roto una de mis reglas más importantes.

Una vez más, la respuesta de Jessica le pilló por sorpresa y no fue capaz de disimular su escepticismo.

—¿Qué te pasa a ti con esas reglas?

A ella le latió el pulso salvajemente en la base del cuello.

—¿No podríamos seguir adelante con el concurso?

Cutter se la quedó mirando fijamente mientras sopesaba su siguiente movimiento, perplejo ante su fijación con aquellas pautas que borraban cualquier esperanza de espontaneidad en la vida. La dama estaba claramente afectada por su encuentro en la parte de atrás del coche, pero Cutter estaba empezando a creer que no se trataba solo de él.

Pero, si Jessica insistía en ignorar el asunto y seguir adelante con el concurso, adelante.

Se le ocurrió una idea y sacó el móvil del bolsillo.

—Hagamos una cosa —propuso deslizando los pulgares por el pequeño teclado—. ¿Por qué no dejamos que las candidatas metan baza en el tema?

El tono de Jessica era dos tonos más altos de lo normal debido a la preocupación.

—¿Qué estás escribiendo?

Cutter terminó el mensaje y la miró.

—He preguntado si el compromiso emocional es un requerimiento para las relaciones físicas y por qué o por qué no.

Ella se le quedó mirando con tal expresión de confusión que Cutter no supo si estaba a punto de echarse a llorar, a reír o a salir corriendo del salón.

—Escucha —Cutter se guardó el teléfono en el bolsillo—. No he cenado —agarró los dos botellines de cerveza intactos—. Vamos a la cocina y preparemos algo de comer mientras esperamos a que las candidatas respondan.

Control de daños.

En eso era en lo que debía estar trabajando. En cómo arreglar el ridículo mensaje de Cutter. En cómo arreglar su vida tras haberse distraído tanto. Y sobre todo, en cómo convencer a su cuerpo para que prestara atención a todas las preocupaciones que le rondaban por la cabeza.

Al parecer, su cuerpo no estaba por la labor.

Porque tras pasar veinte minutos en la cocina de madera y acero de Cutter, Jessica todavía no sabía cómo llevar a cabo ese control de daños. Lo único que había conseguido era mirar repetidamente de reojo a Cutter por el rabillo del ojo para admirarle. Estaba cocinando en silencio unos chuletones a la parrilla mientras ella preparaba una ensalada. Cuando se acercó a la nevera para buscar algunos ingredientes más, vio un panfleto en la encimera.

Jessica agarró el prospecto inmobiliario con la foto de un almacén de metal en un parque industrial. Intrigada, reunió finalmente el valor para romper el silencio y se giró para mirar a Cutter.

—¿Qué es esto?

—Es el edificio que acabo de comprar.

Se le quedó mirando sorprendida con el folleto en la mano. Una propiedad así costaba una fortuna. No era algo que se compraba siguiendo un impulso. Sintió una gran curiosidad.

—¿Qué vas a hacer con él?

Cutter siguió con lo que estaba haciendo en la parrilla.

—Voy a empezar mi propio negocio —dijo quitándole importancia al asunto.

Al ver que no seguía, Jessica insistió:

—¿Me vas a contar al menos de qué negocio se trata?

Cutter puso los chuletones en una bandeja y apagó la parilla.

—Me puse en contacto con un amigo que trabajó como mecánico en mi equipo antes de retirarse. Resulta que se aburre y está dispuesto a buscar algo de diversión —se giró para mirarla y apoyó le cadera en la encimera cruzándose de brazos—. Voy a abrir un taller especializado en modificaciones para coches de pilotos aficionados.

Ella inclinó la cabeza con curiosidad.

—¿Qué clase de modificaciones?

—Las que ayuden a mejorar la eficacia de los vehículos —un brillo de ilusión apareció en sus ojos—. Lo que significa básicamente que Karl y yo tenemos que hacer que vaya más rápido.

Su amago de sonrisa le recordó a Jessica lo increíblemente guapo que se ponía cuando esbozaba aquel gesto y trató de no babear. Estaba encantada de que siguiera adelante con su vida y de ver la emoción que le provocaba aquella nueva oportunidad.

En aquel momento se escuchó un sonido en el móvil de Cutter. Lo sacó del bolsillo y leyó el mensaje.

—Es Juanita Calamidad.

A Jessica se le cayó el alma a los pies.

—Oh, por el amor de Dios, ella no.

Cuando Cutter abrió la boca para decir algo, ella alzó la mano.

—No me lo digas —dejó caer el brazo—. Acabas de preguntar si hace falta compromiso emocional para tener una relación física —alzó los ojos un instante hacia el cielo—. Y por supuesto, ella ha dicho que no.

—En realidad ha dicho: «Diablos, no» —sonrió Cutter.

Jessica le miró entornando los ojos.

—¿Estáis confabulados?

Él arqueó las cejas con expresión de curiosidad.

—¿Qué tienes contra Juanita?

La pregunta dio en el blanco, y Jessica dejó la mezcla de ensalada sobre la encimera para ganar tiempo. Porque, ¿qué podía decir? ¿Que esa mujer la hacía sentirse una sosa y una aburrida porque sus pasadas experiencias sexuales, incluido su matrimonio, habían sido siempre demasiado respetables?

Cuando alzó la vista le sorprendió ver a Cutter a medio metro de ella. El corazón le dio un vuelco. Y su expresión tampoco resultaba tranquilizadora. No lograría escapar de aquella conversación.

Al ver que no contestaba a la pregunta, Cutter lo intentó con otra.

—¿Por qué te fuiste la otra noche?

Jessica confiaba en que dejara el tema sin hablar más, pero tendría que haber supuesto que le exigiría sinceridad.

—Cutter —dijo apoyándose contra la nevera—. Todas las relaciones que he tenido han sido con hombres que me han hecho sentir... —hizo un esfuerzo por encontrar la palabra justa—. Segura —dijo finalmente.

Era la verdad, y no tenía a nadie a quien culpar más que a ella porque siempre había escogido sus relaciones precisamente por esa razón. Pero esta vez no. Frunció el ceño y se mordió el labio al recordar sus gritos en el Barracuda.

—Pero tú me haces sentir...

Al ver que guardaba silencio una vez más, Cutter se inclinó hacia ella. Su proximidad no contribuyó a tranquilizar el ritmo de su corazón.

—Cariño —le dijo en voz baja—. ¿Qué te hago sentir?

Jessica hizo un esfuerzo por sostenerle la mirada.

—Como si no supiera qué esperar a continuación. Odio esa sensación.

Y explorar el espacio que había más allá de su zona de confort le resultaba demasiado peligroso.

—He construido mi carrera estirando los límites —dijo—. No es malo dejar las preocupaciones a un lado y guiarse por el instinto.

—Sí es malo —afirmó ella con rotundidad. Había decidido que la verdad era el único camino a seguir—. Todavía recuerdo con detalle el día en que finalizó mi divorcio.

Cutter se quedó callado y la escuchó atentamente.

—El despacho del abogado estaba en la última planta de un rascacielos del centro de Miami. Brillaba el sol y el cielo estaba azul. El mar estaba precioso. Pero yo experimenté una espantosa sensación de fracaso. Y sentada allí en medio de tanta belleza, me pregunté cómo había sucedido.

El rostro de Jessica revelaba una gran frustración.

—Invertí quince meses de trabajo duro intentando salvar mi matrimonio. Pero no sirvió de nada.

—¿Qué sucedió?

Jessica desvió la mirada hacia la ventana que daba a la bahía y deseó saberlo ella misma.

—Creo que sencillamente escogí mal, porque necesitaba más de Steve que lo que él podía darme, y el matrimonio necesita más de lo que él estaba dispuesto a aportar —se encogió de hombros—. No sé. Tal vez éramos demasiado jóvenes. Tal vez buscábamos cosas distintas.

Jessica volvió a mirar a Cutter.

—Pero al final la razón no importa porque no hubo nada que yo pudiera hacer al respecto.

Como cuando sus padres rompieron y su familia, su vida tal y como la había conocido, desaparecieron. Jessica se frotó la frente como si quisiera borrar sus recuerdos y su terrible sensación de impotencia.

Parpadeó y le miró.

—Así que prometí que tendría más cuidado en el futuro. Que no me pondría en disposición de volver a fracasar.

—Hay una diferencia entre ser cauto y vivir con unas normas restrictivas que acaban con la diversión de la vida —salvó la distancia que había entre ellos—. Creo que tienes que dejar de analizar cada movimiento que haces, relajarte y vivir.

La expresión de los ojos de Cutter hizo que le bullera la sangre.

Volvió a escucharse la llegada de otro mensaje y Cutter miró el teléfono que tenía en la mano. Cuando alzó la vista le brillaban los ojos.

—Demasiado Caliente ha contestado: «Requerimiento es una palabra demasiado restrictiva. A veces las normas están para romperlas» —Cutter le sostuvo la mirada.

—Cutter —dijo ella tratando de sonar segura de sí misma—. Seguir ciegamente los dictados de la libido no es una buena idea. He escuchado muchas historias. Dirijo grupos de ayuda a divorciados en los que la gente habla de sus errores.

El tono de Cutter no dejaba lugar a dudas sobre lo que pensaba de aquella actividad.

—¿Te prestas voluntariamente a escuchar a otras personas criticando y quejándose?

Ella le miró con expresión paciente.

—Es saludable tener un lugar donde poder descargar tus emociones.

—Sí —respondió Cutter con ironía—. Pero eso no significa que tengas que ser tú quien escuece. Para esto están los desconocidos —la escudriñó con la mirada—. Necesitas relajarte, Jessica. Dejar de estar tan... concentrada —alzó una mano y le deslizó un dedo por el escote.

Claro que estaba concentrada. En su olor. En la seductora sensación de su dedo. Tras quince meses de matrimonio y dos relaciones sexuales posteriores, no era justo que el roce de Cutter hiciera que se iluminara como un cartel de neón.

—¿O tengo que enviarte a otra cita para que vuelvas a caer en mis brazos?

El roce de su piel en la suya le nublaba el entendimiento, provocándole escalofríos, pero poco a poco fue cayendo en la cuenta.

—¿Me has estado manipulando? —le preguntó con un hilo de voz.

—Por supuesto que no —su dedo exploró la sensible piel de su escote—. Solo te he animado a comparar tus opciones. Así que, dime, ¿qué escoges? —le preguntó deteniéndose en el lazo que le sujetaba el vestido—. ¿Seguridad o lo desconocido?

Capítulo 9

A PESAR de su necesidad de control, el deseo exigía que Jessica explorara lo desconocido con Cutter. Era eso o asistir a terapia, tal vez en algún centro donde hicieran lavados de cerebro.

Con el corazón latiéndole con fuerza, se le quedó mirando consciente de que estaba perdiendo la batalla. Pero Cutter la había hecho trabajar en el coche y luego ella había salido huyendo como una cobarde. El orgullo exigía que jugara la siguiente ronda con más frialdad.

—Nuestra primera vez fue en el asiento de atrás de un coche —dijo—. Y ahora me estás ofreciendo la encimera o la mesa de la cocina —no había probado ninguna de las dos cosas, pero eso era irrelevante—. Me resultaría más fácil tomar una decisión si me propusieras algo más original —aseguró alzando la barbilla.

Sin decir una palabra, Cutter la sujetó de los hombros y le dio la vuelta, colocándole las palmas de las manos contra la nevera como si fuera un policía a punto de cachearla. A Jessica se le disparó el corazón.

Las manos de Cutter cubrieron las suyas y apretó contra ella sus duras piernas y su todavía más dura erección.

Asombrada por la deliciosa sensación, Jessica se olvidó de respirar.

—Las neveras no son algo típico —le susurró él al oído con voz ronca—. Pero ¿a ti qué te excita?

Paralizada por un incontrolable deseo, no fue capaz de contestar.

—Yo… —fue un esfuerzo patético.

—Vamos, cariño. Por una vez aplica eso del diálogo sincero a tu vida sexual —su voz grave resultaba electrificante—. ¿Con qué fantasea Jessica Wilson?

Ella se estremeció. Desde que habían hecho el amor, sus sueños oscuros se habían hecho más vívidos. Detallados. Y decadentes, dejándola sin defensas. El cuerpo de Cutter, pegado a su espalda, desencadenó su respuesta. Pero no podía entregarle tanto poder.

—Nada.

—Mentirosa —y dicho aquello, Cutter le soltó el lazo del cuello y dejó caer el vestido y las braguitas al suelo.

A Jessica le daba todavía vueltas la cabeza ante el repentino cambio de rumbo de la situación cuando Cutter la movió dos pasos hacia la derecha y volvió a ponerle las manos contra la nevera.

—Quédate aquí.

Y entonces se apartó.

Estupefacta, Jessica parpadeó. Se sentía ridícula llevando solo unos tacones altos y teniendo las manos apoyadas contra la nevera. Miró de reojo hacia atrás y vio que Cutter volvía con un trapo de cocina. Alzó las cejas en gesto interrogante.

—¿Confías en mí? —le preguntó él deteniéndose a su espalda.

Nerviosa, Jessica aspiró con fuerza el aire, vaciló… y se dio cuenta de que la respuesta era sí. Aquel irreverente rebelde era demasiado audaz, demasiado brusco y en ocasiones maleducado, pero nunca le haría daño. Asintió, y Cutter dijo:

—Si acabamos con tu necesidad de seguridad tal vez obtenga una respuesta a mi pregunta —le cubrió los ojos con la improvisada venda y se la ató detrás de la cabeza.

Las sienes se le perlaron de sudor.

—Cutter… —se rio nerviosamente. No podía ver, pero escuchó cómo se abría la puerta de la nevera a su lado y él revolvía algunas botellas antes de volver a cerrarla—. ¿Qué estás haciendo? —preguntó con aprensión.

—Hacer realidad a la fantasía que tengo contigo.

Jessica oyó cómo vertía líquido en un recipiente y el estómago se le puso del revés.

—Espero que eso no sea salsa picante.

—No —Cutter le apartó el pelo a un lado—. He estado pensando en esto desde que saboreé tus hombros en el acuario. Me supieron a vainilla.

Jessica olió el chocolate antes de sentir una fría llovizna en un hombro. El dedo de Cutter trazó un círculo sobre la textura y luego la saboreó con la boca.

—Esta es sin duda la mezcla perfecta de sabores —murmuró.

Jessica tragó saliva.

—Creo que el sirope de chocolate puede considerarse un cliché.

—Sí —Cutter apartó la boca de su hombro—. Pero es uno de los buenos.

Sumida en la oscuridad, Jessica se preguntó qué pasaría a continuación. Los músculos se le tensaron cuando un dedo húmedo le recorrió la espalda, trazando un rastro de chocolate entre sus hombros. La boca de Cutter se lo lamió a continuación, haciéndole hervir la piel. El deseo se hizo más poderoso mientras él seguía descendiendo. Cuando se arrodilló en el suelo detrás de ella, la cabeza empezó a darle vueltas.

Cutter trazó una línea de chocolate en una de sus nalgas, cerca del final de la espalda, y luego en la otra. Y luego le alzó las caderas alimentándose de su piel con la lengua y los dientes. Volviéndola loca de deseo, que ya era más fuerte que cualquier reserva. Más poderoso que su necesidad de mantener un poco de control. Cutter la rodeó con los brazos y apretó el cuerpo contra el suyo. Tenía una mano en un pecho, acariciándole el pezón, y la otra se movía entre sus muslos.

—¿Qué calificaría Jessica Wilson como original? —le preguntó con tono sensual.

Con los ojos vendados, temblorosa y desesperada, Jessica perdió lo que le quedaba de control y se entregó al deseo apretando la espalda contra su dura erección.

—Esto.

Cutter se quedó quieto un instante.

—¿Te refieres a esta postura?

Jessica se sonrojó. Le resultaba vergonzoso, pero así de simple.

—Sí.

Sin decir una palabra, Cutter se bajó la cremallera y le abrió más los muslos. Sin aliento y con el corazón latiéndole con fuerza contra las costillas, Jessica llevó las caderas hacia atrás para recibirle y Cutter se sumergió entre sus húmedos pliegues.

Exhalando un gemido de sorprendido placer, ella arqueó la espalda y se sujetó al helado acero de la nevera. Cutter la rodeó con los brazos y se inclinó sobre ella, embistiéndola una y otra vez mientras la acariciaba con una mano entre las piernas y con la otra le sujetaba la mandíbula, girándole la boca para devorársela con sus labios duros y chocolateados.

Era tan delicioso como ella había imaginado, tan decadente como soñó. Indefensa, atrapada en su fuerte abrazo, Jessica se dejó llevar por aquel deseo primitivo mientras Cutter la hacía suya por detrás.

—Dime otra vez por qué estoy aquí —dijo Cutter al teléfono.

Jessica se rio al otro lado de la línea.

—El famoso que iba a aparecer en la foto de la batalla de los sexos no ha podido venir —su tono sonaba alegre—. Y tú te presentaste voluntario para ir en su lugar.

—Ah, sí —Cutter agarró con más fuerza el teléfono—. Recuérdame que sea más cauto cuando te tenga desnuda en la cama —con la esperanza de ver a Jessica, se movió entre la multitud de gente que había acudido al nuevo gimnasio del club juvenil fundado por el ex de Jessica. Se habían dispuesto mesas a ambos lados de la cancha de baloncesto para la gran cena de inauguración.

—¿Cómo ha ido la foto? —preguntó ella.

—Evité las preguntas de los periodistas y le sonreí a la cámara.

—¿Sonreíste?

Cutter vio finalmente a Jessica entre la gente. Tenía el móvil pegado a la oreja y llevaba puesta una minifalda vaquera y sandalias planas. A pesar de su atuendo informal, estaba tan guapa como cuando se arreglaba.

—Decir que sonreí puede resultar exagerado —reconoció él—. Pero desde luego no me mostré desagradable. Lo que es impresionante teniendo en cuenta la tortura que ha resultado ser esta velada.

Se abrió camino entre la multitud y se apoyó contra una de las canastas de baloncesto, a tres metros de Jessica y de sus interminables piernas.

—No me habría presentado voluntario de haber sabido que tenía que tener las manos quietas en público.

La mirada de Jessica se cruzó con la suya y le sonrió. A pesar de la distancia, el efecto fue fulminante.

—Para los invitados, yo estoy aquí con Steve —se giró hacia la pared en la que había trabajos de los niños. Huellas de dedos. Dibujos abstractos—. Y nosotros somos solo amigos. Así que recuerda, nada de tocar —concluyó con voz exquisitamente sensual.

En los últimos tres días y dos deliciosas noches se habían tocado mucho.

Tras el increíble encuentro en la nevera, el coqueteo *online* con las candidatas había sido el más estimulante hasta el momento. Pero tratar de mantener la mente fría le resultó casi imposible con Jessica desnuda en su cama.

Miró hacia el dibujo que ella fingía examinar. Se trataba de un retrato desproporcionado, obra obviamente de un niño.

—Parece un Picasso —aseguró provocando la risa en ella—. Me mata no poder tocarte —murmuró.

—Te vendrá bien —aseguró Jessica mirándole con sus grandes ojos marrones—. Así aprendes un poco de disciplina.

Una pareja cruzó por el espacio que había entre ellos y Cutter esperó a que desaparecieran antes de hablar.

—El problema está en la blusa que llevas puesta. No ayuda.

—Cutter, deja de mirarme así —le pidió ella.

—Nadie sabe que estamos hablando —se giró para apoyar la espalda en la canasta y observó a la gente, pero enseguida volvió los ojos hacia ella. Y aunque fuera imposible, habría jurado que olió su delicado aroma. O tal vez se debiera a que después de tres días lo tenía grabado en la memoria—. Ya sé a qué hueles.

Jessica se puso de perfil mientras examinaba otro dibujo de la pared.

—¿De qué estás hablando?

—Es dulce, con un toque de canela —continuó él—. Me recuerda a la sidra de manzana.

Diablos, ¿cuándo había empezado a ser tan romántico?

—Es el champú —aseguró Jessica.

Cutter volvió a mirarla. Si no tenía cuidado, aquella mujer conseguiría que empezara a decir cumplidos y a sonreír como un idiota. Todavía no entendía por qué hacer el amor con ella era distinto.

—¿Puedo al menos encontrarme en secreto contigo detrás de las gradas? Solo un beso rápido y un pequeño manoseo para aguantar hasta la cena.

Jessica arrugó la nariz en lo que parecía ser un gesto divertido.

—La palabra «manoseo» no está asociada con nada apetecible. La mayoría de las mujeres preferiríamos «caricias».

Cutter agarró con más fuerza el móvil y volvió a mirar hacia la gente fingiendo que no era ella la que acaparaba toda su atención.

—Estoy de acuerdo con utilizar el término que quieras si tú accedes a encontrarte a escondidas conmigo.

—Eso no va a pasar, señor Comodín —aseguró—. Nos sentaremos a cenar en la mesa de Steve. Eso es todo.

Cutter apretó los labios y adquirió un tono deliberadamente sugestivo.

—¿Ni siquiera si te prometo hacerte algo increíblemente original?

Se hizo un silencio en la línea y Jessica se giró para mirarle. A pesar de los tres metros que les separaban, Cutter vio que tenía los ojos brillantes.

—En ese caso —murmuró ella con voz ronca—, podría estar abierta a escuchar tus planes.

Cutter casi podía ver las chispas que había entre ellos.

—Jessica —la llamó una voz masculina.

Cutter controló su libido, colgó el teléfono y vio cómo el ex de Jessica se acercaba mientras ella guardaba el móvil en el bolso. Steve le dio un beso en la mejilla y cuando vio a Cutter dirigió a Jessica hacia él.

—Me alegro de volver a verte —dijo tendiéndole la mano.

—Un gimnasio muy bonito —Cutter se la estrechó.

Steve se encogió de hombros restándole importancia.

—Ayuda a que los chicos no se metan en líos.

—Seguro que la comunidad agradece tu esfuerzo. A mí me habría venido muy bien pasar tiempo en un club así cuando era adolescente.

Y su madre también habría estado más contenta. Siempre le había dejado claro que no había querido tenerle, y no le importaba dónde se metiera siempre y cuando estuviera lejos de ella.

—Pero cuando pude sacarme el carné de conducir, mi único objetivo era demostrar que tenía el coche más rápido del barrio.

Steve sonrió.

—El objetivo del club es mantener a los chicos alejados de las calles.

—Cierto —dijo Cutter—. Pero yo siempre he sido un inconformista.

El ex de Jessica sonrió todavía más y la miró de reojo.

—¿Y qué tal te funciona ahora?

Cutter hizo un esfuerzo por no sonreír.

—Hasta el momento bien.

—¿No te has venido abajo con la presión? —preguntó Steve.

Cutter elevó las comisuras de los labios.

—Por ahora no.

Jessica miró primero a uno y luego a otro.

—¿De qué estáis hablando exactamente?

—No estoy seguro —aseguró Steve con una mueca—. Tengo que dar comienzo a la cena con un discurso —señaló con la cabeza el pódium que estaba en la pared del fondo—. Os dejaré seguir con vuestra conversación telefónica —concluyó con un brillo malicioso en los ojos.

Steve se marchó y Cutter se giró hacia Jessica, que miraba hacia el techo con los ojos en blanco.

Pero él no se arrepentía de la llamada de teléfono.

—Sabía que estábamos siendo demasiado obvios —murmuró Jessica.

—¿Qué te parece si hacemos piececitos debajo de la mesa?

Ella le lanzó una mirada amenazadora.

—Solo si me prometes ser discreto.

—Cariño, mi otro mote es don Discreto.

Con Steve a su izquierda y Cutter a la derecha, Jessica trató de prestar atención a la conversación de la mesa. Pero le resultaba difícil seguirla con la mano de Cutter en la rodilla. Estaba hablando del momento actual de las carreras con el hombre que tenía al lado mientras le acariciaba el muslo bajo el mantel. Aquel era exactamente el tipo de comportamiento que había esperado de un chico malo y rebelde. Tendría que sentirse perturbada por el escalofrío que le recorrió el cuerpo. Pero no había contado con disfrutar de la clandestina caricia de un hombre mientras todos los invitados de la mesa daban por hecho que estaba con otro.

—¿Señor Thompson? —una voz interrumpió la conversación.

Jessica alzó la vista y vio a un adolescente que le resultaba vagamente familiar. Llevaba el pelo largo y le colgaban los vaqueros, bajo los que asomaban unos calzoncillos naranjas. Tenía la mirada todavía ensombrecida, pero la expresión beligerante de la foto que Jessica le había mostrado a Cutter se veía tamizada por una emoción que a ella le sorprendió.

Adoración.

El adolescente le tendió a Cutter una servilleta de papel y un bolígrafo.

—¿Me firma un autógrafo?

El pulgar de Cutter dejó de acariciarla, y le agarró el muslo con tensión. Jessica le miró con curiosidad, y le sorprendió la expresión de su rostro. Le había visto en televisión en el pasado saludando a los jóvenes y siempre se había mostrado amigable.

Pero ahora tenía el ceño fruncido.

Cutter sintió una punzada familiar de dolor y se quedó mirando al chico que apenas tenía edad para afeitarse. Tardó cinco segundos en reconocerle. Emmanuel. El adolescente rebelde. El gran seguidor del Comodín. El rebelde que había vuelto al instituto con el objetivo de seguir los pasos de Cutter Thompson.

Maldición. ¿Por qué quería aquel chico acabar tan mal como él?

Los años de experiencia habían enseñado a Cutter a lidiar con los fans, pero odiaba aquella expresión de arrobo que tenía el adolescente. ¿No se había enterado el chico de la noticia, no sabía que Cutter había provocado un accidente que le había costado la carrera?

—Claro, chico —dijo malhumorado estampando su firma en el papel con la esperanza de que ahí acabara todo.

Pero Emmanuel no había terminado todavía.

—Vi por la televisión cómo embestía a Chester Coon —dijo guardándose la servilleta.

Cutter sintió que el dolor de la cabeza se le acrecentaba mientras el chico seguía hablando con emoción.

—Fue alucinante el modo en que cruzó la línea de meta bocabajo —continuó entusiasmado—. Y logró llegar en segundo lugar.

Cutter sintió cómo la bilis se le subía a la boca al verse envuelto en aquel recuerdo. Pudo oler la goma quemada, sentir la velocidad extrema y cómo sus dedos se agarraban al volante.

Ajeno a ello, Emmanuel continuó con los ojos brillantes por la admiración hacia su héroe.

—Y fue usted el único valiente que se encargó de esa basura de Chester Coon.

Valiente.

A Cutter empezó a sudarle el labio superior, pero el adolescente continuó con su relato paso a paso.

—Fue usted el auténtico amo de la pista, y…

El dolor del accidente le golpeó como un martillazo.

—Oye —le atajó con voz grave—. ¿No tienes otra cosa que hacer más que estar aquí?

Cutter observó a través de su nebulosa de dolor cómo el chico daba un paso atrás. En su rostro no quedaba ni rastro de entusiasmo.

—Claro —le miró con despreocupación—. Ya me voy.

El adolescente se dio la vuelta y se marchó, y Cutter contuvo la imperiosa necesidad de vomitar. Porque el chico le había llamado valiente, pero Cutter sabía que no lo era.

Con el corazón latiéndole con fuerza por los recuerdos del accidente, vio cómo Emmanuel se marchaba con los hombros encorvados. Había reconocido la expresión indiferente del chico. El propio Cutter la había compuesto un millón de veces. Y también reconoció la adoración. Pero su padre no se merecía ser su héroe, y desde luego él tampoco merecía ser ahora el de Emmanuel.

Cutter cerró los ojos recordando el accidente. No había hecho ningún sacrificio. Solo estaba molesto por la osadía de Chester Coon, se sentía amenazado por su modo agresivo de conducir para colocarse en cabeza.

Así que había hecho una maniobra arriesgada que le había llevado a poner fin a su carrera, y todo por culpa de la rabia y el engreimiento.

Cutter fue volviendo poco a poco al momento presente y fue consciente de dónde estaba. Jessica le miraba con los ojos abiertos de par en par y una expresión desilusionada. Cutter sintió un nudo en el estómago.

—¿A qué ha venido eso?

Cutter hizo un esfuerzo por mantener una expresión neutral.

—¿A qué te refieres?

Jessica se giró en el asiento para mirarle de frente.

—Acabas de romperle el corazón a ese chico.

En medio del torbellino de emociones que estaba

sintiendo, experimentó también una cuchillada de culpabilidad. Deslizó la mirada hacia la mesa y agarró su vaso de té helado con mano torpe.

—Lo dudo.

—Oh, por favor.

Cutter se aclaró la garganta y se revolvió en el asiento conteniendo el deseo de levantarse y salir huyendo de la amarga verdad. Pero Jessica estaba esperando una respuesta, así que trató de darle una.

—Aunque así fuera, lo superará —aseguró mirándola de reojo.

Aunque Jessica respondió con voz pausada, su tono era de absoluto reproche.

—Ese chico te admira.

Cutter sujetó con fuerza el vaso de té hasta que se le volvieron blancos los nudillos. Quería romperlo o lanzarlo contra la pared. Pero no podía hacerlo porque estaba sentado en aquella mesa al lado de Jessica en aquella pequeña fiesta de la comunidad.

En un gimnasio reluciente y nuevo, fundado por su honorable exmarido y lleno de buenos samaritanos y un fan juvenil y engañado.

Y luego estaba él. Cutter Thompson. ¿Quién diablos era?

Aspiró con fuerza el aire y lo dejó escapar lentamente haciendo un esfuerzo para controlarse y dejó de apretar el vaso con fuerza.

Había construido su vida sin importarle lo que la gente pensara. Así había sobrevivido.

—¿Desde cuándo es mi problema la adoración mal encaminada de un chaval?

Los ojos de Jessica le miraron con furia.

—Pero al menos tienes que intentar…

—Cariño —la atajó Cutter, consciente de que los demás comensales estaban viendo cómo discutían.

No podía seguir soportando la profunda desilusión de su rostro. Pero él no había pedido ser el héroe de ese adolescente. Antes lo buscaba, pero ya no. Antes creía que lo merecía. Y le resultaba terrible mirar atrás en su carrera y darse cuenta de que no era así.

—No le debo nada a nadie —aseguró—. Y solo porque un chaval iluso…

Jessica levantó una mano.

—Ese chaval iluso necesita todas las influencias masculinas positivas posibles —aseguró mirándole fijamente—. Está creciendo sin padre. Lo que significa que tú más que nadie deberías ser extremadamente amable con él.

Cutter alzó una ceja.

—Cariño, ¿crees que el resto del mundo le va a tratar con pinzas solo porque ha tenido una infancia horrible?

Él lo había aprendido una y otra vez. Y cuando pensaba que ya no podría aguantar nada más, el mundo volvió a darle una patada en el trasero. Cuando era adolescente había corrido con aquellos coches lleno de furia y metiéndose en problemas, pero no había aprendido nada, porque había vuelto a dejar que la rabia le hiciera perder el control y su carrera había tocado fondo.

Suspiró y se pasó una mano por el pelo con gesto de frustración.

—A ese chico no le vendrá mal aprender que cuando la vida se pone difícil hay que aprender a lidiar con ello —dijo poniéndose de pie. Sentía la necesidad de salir urgentemente de allí—. No tengo hambre —arrojó la servilleta al plato vacío—. Disfruta de la cena.

Capítulo 10

A LA tarde siguiente, Jessica rodeó la casa de Cutter. Su coche estaba aparcado en la entrada, así que sabía que estaba allí. Pero no le abría la puerta. Lo que significaba que estaba en el jardín de atrás o que no quería hablar con ella. Con Cutter nunca se sabía.

Mordiéndose el labio inferior, dobló la esquina de la casa y le vio al lado de la piscina regando el porche. El estómago le dio un vuelco. Se detuvo y permitió que la visión de las cimbreantes palmeras, el césped verde y las azules aguas de Bahía Biscayne le calmaran los nervios. Habría funcionado si el hombre que tenía delante llevara puesto algo más que un bañador.

Y si no tuviera grabado el recuerdo de lo sucedido la noche anterior.

Aquella era la prueba de que Cutter era la clase de hombre del que tenía que mantenerse alejada. Tras haber dejado cortado a aquel pobre chico, Jessica tardó dos segundos en darse cuenta de que Cutter se había cerrado mental y emocionalmente. No hacía falta ser doctorado en Psicología para darse cuenta de que hacía lo mismo en todas las relaciones cuando había problemas.

Steve tampoco era proclive a expresarse, y Jessica estaba completamente segura de que aquel había sido el principio del fin de su matrimonio. Pero nunca se había mostrado tan reticente como Cutter. Y nunca habría tratado a nadie con la dureza con que Cutter trató a Emmanuel.

La noche anterior Jessica se había ido a la cama angustiada, se había despertado igual y había pasado el resto del día tratando de lidiar con sus sentimientos. Lo que resultaba una tarea difícil y frustrante. Porque en lo que se refería al hombre que ahora estaba regando el porche, vacilaba como un péndulo. No tenía claro si cuando finalmente se detuviera el balanceo Cutter le caería siquiera bien.

Jessica se pasó la mano por la sencilla blusa para calmarse los nervios y avanzó hacia el porche. Cutter la miró y luego volvió la vista hacia la tarea que tenía entre manos con expresión cerril.

—¿Has venido a leerme otra vez la cartilla? —le preguntó.

Jessica apretó los dedos.

—No —contestó acercándose más a él—. He venido para hablar de la estrategia para la última sesión —entre otras cosas. Pero no estaba muy segura de cómo sacar el tema de Emmanuel—. Quiero asegurarme de que acabemos la maniobra publicitaria en la nota adecuada.

Cutter alzó una ceja, pero su expresión facial no revelaba nada. Ella dejó escapar un suspiro silencioso y renunció a traducir su gesto.

—Steve y yo discutimos anoche cuando tú saliste del gimnasio.

Cutter cerró la llave del agua y se giró para mirarla, pero no le preguntó de qué habían hablado.

Jessica sospechó que era demasiado orgulloso para preguntar.

O tal vez no le importaba.

Pero ella se lo contó de todas maneras.

—Steve me leyó a mí la cartilla y dijo que debería darte más cancha —se mordió el labio antes de continuar—. También me dijo que no había estado bien llamarte la atención en público.

Cutter se encogió despreocupadamente de hombros y empezó a recoger la manguera para llevarla a otro punto del porche.

—No levantamos la voz. No montamos ninguna escena.

Para ella sí lo había sido, y la insistencia de Cutter en quitarle importancia aumentaba todavía más sus nervios. Trató de ponerse a su altura y alzó los hombros.

—Mejor eso a que nos pillaran haciéndolo debajo del mantel.

No tendría que haber dicho aquello, pero al menos consiguió que reapareciera el antiguo Cutter y su media sonrisa.

—Cariño, si algo consiguió nuestra pelea, fue confirmar que nos estamos acostando juntos.

Aquello la sorprendió.

—¿Siempre te peleas con las mujeres con las que sales?

—Nunca había estado con nadie tan exigente antes.

Ella alzó una ceja.

—No creo que esperaran mucho.

—Supongo que tenía otras cosas que hablaban en mi favor. Desde luego no mi encanto.

Jessica sintió una punzada en el estómago. Sí, ella había probado algunas de esas cosas que se le daban tan bien.

—¿Has sido alguna vez encantador? —le preguntó.

Cutter volvió a abrir el agua en la siguiente sección del porche y no dijo nada. El silencio quedaba únicamente interrumpido por el sonido del agua golpeando la madera. Jessica pensó que no iba a responder, pero él dijo finalmente:

—Me pasé la adolescencia enfadado con el mundo. Con mi padre por marcharse, y también con mi madre —la miró de reojo—. No dejé mucho espacio para ser encantador.

Jessica le observó. Las similitudes entre Cutter y el adolescente taciturno de la noche anterior eran obvias. Y le pareció un buen punto que recalcar.

—Estoy segura de que Emmanuel se siente igual —se colocó un mechón de pelo tras la oreja—. Pero tú ya eres adulto y deberías haber cambiado.

Cutter se la quedó mirando durante un largo instante antes de responder.

—Sí —dijo con voz pausada—. Tal vez.

Su tono resultó firme, como si estuviera constatando un hecho. Como si supiera cómo debería comportarse pero se negara a hacerlo.

Jessica vio cómo volvía a centrarse en el riego y, sin saber qué hacer a continuación, dijo:

—He vuelto a ver el accidente.

Le había resultado muy duro ver plano a plano cómo el coche daba una vuelta en el aire, aterrizaba sobre el capó y se deslizaba por la pista antes de estrellarse contra un muro. Y todo ello sabiendo que Cutter estaba dentro. Había sacado el tema porque necesitaba desesperadamente que él creyera que era mejor de lo que demostraba su comportamiento de la noche anterior.

—Tienes suerte de estar vivo —aseguró.

—¿Crees que no lo sé?

Jessica sacudió suavemente la cabeza.

—Sinceramente, no sé lo que crees ni lo que sientes —ella estaba tratando de averiguarlo. Porque estar con un hombre que era la antítesis de todo lo que siempre había buscado estaba poniendo a prueba sus emociones.

Al ver que no respondía, Jessica se acercó más y observó su perfil. Porque aunque tendría que haber hablado de ello en privado con él, lo cierto era que Cutter había tratado mal a Emmanuel.

—A veces hay que tomar el camino más difícil, Cutter —dijo—. Ser la mejor persona posible. Sí, me doy cuenta de que debió de ser doloroso escuchar el relato crudo de tu accidente. De lo que has perdido. Pero Emmanuel solo tiene diecisiete años, y no puedes esperar que comprenda…

—No se trata solo de lo que he perdido —la atajó Cutter cortando a la vez el agua de la manguera—. Se trata también del porqué.

Jessica frunció el ceño confundida.

—No te entiendo —pero mientras observaba su expresión cayó en la cuenta de lo que había querido decir—. ¿Has recuperado la memoria?

—Sí —Cutter arrojó la manguera sobre la madera de teca y aterrizó con un golpe seco—. Así es —dijo dirigiéndose al otro extremo del porche. Se giró para mirarla con expresión dura—. En un arrebato de ego, decidí que ese novato necesitaba una lección. No para recordarle las normas y que así todos estuviéramos más seguros. Y no para ganar aquella única carrera.

Cutter se apretó el pulgar contra el pecho.

—Lo hice para demostrarle que la pista era mía.

La arrogancia de aquellas palabras y la brutal sinceridad de su expresión calaron muy hondo en el ánimo de Jessica. Cutter continuó:

—Amenazaba mi posición de número uno, así que quise darle una lección. Pero lo único que conseguí fue una lesión que me impide volver a competir jamás —apartó el rostro de ella.

Cuando Jessica consiguió por fin hablar lo hizo con voz débil.

—¿Es esa la razón por la que embestiste a Chester Coon?

Cutter se pasó la mano por la cara como si estuviera cansado, pero sus palabras sonaron con fuerza.

—Sí, se trataba únicamente de mí —aseguró—. La mayoría de la gente dirá que tengo lo que me merezco. He arruinado mi propia carrera.

Jessica percibió el dolor de su tono, vio la oscura expresión de su rostro antes de que concluyera con amargura:

—Así que no quiero ninguna idolatría inmerecida por parte de un chico que busca una figura paterna en una estrella de las carreras.

Ella parpadeó.

—Tal vez tengas el recuerdo confundido. Tal vez…

—No, Jessica.

Ella tardó un instante en entenderlo del todo. Y entonces sacudió la cabeza.

—Fue un error de una décima de segundo. Eso no significa que no seas digno del respeto de ese chico.

—Por Dios, Jessica —dijo Cutter con frustración acercándose más a ella—, no trates de leer algo que no está ahí.

Jessica dejó escapar un suspiro. Se cruzó de brazos y le observó tratando de entenderle. De que sus palabras cobraran sentido. Pero no lo consiguió.

—Fuiste el número uno durante seis años. Tuviste

que trabajar como un perro para llegar a lo más alto. Y más todavía para mantenerte allí. Un error impulsivo no borra todo lo que has conseguido.

Se sentía más segura cada vez de lo que decía, pero Cutter seguía mirándola como si fuera a refutar sus palabras.

—Sobre todo teniendo en cuenta que durante todos tus años de duro trabajo, mientras estabas en la cumbre, te aseguraste de que tus patrocinadores apoyaran las causas importantes para ti.

—Eso era una cuestión de negocio.

—Escogiste a los chicos con problemas —afirmó Jessica—. No creo que fuera una coincidencia.

—Cariño —Cutter la miró fijamente como si estuviera loca—. La única buena samaritana que hay por aquí eres tú.

—Siento decirle esto, señor Thompson —continuó ella—, pero tienes varias cualidades de buena persona.

Cutter le agarró la muñeca.

—Déjalo ya —dijo en voz baja.

Ella le miró con el corazón latiéndole con fuerza. Cutter se acercó más y siguió mirándola con dureza, pero utilizó un tono engañosamente tranquilo.

—Estabas tan enfadada conmigo cuando Emmanuel se marchó que pensé que nunca volvería a tocarte. Y no habría pasado nada.

Eran las mismas palabras que Jessica llevaba repitiéndose todo el día, pero el deseo que la abrumaba ahora era demasiado poderoso. Todo su mundo convergía en la mano que le sujetaba la muñeca. Con solo un roce, hacía que dudara de sus decisiones. Tendría que decirle que estaba de acuerdo con él, pero no pudo hacerlo. Con un nudo en la garganta, afirmó:

—Sí habría pasado.

Cutter continuó con tono grave y decidido.

—Pero soy la misma persona que era anoche, Jessica —le apretó con más firmeza la muñeca—. Yo no voy a seguir acostándome con una mujer que cree que soy algo que no soy para así sentirse mejor al estar conmigo.

—¿De qué estás hablando? Yo no hago eso.

—Cariño —Cutter avanzó medio paso más—. Anoche dijiste que me había comportado como un cerdo insensible con Emmanuel, y la mayoría de la gente estaría de acuerdo contigo. No será el primer error que he cometido a tus ojos ni será el último. Pero o quieres estar conmigo o no quieres. No puedes dividir a la gente en buenos y malos.

Jessica estaba boquiabierta.

—No es esa mi intención.

El rostro de Cutter reflejaba una profunda frustración.

—Entonces, ¿cuál es tu intención?

Jessica le espetó la verdad.

—Mi intención es averiguar quién eres.

—No quieres saberlo.

Claro que quería. Porque había caído completamente bajo su hechizo. En cuanto la tocaba, tiraba por la ventana todos sus objetivos, y no podía entender la razón.

—Sí —afirmó—. Sí quiero saberlo.

El rostro de Cutter se volvió frío y duro como una roca.

—Lo único que puedo decirte es que no soy ni blanco ni negro, sino de un tono gris, Jessica. Más oscuro algunos días y más claro otros. Pero la pregunta es: ¿es suficiente eso para acostarse con Jessica Wilson? —inclinó la cabeza hasta que su rostro estuvo solo a unos centímetro del suyo.

Ella se quedó mirando aquellos ojos verdes como

el mar y vio en ellos frustración, resentimiento... y también deseo. Le ardía la piel bajo su contacto. Su aroma y su presencia la atraparon en una nebulosa sensual. Que Dios la ayudara, pero le deseaba.

—Sí —susurró impotente.

Cutter le tiró del brazo y su cuerpo colisionó con el suyo, igual que su boca. Un batalla instantánea en la que él era el claro ganador. Tomó lo que quiso sin buscar sumisión, solo exigía que ella le siguiera sin dejarle apenas espacio para respirar.

El poder y el ritmo de aquel beso resultaron arrolladores. Era una muestra de la pasión descontrolada que nunca antes había experimentado hasta que conoció a Cutter.

Jessica se le agarró a los antebrazos para tratar de estabilizarse. Cutter le sostenía la cabeza con una mano, sellándole la boca con la suya, mientras que con la otra le arrancaba la ropa. Los bíceps de Cutter se le marcaban bajo las manos mientras él desabrochaba botones y bajaba cremalleras con impaciencia. Cuando ella trató de ayudar desesperadamente, no hizo más que incordiar.

—No —murmuró Cutter apartándole la mano.

Jessica abandonó su plan y él le quitó la camisa. Le agarró la cara y volvió a por su boca, desatando su pasión con más fuerza. Jessica le deslizó las manos por el pecho. Tenía la piel caliente y al mismo tiempo húmeda. Cutter le tiró de los pantalones cortos y se bajó también el bañador, dejándolo en la madera de teca.

La dirigió hacia la tumbona que tenía detrás y ambos cayeron en un enredo de piernas y labios. Cutter cayó encima de ella con suavidad.

Jessica se estaba volviendo loca de pasión.

Las manos y la boca de Cutter estaban por todas

partes, entre sus senos, en el vientre, entre las piernas. Parecía como si estuviera decidido a mostrarle el tono más oscuro de Cutter Thompson en toda su fuerza.

Con las manos en sus caderas, Cutter la mordisqueó el vientre y los senos antes de tomar su boca con un único y certero movimiento. Cutter arqueó las caderas y se hundió profundamente en ella. Jessica gritó aliviada. Él se detuvo un instante y le sostuvo la cabeza entre las manos para mirarla de cerca fijamente y empezó a moverse entre sus piernas. Con firmeza y seguridad. Sin contenerse ni disculparse. Tomando lo que quería con la poderosa fuerza de su deseo.

Pero Jessica no había contado con que alimentar el deseo de Cutter supondría un catalizador para el suyo. Se arqueó debajo de él y recibió sus caderas con las suyas y se agarró de sus brazos.

Cutter clavó la mirada en la suya mientras la embestía. Jessica sentía como si se hubiera metido en la parte honda de una piscina de deseo donde apenas podía tocar el fondo con los dedos de los pies mientras hacía un esfuerzo por mantener la cabeza fuera del agua para poder respirar.

Cerró los ojos cuando el agua subió más y le cubrió la cabeza, dejando fuera todo excepto su capacidad para sentir el placer que había enraizado en su cuerpo. Hasta que finalmente se sumergió del todo y unos brillantes destellos de luz hicieron explosión tras sus párpados mientras alcanzaba el orgasmo y unos violentos espasmos se apoderaban de su cuerpo.

El sol atravesó la espalda de Cutter mientras él se iba dando cuenta poco a poco de dónde estaba. Le costaba trabajo respirar y le dolían los músculos y las costillas y le ardía el brazo izquierdo. El sudor le perlaba la espalda y sentía los muslos resbaladizos entre los de Jessica. Abrió los ojos al ver su cara. Tenía los párpados cerrados y las mejillas sonrojadas.

Nunca había estado tan hermosa, y la tremenda realidad de lo que acababa de compartir le pesó en el corazón.

Ya era bastante malo que la noche anterior hubiera sido larga y angustiosa. Se la pasó mirando el techo de su dormitorio, enfadado con ella por haberle regañado, pero sobre todo enfadado consigo mismo por su comportamiento. Pero entonces Jessica apareció en su casa…

Y el deseo volvió a hacer explosión.

Tanto que se había abierto completamente y ahora se sentía herido. Abierto en canal, sangrando y expuesto. Porque todavía la deseaba, pero ella había ido allí con la esperanza de poder creer que tenía algo de solidario. Bueno, pues ya se lo había dejado bien claro.

Le había arrancado aquellas gafas color de rosa que llevaba puestas y se las había pisoteado sin piedad.

Pero ahora se daba cuenta de pronto de que no era la misma persona que la noche anterior. Finalmente había entendido por qué hacer el amor con Jessica era distinto.

Porque le importaba lo que pudiera pensar de él.

Aquella terrible revelación le hizo sentirse pequeño. A lo largo de su vida se había ganado una reputación por no importarle un bledo la opinión de los demás, pero ahora no era así.

Maldición, había prometido no volver a ponerse en situación de sufrir aquel dolor.

Cerró los ojos y recordó al niño ingenuo de siete años que esperaba al lado del teléfono la llamada de su padre. Cuando su padre se marchó y le dejó atrás, Cutter se había agarrado desesperadamente a la esperanza de que no todo hubiera terminado. Así que le dejaba mensajes en el buzón de voz. Las llamadas de respuesta de su padres se hicieron más escasas y más separadas en el tiempo hasta que Cutter cumplió nueve años. Después de eso solo hubo silencio. El día de su décimo cumpleaños llamó para dejar otro mensaje, pero una máquina contestó diciendo que aquel número ya no estaba operativo.

Y Cutter finalmente renunció al último atisbo de esperanza que le quedaba.

Frunció el ceño. Pero entonces apareció Jessica Wilson, una ingenua redomada, y le arrastró otra vez hacia el camino de la esperanza para luego arrancar de cuajo el incipiente brote.

Abrió los párpados con el cuerpo en tensión y escudriñó el hermoso rostro de Jessica otra vez. Se movió ligeramente ante el temor de estar aplastándola y ella abrió los ojos de golpe.

—Espera —le pidió apretándole con más fuerza el antebrazo.

Cutter vaciló al ver la incertidumbre reflejada en su rostro. Pero mientras viviera no olvidaría la expresión herida de sus ojos de gacela cuando finalmente le dejó claro quién era Cutter Thompson.

Un auténtico imbécil.

Cutter soltó una palabrota y se apartó, echando de menos al instante el contacto de la piel de Jessica. Se puso el bañador y se la quedó mirando fijamente.

Nunca podría ser la clase de hombre que ella quería.

Ni siquiera se acercaría.

—Jessica, soy el hombre al que tacharías continuamente de tu lista de parejas potenciales —se pasó la mano por el pelo antes de dejarla caer con gesto de derrota.

Ella parpadeó. La expresión de su hermoso rostro no negaba sus palabras.

A Cutter le latía el corazón con fuerza a cientos de revoluciones. Un hombre no podía pasarse la vida entera permitiendo que la gente que quería le abandonara. Recordaba demasiado bien el daño que eso le había causado.

Por supuesto, lo que acababa de suceder en la piscina había derribado sus últimas barreras. Cutter no le temía a nada en la pista, y menos a la muerte, pero el terror que estaba sintiendo ahora le forzó a continuar.

—No pasaría el corte cuando me compararas con los demás candidatos —aseguró—. En una lista de pros y contras, los contras ganarían de largo —incapaz de contenerse, le apartó un mechón de la frente sin dejar de mirarla a los ojos—. Creo que los dos sabemos que esto tiene que terminar.

Cutter se dio la vuelta y se dirigió hacia su casa, cerrando con cuidado la puerta tras él.

Capítulo 11

SIEMPRE se estaba quejando de mi perro —el hombre calvo de mediana edad se sonó la nariz con un pañuelo y miró hacia el círculo de divorciados que estaban sentados en la zona de recepción de Parejas Perfectas—. Nunca le gustó Darth. Y cuando me dijo que escogiera entre el perro o ella escogí a Darth.

Jessica se limitó a aclararse la garganta y consultó su reloj, agradecida de que por fin fuera la hora.

—Bueno —dijo forzando una sonrisa—. Si nadie tiene nada más que compartir, podemos dar por terminada la velada.

Se escuchó un murmullo y el pequeño grupo empezó a recoger sus cosas. Jessica se levantó del sofá y con una combinación de miedo y alivio despidió al último grupo de asistentes y cerró con llave cuando salieron.

Un obstáculo menos. Ahora le quedaba lo peor. Sintió un nudo de ansiedad mientras se apoyaba contra la puerta y cerraba los ojos. Cutter le había dejado un mensaje sobre la sesión final, la que no habían hecho dados los acontecimientos de la piscina. Jessica le mandó un mensaje de texto en respuesta por miedo a llamarle. Gracias a Dios, Cutter había accedido a reunirse con ella allí aquella noche para enviar la última pregunta del concurso. No podía soportar la idea de volver a su casa.

Los recuerdos del encuentro en la piscina acaecido tres días atrás se apoderaron de ella. La furia de Cutter. Su propia desilusión. Y la explosión del deseo.

Sintió una quemazón en el vientre y se le humedecieron las palmas. Porque después de todo lo que había sucedido, el mensaje de Cutter sonaba demasiado normal, incluido un comentario sarcástico que la había hecho reír.

Cuando Cutter le dijo que lo suyo había terminado, Jessica lo había aceptado con la cabeza. Pero su cuerpo y un gran pedazo de su corazón habían gritado que no.

Jessica se pasó los dedos por el pelo y trató de apaciguar la guerra interior que vivía desde que cayó bajo el influjo de su hechizo. Debería estar agradecida por que él hubiera tomado la decisión que ella no había tenido valor de tomar hasta el momento.

La noche anterior caminó por el pasillo de su casa buscando una respuesta al acertijo de Cutter. Pero no había respuesta. En su extenso historial de fracasos sentimentales, esta sería legendaria.

Desgraciadamente, su relación con Cutter no solo le estaba volviendo loca la cabeza, sino que además le estaba desbaratando su bien ordenada vida. Antes nunca se irritaba con los grupos de apoyo, no se mostraba tan impaciente. Y no había tenido tiempo para continuar con la búsqueda del hombre adecuado porque estaba demasiado ocupada queriendo estar con quien no debía.

¿Cuándo se dieron cuenta sus padres de que no eran adecuados el uno para el otro?

El pensamiento le surgió en la mente y no fue capaz de ignorarlo. ¿Qué había hecho que sus padres se despertaran una mañana, se miraran y pensaran que aquello no funcionaba?

¿Habían empezado bien juntos y se habían ido separando poco a poco? ¿O simplemente eran incompatibles desde el principio?

Como Cutter y ella.

La tristeza que había ido acumulando durante años amenazaba con romper el dique y derramarse. El divorcio de sus padres. El suyo propio. Y ahora Cutter. Aunque siempre había tratado de ser optimista, cada vez le costaba más trabajo. Se pasó la mano por la frente. Quedarse allí apoyada en la puerta no iba a resolver sus problemas. A nadie le gustaban los llorones. Tenía que prepararse para la llegada de Cutter.

Suspiró, estiró los hombros y se dirigió por el pasillo hacia su despacho. Cuando cruzó el umbral vio a Cutter en su escritorio. Se detuvo en seco pero el corazón seguía latiéndole con fuerza dentro del pecho. Cutter estaba ojeando uno de sus folletos con la cadera apoyada en el borde de la mesa y las piernas musculosas y desnudas bajo los pantalones cortos. Cuando alzó la vista para mirarla, el mundo se redujo al masculino corte de su cara.

Jessica contuvo la respiración por enésima vez desde que le conocía. Transcurrió un instante antes de que Cutter hablara.

—¿Se han ido ya Gruñón y su alegre banda de pesimistas?

Jessica se acercó a la silla que había frente al escritorio y tomó asiento lentamente.

—¿Cuánto tiempo llevas aquí?

—El suficiente como para haber oído la historia del hombre del perro.

—Pero ¿cómo has entrado?

Cutter elevó las comisuras de los labios.

—Por la puerta de entrada. Nadie me ha visto. Estabais todos demasiado atentos a la historia del ex que engañaba a su mujer.

Jessica sacudió ligeramente la cabeza y trató de centrarse en la conversación. ¿Cómo era posible que Cutter actuara con tanta normalidad? Se quedaron mirándose. Parecía como si él esperara que dijera algo, pero Jessica había perdido su capacidad para mantener una conversación con Cutter después del explosivo encuentro de la piscina. Transcurrieron unos segundos más y luego él se inclinó hacia delante mirándola fijamente.

—¿Por qué lo haces? Lo del grupo de apoyo —le preguntó sin asomo de burla—. ¿Por qué alguien tan decidido a ver la parte buena de la vida escucha las desgracias de los demás?

Últimamente no había mucha parte buena que mirar. Jessica dejó caer la vista al brazo de la silla.

—Me resulta útil escuchar por qué han fallado otras personas.

Cutter la miró con expresión dubitativa.

—¿En qué te beneficia escuchar las mil y una maneras que tiene la gente de estropear una relación?

Ella frunció el ceño y se pasó los dedos por el pelo.

—Creo que sé por qué terminó mi matrimonio. Pero el de mis padres es un completo misterio.

Cutter la miró esperando claramente una explicación. Ojalá la tuviera.

—¿Qué excusa dieron? —le preguntó.

—Dijeron que ya no querían seguir casados.

—A mí me suena suficientemente sincero.

Jessica apretó las mandíbulas.

—A mí no me basta —aseguró frotándose la frente para aliviar la tensión—. Durante los primeros catorce años de mi vida me pareció que eran felices —dejó caer la mano sobre el regazo y le miró—. Y de pronto una noche durante la cena anunciaron sencillamente que se había terminado.

Cutter alzó lentamente las cejas y luego se reclinó hacia atrás con las manos apoyadas en el borde del escritorio como si estuviera procesando la información.

—¿Y ya está? —preguntó esperando algo más.

Pero no había nada más, y esa era la parte más dura. Todo resultaba incompleto. Cutter ladeó la cabeza y le preguntó:

—¿Tú no imaginabas que algo no iba bien?

Jessica se alisó las inexistentes arrugas de la falda y trató de ignorar la punzada de dolor del corazón.

—No. Nunca se peleaban delante de mí. Parecían felices —entrelazó las manos—. La semana que mi padre se marchó de casa me quedé sentada en mi dormitorio esperando que me dijeran que todo era un error… mientras ellos hablaban tranquilamente de cómo repartirse los muebles.

Tras dieciséis años de matrimonio, la conversación quedaba reducida a quién se quedaría con qué. Jessica bajó la voz un octavo al recordar su dolor. Y su confusión.

—Yo lo único que quería era gritar.

Siguió un silencio, y cuando alzó la vista vio a Cutter observándola con una expresión que no supo descifrar.

—La gente dice que debería estar agradecida de que el final fuera amistoso —se rio nerviosa—. Eso fue lo que me dijeron también mis padres.

Cutter la miró con asombro y torció el gesto.

—Al diablo con lo que digan, Jessica —aseguró con énfasis—. No tienes por qué sentirte agradecida.

Jessica contuvo las ganas de llorar y apretó los labios en una mezcla de sonrisa y mueca.

—¿Cutter Thompson dice que puedo sentirme mal al respecto?

Él le mantuvo la mirada. No había cinismo en sus ojos, solo sinceridad.

—Cutter Thompson dice que puedes sentirte mal al respecto.

Ella se le quedó mirando, conmovida por la emoción de su tono de voz. Después de tantos años, le resultaba extraño que alguien le diera permiso para seguir sintiéndose triste.

Daba la impresión de que Cutter quisiera abrazarla. Consolarla. Pero su postura decía otra cosa. Por mucho que quisiera hacerlo, no iba a estrecharla entre sus brazos.

El dolor que había comenzado cuando le dijo que lo suyo había acabado se hizo más profundo, y la confusión también. Era una de las personas más sinceras que conocía. Tal vez evitara hablar de sus sentimientos, pero cuando lo hacía siempre era sincero. A veces de manera brutal. Aquel primer día en el garaje le había contado sobre Cutter Thompson. Cuanto más disfrutaba de su compañía, más necesitaba creer que lo que decía no era verdad. Pero eso no culpa de Cutter, sino suya.

Había escuchado el remordimiento en sus palabras, había visto la duda en su rostro cuando le contó la verdad en la piscina. Cutter se había enfrentado cara a cara a sus errores y estaba claro que se cuestionaba las elecciones que había hecho. ¿No constituía eso un cambio positivo?

Cutter se aclaró la garganta y se reclinó hacia atrás. El momento había pasado.

—¿Y cuál va a ser la última pregunta de la batalla?

Ella tenía varias preguntas. Quería saber si solo habían estado explorando sus cuerpos, si se habían convertido en amigos con derecho a roce o si podrían llegar a algo más.

Con el corazón latiéndole con fuerza, Jessica sugirió la idea que le tocaba tan de cerca que le dolía.

—¿Qué puede acabar con una relación?

Cutter alzó una ceja.

—Eso no suena muy optimista.

—Tal vez lo sea —aseguró ella inclinándose hacia delante—. Somos dos adultos inteligentes. Tal vez no hayamos llegado a nuestro punto de ruptura.

Cutter parpadeó sorprendido, pero ella se negó a acobardarse. La esperanza se apoderó de ella, animándola. Porque no podía soportar la idea de que hubieran terminado.

—Tal vez si estamos dispuesto a intentarlo…

—¿Intentarlo? —la atajó él—. Cariño, estoy de acuerdo en que eres una mujer inteligente —se cruzó de brazos—. Pero ahora mismo no lo estás demostrando. ¿Y sabes lo que pienso?

Jessica se agarró a los brazos de madera de la silla. No respondió a su pregunta por temor a la respuesta.

Pero Cutter siguió de todas maneras.

—Creo que estás atrapada en una búsqueda interminable porque el hombre que buscas no existe.

Sus palabras fueron como un mazazo para ella. ¿Cómo podía decir eso?

—No es verdad. Yo solo busco… busco… —trató de encontrar la frase adecuada.

—¿Al príncipe de la oscuridad? ¿Un objeto brillante? ¿La perfección?

Jessica negó tres veces con la cabeza y Cutter la miró fijamente a los ojos como si estuviera tratando de leer la respuesta en su rostro.

—Entonces, ¿por qué rechazas a todos los hombres que se cruzan en tu camino? No todos hablarán constantemente de sus ex ni vivirán en el garaje de sus padres.

Ella se negó a permitir que sus cínicos puntos de vista empequeñecieran sus prioridades. Y sus palabras le habían recordado hasta dónde exactamente tenía que llegar Cutter Thompson.

—Quiero alguien que trabaje conmigo —le miró a los ojos—. No quiero tener una relación con otro hombre que se retire emocionalmente y se niegue a hablar de lo que no marche bien en la relación.

Se hizo una pausa más larga de lo que ella esperaba, y cuando terminó la expresión de Cutter se había vuelto descorazonadora.

—¿Así era con Steve? —Cutter entornó los ojos—. ¿Le dijiste lo que estaba haciendo mal? —su tono daba a entender que aquella conversación no iba solo sobre su ex. Era algo personal.

—No —aseguró Jessica sintiendo que se ponía a la defensiva. Pero al mismo tiempo sentía la necesidad de explicarse—. Solo le sugerí que fuéramos a ver a un consejero matrimonial, o que al menos consultara algunos libros que pudieran ayudarle —dijo señalando hacia la estantería de la esquina.

Cutter se levantó para ver los libros, sacó uno y empezó a pasar las páginas lentamente. Los márgenes estaban llenos de anotaciones. Luego lo guardó en su sitio y sacó otro titulado *Cómo fortalecer tu matrimonio*. Este tenía todavía más notas.

—Maldita sea, Jessica —dijo levantando la cabeza para mirarla con absoluto desconcierto—. Y yo creía que el que estaba fastidiado era yo.

Ella sintió una mano fría apretándole el corazón. Había esperado sarcasmo, no una frustrante mezcla de censura y compasión.

—¿De qué estás hablando?

—Tu inseguridad es paralizante.

Jessica se levantó de un salto de la silla, furiosa por su audaz afirmación.

—No necesito a un hombre cuya primera reacción cuando se ve amenazado es insultarme y apartarme.

Cutter clavó sus ojos verdes en ella.

—Sí, fui muy brusco con Emmanuel, pero no te estoy insultando. Te digo las cosas como son. Pero tú estás demasiado ocupada sujetándote esas malditas gafas color de rosa e ignoras las verdades que no te convienen.

Jessica se puso una mano en la cadera.

—¿A qué verdades te refieres?

—Por ejemplo, que fuiste tú la que alejó a tu marido de ti.

A Jessica se le congeló el corazón dentro del pecho y palideció completamente.

—Eso no es verdad —murmuró.

—Sí lo es —Cutter se acercó más a ella. No estaba enfadado. Lo único que irradiaba su expresión era una absoluta convicción—. No solo no quieres al hombre que tienes a un lado ni al otro, tampoco quieres al que tienes delante. Quieres cambiarle. Convertirle en el hombre ideal para ti. Sacas tus libros, le dices lo que hace mal y le das una lista para que la siga. ¿Quién puede vivir así?

—Yo no hago listas.

Cutter resopló burlón y giró el libro que tenía entre las manos, mostrándole la página por la que estaba abierto.

—¿Y cómo le llamas a esto?

Jessica se quedó mirando el texto que había marcado, los párrafos subrayados, las notas de los márgenes...

Sintió que se le sonrojaba el rostro.

—Yo solo quería que Steve...

—Ese es el problema —la atajó Cutter cerrando el libro de golpe—. Tú no querías a Steve. Tú querías la versión idealizada de Steve.

La mente de Jessica rechazaba la idea y trató desesperadamente de salvarse a través de la lógica.

—No tiene nada de malo intentar mejorar.

Cutter compuso una expresión tan dura que habría rechazado el impacto de una bala disparada de cerca.

—Déjame decirte que vivir así puede llegar a ser absolutamente desmoralizador —dejó caer con un golpe seco el libro sobre la estantería—. Yo no fui un niño deseado por mis padres. Y hasta que cumplí diez años pensaba que, si trataba con todas mis fuerzas de ser mejor, un poco más amable, un poco más simpático, alguno de los dos cambiaría de opinión.

Aquellas horribles palabras quedaron suspendidas entre ellos y a Jessica empezaron a arderle los ojos.

—Pero mi padre se marchó y nunca volvió, y mi madre nunca dejó de quejarse de cómo había empeorado su vida desde que yo nací —Cutter se pasó los dedos por el pelo—. Así que puedes calificarme como una persona que se niega a seguir intentando mejorar.

Los años de adulación de sus entregados fans nunca podrían paliar el daño que le habían hecho los que realmente importaban al rechazarle una y otra vez. La trágica realidad del pasado de Cutter se sumó a su propio dolor y el pecho le dolió tanto que no podía respirar. Todo el cinismo de Cutter, su ira e incluso su ruda sinceridad cobraron de pronto sentido para Jessica. Desgraciadamente, aquel conocimiento llegaba demasiado tarde.

—¿Sabes cuál es el problema que tiene tu teoría? —preguntó Jessica con voz pausada y profundamente triste—. Que te has rendido. Te has apartado del camino, pero eso no te ha hecho feliz.

A Cutter se le tiñeron las mejillas de rojo por la furia.

—Y tú estás tan cegada con los defectos de los demás que no ves los tuyos.

Jessica parpadeó para contener las lágrimas y se dio cuenta de que se había quedado corta al valorar su relación. No solo no eran adecuados el uno para el otro, sino que eran malos el uno para el otro.

Y aquel dolor ponía fin a cualquier esperanza de futuro con Cutter Thompson.

—Creo que puedes encargarte tú solo del último debate.

—Creo que sí —respondió él con la mirada oscura.

Y dicho aquello, se giró sobre sus talones y se marchó.

Cutter aparcó el Barracuda en la entrada del club juvenil y se preguntó qué diablos estaba haciendo allí. Tras llamar a Steve para localizar el paradero de Emmanuel y enterarse de los últimos líos en los que se había metido el chico, le había parecido lo correcto aparecer por allí.

Pero ahora no estaba tan seguro. Aunque por supuesto, ya nada le parecía correcto.

Y dudaba mucho que volviera a parecérselo alguna vez.

Agarró con fuerza la palanca de cambios y recordó lo vivo que se había sentido la noche que estuvo allí dentro con Jessica. Habían pasado seis días desde que la viera por última vez. Seis días horribles que se le habían hecho eternos.

Tras la discusión, Cutter regresó a casa y terminó solo el concurso. Molesto con todas las respuestas de las concursantes, se había mordido la lengua, o los dedos en este caso para contestar los mensajes, y había terminado el trabajo.

Con la competición terminada, se centró en el trabajo. Terminó de arreglar el Barracuda y se concentró en su nuevo negocio. Encargó el equipamiento para la tienda e incluso contrató a un tercer mecánico para que empezara el mes próximo. Estaba volviendo a encarrilar su vida.

Pero sin Jessica, sentía como si todos los sucesos negativos de su vida se hubieran magnificado. Dejó caer la cabeza sobre al asiento y cerró los ojos. Desde que salió del despacho de Jessica le había estado dando vueltas a la cabeza pero sin avanzar. Estaba atrapado en un infierno interminable. Una y otra vez sopesaba la idea de ir a buscarla y olvidarse de cuánto lo lamentaría al final. O lo mucho que le dolería a su dignidad estar con alguien que no le valoraba como persona.

Habría podido dejar a un lado cualquier atisbo de orgullo y correr como el niño de siete años que persiguió a su padre por la calle. O como el niño de diez que se sentaba al lado del teléfono esperando a que le llamara.

Pero no podía olvidar la expresión de Jessica cuando la acusó de haber destruido su matrimonio. Haciendo honor al chulo malnacido que había sido y que al parecer seguía siendo, había sacado a relucir su doloroso pasado y se había asegurado de que las heridas permanecieran frescas para siempre.

La imagen de la devastada expresión de Jessica era la que había precipitado aquella órbita perpetua alrededor del noveno círculo del infierno durante aquellos seis últimos días.

Y aunque había llegado a la conclusión de que nunca podría arreglar las cosas entre ellos, al menos podría reparar la valla que se había cargado. Y tal vez podría paliar un poco el daño que le había causado a Jessica si se convertía en cierto modo en el hombre que ella había creído ver en él.

Cutter dejó escapar un suspiro y miró hacia el club juvenil. Steve le había dicho que seguramente Emmanuel estaría allí. Salió del Barracuda con renovada decisión y entró en el edificio. Cuando preguntó por el chico, la señora de pelo gris que estaba en recepción le pidió que firmara la entrada y luego le indicó la parte de atrás. Cutter atravesó el gimnasio nuevo, donde había una docena de adolescentes jugando al baloncesto, y finalmente encontró a Emmanuel fuera, solo y lanzando tiros libres a una vieja canasta. Cuando le vio, su rostro reflejó una expresión sombría.

—¿Qué hace usted aquí?

—He venido a hablar contigo —Cutter esperó un instante. Se sentía completamente fuera de su elemento. Ser el objeto de adoración de un adolescente era fácil comparado con el muro de piedra al que ahora se enfrentaba.

Estaba claro que Emmanuel había cambiado de opinión respecto a él.

Chico listo.

—He oído que te pillaron corriendo con un coche hace unos días y pasaste la noche en el calabozo.

—¿Y a usted qué le importa? No es mi padre.

Cutter le observó durante un instante. La animadversión del chico resultaba descorazonadora, pero en lugar de marcharse sacó una pelota de baloncesto de las que había en una caja y se sentó en ella.

—No sé cómo son los padres de los adolescentes —se encogió de hombros—. Mi viejo se marchó cuando yo era un niño.

Emmanuel le lanzó una mirada de desprecio.

—¿Sí? —lanzó un tiro y falló—. Pues qué pena.

Cutter arrugó la frente algo divertido. Resultaba interesante verse al otro lado de su propia adolescencia.

—También he oído que te han despedido de la tienda de recambios por lo de tu escapada.

Esta vez Emmanuel ni siquiera le contestó. Se movió por la pista y encestó de gancho dándole la espalda. Pero Cutter volvió a intentarlo.

—He venido a ofrecerte un trabajo.

—No quiero su compasión.

—Va a ser difícil que te contraten en ningún sitio con antecedentes policiales.

—¿Y? —Emmanuel lanzó la pelota contra el tablero como un cañonazo.

Una parte de Cutter quería renunciar. No necesitaba pasar por eso. Tenía un negocio que poner en marcha. Se pasó la mano por el pelo y se quedó mirando la espalda del chico, recordando las veces que Jessica había insistido con él. Por muy desagradable que él fuera, nunca se había rendido.

Al menos hasta que la acusó de haber destruido su matrimonio y acabó así con cualquier esperanza de que pudiera guardarle algún cariño. El dolor que sintió en el pecho no tenía nada que ver con su lesión de las costillas, ya curadas. Pero se había pasado la vida sintiendo lástima de sí mismo y ya estaba cansado de eso. Había llegado el momento de dar un paso adelante y tomar el camino difícil. O al menos hacer el esfuerzo de ser una mejor persona.

Cutter se puso de pie, agarró la pelota y encontró una nueva ubicación en la línea de banda. Desde aquel ángulo podía ver el perfil del adolescente, pero el chico siguió jugando.

Cutter suspiró y dijo:

—Es fácil culparse cuando uno de los padres se marcha.

La mano de Emmanuel tembló ligeramente en la pelota, pero se recuperó al instante. Estaba claro que había dado en la diana con el comentario.

—Yo era muy pequeño cuando mi padre se marchó —continuó Cutter—. Pero durante mucho tiempo pensé que, si yo hubiera sido un niño mejor, no se habría marchado.

Parpadeó para apartar de sí los malos recuerdos. Nunca le habían servido de nada bueno. Pero Jessica tenía razón. Adoptar una actitud iracunda ante el mundo tampoco le había ayudado. Cutter apoyó los codos en las rodillas, entrelazó los dedos y observó cómo Emmanuel le ignoraba.

—Te lo digo porque yo lo he vivido. La ira te consumirá si se lo permites.

El chico siguió botando la pelota y Cutter no estaba seguro de que le estuviera escuchando.

—Yo dejé que se apoderara de mí cuando embestí a Chester y destrocé mi carrera de piloto.

Le resultaba curioso que aquello no le doliera tanto como perder a Jessica. Se pasó la mano por el pelo con gesto de frustración.

—No es lo que tendría que hacer un héroe.

Cuando transcurrieron varios minutos sin que el chico respondiera, Cutter se puso de pie. Ya había hecho su ofrecimiento. Ahora dependía de Emmanuel aceptarlo o no.

—Te dejaré mi número por si cambias de opinión —dijo Cutter.

Capítulo 12

JESSICA estaba sentada en el escritorio del despacho tratando de trabajar. Había pañuelos de papel arrugados por todas partes y tenía los ojos hinchados por la falta de sueño. Los frecuentes arrebatos de llanto tampoco ayudaban a mejorar su aspecto.

Había pasado exactamente siete días desde que Cutter se marchó y ella se los había pasado prácticamente llorando. Un ataque de llanto masivo que llevaba trece años cocinándose. Y una vez que empezó no parecía capaz de detenerlo.

Algunas lágrimas eran las de una niña pequeña por el final de lo que pensaba que era una familia feliz, y otras las de una mujer adulta herida por la acusación de Cutter de que había destruido su matrimonio.

Pero lo peor de todo era el dolor insoportable que sentía al echar de menos a Cutter. A pesar de todo lo que le había dicho, echaba de menos su sarcasmo, su actitud cínica ante la vida y aquella media sonrisa que iluminaba el mundo.

Entre el enorme vacío que Cutter había dejado a su paso y el temor a haber actuado peor que en los casos más tremendos de divorcio que había escuchado a lo largo de los años, no estaba descansando mucho últimamente. Y por desgracia así iba a seguir, sobre todo porque aquella noche se suponía que Cutter iba a sentarse en el banquete benéfico con Juanita Calamidad.

La campaña había sido un éxito en todos los sentidos. La Fundación Brice había conseguido más dinero que nunca. Y lo que había empezado como un potencial desastre publicitario había terminado siendo un cataclismo personal de enormes proporciones.

Por enésima vez desde que escuchó la horrible acusación de Cutter, Jessica deslizó la mirada hacia la pared en la que estaban los libros de autoayuda. Al principio estaba demasiado enfadada para tener una mirada objetiva, convencida de que Cutter le había lanzado aquello a su manera habitual, para defenderse cuando se veía acorralado en una esquina. Pero a medida que pasaba el tiempo fue recordando la abierta sinceridad de su mirada, la convicción de su voz y, lo peor de todo, su ausencia de ira. La duda se había apoderado de ella. Tal vez le ayudara empezar a explorar en las razones por las que echaba de menos a Cutter.

—Dios —dijo agarrando el teléfono móvil.

Enfrentarse al pasado tenía que ser más fácil que enfrentarse a lo que sentía por Cutter. Marcó el número de Steve y cuando le respondió ni siquiera le saludó.

—¿Cuándo te diste cuenta de que no iba a funcionar?

—¿Jessica? —preguntó él confundido—. No has respondido a mis llamadas. Estaba preocupado.

—Estoy hablando de nosotros, Steve —dijo haciendo un esfuerzo por calmarse—. Quiero saber cuándo fue la primera vez que pensaste que había sido un error.

—Jessica —gimió Steve.

Estaba claro que no deseaba mantener aquella conversación. Y ella estaba muy acostumbrada a aquel tono reacio.

—Dime la verdad, Steve —le pidió Jessica apretando el móvil con más fuerza—. Por favor.

Se escuchó un suspiro al otro lado de la línea.

—Supongo que fue cuando el presidente de Wallace Corporation vino de Nueva York para reunirse con nosotros.

Jessica se reacomodó en la silla estupefacta. La visita había tenido lugar a los cuatro meses de casarse, y el matrimonio había durado quince meses.

—Estabas convencido de que no le iba a gustar tu presentación —recordó ella.

Steve nunca había sido un adicto al trabajo con anterioridad, pero en aquel tiempo trabajaba mucho y estaba distraído. Una parte de Jessica estaba dolida. Y preocupada.

De acuerdo, lo cierto es que estaba aterrorizada. Sobre todo desde que ojeó una revista y leyó que trabajar hasta tarde era una de las primeras señales de deterioro de la relación. Al pensarlo ahora le parecía absolutamente ridículo haber tenido miedo, pero en su momento era real.

—Sí —continuó Steve—. La mañana de la presentación estaba tan nervioso que me olvidé de despedirme cuando me fui. Cuando volví a casa me preguntaste si estaba enfadado contigo. Pero cuando te dije que no, no me creíste. Tardé dos horas en convencerte de que no era un asunto grave.

Jessica no se molestó en decirle que en el fondo ella lo sabía. Cuatro meses más tarde, tras múltiples episodios similares y con Steve refugiándose cada vez más en el trabajo, compró el primer libro. Recordaba la cara de Steve cuando lo llevó a casa. Pero eso no fue nada en comparación con su expresión de horror cuando compró el segundo solo tres semanas después. En aquel momento Jessica pensaba que él evitaba hablar de sus problemas.

Y desde luego nunca se le ocurrió pensar que ella pudiera ser la parte más importante del problema.

—¿Por qué no me lo dijiste? —preguntó dejándose caer otra vez sobre la silla con gesto derrotado.

—Lo intenté —Steve suspiró—. Pero no captabas mis indirectas.

Indirectas. Jessica se frotó la cara intentando recordar alguna de esas pistas. Pero, si se las lanzó, no pilló ni una.

—¿Por qué no me lo dijiste directamente?

Steve bajó la voz.

—Vamos, Jessica —aseguró dejando claro que el camino directo nunca le pareció una opción—. No me habrías creído. Y solo habría conseguido herir tus sentimientos.

Jessica se quedó mirando fijamente la pared que tenía detrás del escritorio. La verdad se le ajustó como un vestido feo e incómodo. Podría haberse pasado el resto de la vida poniendo en fila a los hombres más perfectos del mundo y de todas formas no habría funcionado. Pero seguiría insistiendo en escoger a los tipos simpáticos, cuando desde el principio lo que necesitaba era un expiloto de carreras bruto y de lengua larga, chulo…

Y con una sinceridad brutal.

Necesitaba a Cutter Thompson porque estaba enamorada de él y nunca encontraría a nadie más adecuado.

Jessica parpadeó para contener las repentinas lágrimas.

—¿Qué pasa contigo y con Cutter? —preguntó Steve con tono preocupado—. ¿Tengo que enviar a alguien a romperle las piernas?

—No —Jessica apoyó el codo libre en el escritorio y se sostuvo la cabeza con la palma de la mano—. Soy yo la que lo he estropeado todo.

Se hizo un silencio largo mientras Jessica esperaba que Steve le preguntara qué estaba pasando. Pero le dijo:

—¿Qué plan tienes?

Jessica miró la pared con los libros que había leído, releído, subrayado y anotado. No había nada en aquella estantería que pudiera ayudarla con Cutter. La lógica no resolvería sus problemas.

Lo único suficientemente fuerte para superarlo todo era el amor que sentía por Cutter.

—Ningún plan —aseguró—. Tendré que improvisar.

Jessica siguió las indicaciones del GPS hasta el parque industrial localizado en una zona de negocios. No le costó trabajo identificar la nave de Cutter. El Barracuda estaba aparcado delante.

Le resultó extraño ver al coche fuera del garaje. Era de un negro reluciente, y la nueva capa de pintura brillaba bajo el sol. Exudaba poder, igual que su dueño.

Jessica aparcó al lado del Barracuda y miró hacia la nave con aprensión. La gigantesca puerta de garaje que había a la izquierda estaba cerrada y se escuchaba música dentro. No era Bruce Springsteen, sino algo más fuerte y más duro.

Jessica sintió un nudo en el estómago y desvió la mirada hacia la pequeña puerta de la oficina que quedaba a la derecha. Se mordió el labio y reunió todo su valor. Improvisar no le parecía una buena idea ahora que estaba ahí delante. Pero amar a Cutter y vivir sin él era un tormento. El corazón le daba un vuelco cada vez que pensaba en él. Y eso ocurría con mucha frecuencia.

Cuando se abrió la puerta de la oficina y Cutter apareció en el umbral, Jessica apenas pudo respirar. Llevaba puestos unos vaqueros desgastados y una camiseta sucia que le marcaba el pecho.

Estaba guapísimo.

Pero babear como una idiota no iba a poner fin a su agonía. Con el corazón latiéndole con fuerza, salió del coche, y cerró la puerta sin soltarla. Cutter se apoyó contra el quicio de la ventana con los pulgares en las trabillas de los pantalones y la expresión recelosa. Jessica supo al instante que aquello no iba a ser fácil. Nada era nunca fácil con Cutter. Pero había algo más que recelo en su rostro. ¿Estaría pensando en cómo decirle que se fuera?

—¿Qué tal estuvo la cena benéfica con tu fan?

El único movimiento que hizo Cutter fue levantar una ceja.

—Fans —le corrigió—. Juanita Calamidad son cuatro damas del club de bridge de entre setenta y siete y ochenta y dos años.

Jessica hizo un esfuerzo por no quedarse boquiabierta ante la noticia y trató de imaginar su cena.

—Fue toda una cita —añadió él con ironía.

Un amago de sonrisa le cruzó el rostro, pero su tono fatalista le provocó una familiar oleada de tristeza. Deseó tirarse al suelo y decirle que sentía haber dejado que sus dudas guiaran sus actos. Quería volver atrás en el tiempo y volver a intentarlo. Dejar de presionar tanto.

Miró a Cutter, que parecía como si quisiera decirle algo que no le iba a gustar. Jessica sintió que se le formaba un nudo de pánico.

—Hoy he hablado con Steve —dijo—. Tenías razón. Yo le aparté de mí.

Cutter alzó unos milímetros las cejas, y como si supiera que la conversación iba a ser larga, avanzó hacia la acera y apoyó la espalda contra el Barracuda. Ahora estaba solo a un metro de ella. Se cruzó de brazos y esperó.

Ella se aclaró la garganta.

—Siempre he estado obsesionada por las cosas pequeñas —comenzó—. Preocupada por si eran señales del Apocalipsis de la relación.

El rostro de Cutter no revelaba nada. Jessica deseó que mostrara algún sentimiento, aunque fuera rabia. Cuando Cutter habló lo hizo con voz pausada.

—Es comprensible, teniendo en cuenta cómo fue la ruptura de tus padres.

—Supongo —murmuró ella pasándose la mano por el cuello para aliviar la tensión—. Durante todos estos años creí que mi matrimonio había fracasado porque no escogí al hombre correcto —dejó caer la mano—. Me resulta duro enfrentarme a los errores que he cometido.

Cutter le mantuvo la mirada con la misma honestidad de siempre.

—Estoy seguro de que tu corazón estaba en el lugar adecuado.

Jessica sintió una oleada de remordimiento. Cutter le estaba otorgando el beneficio de la duda, y no se lo merecía. No le merecía a él. Porque siempre había sido crítica con su comportamiento. Cada vez que no cumplía con sus expectativas se lo hacía saber. Había llegado el momento de dejar las cosas claras.

—Mi lista es absurda —aseguró—. Durante catorce años creí que mis padres se querían y de pronto no era así. A partir de entonces pensé que no sería capaz de reconocer el amor o la falta de él. Así que presioné demasiado a Steve y le aparté de mí. Necesitaba…

—¿Una garantía de que iba a funcionar?

—Sí —afirmó Jessica conteniendo las lágrimas.

Cutter escudriñó su rostro.

—De ahí las reglas y las listas.

Ella sintió cómo se sonrojaba.

—Eran mi patética manera de tratar de asegurarme de dar con el hombre adecuado. Y tú eras tan distinto a lo que yo creía necesario para que una relación saliera bien que me asusté —sentía un nudo en la garganta por la presión de las lágrimas—. Pero te deseaba tanto…

Los ojos de Cutter despidieron un brillo extraño, algo que Jessica no reconoció pero que no la animaba precisamente. Le resultó todavía más difícil seguir.

—Así que seguí intentando convertirte en algo que pudiera reconocer —se frotó las sienes—. Pero tú no seguías las reglas.

—No suelo hacerlo.

—Y eso fue desastroso para mi nivel de confort.

Él hizo una breve pausa.

—Y así continuaría si siguiéramos juntos.

—Pero, Cutter —dijo ella salvando la escasa distancia que les separaba—, tú eres el hombre adecuado para mí —le miró dejando a un lado todo su miedo con la esperanza de que la verdad se le notara en la cara—. Eres perfecto para mí —murmuró con una sonrisa débil—. Muchos tonos de gris y todo eso.

Al ver que no decía nada y ni siquiera se movía, levantó su última carta. Jessica dejó escapar un suspiro y pronunció las palabras más sinceras de sus veintisiete años de vida.

—Estoy enamorada de ti, Cutter.

Su expresión estupefacta no alivió el estado de emoción de Jessica. Todos los músculos del cuerpo se le pusieron tensos y trató de respirar hondo para calmar el agitado latido de su corazón. No supo cuánto tiempo duró aquella pausa, pero sintió como si hubiera nacido, muerto y resucitado cien veces.

Entonces se escuchó un chirrido cuando se abrió la puerta del garaje y una voz masculina dijo:

—¿Señor Thompson?

Jessica se giró y vio a Emmanuel en la puerta.

—Estoy listo para apretar el calibrador del freno.

Cutter tardó unos segundos en responder.

—Utiliza el torquímetro.

Emmanuel le miró con recelo.

—¿Y si no lo hago? —preguntó desafiante.

Cutter señaló con la cabeza la llave inglesa de un metro de largo que tenía el chico en al mano.

—Esa monstruosidad podría romper el perno.

El gesto de desafío del rostro de Emmanuel desapareció al instante.

—Ah —dijo dándose la vuelta y entrando otra vez en la nave.

Todavía impactada por lo que significaba la presencia del chico allí, Jessica volvió a mirar a Cutter.

—¿Cuánto tiempo lleva aquí?

—Dos horas.

—¿Y cuánto tiempo ha estado trabajando en los frenos?

—Dos horas —respondió Cutter frustrado.

—¿Cuánto tiempo habrías tardado tú?

—Treinta minutos.

Jessica miró a Emmanuel, le vio manejarse torpemente con la herramienta bajo el coche deportivo en el que estaba trabajando y dirigió otra vez la mirada hacia Cutter.

—Entonces, ¿cuál es la arista de Cutter Thompson?

Él se la quedó mirando.

—No tengo.

Jessica le recorrió el hermoso rostro con la mirada. Los ojos verdes como el mar y los reflejos dorados del cabello castaño.

—¿Por qué? —le preguntó con dulzura.

—Supongo que me estoy decantando por un gris más claro.

Pero antes de que la esperanza pudiera nacer en Jessica, él aclaró:

—Aunque nunca tendré un tono suficientemente claro para ti.

Ella sintió que las lágrimas le quemaban los párpados.

—Lo he intentado con el lado amable y no ha funcionado. Necesito al chico malo. Tú eres perfecto tal y como eres —contuvo un sollozo y trató de sonreír, pero no lo consiguió—. Y te prometo que voy a dejar de insistir.

Cutter alzó las cejas con ironía.

—Cariño, está claro que a veces necesito que me den una patada en el trasero. Pero… —Cutter se pasó la mano por el pelo.

La frustración del gesto y la vacilación que vio en sus ojos la llevaron a acercarse más. Le puso la mano en el pecho y le miró fijamente.

—Dime lo que sientes.

Cutter suspiró y su expresión se suavizó un poco.

—Lo único que sé es que desde que te dejé he vivido un infierno —la sinceridad de su expresión resultaba alentadora, pero la aprensión de sus ojos le rompía el corazón—. No quiero ser como mis padres.

Aquello iba más allá de su relación. Estaba relacionado con el pasado de ambos.

—¿Qué es lo que quieres? —preguntó Jessica.

Cutter frunció ligeramente el ceño y se apartó el pelo de la frente. Cuando respondió lo hizo de forma sencilla, pero era lo único que Jessica quería oír.

—A ti —afirmó—. Solo te quiero a ti.

Con los ojos llenos de lágrimas, Jessica se agarró a su camisa.

—Y soy tuya. Cutter, firmé los papeles de un matrimonio y fracasé. El camino legal tampoco funcionó para nuestros padres. Lo que de verdad quiero —apretó los labios—, la única parte de los votos matrimoniales que necesito es la promesa de que estaremos juntos hasta que la muerte nos separe.

Cutter la miró con gravedad.

—Jessica, te amo tanto que me duele vivir sin ti —sus ojos mostraban ese amor y cierta medida de rendición—. El «para siempre» es la única manera de poner fin a mi dolor.

Jessica sintió un alivio profundo y se apoyó contra él. Cutter la estrechó entre sus brazos. Escuchó el latido de su corazón y poco a poco permitió que la felicidad se apoderara de ella. Se permitió pensar que aquello era real, que en algún momento de aquella batalla de sexos con el Comodín, él también se había enamorado de ella. La parecía demasiado bonito para ser verdad. Pero nunca dudaría de ellos dos.

—Señor Thompson —dijo Emmanuel desde el interior de la nave con tono triunfal—. He terminado.

Cutter cerró los ojos brevemente.

—Por fin —murmuró—. ¿Sería de mala educación

echarle para poder hacerte el amor? —la expresión de sufrimiento de su rostro resultaba adorable.

—De muy mala educación.

—Maldición —Cutter apretó los labios y consideró sus opciones—. ¿Y subirnos al Barracuda y repetir nuestro encuentro en el asiento trasero? ¿Sería de mala educación o perverso pero aceptable?

Jessica sintió un escalofrío de placer que le recorrió todo el cuerpo.

—Definitivamente aceptable.

Cutter alzó una ceja con expresión sugerente.

—¿Vamos?

—Sin duda —aseguró Jessica con una sonrisa—. Ya ves, le he tomado cariño al chico perverso de mala actitud.

JULIA™

LEANNE BANKS
EL ÚLTIMO
DESEO

Prólogo

¿QUÉ está haciendo él aquí?
Phillipa se estaba preguntando lo mismo. Su hermana Tina se inclinó hacia su otra hermana, Bridget, y le dijo con desdén:

—Zach dice que colabora con importantes donaciones. Al parecer todo el mundo lo adora.

—Es evidente que no lo conocen —dijo Bridget, dándole un codazo a Phillipa—. ¿Por qué tendremos que encontrárnoslo en todas partes? —siseó.

—Tal vez sea el diablo y pueda estar en varios sitios al mismo tiempo —respondió Tina.

En eso Phillipa casi estaba de acuerdo con sus hermanas: Nic parecía tener algún poder oscuro, pero no el de la ubicuidad, sino el de la extraña atracción que

ejercía sobre ella. Había intentado convencerlo de que
debían ir más despacio, pero Nic había hecho oídos
sordos. Lo había evitado durante las últimas tres semanas, y había estado segura de que ir a visitar a sus
hermanas en Texas le daría un poco más de tiempo.

Nunca habría esperado encontrárselo en una fiesta
benéfica, pensó mientras Nic se dirigía hacia el estra-
do para recoger un premio a su labor filantrópica.

De pronto fue como si el enorme salón estuviese
encogiendo y le faltase el aire. Sintió una punzada de
pánico en el pecho. Tenía que salir de allí. Al notar
que sus hermanas estaban mirándola con curiosidad
tragó saliva y les dijo:

—Disculpadme; no me encuentro bien. Voy a salir
fuera.

Bridget se ofreció a acompañarla, pero Phillipa alzó
una mano y le aseguró que no era necesario.

—Volveré enseguida.

Se dirigió hacia la salida con la cabeza baja y pe-
gándose a la pared en vez de cruzar por entre las mesas para no atraer la atención de la gente.

Cuando por fin estuvo fuera cerró la puerta con
cuidado para que no hiciera ruido, dio unos pasos más
para alejarse, y se apoyó en la pared, agradeciendo el
frescor de esta contra la piel desnuda de su espalda.
Sus hermanas no habían exagerado al decirle que el
calor del verano en Texas era un infierno.

Inspiró profundamente varias veces, tratando de
calmar su mente y los latidos de su corazón. ¿Cómo
podía haberse metido en aquello?

Eran seis hermanos, de los que ella era la quinta, y
había hecho todo lo posible por mantener un perfil
bajo, lo cual no le había resultado difícil gracias a que

no tenía una personalidad tan fuerte como sus hermanos.

Detestaba ser una princesa, tener que hacer constantes apariciones públicas y tener que lidiar con los medios. Por naturaleza siempre había sido introvertida; nunca le habían gustado los actos sociales, odiaba posar ante las cámaras y tenía poca paciencia para el esfuerzo que costaba conseguir que tuviese un aspecto presentable. Por eso había buscado refugio en el estudio, pero ahora que sus dos hermanas mayores se habían casado se temía que tendría que cargar con buena parte de sus deberes reales.

—Vaya, vaya, vaya... —dijo de pronto una voz familiar, que hizo que sus ojos se abrieran de golpe—. ¡Si es la princesa desaparecida, Su Alteza Phillipa de Chantaine!

Phillipa se giró, y cuando sus ojos se encontraron con los ojos negros de Nic Lafitte se le cortó el aliento.

—No sabía que estarías aquí —murmuró.

Los labios de él se arquearon en una media sonrisa.

—¿Por qué será que no me sorprende? —se preguntó él, pasándole un brazo por los hombros—. Pero ha sido una suerte que hayamos coincidido, porque tenemos asuntos pendientes y vas a venirte conmigo. Haré que traigan mi coche.

El corazón de Phillipa palpitó con fuerza.

—No puedo. Mis hermanas están esperando que vuelva ahí dentro, y llamarán a la policía si ven que no regreso.

—No sería la primera vez que tu familia intenta buscarme problemas con la justicia.

Nic miró a su alrededor antes de tirar de ella y echar a andar por el pasillo.

—¿Dónde me llevas? —le preguntó ella—. Esto es una locura. Tengo que volver a mi mesa. Necesito...

Antes de que pudiera terminar la frase Nic empujó la puerta del guardarropa y la arrastró dentro. La llevó hasta el fondo de la pequeña habitación, y la agarró suave pero firmemente por los hombros.

—Dime qué necesitas, Pippa. Qué es lo que quieres de verdad —le preguntó con esa voz profunda y sexy que siempre lograba desarmarla.

La mente de la joven se vio asaltada de pronto por el recuerdo de los momentos robados que habían compartido: la vez que habían ido a nadar al mar por la noche, la tarde que habían pasado en su yate, el paseo que habían dado por el otro extremo de la isla... Ese día había aprendido muchísimas cosas sobre él, y Nic había hecho que le resultase fácil hablarle de sí misma. A pesar de la disputa entre sus familias, nunca se había sentido tan atraída por un hombre en toda su vida.

Nic bajó la cabeza, sosteniéndole la mirada hasta que sus labios tomaron los de ella. Aquel besó desató un torbellino de emociones encontradas en su interior. La hacía sentirse a la vez viva y fuera de control.

—Esto es una locura —susurró echándose hacia atrás—. Nunca funcionará, ya te lo he dicho.

—¿Por qué no? —quiso saber él—. Si yo te deseo y tú me deseas a mí... ¿qué más puede importar?

Pippa se mordió el labio e hizo un esfuerzo por mantener la cordura. Varios miembros de su familia habían ocasionado un montón de problemas a la Casa Real al dejarse llevar por sus emociones. No quería ser la causante de más problemas.

—El deseo es un sentimiento pasajero; hay cosas más importantes.

—Si eso es cierto, ¿por qué has respondido a mi beso? ¿Y por qué sigues aquí conmigo?

A Pippa le pareció oír un ruido en el pasillo.

—Viene alguien —siseó nerviosa—. No deben encontrarnos juntos aquí den...

Justo en ese momento se abrió la puerta, y aparecieron tras ella Bridget y Tina, visiblemente irritadas. Pippa contrajo el rostro.

—Apártate de nuestra hermana —le ordenó Bridget a Nic.

—Eso tendrá que decirlo ella —replicó él.

—Estás utilizándola —lo acusó Tina—. La quieres solo para limpiar la mancha de tu apellido.

—No todo el mundo considera detestable mi apellido; algunos incluso lo respetan —dijo Nic.

—¡Respeto comprado con dinero! —se mofó Tina—. Deja tranquila a Pippa. Nunca serás lo bastante bueno para ella. Si tuvieras un mínimo de compasión, al menos protegerías su reputación marchándote ahora mismo.

Nic apretó la mandíbula.

—Me iré, pero Phillipa será quien decida sobre el futuro de nuestra relación —se volvió para mirar a la joven, que estaba pálida—. Llámame cuando reúnas el valor suficiente para hacerlo. El destino volverá a unirnos —le dijo. Y se marchó.

Capítulo 1

Siete meses después

Pippa había decidido empezar a salir a correr por las mañanas para hacer un poco de ejercicio. O eso era lo que le había dicho al jefe de su equipo de escoltas. No podía engañarse a sí misma; huía de los recuerdos. Los recuerdos del único hombre al que amaba y que jamás podría tener.

«Basta», se ordenó mirando la playa vacía frente a ella, con las olas del mar azul desparramándose sobre la blanca arena.

Al mediodía habría bastante más gente, pero a esa hora, las seis de la mañana, tenía la playa solo para ella. Pensó en ponerse a escuchar música con su smartphone, porque normalmente le servía para acallar sus pensamientos, pero ese día necesitaba algo de paz. Quizá el ruido de las olas la ayudase, se dijo, y empezó a correr.

A lo lejos divisó una figura caminando. Debería mostrarse sociable y saludar con la mano a aquella persona. Era de la realeza, y una de las máximas de su familia era que jamás debían mostrarse altaneros. Cuando se acercó vio que era una mujer con el cabello corto y blanco y constitución delicada.

Pippa la saludó con un asentimiento de cabeza.

—Buenos días.

La mujer apartó la vista y dio un traspié.

Curiosa, Pippa vaciló, preguntándose si debería pararse a hablar con ella. Quizá solo quería estar sola, igual que ella. Al verla dar otro traspié, sin embargo, se preocupó.

—Perdone, ¿puedo ayudarla? —le preguntó acercándose.

La mujer sacudió la cabeza.

—No necesito nada, gracias. Esto es tan bonito...

Su voz cantarina que contrastaba con las arrugas de su rostro y su aspecto frágil. Había algo en ella que le resultaba familiar, pero no estaba segura de qué era. La mujer volvió a dar un traspié y la preocupación de Pippa aumentó. ¿Se encontraría mal?

—Sí, es una playa preciosa. ¿Está segura de que no necesita ayuda? Podría acompañarla hasta... bueno, de donde venga usted. ¿Quiere un poco de agua? —inquirió tendiéndole la botella.

La mujer contrajo el rostro.

—No, por favor no me haga volver. Por favor, no… —murmuró, y de repente se desplomó frente a ella.

—¡Oh, Dios mío! —exclamó Pippa alarmada, agachándose junto a la mujer.

Ese era uno de esos momentos en los que le habría venido bien que uno de sus escoltas estuviera cerca. Rodeó a la mujer con los brazos y la levantó, sorprendiéndose de lo poco que pesaba. Miró a su alrededor, tiró de ella hacia un pequeño grupo de palmeras y la sentó en la arena con la espalda apoyada en el tronco de una de ellas.

Frenética, sacudió a la mujer.

—Señora… Por favor… —se echó un poco de agua en la mano y le dio unas palmaditas a la mujer en la cara—. Por favor, vuelva en sí…

Aterrada de que la mujer pudiera estar muriéndose, se sacó el teléfono móvil del bolsillo. Era evidente que necesitaba atención médica urgente. Justo cuando estaba a punto de llamar al jefe de su grupo de escoltas la mujer parpadeó y abrió los ojos, unos ojos sorprendentes e hipnotizadores. Pippa contuvo el aliento.

—¿Se encuentra bien? Por favor, tome unos sorbos de agua; hace mucho calor. Por eso se habrá desmayado. Llamaré para pedir ayuda y…

—No —la interrumpió la mujer con una fuerza que sorprendió a Pippa—. Por favor, no lo haga —murmuró, antes de empezar a sollozar.

A Pippa se le encogió el corazón al verla llorar.

—Pero tiene que dejar que la ayude.

—Solo quiero una cosa —dijo la mujer mirándola a los ojos—. Quiero morir en Chantaine.

Un gemido ahogado escapó de los labios de Pippa, que acababa de darse cuenta de algo. Sus ojos eran como los de Nic. Los rasgos de él eran más recios, más masculinos, pero sus ojos eran los de su madre.

—Amelie… —susurró—. Usted es Amelie Lafitte.

La mujer asintió vacilante.

—¿Cómo lo sabe?

—Conozco a su hijo Nic.

También sabía que Amelie estaba en la fase final del cáncer que la estaba matando; le quedaba poco tiempo.

Amelie apartó la vista.

—Solo quería dar un paseo por la playa. Estoy segura de que le habrá fastidiado que haya abandonado el yate sin decirle nada.

—Lo llamaré.

—Si hace eso, ya no me dejará volver a hacer nada divertido —protestó Amelie con un mohín—. Es un agonías, siempre preocupándose por todo.

A Pippa le maravillaba lo rápido que Amelie había recobrado su espíritu peleón. Sin embargo, tenía que llamar a Nic, se dijo mientras empezaba a marcar su número. Lo había borrado hacía meses de la agenda del teléfono, pero cada uno de los dígitos estaba impreso en su memoria.

Minutos después, un Mercedes negro se detenía con un chirrido de neumáticos en el arcén de la carretera que discurría paralela a la playa.

Pippa reconoció de inmediato al hombre con gafas de sol que se bajó de él: era Nic. Mientras se acercaba a ellas sintió que los nervios afloraban a su estómago y que el corazón le palpitaba con fuerza.

—Hola, cariño —lo saludó Amelie cuando llegó junto a ellas—. Sé que no hago más que darte la lata, pero es que me desperté temprano y no pude resistir la tentación de venir a dar un paseo por la playa.

—Te habría acompañado con mucho gusto —le

dijo Nic, antes de volverse hacia Pippa—. Gracias por llamarme, y perdona por las molestias; la llevaré de vuelta al yate —se giró de nuevo hacia su madre—. Papá estaba preocupadísimo; he tenido que retenerlo para que no fuera detrás de ti.

—Tu padre no puede ir a ningún lado con las muletas y el pie roto. El médico dijo que pasarán más de diez semanas antes de que pueda apoyarlo —replicó Amelie. Luego ladeó la cabeza, como pensativa, y añadió—. ¿Sabes qué me apetece un montón? Tomar unos crepes. Solía haber una cafetería a las afueras de la ciudad donde los hacían riquísimos.

—Bebe's, en la calle Oleander —dijo Pippa—. Todavía sigue allí.

—¡Oh! —exclamó Amelie uniendo las manos—. Pues entonces debemos ir. Podemos llevarle uno a tu padre cuando volvamos —le dijo a Nic. Se volvió hacia Pippa—. Y usted tiene que venir también.

Pippa parpadeó y le lanzó una mirada a Nic.

—Madre, ¿no sabes quién es? —le preguntó, tendiéndole la mano para ayudarla a ponerse de pie.

Cuando se hubo levantado, Amelie se quedó mirando a Pippa y frunció el ceño.

—Me resulta vagamente familiar, pero no… —puso unos ojos como platos—. ¡Cielos, es usted una Devereaux!, ¿verdad? Tiene los ojos y la barbilla de los Devereaux. La cosa puede ponerse peliaguda…

—Pues sí, un poco —dijo Nic con sarcasmo—, pero dejemos que sea ella quien decida: ¿queréis venir a tomar crepes con nosotros, Alteza?

A Pippa no le pasó desapercibido el desafío implícito en las palabras de Nic. La verdad era que no quería que la fotografiasen con su madre y con él.

Decir que eso podría causar problemas sería decir poco.

—No pasa nada —dijo Nic antes de que pudiera contestar—. Gracias por cuidar de mi madre. Hasta…

—Os acompaño —respondió Pippa con impulsividad—. A menos que quieras retirarme la invitación —añadió, en el mismo tono desafiante que él.

Nic se quedó quieto un instante y ladeó la cabeza, como si lo hubiese pillado con la guardia baja, algo poco habitual en él, pensó Pippa regodeándose.

—Por supuesto que no. ¿Quieres venir en mi coche, con nosotros?

—Te lo agradezco, pero no. Iré en mi coche y nos reuniremos allí dentro de quince minutos —contestó Pippa antes de volverse hacia Amelie—. Nos vemos luego. Quédese con la botella y siga bebiendo; le irá bien.

—Gracias, querida. ¿Verdad que es un encanto? —le dijo Amelie a su hijo—. Se preocupa tanto como tú.

—Sí, un encanto —asintió Nic con sequedad.

Quince minutos después, mientras se ponía una gorra de béisbol y unas gafas de sol, Pippa se preguntó si había perdido la cabeza por haber accedido a tomar crepes como Nic y su madre. Podía imaginarse la cara de espanto que pondrían los asesores de la Casa Real si se enterasen. Salir a correr por la playa a las seis de la mañana era una cosa, pero dejarse ver en un establecimiento público con Amelie y Nic Laffite era algo muy distinto.

Sin embargo, al recordar la actitud desafiante de

Nic apretó los labios. Ya no podía echarse atrás. Se bajó del coche y rogó por que nadie la reconociera.

Al menos el no tomar parte en actos oficiales tan a menudo como sus hermanos jugaba a su favor. Su pelo, en cambio, era inconfundible: castaño, ondulado, y con tendencia a encrespársele. Confiaba en que la gorra y el habérselo recogido con una coleta bastase para ocultarlo.

Tan pronto como entró en el establecimiento vio a Amelie, que la vio también y levantó la mano para saludarla. Nic, que estaba sentado frente a ella, giró la cabeza y a Pippa le irritó ver que parecía sorprendido de que hubiera acudido.

Fue hasta el reservado que ocupaban, y tomó asiento también.

—No sé qué elegir —le dijo Amelie con una sonrisa, levantando la carta—. Me tomaría uno de cada.

Pippa sonrió también y tomó la carta que tenía frente a sí. Desde luego la variedad de crepes era abrumadora.

—¿Qué te apetece, Amelie? —le preguntó.

—Pues algo dulce, con frutas… Y con chocolate también.

La camarera se acercó a su mesa.

—*Bonjour*. ¿Les tomo nota? ¿Qué tomarán de beber?, ¿café?

—Sí, para mí un café con leche —dijo Amelie.

—Un té —dijo Pippa.

—Pues para mí que sea café, solo —dijo Nic.

—¿Y qué crepes quieren que les traiga?

—Yo quiero un crepe de albaricoque, otro de crema de chocolate con avellanas, otro de fresas con nata y otro con crema de plátano —pidió Amelie.

—Mamá, si te comes todo lo que has pedido, te pondrás enferma —le dijo Nic.

—No me lo voy a comer todo; solo un pedacito de cada crepe, para probarlos —replicó ella—. Señorita, tráiganos también un par de cajitas de esas para llevar —le pidió a la camarera—. Le llevaremos a tu padre lo que sobre —le dijo a Nic.

—Yo tomaré un crepe Suzette —dijo Pippa.

—Para mí solo el café —pidió él.

—De acuerdo —murmuró la camarera mientras acababa de tomar nota. Cuando levantó la cabeza se quedó mirando a Pippa un buen rato, como dudando—. Perdóneme, pero es que su rostro me resulta familiar…

Un escalofrío recorrió la espalda de Pippa, que contuvo el aliento. «Por favor, por favor, que no me haya reconocido…».

—¿No presentará un telediario o algo así, no?

El profundo alivio que experimentó Pippa casi la hizo sentirse mareada. Sacudió la cabeza y sonrió.

—No, solo soy una estudiante de universidad.

La camarera se sonrojó.

—Lo siento. Enseguida les traeré lo que han pedido.

Cuando la chica se hubo marchado, Pippa notó que Nic y su madre estaban mirándola. Amelie suspiró, se encogió de hombros, y esbozó una sonrisa encantadora. Con esa sonrisa de niña, la esbelta figura y esos ojos enormes y expresivos, podría haber pasado por la gemela de Audrey Hepburn a pesar del cabello blanco.

—Es maravilloso volver a estar aquí; es mágico. Huele tan bien… Debería haber venido antes. Pero da igual: hoy pienso resarcirme. Verás cuando los pruebe tu madre; le van a encantar. Mi pobre Paul… ¡está tan dolorido con su pie roto…!

Lo había dicho como si ella no tuviera dolores. A Pippa le maravilló esa determinación de disfrutar de cada momento mientras aún viviese, y se le hizo un nudo en la garganta al mirar a Nic y ver que había apretado la mandíbula, como si estuviese haciendo un esfuerzo por reprimir sus emociones.

—He oído que cuando uno se fractura el pie la recuperación puede ser bastante lenta y pesada —comentó.

—Paul desde luego lo está llevando fatal —dijo Amelie—. Detesta tener que guardar reposo y no poder hacer lo que quiere. Es una cosa de familia, ¿verdad, cariño? —añadió mirando a Nic—. Pero ya basta de hablar de nosotros —dijo volviendo la cabeza hacia Pippa—. Háblame de ti, de tus intereses, de tu vida. A lo largo de estos años he leído algún que otro artículo en la prensa sobre tu familia, y debo confesar que siempre he sentido curiosidad por tus hermanos y tú. Estoy segura de que vuestro padre, Edward, debía de estar muy orgulloso de vosotros.

Pippa se quedó callada un instante. La verdad era que su padre no les había prestado demasiada atención. A quien más tiempo le había dedicado había sido a su hermano Stefan, el primogénito, porque sería su heredero, pero desde luego se había aprovechado bien de todos ellos, cargándoles con los actos oficiales para poder irse a navegar en su yate con alguna de sus amantes.

—Siempre he sido un poco un ratón de biblioteca. Estoy haciendo un doctorado en Genealogía. Mi tesis versa sobre la epidemiología de nuestro país: las enfermedades que se presentan en la población, con qué frecuencia, las posibles causas genéticas…

—Me parece un tema fascinante —dijo Amelie—. ¿Y has descubierto algo interesante?

—Bueno, como en muchos países nuestra gente es más susceptible de padecer unas enfermedades que otras. Algunas se remontan siglos atrás con la llegada de distintos grupos de inmigrantes, o la introducción de nuevos alimentos en el país, o cambios en el entorno. Por ejemplo, la enfermedad neurológica de la que murió mi padre se remonta varias generaciones de su familia materna.

Amelie asintió.

—Me pregunto si… —comenzó a decir, pero justo en ese momento volvió la camarera, y exclamó con una sonrisa—: ¡Ah, aquí están nuestros crepes!

Nic aprovechó para pedirle a la camarera un par de cajas para llevarse lo que sobrara.

Tal y como había dicho, Amelie solo tomó un poco de cada uno de los que había pedido, pero saboreó cada bocado, cerrando los ojos con un «¡Ummm!».

—Me siento tentada de tomar un poco más, pero sé que sería un error —murmuró. Se inclinó hacia Pippa y poniendo su mano sobre la de ella le dijo—: Quiero que sepas una cosa: aunque no me casé con tu padre, quería lo mejor para él. Espero que tuviese una vida feliz.

Pippa no estaba segura de cómo responder a las palabras de Amelie. El idilio de Amelie con su padre había ocupado todas las portadas de la prensa del corazón. Antes de subir al trono el entonces príncipe Edward se había enamorado de la joven Amelie y ella, fascinada por su condición real, se había dejado cortejar. Sin embargo, poco después había conocido a Paul Lafitte, un apuesto americano, y se había enamorado perdidamente de él. Los antepasados de los Lafitte habían sido piratas, y en aquello había algo de romántico que otorgaba a los apuestos hombres de la familia un atractivo irresistible.

Cuando Amelie había tratado de romper su compromiso, su padre se había negado. Paul había intervenido, y se había armado una buena. Por lo que le habían contado, su padre se había sentido humillado, y Pippa tenía la sensación de que después de aquello no había vuelto a enamorarse de verdad.

—Yo creo que disfrutó de la vida —dijo finalmente—. Le encantaba el mar, y navegar, y durante los últimos años de su vida se dio el gusto de hacerlo tan a menudo como quiso.

Amelie le dio un par de palmaditas en la mano.

—Me alegra oír eso —murmuró—. Si me disculpáis, tengo que ir un momento al servicio —dijo poniéndose de pie.

Nic se levantó también.

—¿Necesitas que te acompañe?

—No, cariño; quédate charlando con Pippa y trata de convencerla para que coma algo. Apenas ha tomado dos bocados de su crepe —añadió antes de alejarse.

—¿Está bien? —le preguntó Pippa cuando se hubo sentado.

Nic se encogió de hombros.

—Tiene momentos buenos, en los que el cáncer le da un respiro, y otros no tan buenos. Sabe que le queda poco tiempo y está dispuesta a aprovecharlo al máximo. El único problema es que parece que se hubiera convertido en una niña de ocho años. Se ha vuelto impulsiva, desaparece sin decirle nada a nadie… Y ahora que mi padre se ha roto el pie tengo que estar todo el día detrás de ella.

Pippa, a quien se le había hecho un nudo de emoción en la garganta, tragó saliva.

—Imagino que debe de ser difícil —dijo mientras empezaba a guardar las sobras en las cajas de cartón—. Por un lado querrás darle todo lo que quiera, y por el otro no querrás que se canse ni que se ponga peor. Antes, en la playa, me dijo que… —se mordió el labio—, me dijo que quiere morir en Chantaine.

—Eso va a ser difícil teniendo en cuenta que a mi padre no se le permite poner aquí un pie.

Pippa se mordió el labio de nuevo.

—Lo había olvidado. Pero después de tantos años no creo que…

Él dejó escapar una risa amarga.

—Después de todos estos años tu familia todavía odia a la mía. No pienso correr el riesgo de que acabe en prisión.

—Es una ley estúpida —murmuró ella.

Nic se encogió de hombros otra vez.

—Me sabe mal que mi madre no pueda hacer realidad todos sus sueños antes de abandonar este mundo, pero voy a hacer lo que esté en mi mano para que se cumplan tantos como sea posible —concluyó levantándose al ver que ya volvía su madre.

Amelie lo miró y suspiró.

—Tenemos que irnos, ¿no?

Él asintió y metió las dos cajas en una bolsa que les había llevado también la camarera.

—Deja que mire a mi alrededor una última vez —le pidió Amelie. Recorrió el local con la mirada, como si quisiera saborear cada detalle, igual que había saboreado cada bocado—. Adiós —susurró al aire. Tomó la bolsa y se dirigió hacia la puerta.

Una terrible sensación de impotencia se apoderó de Pippa, que los siguió a ella y a Nic. Nic… Con solo mirarlo le dolía el corazón. Volver a verlo había sido como arrancar un vendaje antes de que la herida hubiese sanado. Hasta entonces había creído que no podía sentirse peor al pensar en él, pero el saber que estaba pasando por un momento tan duro y no poder ayudarle…

Amelie se detuvo junto al Mercedes de Nic y se volvió hacia Pippa.

—Espero que volvamos a encontrarnos. Eres encantadora y ha sido un placer conocerte. Siento haberte asustado con mi tonto desmayo.

—El placer ha sido mío —replicó Pippa con sinceridad.

—Adiós, querida —dijo Amelie con una sonrisa.

Cuando su madre se hubo metido en el coche Nic se volvió hacia Pippa y se quedó mirándola a los ojos. Fue solo un instante, pero hizo que se le cortara el aliento.

—Adiós, princesa.

Todavía pensando en el encuentro con Nic y su madre cuando regresó a palacio, Pippa se dirigió a sus aposentos. Tendría que apartar a los Lafitte de su mente si quería avanzar con su tesis. Bastante se había retrasado ya desde que cometiera el error de iniciar una relación con Nic.

El problema era que, incluso después de romper con él seguía sin poder olvidarlo y le costaba concentrarse.

Justo estaba torciendo la esquina cuando oyó un agudo gritito infantil. Tyler sin duda, el hijastro de su hermana Bridget. La voz de esta resonó en el amplio pasillo con sus suelos de mármol.

—Tyler, cariño, todavía tengo que vestirte. No…

Pippa oyó las risitas traviesas de Tyler y a continuación el ruido de los tacones de su hermana corriendo detrás de él. Pippa se rio, preguntándose cuándo se daría cuenta Bridget de que los zapatos de tacón y los niños que estaban empezando a andar no eran una buena combinación.

Torció otra esquina y vio a Tyler corriendo en cueros hacia ella, y detrás a Bridget con Travis en brazos.

—Pippa, eres mi salvación. ¿Puedes atraparlo? Al pequeño diablillo le parece divertido correr desnudo por todo el palacio.

Pippa lo atrapó y el niño dio otro gritito y prorrumpió en nuevas risitas cuando lo alzó en volandas.

—¡Eh!, ¿dónde ibas? ¿Acabas de bañarte? —le preguntó Pippa olisqueándole el hombro y haciéndole reír de nuevo—. Hueles muy bien.

—Gracias, Pippa —le dijo su hermana sin aliento—. Al menos he podido ponerle el pañal a Travis.

En cuanto Bridget llegó junto a ellos, Tyler le echó los bracitos.

—Ma… m… má —dijo, y cuando Bridget lo tomó le estampó un beso en la mejilla.

Bridget enarcó una ceja.

—Ah, y ahora te pones todo mimoso —murmuró divertida antes de besarlo también.

—¿Y las niñeras? —le preguntó Pippa tomando a Travis para aliviar su carga.

—Le he dado a Claire la mañana libre y María ha tenido que irse porque le ha surgido una emergencia con su madre —respondió su hermana—. ¡Y yo que había pensado ir a ver cómo van las obras en nuestro rancho! —exclamó poniendo los ojos en blanco y echándose a reír—. Nunca imaginé que Stefan permitiría que se construyera un rancho en Chantaine.

Como Chantaine era una isla, conseguir el permiso para nuevas construcciones era un proceso largo y arduo, y Bridget y su marido, Ryder, llevaban mucho tiempo queriendo tener una vivienda propia.

—Y yo nunca habría imaginado que tú vivirías en un rancho con dos hijastros gemelos.

—Para mí no son hijastros —replicó Bridget—. Ryder y yo estamos haciendo los trámites necesarios para que pueda adoptarlos y ser su madre ante la ley. Así este par de traviesos serán tan míos como suyos.

—¿Quieres que me ocupe de ellos para que puedas ir al rancho? —se ofreció Pippa.

—Me siento un poco mal por aprovecharme de ti de esta manera; últimamente siempre te estoy pidiendo favores; sé que llevas retraso con tu tesis.

A Pippa le dio un vuelco el estómago. Bridget y los dos pequeños no eran la razón por la que le estaba costando concentrarse en su tesis.

—Bobadas. Además, tampoco vas a estar todo el día fuera, ¿no?

—Claro que no; una o dos horas nada más. Gracias, hermanita; eres la mejor —dijo Briget inclinándose para besarla en la mejilla—. Bueno, volvamos a mis aposentos para que pueda vestir al pequeño exhibicionista antes de que me marche.

—¿Sabes? —le dijo Pippa con una sonrisa mientras la seguía—. Te veo más optimista desde que te casaste, más feliz.

—Es el poder del amor —bromeó Bridget, sonriendo también—. En cuanto tenga un poco de tiempo te buscaré a un buen hombre.

Las alarmas se dispararon en la mente de Pippa.

—Bridget, no necesito que me busques marido, y además, todavía tengo que terminar mi doctorado.

—Pero no vas a llevarte toda la vida para terminarlo —contestó Bridget mientras vestía a Tyler, que no dejaba de moverse.

—Eso espero —murmuró Pippa.

—Además, tienes que pasar página.

—Bridget, déjalo ya. ¿Acaso te gustó a ti cuando Stefan intentó emparejarte?

Bridget agitó la mano, como quitándole importancia.

—Eso fue distinto. Yo no intentaría emparejarte con alguien que pueda contribuir a las arcas del país. Te buscaría a un tipo guapo y divertido.

—Ya. Estupendo —murmuró Pippa—. Anda, vete ya. Me llevaré a Tyler y a Travis a la sala de juegos para que estén entretenidos.

—Gracias. Si ves que tardo, pueden comer dentro de una hora.

—De acuerdo —dijo Pippa—. Por cierto, ¿de verdad vais a criar ganado en el rancho?

—Es lo que quiere Ryder —respondió Bridget con un suspiro—. Para traérmelo de Texas no me queda otro remedio más que traerme Texas también. Bueno, luego nos vemos —dijo, y besó a los dos pequeños.

En cuanto Bridget se hubo marchado, los gemelos la miraron como si fueran a hacer pucheros. Travis sacó hacia fuera el labio inferior, comenzó a gimotear, y le siguió Tyler.

—Ah, no… Ni se os ocurra. Bridget volverá enseguida —le dijo Pippa tomándolos de la mano—. Venga, vamos a la sala de juegos.

Poco más de una hora después Bridget regresó, y Pippa ya no pudo seguir rehuyendo su tesis, así que se fue a sus aposentos con solo medio sándwich para almorzar. Mientras se lo comía se acordó de los crepes y se le encogió el estómago. «Deja de pensar en eso», se reprendió. «No es responsabilidad tuya».

Además, tenía que concentrarse en las tablas genealógicas que estaba haciendo. Ya lo había postergado demasiado. Se obligó a concentrarse y tecleó el nombre de Harold, su sobrino segundo, en la tabla. Harold se había ido a vivir al Tíbet, y su hermana Georgina se había casado con un inglés y estaban criando a sus hijos en el campo.

Georgina siempre le había caído bien porque era una persona con los pies en la tierra. Era una lástima que no se viesen más a menudo. Sus padres, que ya habían fallecido, habían sido los propietarios de una preciosa cabaña en Chantaine que había quedado vacía porque ni Harold ni Georgina visitaban el país muy a menudo. Las manos de Pippa se detuvieron sobre el teclado y se quedó mirando la pantalla de su ordenador portátil. Una cabaña vacía… Los padres de Nic…

«Ni hablar; olvídate». Sería una deslealtad hacia su país. Si su hermano Stefan lo descubriera, jamás se lo perdonaría. Además, era imposible que antes o después no lo descubriera. Pero ¿cómo podría quedarse cruzada de brazos y no hacer nada?

Capítulo 2

SENTADO en la cubierta de su yate, Nic estaba repasando en su tableta unos informes de su negocio y el de su padre mientras tomaba un vaso de whisky. Inspiró profundamente el aire de la noche y miró a lo lejos. El yate estaba anclado lo bastante cerca de la costa como para que su madre pudiera ver su amada Chantaine cuando quisiera. Solo esperaba que no hiciera algo impulsivo, como tirarse para nadar hasta la orilla. Se rascó la barbilla y se estremeció de solo imaginarlo. Después de lo que había hecho hacía unos días, escapándose al alba para pasear por la playa, la creía capaz de cualquier cosa.

Los informes estaban bien, pero pronto tendría que volver a los Estados Unidos para ocuparse del negocio de su padre, porque con la enfermedad de su madre, como era comprensible, este había dejado de lado el trabajo.

A pesar de que sus padres se habían separado en dos ocasiones, su madre lo era todo para su padre, y no estaba seguro de cómo podría seguir viviendo cuando su madre… No podía siquiera pensar en la palabra, y mucho menos pronunciarla, aunque sabía que le quedaba poco tiempo.

Con un suspiro tomó otro sorbo de whisky. En ese momento oyó vibrar su móvil. El número que vio al mirar la pantalla lo sorprendió. Después del encuentro con Pippa hacía unos días había pensado que no volvería a hablar con ella, ni a verla más que en actos públicos en los que coincidieran.

Pulsó el botón para contestar.

—Alteza… ¡qué sorpresa! —murmuró, sin poder reprimir el tono mordaz que rezumaron sus palabras.

—Hola. Espero no interrumpir nada —dijo ella.

A Nic le picó la curiosidad al oír su voz. Parecía tensa; nerviosa.

—No, solo un raro momento de soledad en compañía de un vaso de whisky.

Pippa se quedó callada un instante.

—Bueno, pues perdona la interrupción, pero se trata de algo que tal vez te interese.

—Has llamado para decirme que me echas de menos —la picó él.

No podía evitarlo. No había podido dejar de pensar en ella después del breve idilio que habían tenido el año anterior.

Al oírla aspirar bruscamente, como sorprendida e indignada, supo que había dado en el blanco.

—Llamaba para hablar de tu madre.

La sonrisa se borró de inmediato de los labios de Nic.

—¿Qué pasa con ella? ¿Has hablado de lo que pasó con tu familia y ahora no van a dejar que nos acerquemos siquiera al puerto?

—Por supuesto que no —replicó ella—. Si me dejas hablar a lo mejor…

—Continúa.

—He encontrado una cabaña donde podrían alojarse tus padres.

Nic parpadeó sorprendido y no acertó a decir nada.

—¿Nic, me has oído?

—Te he oído, pero no sé si te he oído bien. ¿Te importaría repetirlo?

—He dicho que he encontrado una cabaña para tus padres en Chantaine.

—¿Una cabaña para qué?

Pippa volvió a quedarse callada un buen rato antes de contestar.

—Pues… bueno, es de unos parientes que viven en el extranjero y no vienen mucho por aquí. Les he pedido permiso para usarla. Lleva años vacía, así que pensé: «¿Por qué no?».

—¿Por qué no? —repitió él—. Mi padre tiene prohibido poner un pie en Chantaine, y dudo que a tu hermano le haya dado una vena compasiva y haya decidido perdonarle de repente.

—No hace falta que insultes a Stefan. Mi hermano solo está defendiendo el honor de nuestro padre.

—Ya. Aunque él ni siquiera habría nacido si vuestro padre se hubiese casado con mi madre —dijo Nic.

—Sé que no tiene mucha lógica, pero olvídate de

eso ahora. La cuestión es que tu madre añora Chantaine y con esa cabaña…

—¿Y cómo vas a solucionar lo de mi padre?

—Bueno, como tiene el pie roto no va a moverse mucho, y cuando se haya recuperado podría salir con un sombrero y una gafas de sol para que no lo reconozcan.

—¿Y qué más, un bigote postizo? —le espetó él poniendo los ojos en blanco.

—Ya sé que no un plan perfecto, pero es mejor que nada.

—No puedo arriesgarme a que mi padre acabe en la cárcel.

—Quizá no deberías ser tú quien decida sobre eso —replicó ella, sorprendiéndolo.

—¿Qué quieres decir?

—Lo que quiero decir es que… ¿no crees que deberías dejar que fuera tu padre quien tome la decisión? Además, es posible que no se descubra la presencia de tu padre. No tenemos carteles con su foto pegados por todas partes como hacéis en Estados Unidos.

—Si te refieres a los carteles de *Se busca*, debo decirte que ya no se hacen; algo hemos avanzado desde los días del Salvaje Oeste.

—Y nosotros también. No se ha decapitado a nadie desde hace ciento cincuenta años, y hace casi un siglo que no se utilizan las mazmorras del castillo.

—¿Por qué será que eso no me tranquiliza? Sé que en Chantaine no rige el precepto de que uno es inocente hasta que se demuestre lo contrario.

—No te he llamado para discutir acerca del sistema judicial de mi país. Si quieres, puedo hacer que limpien y preparen la cabaña para tus padres. Y si no… —se quedó callada y Nic la oyó inspirar.

—¿Y si no qué? —la instó él a continuar.

—Y si no, adiós —respondió Pippa, y le colgó.

Nic parpadeó de nuevo. Parecía que la princesa tenía más carácter del que pensaba. Apuró su whisky sin saborearlo apenas. Desde luego lo había sorprendido con aquella llamada, y ahora tenía que tomar una decisión.

Aunque su padre había causado problemas a toda la familia, Nic se sentía protector respecto a él, sobre todo con lo mal que lo estaba pasando por la enfermedad terminal de su madre.

Cerró los ojos y maldijo entre dientes. Sabía cuál sería la decisión de su padre si le diese la posibilidad de decidir. Paul Lafitte disfrutaba con los desafíos, y no le importaría correr el riesgo de acabar en la cárcel de Chantaine.

Nic se pasó una mano por el cabello. Sabía lo que tenía que hacer. Entró en el salón del yate, donde su padre se había quedado dormido frente al televisor viendo un partido de béisbol. «Quizá debería esperar hasta mañana», pensó, y apagó el aparato.

Justo en ese momento su padre resopló y abrió los ojos de golpe.

—¿Qué ha pasado?, ¿quién ha ganado?

—Los Rangers —mintió Nic. Estaban teniendo una temporada espantosa.

—Sí, claro, y yo soy cura —dijo su padre.

Nic se rio.

—¿Quieres beber algo?

—No; siéntate conmigo y cuéntame en qué piensas. Con solo mirarte sé que le estás dando vueltas a algo —dijo dando unas palmadas en el sofá, como si el yate fuera suyo y no de Nic.

Este se sentó junto a él.

—Acabo de recibir una llamada… interesante.

—Una mujer, supongo. ¿Está embarazada?

Nic volvió a reírse.

—Nada de eso. Era alguien que se ha ofrecido a prestaros una cabaña a mamá y a ti… en Chantaine.

Su padre dio un largo silbido de admiración.

—¿Cómo lo has conseguido?

Nic se encogió de hombros.

—No es un favor que haya pedido. El problema es que aún tienes problemas con la justicia en Chantaine.

Su padre sonrió.

—Pegarle aquel puñetazo en la cara al príncipe Edward después de que insultara a tu madre valió la pena; volvería a hacerlo.

—Ya, pero, si te quedas en Chantaine, cabe la posibilidad de que te arresten —Nic sacudió la cabeza—. Papá, con el sistema judicial que tienen podrías pasar una buena temporada en la cárcel.

—¿Y qué?

—¿Cómo que «¿Y qué?»? ¿Acaso quieres acabar encerrado mientras mamá se…?

No quería acabar la frase. Su padre entornó los ojos en un gesto desafiante. No podía negarse que corría sangre de corsarios por sus venas.

—Tu madre quiere morir en Chantaine. Aceptaremos la ayuda de esa persona; al infierno con los Deveraux.

—Quizá no deberías mandarlos allí a todos —puntualizó Nic. Necesitaba otro whisky—. Es un miembro de la familia quien nos brinda la posibilidad de hacer uso de esa cabaña.

—Esto sí que es nuevo —su padre enarcó las cejas—. Soy todo oídos.

—En otro momento —replicó Nic—. Necesitas descansar.

Su padre esbozó una sonrisa misteriosa.

—Si mi tatarabuelo escapaba de la justicia con una pata de palo, no veo por qué no iba a poder hacerlo yo con un pie escayolado.

Nic suspiró y sacudió la cabeza.

A la mañana siguiente lo primero que hizo fue llamar a Pippa al móvil.

—¿Sí?

Parecía que la había despertado, y había algo tan sexy en su voz soñolienta que sintió un cosquilleo en el estómago.

—Soy yo, Nic. Te llamaba para decirte que aceptamos tu oferta. Si me dices cómo llegar a la cabaña, podemos reunirnos allí. Yo me encargaré de limpiarla y prepararla para mis padres. Cuanta menos gente se implique en esto, mejor.

Pippa se quedó callada un momento.

—No había pensado en eso —admitió—. La gente que trabaja para nosotros en palacio está atada por un juramento de confidencialidad.

Su ingenuidad hizo a Nic sonreír.

—Esto es distinto. Hay demasiadas personas que necesitan que las protejan: mi madre, mi padre, tú… Tenemos que mantener esto el más absoluto secreto y no levantar sospechas.

—De acuerdo —le dijo cómo llegar a la cabaña—. Entonces nos vemos allí mañana por la mañana.

—¿Y qué pasa con tus escoltas?

—Les diré que voy a la biblioteca.

—¿Y no te seguirán?

—Primero iré a la biblioteca, y cuando vean que no me muevo de allí se aburrirán y se irán. Siempre lo hacen.

—¿Qué clase de idiotas tienes por escoltas?

Pippa se rio, y Nic volvió a sentir ese cosquilleo en el estómago.

—No te metas con ellos; lo que pasa es que nunca causo problemas. No salgo de noche, no me drogo, cuido de mis sobrinos… ¡Si hasta lo que estudio es aburrido!

—De todos modos no sé cómo lo aguantas. Debe de ser como vivir en una especie de jaula dorada. ¿No te asfixian esos muros?

—Puedo salir siempre que quiera —contestó ella con tirantez—. Bueno, ya sabes la dirección. Nos vemos esta tarde, sobre la una.

Y le colgó antes de que él pudiera decir nada más. Nic apartó el teléfono del oído y se quedó mirándolo. No estaba acostumbrado a que le colgaran, y Pippa era tan educada que debía de haberla irritado de verdad para que le hiciera algo así. La idea le produjo un placer perverso.

Poco antes de la una de la tarde Nic llegaba en su coche a la cabaña a través de un camino flanqueado por arbustos descuidados.

Aparcó detrás del coche de Pippa, fue hasta el porche y llamó a la puerta con los nudillos. Se quedó esperando, pero al ver que no había respuesta volvió a llamar.

Nada. Dentro se oía ruido, como un zumbido. Simplemente por probar intentó girar el pomo, y para su sorpresa la puerta se abrió.

Cuando entró, vacilante, se quedó boquiabierto al ver a Pippa que, vestida con una camiseta y unos pantalones cortos y con la rebelde melena recogida en una coleta, estaba pasando la aspiradora por el salón.

No podía negarse que la princesa tenía un trasero estupendo, pensó, antes de que Pippa se volviera, diera un grito y dejase caer el tubo de la aspiradora.

—¡Menudo susto me has dado! —exclamó llevándose una mano al pecho antes de agacharse para apagar la aspiradora—. ¿No se te ha ocurrido llamar?

—He llamado dos veces —respondió él—. Creía que las princesas no limpiaban.

—Pasé un par de veranos en un campamento en Noruega. Limpiar estaba entre las actividades que teníamos que hacer cada día.

—¿Y tus padres lo sabían? —inquirió él con sarcasmo.

—Muy gracioso —dijo ella haciendo una mueca—. No se me caen los anillos por limpiar un poco. Además, el campamento tenía una biblioteca estupenda. Para mí era un paraíso.

Nic esbozó una sonrisa y se quedó mirándola un buen rato, haciéndola sentirse acalorada. Apartó la vista y carraspeó.

—Bueno, deberíamos dejarnos de cháchara; hay mucho por hacer. Y eso sin contar con la casita de invitados, que también habrá que limpiarla.

Nic había visto la casita al llegar; podría dormir allí y así estar pendiente de sus padres.

—¿Qué hago yo?

—Puedes empezar por pasar la mopa. Y creo que tampoco estaría de más que revisaras la distribución de los muebles. No queremos que tu padre tropiece y tenga que estar más tiempo convaleciente.

—No sé qué decirte. Quizá fuera mejor que estuviera más tiempo sin poder moverse. Podría causar problemas cuando vuelva a poder ponerse de pie. Siempre ha sido un hombre rebelde e impulsivo. De hecho, detesto decirlo, pero sería capaz de alejarse de la casa y pasearse por ahí solo por regodearse en la sensación de estar desafiando a tu familia.

Pippa contrajo el rostro.

—¿Pero no revelaría su identidad, verdad?

—Espero que no. Aunque esa es una de las razones por las que no estaba seguro de que esto fuera una buena idea.

—¿Y qué te hizo cambiar de idea?

—Tú. Confío en que mi padre se comportará si le recuerdo que mi madre se merece estar lo más tranquila posible. Y te aseguro que me ocuparé de recordárselo tantas veces como sea necesario.

—Gracias.

—Si tanto te aterra que tu familia lo descubra, ¿por qué correr el riesgo? La relación que tienes con tus hermanos no volverá a ser la misma si se enteran de esto.

Pippa inspiró profundamente y cerró los ojos un instante, como para reafirmarse en la decisión que había tomado.

—Me sabe mal decepcionarles; más de lo que puedas imaginar. Pero no podría estar en paz con mi conciencia si no ayudara a tu madre sabiendo que puedo hacerlo.

Nic asintió.

—Haré lo que pueda para asegurarme de que tu familia no lo descubra. Aún no le he dicho nada a mi madre, pero se va a poner loca de contento.

Pippa sonrió.

—Eso espero.

Capítulo 3

SEGURO que no te importa leerle a Stephenia esta noche? —le preguntó Eve a Pippa con su acento de Texas cuando entraron en sus aposentos—. Pareces algo cansada.

Eve, de soltera Jackson, era la esposa de su hermano Stefan, el príncipe heredero de Chantaine.

—Pues claro que no. Stefan y tú os merecéis salir un poco y pasarlo bien.

—Eres un encanto.

Pippa sonrió a su cuñada.

—Bobadas. Tú también pareces cansada; tienes mala cara.

Eve frunció el ceño y se llevó las manos a las mejillas.

—Quizá necesite una crema facial de esas de las que siempre está hablando Bridget.

—O simplemente descansar un poco —dijo Pippa—. El que seas de Texas no significa que seas Superwoman.

Eve se rio.

—No, supongo que no… No quería pedírtelo, pero mañana tengo cita con el médico, nada importante, pero me preguntaba si podrías echarle una mano a la niñera.

A Pippa no le iba muy bien, pero Eve pedía tan pocos favores que no podía negarse.

—No hay problema. ¿Seguro que no es nada importante, lo del médico?

Eve sonrió.

—No, solo un chequeo. Gracias, Pippa, sabía que podría contar contigo. Aunque Stefan y yo estábamos hablando la otra noche de lo mucho que nos ayudas a todos con los críos, y que tú también te mereces ser feliz, y vamos a hacer algo al respecto.

—¿Que vais a hacer algo al respecto? —repitió Pippa, tratando de contener el pánico que la invadió. No quería que su familia estuviese encima de ella, y menos en ese momento, con lo que estaba haciendo a sus espaldas—. ¿El qué?

Eve le lanzó una mirada traviesa que la asustó aún más.

—Pronto lo sabrás.

—No tenéis por qué molestaros —le dijo Pippa—. Estoy ocupada con mi tesis y…

—Deja de preocuparte; confía en nosotros.

—De acuerdo —respondió Pippa nerviosa—, pero no os esforcéis demasiado.

Cuando Eve abrió la puerta de la habitación de su hijastra Stephenia, se encontraron a la pequeña de tres años sentada en el suelo jugando con sus juguetes.

—Steffie, creía que querías que Pippa te leyera esta noche. ¿Qué haces que no estás en la cama?

Stephenia corrió inmediatamente a meterse en la cama, con los ricitos golpeándole los sonrosados mofletes, y con expresión inocente dijo:

—Estoy en la cama.

Eve sonrió y le lanzó a Pippa una mirada de reojo.

—Esa carita tan tierna te roba el corazón, ¿verdad? Estamos perdidos con ella —le siseó.

Pippa se rio.

—Ya lo creo. No te preocupes; con suerte para cuando acabe el libro se habrá dormido —bromeó.

—O a lo mejor antes —le susurró Eve con una sonrisa—. Hoy ha estado de lo más revoltosa. Si no está cansada, no sé qué puede cansar a esta niña.

Stephenia levantó los brazos hacia ella.

—Mamá Eve… —la llamó mimosa.

Pippa sabía que Eve se había mostrado reacia a que Stephenia la llamará mamá cuando no era su madre. La madre de la pequeña había muerto en un accidente marítimo, y por respeto a su memoria había preferido que la llamara «mamá Eve».

Fue junto a la niña y le dio un cariñoso abrazo.

—¿Y papi? —preguntó Stephenia.

—Está en la ducha —respondió Eve—. Me ha dicho que vendría a darte un beso de buenas noches después, aunque para entonces a lo mejor ya te has dormido.

Cuando Steffie le dio a Eve otro abrazo, Pippa se quedó mirando a ambas enternecida. Ella había sido criada por una sucesión de niñeras, y le reconfortaba saber que sus sobrinos recibían de sus padres el cariño que ella no había recibido.

—Pippa —la llamó Stephenia, extendiendo los bracitos hacia ella.

Pippa sonrió y fue con la pequeña. Sería capaz de enfrentarse a un ejercito entero por ella.

—Bueno, os dejo para que vayáis a donde viven los monstruos —dijo Eve con un guiño—. Que duermas bien, cariño —se despidió girándose al llegar a la puerta.

—Buenas noches, mamá Eve.

—Buenas noches —dijo Pippa.

Eve sonrió antes de salir, cerrando la puerta con suavidad, y Pippa se sentó al borde de la cama y atrajo a la niña hacia sí.

Donde viven los monstruos era un libro muy apropiado para Stephenia porque cuando la habían llevado al palacio había sido tan chillona y rebelde como Max, el niño protagonista de la historia.

Stephenia era producto de una relación de su hermano Stefan con una modelo que no le había dicho nada del embarazo después de que rompieran, ni de que la niña era suya.

Stefan no había descubierto que tenía una hija hasta después de la muerte de la madre de la pequeña. Había sido un shock para la familia y para todo el país, pero todo el mundo se había encariñado enseguida con la pequeña. No podría haber sido de otra manera. Tenía los ojos de Stefan y su espíritu indómito, y era una monada.

Pippa empezó a leer, y unas páginas más tarde Stephenia ya se había quedado dormida. Pippa se rio suavemente y la recostó con cuidado, poniéndole la cabeza en la almohada. La besó en la frente, y se levantó despacio, dejando el libro en la mesilla de noche. Luego apagó la lamparita, la besó otra vez, y salió sin hacer ruido del dormitorio.

Mientras se alejaba por el pasillo de los aposentos de Eve y Stefan se preguntó, no por primera vez, si tendría hijos algún día. Por su condición de princesa nunca había podido tener una relación normal. Siempre la habían sobreprotegido, y cada cita, aunque habían sido pocas, había tenido que contar antes con la aprobación de su hermano Stefan, los consejeros de palacio, y por supuesto con el equipo de seguridad.

La única relación mínimamente normal que había tenido había sido lo que había tenido con Nic. No podía llamarlo «idilio» porque no había habido sexo, pero al menos había sido algo auténtico; nunca le había hecho una reverencia a no ser que fuera de broma. La había tratado como a una mujer deseable. No recordaba otra relación en la que se hubiese sentido deseada de verdad.

Puso lo ojos en blanco y entró en sus aposentos. Tenía cosas más importantes de las que preocuparse que si era una mujer deseable o no. Como por ejemplo lo que le había dicho Eve de que Stefan y ella iban a hacer algo para que fuera feliz, recordó contrayendo el rostro. No era el momento.

Nic y sus padres ya se habían trasladado del yate a la cabaña. Su madre había empezado a usar el oxígeno cada noche, y Nic le había ajustado la cama para que tuviera el tronco un poco más elevado que las piernas y pudiera respirar mejor. Quería parecer fuerte, pero Nic se había dado cuenta de que últimamente le costaba más disimular el malestar que le provocaba el cáncer. Y aun así se resistía a recurrir a la medicación para el dolor a menos que no pudiera soportarlo, siempre con la excusa de que la hacía sentir soñolienta. Estaba decidida a aprovechar cada aliento que le quedaba de vida, y le estaba dando unas cuantas lecciones.

Nic había llevado a la cabaña a unos cuantos miembros de la tripulación del yate para que limpiaran la piscina y el jacuzzi, y se había puesto manos a la obra con ellos con la esperanza de que el ejercicio físico lo ayudase a aliviar al menos en parte su frustración.

Aunque sabía que no podía hacer que su madre se curase, se agitaban en su interior una serie de sentimientos absurdos que se esforzaba en negar, y tenía que seguir haciéndolo, porque sus padres ya tenían bastante con lo que tenían encima.

Mientras limpiaba las paredes de la piscina con un cepillo vio a Pippa cruzar la verja con una bolsa en la mano. Vestía una falda de una tela fina que le llegaba a las rodillas y una blusa de algodón con adornos de encaje, y como siempre llevaba el pelo recogido en un moño alto. Siempre había pensado que su exuberante melena rizada era un signo de que no era tan correcta y formal como parecía.

Sabía que Pippa se consideraba menos bonita que sus hermanas, pero durante el breve tiempo que habían estado juntos había disfrutado haciéndola sonrojar de azoramiento o de placer. Era la mujer más dulce y sincera que había conocido.

Pippa, que parecía absorta en sus pensamientos, pasó de largo por delante de él, como si ni siquiera lo hubiera visto. Justo cuando estaba levantando la mano para llamar a la puerta, le silbó con admiración.

Sus hombres dejaron lo que estaban haciendo y lo miraron boquiabiertos. Pippa, que debió de creer que había sido uno de ellos, se puso rígida antes de levantar la mano otra vez para llamar.

—¡Eh! —la llamó saliendo de la piscina vacía por la escalerilla—. ¿A qué tanta prisa?

Al oír su voz, Pippa se giró sobre los talones mientras él se acercaba a la casa.

—No te había visto —miró la piscina—. ¿Estabas trabajando? —preguntó como si la sola idea fuera imposible.

—Sí, de vez en cuando me gusta remangarme y hacer un poco de trabajo físico. Es bueno para el alma, si es que la tengo, y me ayuda a dormir mejor —le gustó el modo en que los ojos de Pippa se deslizaron por sus hombros y su pecho para luego subir a su nariz, como si se hubiera dado cuenta de repente de que estaba mirando donde no debía—. Mis padres están echándose una siesta. Estaban algo cansados por el viaje hasta aquí.

—Y no solo los has instalado, sino que además ya has puesto a tus hombres a trabajar —dijo Pippa—. No pierdes puntada.

—Cuando no hay tiempo que perder, no hay tiempo que perder —respondió él, pensando que quizá a ella le había dado demasiada correa meses atrás.

En ese momento se abrió la puerta y apareció su madre con cara soñolienta y guiñando los ojos por el sol.

—¿Qué…? —comenzó a decir, y una sonrisa iluminó su rostro al ver a Pippa—. ¡Vaya, si es nuestra princesa madrina!

—Mamá… —la reprendió Nic con suavidad—. No debes llamarla «princesa». Recuerda que todo esto debemos llevarlo con discreción.

—Oh, es verdad, cariño, perdóname —dijo su madre contrayendo el rostro—. Pero es que te estoy tan agradecida de que hayas hecho realidad mi sueño como por arte de magia —añadió mirando a Pippa.

—Ha sido posible gracias a la generosidad de los parientes que han accedido a prestarme la cabaña —replicó Pippa.

—Pero fuiste tú quien les llamó para pedírselo —insistió Amelie—. Tengo que dejarles algo en mi testamento.

Pippa se mordió el labio.

—¿Qué llevas en esa bolsa? —le preguntó Nic, como para cambiar de tema.

—Helado. Lo he comprado en una de mis heladerías favoritas, Henri's.

—¡Oh, me encantan los helados de Henri's! —exclamó la madre de Nic—. ¿Has comprado helado de pistacho con salsa de fruta y galletas?

—Es el mejor. Y también un sabor nuevo que tiene chocolate, chocolate blanco, nubes de azúcar y frutos secos. Pensé que merecía la pena probarlo —dijo Pippa encogiéndose de hombros.

—Ya lo creo —asintió Amelie—. Y lo vamos a probar ahora mismo, antes de que se despierte mi marido, o tendremos que pelearnos con él para poder tomar una sola cucharada.

Nic se rio.

—¿Y tú de qué te ríes? —preguntó su madre—. Como no te comportes no te daremos helado.

—Ahora mismo desde luego no me apetece. Un buen trago de agua fría en cambio… O tal vez una cerveza.

—Mira que eres aguafiestas —bromeó su madre mientras entraban en la casa—. Por cierto, no sabía que pensaras limpiar la piscina para llenarla. Podría ser un trabajo en balde —le advirtió.

—Si disfrutas de ella aunque sea solo una vez, no lo habrá sido —replicó él dirigiéndose a la cocina—. O si disfrutas con pensar en darte un chapuzón; ya con eso me daré por satisfecho, mamá —le dijo por encima del hombro mientras sacaba una botella de agua de la nevera.

—Eres un encanto de hijo —dijo Amelie.

—¿Entonces puedo tomar helado? —inquirió él volviendo al salón.

—Y también eres un pillo, como tu padre.

—Estoy de acuerdo —asintió Pippa con los ojos brillantes por la dramática emoción del momento—. Debo confesar que pensé que no os instalaríais hasta mañana, pero es evidente que he subestimado a tu hijo —le dijo a Amelie.

—No es la primera vez que me han subestimado —respondió él, mirándola a los ojos.

Pippa se mordió el labio, y Nic sintió una punzada de atracción. Meses atrás se había dejado llevar por esa misma atracción y sabía que había sido un error, pero había algo irresistible en ella. Había estado con algunas mujeres excepcionalmente hermosas; ¿qué tenía Pippa que lo afectaba de aquella manera?

—Procuraré no volver a hacerlo —dijo ella.

Nic se encogió de hombros.

—Eso espero.

—Bueno, bueno, dejaros de cháchara que yo quiero helado —intervino su madre.

—Pues vamos a servirlo —dijo Pippa, dirigiéndose a la cocina—. Espero que el de chocolate no sea demasiado empalagoso.

Nic y su madre la siguieron.

—Cuando se trata de chocolate nunca es demasiado —repuso Amelie.

Pippa sacó las tarrinas de helado y las puso en la encimera mientras Nic sacaba una cuchara grande, un par de cuencos y un par de cucharillas.

Después de servirle a Amelie un poco de cada helado, le tendió el cuenco.

—Toma, espero que te guste —le dijo con una sonrisa. Miró a Nic vacilante—. ¿Te pongo un poco a ti también?

—No, lo dejaré para luego. El otro cuenco es para ti.

—Ah. Lo que pasa es que no puedo quedarme —murmuró ella.

—¿Ya tienes que irte? —protestó la madre de Nic—. Pero si acabas de llegar…

—Lo sé, y me encantaría quedarme un rato más, pero tengo muchas cosas que hacer. Solo venía a ver cómo iba todo y a traeros el helado.

Amelie frunció el ceño.

—Prométeme que volverás.

—Pues claro —le aseguró Pippa—. No dejes que se te derrita el helado.

—Oh, derretido está mejor —replicó Amelie hundiendo la cucharilla en el cuenco.

—Te acompañaré al coche —dijo Nic.

—No es necesario —murmuró ella—. Hasta luego, Amelie.

Pero Nic hizo caso omiso y la siguió fuera de todos modos.

—Hay algo que debes tener presente —le dijo mientras se dirigían al coche—. A partir de aquí las cosas van a ir cuesta abajo. Hoy está bien, pero no es así todos los días, y empeorará. Mucha gente no es capaz de sobrellevar algo así.

Pippa se detuvo y lo miró ofendida.

—Yo no soy como esa gente. No soy de la clase de personas que abandona a alguien cuando… —de pronto se quedó callada al comprender—. Has dicho eso porque fui yo quien rompió nuestra relación, ¿no?

Nic se encogió de hombros.

—El que se pica, ajos come.

—Aquella era una situación completamente distinta —dijo ella—. Solo flirteamos. Y además, lo nuestro era imposible.

—Porque tu familia odia a la mía —dijo Nic irritado.

—Eso era una parte del problema. La cuestión era que no había motivo para que continuáramos con algo que no tenía futuro. No sé por qué me dejé arrastrar. Fue una locura por mi parte.

Nic se rio.

—Ah, bueno es saberlo: o sea que en realidad no te sentías atraída por mí; fue una locura pasajera.

—Yo no he… yo no he dicho eso —tartamudeó ella.

Nic observó con una satisfacción perversa el rubor en sus mejillas.

—¿Y si mi apellido no fuese Lafitte? —le preguntó.

Tenía que saberlo, porque de vez en cuando lo asaltaba esa duda.

La expresión de Pippa cambió, y un atisbo de vulnerabilidad asomó a sus ojos. Abrió la boca, pero la cerró y apartó la vista.

—¿De qué sirve considerar algo hipotético? Eres quien eres; igual que yo soy quien soy —murmuró finalmente. Sacudió la cabeza y echó a andar de nuevo—. Tengo que irme. Vendré otro día a hacerle una visita a tu ma…

Nic, que había ido tras ella, vio que el pie se le enganchó con las raíces de un árbol y la asió por la cintura para evitar que se cayese. Al hacerlo, tiró de ella hacia atrás sin querer, y Pippa cayó en sus brazos, aunque apenas permaneció allí tres segundos antes de apartarse de él.

—Perdona, tendría que haberme fijado por dónde iba —murmuró.

—No pasa nada —respondió Nic, quitándole importancia.

Sin embargo, al mirar a Pippa vio en sus ojos el mismo tira y afloja de sentimientos encontrados que se agitaba en su interior. Era como si hubiese tantas cosas que no podía decir que parecía que fuese a explotar.

—Gracias —murmuró finalmente.

—Hasta luego —dijo él, y se quedó mirando mientras Pippa se subía al coche y se alejaba en él.

Aquello era algo que no se había cerrado del todo para ninguno de los dos, pensó. Él había intentado olvidarla, pero ahora que sus caminos se habían cruzado de nuevo era evidente que la atracción que sentía hacia ella no había desaparecido. Tenía que encontrar la manera de sacársela de la cabeza.

Esa noche Pippa se vistió formal para la cena de familia que había organizado su hermano Stefan. Claro que, con su hermano pequeño jugando al fútbol en España y sus dos hermanas más mayores también en el extranjero con sus familias, solo quedaban Bridget y su marido, Ryder, los gemelos, Stefan y su esposa Eve, y la pequeña Stephenia.

No podía dejar de pensar en su visita de esa tarde a la cabaña. Era increíble que a pesar de que apenas había estado allí veinte minutos Nic hubiese podido dejarla tan agitada.

Había pensado que Nic se olvidaría de ella enseguida, que debía tener a docenas de mujeres esperando, dispuestas a curar su maltrecho ego, pero se comportaba como si todavía lo irritase el hecho de que hubiera sido ella quien había puesto fin a lo suyo.

Claro que tampoco era exactamente como si hubiesen roto, porque nunca habían hecho pública su relación; únicamente habían tenido encuentros a escondidas.

No podía negar que le temblaban las rodillas cuando la miraba, y que la conexión que había entre ellos la dejaba sin aliento, pero por el comportamiento de Nic parecía que aún se sentía atraído por ella, y que aún significaba algo para él.

La verdad era que uno de los motivos por los que se había negado a volver a verlo era que lo que sentía por él parecía escapar a su control, y eso la asustaba.

Si había un hombre que no le convenía, ese era Nic Lafitte. Y sin embargo lo encontraba irresistible, lo que demostraba que debía de haber en ella una tendencia insana a la autodestrucción y que tenía que luchar contra ella.

Se miró en el espejo y se atusó el moño. Para ella su pelo era como una maldición. Cuando había un poco menos de humedad en el ambiente se volvía más o menos manejable, pero ese no era uno de esos días.

Se puso un poco de brillo de labios, salió de sus aposentos, y se dirigió al gran comedor.

Stefan había instaurado aquellas «cenas de familia» hacía un par de años, y desde que Bridget se había casado ella se había sentido como una silla con una pata coja cada vez que se sentaban a la mesa. Había intentado superar esa sensación incómoda centrándose en sus sobrinos, pero aun así…

Cuando entró en el comedor vio a Bridget y a Ryder con los gemelos en brazos mientras Eve jugaba con Stephenia al corre-que-te-pillo.

Con las tres tronas alrededor de la mesa el comedor tenía un aspecto distinto.

—Como Stefan aún no ha llegado hemos pensado que lo mejor sería no sentar todavía a los niños —le dijo Bridget—. ¿Qué tal tu día?

—No ha estado mal. He avanzado un poco con las investigaciones que estoy llevando a cabo para la tesis —mintió Pippa.

—Eso está bien —dijo Ryder—. ¿Sabes?, creo que ese estudio genealógico tuyo podría ayudarme con los planes que tengo para el país. Ahora mismo estoy con un programa de prevención de enfermedades, y quiero empezar pronto con otro de una residencia para enfermos terminales donde estén bien atendidos.

A Pippa se le hizo un nudo en el estómago al oír aquello, aunque le gustaría que Amelie tuviese acceso a un centro así.

—Ambas cosas son esenciales; tenemos mucha suerte de que Bridget te haya traído a nosotros.

Bridget sonrió a su marido.

—No podría estar más de acuerdo contigo —le dijo a Pippa. Tyler empezó a lloriquear—. Espero que Stefan no tarde mucho.

Eve, que al fin había atrapado a Stephenia, se unió a ellos jadeante con la pequeña en brazos.

—Más le vale —masculló—. Dijo que vendría enseguida.

—Bueno, todos sabemos lo duro que es ser el príncipe heredero, y yo personalmente me alegro de no estar en su lugar —dijo Pippa con un guiño.

Justo en ese momento entró Stefan, que los saludó con una amplia sonrisa.

—Ya estamos todos; una gran familia feliz.

—Yo que tú no lo diría muy alto —intervino Bridget—. Tyler ya ha empezado a protestar. Será mejor que nos sentemos a la mesa, aunque no sé cuánto aguantarán sentados Travis y él.

—No pasa nada; los niños son niños —replicó Stefan—. Sentaos y relajaos.

Cuando los niños estuvieron sentados en sus tronas, los criados empezaron a servir agua y vino a los adultos, y zumo a los pequeños junto con cereales Cheerios para que fueran abriendo boca.

—Mientras nos traen el primer plato, quería aprovechar este momento para compartir con vosotros una buena noticia que tenemos Eve y yo —dijo Stefan, tomando la mano de su esposa y mirándola a los ojos—. Vamos a ser padres de nuestro primer hijo.

—Del segundo, contando a Stephenia —corrigió Eve, sonriendo a la pequeña.

—¡Qué maravilla!, ¡otro bebé! —exclamó Bridget—. Eso me quitará un poco de presión de encima, con todo el mundo esperando que yo también tenga uno.

La reacción de su hermana hizo reír a Pippa.

—Eso si no me quedo embarazada yo antes —dijo.

Eve y Bridget la miraron boquiabiertas.

—¡Pippa! ¡Tú no puedes quedarte embarazada!; se supone que eres la hermana juiciosa —exclamó Bridget. Se quedó callada un momento, frunció el ceño, y añadió—. Oh, no... Eso es lo mismo que dijimos de Valentina y se quedó embarazada antes de casarse.

—Solo bromeaba —aclaró Pippa.

—Gracias a Dios —dijo Stefan antes de tomar un trago de su copa de vino—. Los ataques al corazón de uno en uno, por favor.

—Además... —le dijo Bridget a Pippa mientras les servían unos filetes de lenguado—, tenemos planes para ti.

Pippa sintió una punzada de nerviosismo y tomó también un sorbo de vino.

—Eve y tú no hacéis más que hablar de eso. Miedo me da.

—Son buenos planes —dijo Bridget, mientras ponía un plato con queso, pollo y verduras en la bandeja de la trona de Tyler.

—Llevas recluida varios meses trabajando en tu tesis —apuntó Eve.

—Y en las próximas semanas hay varias celebraciones en el principado —dijo Stefan.

Pippa tomó un bocado del exquisito pescado.

—Y vamos a conseguirte citas con algunos de los solteros más cotizados del planeta —añadió Bridget entusiasmada—. ¿A que es emocionante?

A Pippa se le atragantó el bocado.

—¿Qué?

—Será divertido —dijo Bridget.

—Y no queremos que te sientas presionada —intervino Eve—. Solo que te diviertas.

—Exacto —dijo Stefan—. Últimamente he estado pensando que no has tenido muchas oportunidades de establecer relaciones serias. Creo que te hemos sobreprotegido.

Pippa se puso tensa.

—¡Qué amable por vuestra parte! —dijo Pippa con sarcasmo—. Así que de pronto habéis decidido que ya va siendo hora de que tenga una relación. Y sin consultarlo conmigo, por supuesto.

Se hizo un silencio sepulcral en la sala. Incluso los niños estaban callados mientras masticaban su comida.

—Pensamos que te haría feliz —dijo Bridget—. Siempre estás tan ocupada con tus estudios… Queríamos que te divirtieras un poco.

—¿Vosotros querríais que vuestra familia decidiese con quién tenéis que salir? —les espetó Pippa.

Bridget contrajo el rostro.

—Bueno, visto así…

—¿De qué otro modo se puede ver si no? —dijo Pippa—. Ni quiero ni necesito que me busquéis citas —había perdido por completo el apetito—. Es muy embarazoso.

—No pretendemos que te sientas incómoda, Pippa —insistió Stefan—. Por tu posición en la familia real te resulta difícil socializar con hombres; solo queríamos facilitarte las cosas.

—¿Igual que intentaron hacer los consejeros contigo? —le espetó Pippa, soltando el tenedor.

—Eso ha estado fuera de lugar —la increpó Stefan.

—¿Y no lo está el que queráis hacer de casamenteras conmigo? —replicó ella.

—Pippa… No has sido la misma desde el incidente con… —Bridget se aclaró la garganta y bajó la voz—, con ese horrible Nic Lafitte. Solo queremos ayudarte a superarlo.

—Ya lo he superado. Ahora sé que solo le interesaba porque me veía como una especie de trofeo —a pesar de que sabía que esas eran las palabras que su familia quería oír, se sentía como si estuviese clavándose un puñal—. Puede que sea ingenua, pero no soy una completa idiota —consideró levantarse de la mesa y marcharse a sus aposentos, pero sabía que con eso solo lograría que su familia se preocupase aún más por ella. Levantó su copa y les dijo—: Además, tenemos cosas importantes que celebrar: por el bebé de Eve y Stefan, que viene en camino. Espero que tengas un buen embarazo, y que ese hijo tenga lo mejor de los dos.

Ryder levantó su copa también.

—Por vuestro bebé.

—Por vuestro bebé —repitió Bridget.

Tyler empezó a llorar sin previo aviso, y aquello rompió la tensión del momento, y al poco rato Travis se contagió y se puso a gritar también.

Para Pippa, fue un alivio porque dejó de ser el centro de atención. Bebió otro sorbo de vino aunque sabía que no sería capaz de tomar ni un bocado más. Quería a su familia, pero en aquel momento sentía tal frustración que habría dado cualquier cosa por poder ponerse a chillar a pleno pulmón como los gemelos.

Capítulo 4

DOS días después, Pippa sacó el tiempo y el valor necesarios para ir a visitar de nuevo a los Lafitte. Le resultaba difícil comprender por qué sus hermanos mantenían esa enemistad hacia ellos. Después de todo eran humanos, y estaban pasando por un momento difícil con la enfermedad de Amelie, a la que no le quedaba mucho tiempo de vida.

Aparcó frente a la verja con un suspiro, tomó el ramo de flores que había comprado y bajó del coche, preparándose mentalmente ante la posibilidad de encontrarse otra vez a Nic trabajando en la piscina con una camiseta y unos vaqueros ajustados.

Sin embargo, cuando entró en el jardín no vio a nadie, y tanto la piscina como el jacuzzi estaban llenos de agua clara, y la luz del sol arrancaba destellos de la superficie de ambos.

Cuando llegó a la puerta vaciló al ir a llamar. Había tanto silencio que tal vez Amelie y su marido Paul estuvieran echándose la siesta de nuevo, y no quería molestar.

—Eh.

Pippa se volvió al oír la voz de Nic, y lo vio saliendo de la casita de invitados.

—Hola —lo saludó—. ¿Cómo has sabido que…?

—He oído tu coche —respondió él al llegar junto a ella.

—No me atrevía a llamar; hay tanto silencio.

—Mis padres están echándose la siesta —respondió él, confirmando lo que había imaginado—, aunque desde ayer mi madre está bastante revuelta. Vamos a tener que hacer por lo menos una excursión por el campo con ella. Bonitas flores, por cierto. Pasa —le dijo abriendo la puerta de la cabaña. Cuando entraron, se detuvo, ladeó la cabeza, y añadió—: Espera un momento; iré a ver si la puerta del dormitorio está cerrada.

Pippa lo vio alejarse por el pasillo, y segundos después regresó con cara de preocupación.

—Mi madre se ha ido.

Pippa se mordió el labio con aprehensión, recordando el día que se la había encontrado en la playa y Amelie se había desmayado.

—¿Y no estará en otra parte de la casa? A lo mejor se está dando un baño, o quizá esté en la cocina.

Nic sacudió la cabeza.

—La puerta del baño está abierta —dijo antes de dirigirse a la cocina y asomarse—. Aquí tampoco está. Esto no me gusta. ¡Y yo como un tonto creyendo que estaba durmiendo! —masculló, y maldijo en voz baja—. Tengo que ir a buscarla.

—¿Pero adónde? —inquirió Pippa.

—No lo sé, pero no puedo sentarme a esperar a que aparezca. Le dejaré una nota a mi padre.

Pippa, que quería ayudar, se dejó llevar por un impulso:

—Iré contigo —se ofreció, sorprendiéndose tanto a sí misma como a él.

Nic lo consideró un instante pero sacudió la cabeza.

—No hay nada que puedas hacer. Te llamaré o te enviaré un mensaje cuando averigüe algo.

A Pippa la irritó que la despachara de esa manera.

—Conozco mi país mejor que tú.

—¿Qué hay que saber? Es una isla, y no es tan grande.

—¿Acaso conocías la crepería a la que fuimos el otro día?

—No, pero… —Nic se pasó una mano por el oscuro cabello—. Está bien, de acuerdo. Pero, si temes que alguien pueda reconocerte, vas a tener que agacharte en el asiento, porque para mí la prioridad es encontrar a mi madre.

—Lo sé. Pongo las flores en agua y nos vamos.

Corrió a la cocina, y como no pudo encontrar un jarrón las puso en una jarra. Mientras salía de la casa se recogió el cabello con las manos para hacerse una coleta antes de ponerse la gorra de béisbol.

—Deberías dejártelo suelto más a menudo —dijo Nic al verla.

—Sí, ya, y parecería que he metido el dedo en un enchufe —respondió ella.

—Pues a mí me gusta tu pelo —replicó él, esbozando una sonrisa—. Es algo… salvaje. Me hace preguntarme si hay una Pippa salvaje detrás de esa fachada de chica juiciosa.

—Pues siento decepcionarte pero no, no la hay —le aseguró ella poniéndose la gorra—. ¿Nos vamos o no?

Nic abrió la puerta de su Mercedes para que subiera y cuando Pippa hubo entrado rodeó el vehículo para ponerse al volante.

—¿Ha mencionado tu madre algún lugar de Chantaine que le gustaría volver a visitar? —le preguntó ella mientras se ponían en marcha.

—No. Solo ha hablado de lo feliz que se siente de estar aquí y de lo bonito que es esto.

—Umm… ¿Y dónde vamos primero?

—He pensando que tal vez se haya ido otra vez a pasear por la playa.

—Sí, pero… ¿a cuál? ¿No te ha hablado nunca de alguna en concreto?

—Bueno, me ha hablado muchas veces de Chantaine —contestó él entornando los ojos, pensativo—, pero… no sé. Solía contarnos historias sobre Chantaine antes de dormir a mis hermanos y a mí, durante el tiempo que mi padre no estuvo.

—¿Durante el tiempo que no estuvo?

—El tiempo que no estuvo con nosotros porque estaba en prisión, quiero decir —contestó él—. Luego su condena fue revocada por un vacío legal, pero durante un tiempo mi madre no le dejó volver.

Pippa parpadeó, sorprendida por aquella revelación.

—Lo siento. No lo sabía. Debió de ser difícil para vosotros.

—Mis hermanos mayores nunca le perdonaron. Mi hermano pequeño simplemente se retrajo en sí mismo.

—Pero han estado en contacto con tu madre desde que cayó enferma, ¿no?

—Sí, pero, si se huelen que van a tener que hablar con mi padre, prefieren no llamarla.

—¡Cielos! ¡Son como mi familia! —exclamó ella—. Si no peores.

—Ya.

—Perdona, pero es que me ha sorprendido tanto… Nunca me lo habías contado. Había oído cosas acerca de tu padre, pero tú mismo acabas de decir que le revocaron la condena.

—Sí, bueno, todas las familias tiene algún secreto vergonzoso que ocultar. Como tu hermano Stefan con esa hija de la que no sabía nada.

Pippa se mordió el labio. Aquello había supuesto un auténtico escándalo.

—Sí, pero tan pronto como supo de su existencia cumplió con su deber como padre y se hizo cargo de ella. De hecho, supera con creces el ejemplo que él tuvo de nuestro padre, que apenas tuvo trato con nosotros ni se preocupó por nosotros. Solo nos tuvo para tener en quién delegar sus obligaciones como príncipe soberano. Así él podía pasar todo el tiempo que quisiera navegando en su yate —mientras le contaba aquello a Nic, el corazón le golpeaba con fuerza contra las costillas. Creía que hacía años que había superado todo aquello—. Stefan, en cambio, es un buen padre y le lee cuentos a su hija todas las noches.

—Bueno, bueno, no hace falta que chilles.

—No te estaba chillando —replicó ella—. ¿O sí? —murmuró azorada.

—Solo un poco, pero probablemente me lo merecía —respondió Nic, aparcando el coche junto a una playa—. Vamos a ver si está por aquí.

Se bajaron del vehículo y miraron en ambas direcciones a lo largo de la playa.

—¿Te dijo que esta era una de sus playas favoritas? —inquirió Pippa.

—No, pero es la que está más cerca de la cabaña. ¿Por qué lo preguntas?

—Pues porque… bueno, aunque pienses que las playas son solo agua y arena, cada playa de Chantaine tiene su personalidad.

—¿Qué quieres decir?

—Bueno, en esta playa como puedes ver se ve a mucha gente joven y mucho cuerpo escultural. La gente viene aquí a ligar. En las playas que hay un poco más al norte, donde están los complejos turísticos, se ven sobre todo turistas y famosos. Y en la parte más al norte de la isla hay una playa a la que van más que nada familias.

Nic entornó los ojos.

—¿Cómo se llama esa playa? Me suena que mi madre nos haya hablado alguna vez de una playa a la que iba con sus padres de niña. Era algo como…

—Se llama Saint Cristophe.

—¡Esa es! Lo tenía en la punta de la lengua. Vayamos allí. Solo espero que no se le haya ocurrido meterse en el agua.

Se subieron de nuevo al coche y se pusieron en camino. Iban en silencio, y Pippa podía notar la tensión de Nic.

—Si pudieras convencerla para que dejara al menos una nota antes de marcharse…

—¿Crees que no lo he intentado ya? Aunque a ti tal vez te escuche.

—¿A mí? ¿Por qué iba a hacerme caso a mí? —inquirió ella, sorprendida por aquella sugerencia. ¡Si acababa de conocerla!

—Te está agradecida por lo de la cabaña. Además, tú eres una mujer. Conmigo siempre piensa que me comporto de un modo sobreprotector con ella y que la asfixio.

—Bueno, lo intentaré —dijo ella vacilante—. Quizá podríamos pedirle que hiciera una lista de cosas que le gustaría hacer.

—¿Antes de morir?

Pippa contrajo el rostro.

—Eso es algo macabro.

—Es realista —respondió él, y apretó la mandíbula—. ¿Por dónde tengo que tomar para llegar a esa playa?

A Pippa se le encogió el corazón. Odiaba que fuese así, pero lo que decía Nic era verdad.

—Solo tienes que seguir por esta carretera. Está a unos pocos kilómetros de aquí.

En cuanto vio el cartel de la playa Nic aparcó en el arcén y se bajaron del coche.

Pippa recorrió la playa con la mirada, haciéndose visera con la mano.

—¿La ves?

Nic negó con la cabeza.

—Separémonos. Yo iré en esa dirección; tú ve en la otra. Si la encuentras, me llamas al móvil, y, si la encuentro yo te llamo a ti, ¿de acuerdo?

Pippa asintió y echó a andar por la playa. Se había levantado una brisa, y estaban empezando a aparecer nubes. Aunque era verano, con la delicada salud de Amelie le preocupaba que pudiera enfriarse.

—¡Mirad!, ¿no es esa la princesa Phillipa? —exclamó una mujer.

Pippa se quedó paralizada. Diablos… ¿Qué iba a hacer ahora?

Una mujer y varios niños corrieron hacia ella. Genial. El jefe de su equipo de escoltas iba a matarla.

—Alteza —la saludó la mujer, haciendo una reverencia torpe—. Niños… la reverencia.

Pippa no pudo evitar sonreír ante lo deslumbrada que parecía la mujer con aquel encuentro fortuito.

—No es necesario. Solo estaba dando un paseo. Esta es una playa preciosa, ¿verdad? ¿Están disfrutando del día?

—Oh, sí, mucho —dijo la mujer.

—Sí, Alteza —añadieron los niños a coro.

—¿Habría alguna posibilidad de que me firmara un autógrafo? Sería como un sueño hecho realidad.

Pippa, al ver que se estaba formando una pequeña muchedumbre a su alrededor, decidió sacar partido de ello.

—Bueno, la verdad es que pretendía pasar desapercibida, pero espero que a cambio me guardarán el secreto de esta escapada a la playa, ¿eh?

Con Facebook y Twitter eso resultaba más que dudoso, pero empezó a estrechar manos, firmar autógrafos y charlar amigablemente con sus súbditos. La verdad es que no era tan difícil. La gente era encantadora con ella. En ese momento sonó el móvil dentro del bolsito que llevaba colgado en bandolera.

—Si me disculpan un momento… —dijo apartándose de ellos a una buena distancia.

—La he encontrado —le dijo Nic cuando abrió el teléfono y contestó—. Estaba sentada a la sombra de un pino, durmiendo.

—Dios, qué alivio —murmuró Pippa—. Pero yo he tenido un poco de mala suerte: me han descubierto. Llévatela a casa.

—¿Y cómo volverás tú? —inquirió Nic.

—Pues no lo sé; me temo que tendré que avisar para que vengan a buscarme. Ojalá no hubiera dejado mi coche frente a la cabaña.

—Haré que Goldie, uno de mis hombres, venga a recogerte con él.

—Me temo que eso no va poder ser, porque la llave la tengo yo —replicó Pippa.

—No le hará falta —dijo Nic—. Te enviaré un mensaje al móvil cuando salga y él tomará un taxi para volver. Hasta luego.

Pippa iba a protestar, pero Nic ya había colgado, así que regresó junto a la muchedumbre y continuó charlando, firmando autógrafos y posando para alguna que otra foto. A Stefan aquello no le iba a gustar nada, pensó, segura de que pronto sería interrogada por ello.

Unos minutos después le sonó el móvil: había recibido un mensaje. Segura de que era de Nic, no se molestó en mirarlo, y se dispuso a despedirse de las personas que se habían arremolinado a su alrededor.

—Me ha encantado conocerlos a todos —les dijo—, pero debo irme ya.

Subió la pequeña colina de arena hasta la carretera para esperar a Goldie, y el estómago le dio un vuelco al ver el coche de su escolta personal, Giles, que se bajó de él en ese momento.

No quería que Stefan hiciese que algún otro escolta reemplazase a Giles. Era el escolta «perfecto» porque ya estaba mayor y, a excepción de sus encuentros secretos con Nic hacía un año, la consideraba una chica dulce pero aburrida y pensaba que no era necesario estar muy pendiente de ella. Además, se echaba sus buenas siestas por las tardes.

—Alteza —le dijo con una expresión de disgusto cuando llegó junto a él—, no me informó de que tenía pensado venir hoy a la playa.

—Lo sé; lo siento muchísimo, Giles. Me dejé llevar por un impulso después del almuerzo. Sí le mencioné que iba a almorzar fuera, ¿verdad?

Giles sacudió la cabeza.

—No, Alteza, no lo hizo.

—Vaya, se me ha debido de pasar. Ya sabes que normalmente suelo llevarme el almuerzo a la biblioteca, pero esta mañana se me olvidó. Y luego, bueno, estaba un poco cansada y tenía la cabeza embotada, así que después de almorzar pensé que me vendría bien dar una vuelta por la playa.

—Pero normalmente Su Alteza prefiere la playa de Previn, que está más aislada —apuntó Giles.

—Es verdad. No sé, esta playa tiene algo agradable, con tantos padres jugando con sus hijos. En fin, te pido disculpas. Siempre procuro no causarte molestias.

—Lo sé —dijo él—. Pero aun así, debe informarme de sus movimientos, Alteza. Si le ocurriera algo, jamás me lo perdonaría.

—Tienes razón; no volverá a ocurrir —respondió ella.

Se sentía mal por mentirle, pero no podía dar marcha atrás, y aunque pudiera, no lo haría.

El día anterior, al llegar a palacio, Pippa le había mandado a Nic un mensaje al móvil para contarle lo ocurrido, y él le había contestado con otro para decirle que Goldie había dejado su coche aparcado en una calle cercana al palacio.

Ese día no visitaría a los Lafitte, se dijo. Al menos durante un día entero debía ser tan predecible como Giles esperaba que fuera. Por la noche, sin embargo, no hizo más que dar vueltas en la cama, incapaz de conciliar el sueño. No podía ser lo que su familia esperaba de ella, y tampoco podía ayudar a los Lafitte tanto como querría.

Finalmente se quedó dormida, pero sus sueños se vieron invadidos por Amelie y Nic, el fuerte Nic que nunca admitiría que era vulnerable y que sentía dolor aunque sus ojos castaños dijesen lo contrario.

Volvió a despertarse cuando aún faltaban un par de horas para el alba, y como no lograba volver a dormirse se levantó y se puso a pasearse arriba y abajo por su habitación hasta que finalmente se rindió y le mandó un mensaje de texto a Nic que decía: *Voy a necesitar un disfraz distinto*.

Cuando fue una hora razonable se dio una ducha, bajó a desayunar y se marchó a la biblioteca. Aunque se veía incapaz de concentrarse, se obligó a hacerlo, y cuando estaba enfrascada en su tarea de pronto alguien dejó un paquete junto a ella en la mesa.

Al alzar la vista vio a un hombre grande y calvo que se alejaba de ella.

—Señor… —lo llamó levantando la mano.

Pero el hombre no se giró. Pippa frunció el ceño y se quedó mirando el paquete. Miró a su alrededor, volvió el paquete y vio que tenía las iniciales P.D. escritas en él. Curiosa por qué contendría, le echó otro vistazo de reojo antes de ponerlo disimuladamente en el asiento de la silla que había junto a la suya. Nic Lafitte estaba loco. ¿Qué se le habría ocurrido ahora?

Volvió la vista al libro que tenía delante y, con el corazón latiéndole como un loco, trató de concentrarse, pero después de releer siete veces la misma frase se dio por vencida, tomó el paquete y se fue al servicio de señoras.

Entró en uno de los habitáculos, desgarró el envoltorio del paquete y sacó una peluca gris. No pudo evitar reírse entre dientes. Sacó el resto del contenido del paquete: un sombrero, una fea blusa estampada, una falda negra, unas zapatillas de lona y la llave de un coche. También había una nota en la que Nic había garabateado: *Busca un viejo Ford plateado en el aparcamiento junto a la biblioteca.*

Pippa se puso la ropa de abuela y la peluca, dobló su ropa con cuidado y la metió en el paquete. Salió del habitáculo, se miró en el espejo y se quedó boquiabierta. Parecía al menos treinta años mayor. «Buen trabajo, Nic», pensó riéndose de nuevo.

Dejándose guiar por su instinto salió por la puerta trasera de la biblioteca y buscó con la mirada el viejo Ford al que se refería Nic. Lo reconoció de inmediato. Era el coche más feo que había visto nunca, se dijo mientras se sentaba al volante.

Giró la llave en el contacto y el motor se puso en marcha con un ruido quejoso. Entre el calor que hacía y la peluca y la ropa que llevaba se sentía como si estuviera ahogándose. Pulsó el botón del aire acondicionado, pero por las rejillas de ventilación solo salió aire caliente.

—Maravilloso —masculló apagándolo. Bajó la ventanilla para no asfixiarse, y salió del aparcamiento.

A través de la ventana abierta, Nic oyó el petardeo de un motor. Levantó la vista de la pantalla de su tableta y giró la cabeza para ver a una mujer de pelo plateado y ropa de abuela bajar de un viejo Ford.

Había vuelto, pensó con cierta satisfacción. No había estado seguro de que fuese a volver. Para Pippa lo primero era su familia, y tras el incidente en la playa de Saint Cristophe seguramente se había llevado una buena reprimenda de su escolta y tal vez también de su hermano Stefan, si se había enterado.

De hecho, le sorprendía que continuara visitándolos. Al fin y al cabo su conciencia debía de estar tranquila: había hecho realidad el más ferviente deseo de una mujer moribunda. ¿Por qué parecía que sentía la necesidad de hacer más?, se preguntó mientras salía de la casita de invitados. Justo en ese momento Pippa llegaba a la puerta de la casa.

—¿Puedo ayudarla, señorita? —le dijo para picarla.

Pippa se giró bruscamente al oír su voz, pero los rizos plateados de la peluca ni se movieron de lo tiesa que era.

—Muy gracioso —dijo poniendo los brazos en jarras—. ¡Como si no hubieses sido tú quien escogió este encantador disfraz!

—Pero ha funcionado, ¿no? —replicó él yendo junto a ella.

Pippa asintió de mala gana.

—Sí, pero el coche es otra cuestión.

—Haré que Goldie le eche un vistazo al motor. Hace un ruido espantoso y no queremos que llames la atención, ¿verdad?

—Peor que el ruido es que no funcione el aire acondicionado —se quejó ella.

—Lo siento; eso debe de ser duro para una mujer de tu edad —la picó de nuevo, reprimiendo una sonrisa. Se sentía como si hubiese estado a oscuras y alguien hubiera encendido de pronto la luz. Esos dos días su madre había estado bastante mal, y se había pasado casi todo el tiempo durmiendo—. No sabía si vendrías.

Pippa se puso seria.

—Me lo has puesto fácil —dijo—. ¿Cómo está tu madre?

Nic sacudió la cabeza.

—No está bien. Es como si cuando tiene un momento agotara toda su energía y luego apenas levanta cabeza durante los siguientes días.

—Lo siento —murmuró ella—. Lo siento mucho.

Nic apartó la vista, como si no quisiera que ella viera el dolor en sus ojos, y se encogió de hombros.

—Es lo que nos queda. Por suerte tengo a Goldie, que tiene un diploma en enfermería.

Pippa parpadeó sorprendida.

—Parece que ese Goldie sabe hacer muchas cosas. ¿Dónde lo encontraste?

—Mi padre y él estuvieron juntos en prisión. Goldie estaba allí por una serie de robos menores, pero es un buen tipo. Lo contraté y le dio por empezar a hacer cursos para rehabilitarse, y debo decir que les ha sacado provecho.

—Me gustaría conocerlo —dijo Pippa—. Sus habilidades me tienen intrigada: sabe abrir y poner en marcha un coche sin la llave, tiene un diploma en enfermería…

Nic sintió una punzada extraña que no sabía muy bien a qué achacar. ¿Podían ser celos? Trató de recordar si alguna vez se había sentido así, y concluyó que no.

—Pues claro —respondió abriendo la puerta—. Está preparando la cena.

—¿También sabe cocinar? —inquirió ella atónita.

—Oh, sí, otro de los cursos que hizo.

—¡Caramba!, a mi hermano Stefan le encantaría tener a alguien así en palacio.

—Lo siento, pero yo lo conocí antes. Además, aunque le ofrecieras todo el dinero del mundo no aceptaría. Es el hombre más leal que conozco —dijo Nic.

—Eso lo veremos —bromeó Pippa.

Nic la condujo hasta la cocina. Allí había un hombre calvo, alto y fuerte de espaldas a ellos, preparando algo en la encimera, y con un mandil atado a la cintura. Al oírlos entrar se volvió, y Pippa se dio cuenta de que era el mismo de la biblioteca. Tendría unos cincuenta años. Su aspecto intimidaba un poco, pero en realidad era un buenazo.

—Goldie, te presento a Su Alteza Real, la princesa Phillipa Devereaux. Pippa, él es Gordon Goldwyn.

Goldie le hizo una solemne reverencia.

—Alteza, es un placer.

Pippa sonrió.

—El placer es mío —dijo—.Tengo entendido que eres un hombre de múltiples talentos. Gracias por llevar mi coche cerca del palacio, y por dejarme el paquete en la biblioteca.

—Me siento muy honrado de haber podido ayudarla —le dijo Goldie respetuosamente—. Respecto a mis talentos, tengo suerte de que el señor Lafitte me ofreciera un empleo. Si no, no habría podido pagarme los cursos que me han enseñado todo lo que sé. ¿Le apetece beber o comer algo?

—No, pero gracias.

Goldie asintió y se volvió hacia Nic.

—¿Y usted, señor?

Nic agitó la mano.

—No, gracias, Goldie. Te dejamos que sigas con tu tarea —le dijo mientras salían al pasillo—. ¿Mi madre sigue durmiendo?

—Sí, señor, pero a su padre lo noto algo intranquilo. Quizás algo de televisión…

—¿El canal de deportes?

Goldie asintió.

—Y un partido sería aún mejor.

—Por eso no hay problema, me he traído algunos grabados en DVD.

—Pues entonces tiene lo que necesita —dijo Goldie.

En ese momento su madre salió del dormitorio. Tenía el rostro pálido y demacrado.

—Tengo sed —dijo.

Nic fue a su lado de inmediato.

—Mamá, ¿qué haces, por qué te has levantado?

Amelie se apoyó en él.

—Soy Lázaro resucitando de entre los muertos —dijo con humor—. Y espero volver a resucitar unas cuantas veces más —añadió. Se quedó mirando a Pippa, que aún no se había quitado la peluca—. Me resultas familiar —murmuró entornando los ojos—. ¿Fuimos juntas al mismo colegio?

—Me temo que no, pero me habría encantado —respondió Pippa con una sonrisa—. Soy yo, Amelie —dijo—. Es solo un disfraz para que no me reconozcan.

El rostro de la madre de Nic se iluminó.

—¡Ah, querida Pippa! —exclamó—. Me encanta tu nuevo estilo. Con esa peluca eres igualita a mi mejor amiga, Rosie.

Pippa contuvo la risa.

—Gracias. Estoy segura de que esa Rosie es una persona estupenda.

—¿Qué tal si tomamos algo? —propuso Amelie.

—¿Qué le apetece, señora Lafitte? —le preguntó Goldie.

—Algo fresco —respondió ella—. Limonada.

—Pónganse cómodos en el salón; ahora se la llevaré.

Cuando Nic ayudó a su madre a sentarse en el sofá, esta protestó.

—No tienes que tratarme como si fuera una inválida.

Nic apretó los dientes. Últimamente su madre era casi eso, una inválida, un día sí y otro no, y a veces con más frecuencia. Se alegraba de que aún se mostrara peleona, que no quisiera que la tratara como tal, porque su mente quería creer que todavía seguía aferrándose a la vida, que aún permanecería junto a él un tiempo más, pero…

Pippa puso su mano sobre la de él y lo miró a los ojos como si supiera cómo se sentía. Aunque todavía llevaba puesto aquella fea ropa de abuela, en ese momento le pareció un ángel, un ángel que quería a su lado más de lo que había deseado nunca nada en toda su vida.

Capítulo 5

MIENTRAS charlaba con Amelie en el salón, Pippa disimuló lo mejor que pudo su preocupación por lo debilitada que la veía. Hacía solo unos días había parecido una mujer completamente distinta cuando se había escapado para dar un paseo por la playa.

Nic, que había ido a la cocina, volvió en ese momento con una bandeja con la jarra de limonada y unos vasos.

—Quiero volver a irme pronto otra vez a la aventura —les anunció su madre cuando Nic les hubo servido la limonada a los tres—. Me gustaría ir hoy, pero estoy demasiado cansada. Pero mañana será otra historia.

Pippa vio a Nic frotarse el rostro y la frente con la mano, y vio cómo se le tensaban los hombros.

—Pues deja al menos que vaya alguien contigo para que no tengamos que organizar un equipo de rescate.

—El otro día no hizo falta ningún equipo de rescate —replicó Amelie, alzando la barbilla en un gesto obstinado—. Estaba perfectamente.

—Te habías quedado dormida en la playa. Me parece que no calibras bien tus energías, mamá.

Amelie agitó una mano, como quitándole importancia.

—Hay un montón de gente que se echa una siesta en la playa. Es uno de lo pequeños placeres de la vida. Pero tú no puedes comprenderlo porque nunca has sabido cómo relajarte.

—Si al menos accedieras a ponerte una tobillera con GPS para tenerte localizada…

Amelie lo miró indignada.

—No estoy en arresto domiciliario. Me niego a ser tratada como una prisionera durante los últimos días de mi vida.

—Es solo para saber dónde estás. Por seguridad. Me quedaría más tranquilo —añadió Nic.

—Pues yo desde luego no estaría tranquila yendo por ahí con una de esas cosas para criminales.

Nic suspiró.

—Estoy preocupado por ti. ¿Qué pasaría si te desmayaras y no hubiera nadie para ayudarte? ¿Es así como quieres morir?

La brutal franqueza de Nic hizo a Pippa contraer el rostro. Sin embargo, comprendía cómo se sentía. A ella tampoco le gustaría estar en su situación.

Amelie levantó la barbilla.

—No puedo elegir cómo moriré. Si dependiera de mí, me transformaría en una mariposa y me alejaría volando, pero el médico dice que eso no es posible.

Un tenso silencio siguió a sus palabras. Pippa inspiró profundamente.

—Bueno, es evidente de quién ha heredado Nic esa necesidad de independencia y esa forma de hablar tan franca. Estoy segura de que es algo que los dos admiráis en el otro —comentó. Nic la miró furibundo, pero Pippa se obligó a sonreír y le dijo a su madre—: Amelie, mañana, dependiendo de cómo te encuentres, podríamos hacer una salida tú y yo. Con mi nuevo disfraz me siento lo bastante segura para ir a cualquier parte.

Amelie sonrió encantada.

—Ya lo creo. No pareces la misma —dijo—. He estado pensando que me gustaría retomar alguna afición, para entretenerme. Hace años aprendí a tricotar. ¿Conoces alguna tienda donde vendan lana?

Pippa ignoró la expresión atónita de Nic y asintió.

—Hay una en el centro de la ciudad. Y, si te sientes con fuerzas, también podríamos almorzar juntas.

La sonrisa de Amelie se hizo aún mayor.

—Será estupendo. Me encanta tener algo con lo que ilusionarme —se quedó callada un momento y miró a Nic—. ¿Has sabido algo de tus hermanos?

—No —dijo. A Pippa no le pasó inadvertido cómo apretó la mandíbula al cerrar la boca—. Deberías dejarme llamarlos de nuevo.

Amelie sacudió la cabeza.

—Lo hiciste el año pasado cuando recibí los últimos tratamientos y vinieron todos, pero con tu padre fue un desastre. Esperaba que ahora las cosas fueran distintas —dijo con un suspiro—, pero hay cosas que no cambian. Es mejor no darles demasiadas vueltas. Pensaré en la salida de mañana con nuestra querida Pippa. Y ahora creo que iré a sentarme fuera, junto a la piscina con un buen libro y esta deliciosa limonada.

—La verdad es que hace muy buen día —dijo Pippa—. ¿Quieres que te acompañe y me siente un rato contigo, Amelie? —se ofreció Pippa.

—No, gracias, cariño. Imagino que tendrás cosas que hacer; solo voy a tomar un rato el sol —replicó la madre de Nic, levantándose con cuidado del sofá.

Cuando se hubo marchado, Pippa se volvió hacia Nic.

—¿Qué diablos le pasa a tus hermanos? Hasta en mi familia, con las diferencias que hemos tenido, nos reunimos cuando murieron mis padres. Tus hermanos deberían hacer lo mismo. Aunque solo fuera por humanidad, por compasión. Debes hacerles venir inmediatamente.

Nic soltó una risa áspera.

—Para tu información, princesa, los Lafitte no podemos dictar reales decretos como tu familia. Además, no respondemos bien a los intentos de manipulación o de imposiciones por la fuerza. Mis hermanos mayores le guardan un rencor atroz a mi padre, y mi hermano pequeño se asegura de mantenerse lo bastante ocupado como para que no pueda contactar con él.

—Pero tienes que hacerles entrar en razón —insistió ella espantada.

—Mis hermanos mayores vendrían si no tuvieran que ver a mi padre —dijo Nic—, pero mi madre no lo permitirá. Se niega a darle la espalda a mi padre, aunque no será porque él no le haya dado razones para hacerlo más de una vez.

Con el ceño fruncido, Pippa se levantó y se puso a andar arriba y abajo por la alfombra color borgoña que se extendía sobre el suelo de baldosas de cerámica.

—Tiene que haber una manera. Quizá Goldie o yo podríamos llevarnos a tu padre a dar una vuelta en coche y…

Nic sacudió la cabeza.

—Mi madre no lo permitiría.

—Bueno, pues tendremos que pensar en otra cosa.

—¿Tendremos? —repitió él, levantándose para ir junto a ella.

A Pippa el estómago le dio un vuelco cuando se acercó. Aunque trataba a toda costa de olvidar el efecto que tenía en ella, cuando parecía que lo estaba consiguiendo siempre ocurría algo que volvía a alterar ese precario equilibrio. Y por desgracia no hacía falta mucho: era como si el simple hecho de tenerlo a su lado la agitara por dentro.

—Sigo sin comprender por qué sientes que los problemas de mi madre te atañen —le dijo Nic poniendo las manos en las caderas.

—Bueno, técnicamente supongo que no me atañen, pero creo que cualquier persona con un mínimo de compasión querría ayudar.

—¿Incluido Stefan?

Pippa se mordió el labio.

—Si dependiera de su esposa Eve, sí, ya lo creo que ayudaría. Sé que piensas que mi hermano es un monstruo, pero no lo es. Igual que él piensa que eres el mismísimo diablo y no lo eres.

—Bueno es saber que tú no piensas que lo sea —dijo Nic.

Pippa abrió la boca para retractarse, pero decidió no hacerlo.

—Intentaré encontrar una solución. Mañana, si tu madre se encuentra bien, cumpliré mi promesa y la llevaré al centro. Pero el día siguiente voy a estar ocupada. Se supone que tengo que representar a la Casa Real en la visita de un futbolista a la isla, y por la noche tendré que ir con él como acompañante a una cena benéfica.

Nic enarcó una ceja, y un brillo curioso relumbró en sus ojos.

—¿No me digas? ¿No será la cena benéfica que se celebra en Saint Thomas Hall?

—Pues sí, precisamente.

Nic reprimió una sonrisa maliciosa.

—Esto va a ser divertido —murmuró—, porque yo también estoy invitado a esa cena.

A Pippa el estómago le dio un vuelco de nuevo.

—Oh —musitó—. Pero supongo que no tenías pensado asistir, ¿verdad?

—Aún no lo he decidido, pero creo que no me vendría mal distraerme un poco. Quizá vaya.

—¿Pero y tu madre?

—Serán solo un par de horas o tres —replicó Nic—. Y Goldie puede llamarme al móvil si hay algún problema. Además, no puedo estar aquí todo el tiempo. Tengo compromisos de trabajo las dos semanas próximas —se quedó callado un momento antes de añadir—: Además, yo estoy en paz con mi madre y ella conmigo. No tenemos ningún asunto pendiente.

Nic provocaba en Pippa una extraña mezcla de calma y agitación. Ninguna otra persona la había hecho sentirse así. Inspiró profundamente para reprimir el pánico que la había invadido de repente. Esa paz que Nic acababa de mencionar; eso era lo importante, se dijo intentando centrarse.

—Me alegra que la relación que tengas con tu madre sea tan buena. Eso te ayudará cuando… —se calló sin acabar la frase. No quería decir las palabras.

—Cuando ya no esté —dijo Nic.

Pippa asintió lentamente.

—Porque tú en cambio no tuviste muy buena relación con la tuya —apuntó él.

—Tampoco es que nos llevásemos a matar —puntualizó ella—. Es solo que… éramos como extrañas. Pero es que nuestra familia era diferente. A nosotros no nos criaron como se cría a los niños de las familias normales.

Nic tomó su mano.

—La mayoría de la gente no ha tenido una infancia perfecta. Lo que hay que hacer es quedarse con lo bueno y olvidarse de lo malo.

El corazón de Pippa palpitó con fuerza. ¡Le gustaría tanto poder hacer eso! El problema era que a veces se sentía como si se hubiese quedado atrapada entre la adolescente que nunca se había creído digna de la atención de sus padres, y la mujer adulta que iba camino de doctorarse. Sin embargo, la fuerte mano de Nic envolviendo la suya le hizo desear aún más… Nic la hacía sentirse capaz de hacer lo que quisiera hacer y de ser quien quisiera ser.

De pronto alguien tosió. El señor Lafitte estaba en el umbral apoyado en unas muletas.

—¿Dónde está tu madre? —le preguntó a Nic con el ceño fruncido. Tenía el cabello revuelto y barba de varios días—. ¿Está bien? ¿Y quién…?

Pippa soltó su mano y Nic se giró hacia su padre.

—Es la princesa Phillipa. Es un disfraz para no llamar la atención. Mamá está bien. Está fuera, junto a la piscina.

El señor Lafitte asintió.

—Bien. Siempre y cuando no se le ocurra bañarse.

Nic contrajo el rostro.

—Cierto —murmuró. Fue hasta la ventana y respiró aliviado—. Está sentada en una de las sillas de jardín, junto a la piscina —le dijo a su padre.

—Bien. Voy al servicio.

Cuando se hubo marchado, Nic se volvió hacia Pippa.

—¿Te acompaño al coche, tía abuela Matilde?

Pippa recordó entonces la fea ropa de abuela y la peluca que llevaba y se echó a reír.

Salieron de la cabaña y se despidió de Amelie con la mano antes de que fueran hasta el viejo trasto en el que había llegado y con el que regresaría a la biblioteca para volver a convertirse en la princesa Pippa.

—Espero que ahora haga menos calor —dijo Pippa—. Venía asfixiándome de camino aquí.

—Ya está solucionado —respondió Nic—. Antes, cuando fui a la cocina, le pedí a Goldie que se ocupara como te dije. Es un mago de la mecánica.

—Gracias —dijo Pippa.

—Gracias a ti —Nic se inclinó y la besó en la mejilla, pero justo junto a los labios.

Casi le hizo olvidar que iba disfrazada de abuela.

El día después de almorzar con la madre de Nic y de ir con ella a comprar las lanas, Pippa tuvo que prepararse para los eventos que tenía programados para esa tarde-noche con Robert Speight, el famoso futbolista inglés.

Trató de ser práctica y ver la cita solo como una obligación más. Tenía pensado hacerle un pequeño tour por la isla, deteniéndose en algunas de las playas más famosas. Luego, si el tiempo lo permitía, había preparado un paseo en el yate real.

Robert Speight resultó ser un espécimen impresionante. Debía de medir por lo menos un metro ochenta, y tenía, cómo no, el cuerpo musculoso de un deportista. Era pelirrojo, y su piel era muy blanca. Justo al contrario que Nic, pensó, y de inmediato deseo no haber hecho en su mente esa comparación.

Le había parecido que la «cita» no había empezado mal, cuando le había ido contando cosas curiosas sobre la historia de Chantaine mientras recorrían los principales lugares de interés de la isla en su coche. Sin embargo, en un momento dado vio por el rabillo del ojo que se le había caído la cabeza hacia el lado, y cuando lo miró vio que se había quedado dormido con la boca abierta. Ese fue el primer signo de que estaba aburriendo soberanamente al pobre hombre.

Por suerte había preparado un almuerzo de picnic en una cala privada. Robert y ella se sentaron en una manta grande sobre la arena, y tomaron la comida de gourmet que le había puesto en la cesta el chef de palacio. Robert, sin embargo, seguía reprimiendo a duras penas los bostezos.

—Perdone, Alteza —le dijo avergonzado—. Anoche estuve por ahí hasta tarde, de fiesta. Ya sabe a qué me refiero —añadió subiendo y bajando las cejas.

Pippa no estaba segura de saber a qué se refería, así que se limitó a asentir.

—Quería decirle que me parece muy generoso por su parte haber prestado su nombre a la fiesta de esta noche para recaudar fondos para obras sociales. Hay muchísima gente ansiosa por conocerlo.

Él se encogió de hombros.

—Tengo que hacer estas cosas de vez en cuando por cuestiones de imagen. Y tiene sus beneficios… Por ejemplo en este caso dentro del trato se incluían playas exóticas y una cita con una princesa. ¿Qué más se puede pedir? —se inclinó hacia ella y puso su mano sobre la suya—. He oído que Chantaine tiene algunas playas nudistas. ¿Quiere llevarme a una de ellas?

Pippa parpadeó al oír semejante proposición y trató de no reírse.

Se había pasado toda la vida intentando no ser fotografiada en bañador. Una playa nudista era algo impensable.

—Me temo que no se me permite ir a esas playas —le susurró—. Ya sabe: los paparazzi y todo eso. Pero, si tiene tiempo, mañana puedo hacer que uno de los chóferes de palacio lo lleve allí.

—Pero sería mucho más divertido con usted, Alteza —murmuró él.

—Lo siento mucho, pero es imposible —respondió apartando la mano.

Al día siguiente iba a tener una charla con Bridget, se dijo.

Horas más tarde, después de ser vestida, peinada y maquillada por el estilista real, Pippa se dirigía con

Robert Speight en una limusina al lugar donde se iba a celebrar la cena benéfica.

—Bonito vestido —le dijo el futbolista mirándole el escote—. ¿Seguro que no puedo convencerla para que vayamos a una de esas playas nudistas mañana?

Pippa se negó a responder siquiera.

—¿Le he dicho que mi tesis doctoral versa sobre un estudio genealógico de las enfermedades más comunes en mi país? La genealogía es algo fascinante. Por ejemplo usted, sin saberlo, podría estar lejanamente emparentado con Átila.

La verdad era que casi cualquiera podría estar lejanamente emparentado con Atila.

Robert la miró como si le estuviera hablando en chino.

—¿Atila?

—Sí, es un personaje histórico.

—Me temo que no estoy muy puesto en historia. No fui un buen estudiante.

—Atila, el rey de los hunos. Era un feroz guerrero. Tenía a los romanos aterrorizados. Según parece era muy bueno con el arco y un jinete excelente. En fin, un tipo de acción.

Robert sacó pecho y sonrió.

—Ah, como yo.

—Exacto. Fue un afamado conquistador —dijo ella asintiendo. «Además de un bárbaro».

—Esta noche tengo que hacer un pequeño discurso durante la cena. Tal vez podría hablar de él —dijo Robert—. Ya sabe, contar que era un antepasado mío para darle una nota de color.

—Eh… bueno, en realidad no he dicho que sea un antepasado suyo, sino que podría estar lejanamente emparentado con él, pero era solo un ejemplo hipotético.

—¿Qué más da? A la gente le hará gracia —dijo inclinándose hacia ella como si fuera a besarla—. Es usted muy bonita, princesa. Tal vez podríamos irnos los dos a algún sitio después de la cena.

—Yo… la verdad es que… —justo en ese momento la limusina se detuvo, y Pippa miró por la ventanilla y dijo aliviada—: Ah, ya hemos llegado.

—Pues sí, eso parece —dijo Robert mientras el conductor les abría la puerta—. Es mi primera vez con una princesa. En más de un sentido —le susurró al oído mientras le rodeaba la cintura con el brazo.

A Pippa se le revolvió el estómago.

Se bajaron del coche y avanzaron hacia la entrada del edificio entre los destellos de los flashes de las cámaras. Robert intentó tomar su mano, pero ella lo evitó saludando a las cámaras y a la gente, que aplaudía y vitoreaba.

—¡Pippa! ¡Pippa!

Le sorprendió que tanta gente gritase su nombre. Siempre se había considerado como el miembro más anónimo de la familia real.

De pronto Robert le rodeó los hombros con el brazo y le susurró al oído:

—Dame un beso; les encantará.

Pippa habría querido apartarlo de un empujón, pero no podía hacerlo delante de tanta gente. Por suerte para ella en ese momento pasaban cerca de un grupo de fans del futbolista, que empezaron a llamarlo enfervorecidos.

—¡Rob! ¡Rob!

Y el futbolista, como el cretino pagado de sí mismo que era, la soltó y se puso a saludar con la mano y a lanzar besos.

Una vez dentro los condujeron a la mesa principal y cuando Pippa tomó asiento el resto de los invitados a la cena se sentaron también. Pippa paseó la mirada por el salón hasta que sus ojos se posaron en un hombre de anchos hombros, moreno y de ojos castaños. Esa noche llevaba su sombrero vaquero, como para demostrarle a toda Chantaine y a su familia que le importaba un cuerno lo que pensaran de él. Y eso hizo que lo respetara aún más.

—Espero que no sea una de esas cenas en las que te ponen una cantidad tan ridícula de comida en el plato que te quedas como si no hubieras comido.

—Es una cena benéfica —le recordó ella, conteniéndose para no poner los ojos en blanco—. Se supone que lo importante es el motivo por el que estamos aquí, no la comida.

Notó la mirada de Nic sobre ella. Estaba riéndose en silencio.

—Ese tipo… el guerrero ese… ¿cómo decías que se llamaba?

—Atila —contestó ella.

Se encontraba atrapada entre un bárbaro y un pirata. No sabía qué era peor.

Capítulo 6

UN camarero le entregó discretamente a Pippa un pequeño papel doblado con el sorbete. Pippa se lo puso en el regazo para leerlo: «Reúnete conmigo en el segundo piso dentro de cinco minutos. N.».

Pippa tomó un sorbo de agua, miró a Nic y sacudió la cabeza.

El futbolista le susurró al oído.

—Me parece que es el momento de que nos hagan más fotografías. ¿Qué le parece si nos levantamos y la beso apasionadamente? A la prensa le encantará.

Pippa casi se atragantó.

—Eh… Ya, pero es que necesito ir a… eh… a empolvarme la nariz. Vuelvo enseguida.

Robert pareció decepcionado.

—Oh, vaya.

—No tardaré —contestó levantándose.

Le indicó con un gesto a su escolta que no hacía falta que la siguiera, y salió del salón. Si no recordaba mal, el servicio de señoras estaba a la derecha. Había asistido allí a otros eventos. Y el segundo piso ofrecía una vista preciosa de la playa. El estómago le dio un vuelco. Parecía que Nic también lo recordaba, se dijo mientras se dirigía a los servicios.

—Pippa.

Al oír la voz de Nic se detuvo y el corazón le dio un brinco, pero se obligó a echar a andar de nuevo y no volverse. Sin embargo no lo sirvió de nada porque Nic le dio alcance a los pocos segundos.

—Esto no es buena idea; márchate —le siseó ella.

—¡Alteza! —la llamó una voz femenina detrás de ellos—. ¡Princesa Phillipa!

Pippa se detuvo al advertir la agitación en esa voz y se volvió. Una joven muy bonita, vestida con una minifalda y un top de tirantes se acercó a ellos.

—No puede quedárselo. Voy a tener un bebé de él.

Pippa se quedó mirándola boquiabierta.

—¿Perdón?

—No puede quedarse con Robert; es mío. Supongo que para él eso de estar con una princesa es una novedad, pero se cansará, y volverá conmigo. Tiene que volver conmigo —murmuró, y empezó a sollozar.

Pippa miró a Nic, que se encogió de hombros, y fue a abrazar a la chica.

—Cálmate, por favor —le dijo—. Yo no…

—Pero es que tiene que estar conmigo. Voy a tener un bebé de él —repitió la chica entre sollozos—. Robert es mío.

—Te aseguro que no tengo la menor intención de quitártelo —dijo Pippa dándole unas palmaditas en la espalda—. Solo he venido aquí con él porque es un acto benéfico al que tenía que asistir como representante de la Casa Real.

La chica se echó hacia atrás y las miró con los ojos llenos de lágrimas.

—Es que me dijo que no podía comprometerse conmigo porque le esperaba un gran futuro, y pensé… —se le quebró la voz y prorrumpió en sollozos de nuevo hundiendo el rostro en el hombro de Pippa.

Esta miró a Nic.

—Por favor, pídele a uno de los camareros que le dé una nota a Robert en la que diga que venga al segundo piso; que quiero hablar con él inmediatamente.

Nic enarcó una ceja, pero asintió con la cabeza.

—Como desee, Alteza.

Cuando Nic se hubo alejado, le dijo a la chica:

—Vamos arriba. Por cierto, no te he preguntado cómo te llamas.

—Chloe —dijo la chica, limpiándose las mejillas mientras subían las escaleras—. No es usted como pensaba; estaba segura de que quería robarme a Robert.

—Como te decía antes, es lo último que querría hacer —le repitió Pippa con total y absoluta sinceridad.

No querría a aquel tipo ni aunque se lo sirvieran en bandeja de plata. Condujo a Chloe a un pequeño salón y dejó abierta la puerta. Momentos después se oían voces en el pasillo, la de Nic y la de Robert.

—¡Chloe! ¿Qué haces aquí? —exclamó Robert abriendo mucho los ojos al ver a la chica.

Ella se mordió el labio.

—¿Cómo pudiste dejarme, Robert?

El futbolista, azoradísimo, se encogió de hombros.

—No te dejé; era solo algo temporal —le lanzó una mirada a Pippa—. La princesa me pidió que viniera con ella a este acto benéfico.

—Yo no se lo pedí —replicó Pippa, incapaz de contenerse.

Apretó los puños. Lo que quería hacer en ese momento era pegarle un puñetazo a aquella sabandija.

—De acuerdo, está bien; tenía que venir por compromiso; lo de que me pusieran como acompañante de la princesa fue un bonus añadido —se corrigió Robert.

Nic carraspeó.

—Creo que esta señorita tiene algo importante que decirle.

Chloe tragó saliva y esbozó una sonrisa que resultó algo forzada.

—Voy a tener un hijo.

Pippa miró a Robert y vio palidecer al alto y fuerte futbolista.

—¿Un hijo?

—Sí, un hijo tuyo —dijo Chloe avanzando hacia él.

Robert se desmayó y Nic lo sujetó justo antes de que cayera al suelo.

Pippa suspiró y se cruzó de brazos.

—¿Y encima también vamos a tener que llamar a un médico?

—Probemos con algo un poco más básico —dijo Nic—. ¿Podéis conseguirme un poco de agua?

—Aquí hay vasos de plástico —dijo Chloe yendo

a una mesita alta junto a la máquina de café para tomar un par.

—En el pasillo tienes un surtidor —le indicó Pippa mientras Nic tumbaba al futbolista en el suelo.

Chloe salió y regresó segundos después.

—Creo que eres tú quien debe hacer los honores —le dijo Nic.

—¿Qué quiere decir? —inquirió la chica, visiblemente confundida.

—Échale el agua en la cara —dijo Nic.

Chloe lo miró con unos ojos como platos.

—¿En la cara?

—Funcionará, te lo aseguro. Si no quieres hacerlo, yo estaré encantado de hacerlo por ti.

Chloe inspiró profundamente y arrojó el agua de uno de los vasos a la cara de Robert. El deportista parpadeó y sacudió la cabeza.

—¡Ha funcionado! —exclamó Chloe con una sonrisa.

Nic extendió la mano hacia ella.

—¿Me pasas el otro vaso?

Chloe vaciló un instante, pero se lo dio.

—¿Ha vuelto en sí, Speight? —le preguntó Nic al futbolista cuando este levantó la cabeza.

—Sí —murmuró Robert frotándose el rostro con la mano—. ¿Por qué tengo la cara mojada?

—Oh, hay tantas razones… —dijo Nic—. ¿Está bien?

Robert se incorporó sobre los codos.

—Sí, estoy bien.

Nic asintió y le echó el agua por la cabeza. Robert soltó una palabrota y frunció el ceño.

—¿Por qué diablos ha hecho eso?

—Porque se lo merecía. Enhorabuena… papá.

Cuando Robert hubo recobrado la compostura y se hubo secado volvió al salón y Nic pidió un taxi para que llevara a Chloe de vuelta a su hotel.

Pippa sabía que, si no volvía pronto al salón también, su ausencia se notaría, pero se había quedado porque quería agradecerle a Nic su ayuda.

—¿Estás bien? —le preguntó este.

Pippa se rio.

—Sí, estoy bien, gracias. Desde el principio ese Robert no me gustó nada.

—¿Estás segura de eso? —inquirió Nic, dando un paso más hacia ella.

Pippa frunció el ceño.

—Pues claro que sí. ¿De verdad crees que iba a caer rendida a sus pies solo porque es un futbolista famoso?

—Bueno, a mí no me hizo falta insistir mucho —Nic inclinó la cabeza, y sus labios quedaron a unos centímetros de los de ella.

El corazón de Pippa dio un brinco.

—Es que entonces era joven y estúpida.

Nic se rio, y su risa resonó en su interior, haciéndola sentir viva.

—Solo hace seis meses.

—Ocho meses —corrigió ella.

Nic enarcó una ceja.

—No sabía que estabas contándolos.

Sus labios rozaron los de ella. Con esa leve caricia una ráfaga de calor afloró en su pecho, como una flor abriéndose, o como si se estuviese derritiendo por dentro. El beso que siguió la hizo sentirse sensual, femenina, y aunque fuera una locura, casi diría que hasta podría volar. Era algo tan increíble, tan maravilloso, que no quería que terminara.

Deslizó los brazos alrededor del cuello de Nic, deleitándose con la fuerza que parecía emanar de él. Quería más, mucho más…

Nic despegó sus labios de los de ella y se echó un poco hacia atrás para mirarla.

—¿Qué te parece si nos vamos? —le preguntó Nic.

Pippa se moría por decir que sí, pero su sentido del deber le recordó que no podía hacerlo.

—Nic, yo… —tragó saliva, luchando contra lo débil que se sentía cuando Nic la miraba a los ojos—. Tengo que volver al salón. La gente estará preguntándose dónde estoy.

—Entonces después de la cena —dijo él.

El estómago le dio un vuelco a Pippa, como si estuviese en una montaña rusa.

—Eh… yo… —se quedó callada y sacudió la cabeza—. Esto es una locura. Ya lo intentamos antes y no funcionó.

—¿Y por qué no funcionó? —inquirió él, sosteniéndole la mirada.

Pippa abrió la boca para contestar, pero las palabras se le atascaron en la garganta.

—¿Qué pasa, princesa?, ¿se te ha comido la lengua el gato? —murmuró antes de besarla de nuevo.

Pippa volvió a derretirse por dentro, y sintió como si su alma abandonase su cuerpo. Los labios de Nic sabían mejor que el chocolate, y esa fuerza que emanaba de él era tan poderosa como el océano. Quería quedarse allí con él, pero el deber la llamaba. Era algo que estaba tan arraigado en ella que no podía olvidarlo. Se echó hacia atrás y le dijo:

—Tengo que irme.

—Gallina —la picó Nic.

Algo dentro de ella quería demostrarle que se equivocaba, pero no podía quedarse.

—Al diablo contigo —murmuró, y se marchó.

Aunque no tenía la cabeza en lo que la tenía que tener, Pippa llegó con bien al final de la interminable velada. Hubieron más fotos con Robert al salir, pero nada de besos, y pidió una limusina para volver sola a palacio. De regreso allí no podía dejar de pensar en Nic. ¿Qué habría pasado si se hubiese reunido con él después de la cena? Ansiaba sus besos, estar con él, pero sabía que eso no era posible. Por un millar de razones.

Cuando llegó a sus aposentos encontró a Bridget esperándola, que casi brincó de emoción al verla.

—Muy bien, cuéntamelo todo —le dijo—. ¿Qué tal tu día con ese futbolista explosivo?

—Demasiado explosivo para mi gusto, la verdad. Sobre todo teniendo en cuenta que me insistió para que lo llevara a una playa nudista… —Bridget la miró boquiabierta— y que quiso besarme en público solo porque lo fotografiaran con una princesa.

—¡Cielos!

—Pero eso no es todo; resulta que ha dejado embarazada a una chica que se presentó en el evento.

Bridget hizo una mueca.

—¡Qué horror!, no sé qué decir.

—Di que no volverás a intentar emparejarme con nadie, por favor —le pidió Pippa.

Su hermana contrajo el rostro.

—No sabes cómo lo siento, Pippa. Solo quería que te divirtieras un poco.

—Sé que tus intenciones eran buenas. Es solo que necesito encontrar mi propio camino en ese respecto —respondió Pippa. Era su momento, y por eso decidió que tenía que dar un paso al frente—. Como sabes mi cumpleaños está a la vuelta de la esquina. Ya no soy una niña, y la gente no hace más que hablar de que la Casa Real debería hacer recortes en su presupuesto. Por eso he pensado que voy a pedir que relajen un poco las medidas de seguridad en torno a mí. No necesito un escolta detrás de mí todo el tiempo.

Bridget sacudió la cabeza y sus ojos se llenaron de temor.

—Pippa, no puedes hacer eso. No después de lo que estuvo a punto de pasarme a mí; después de lo que le pasó a Eve.

—La noche que os ocurrió aquello teníais a gente de seguridad con vosotras —apuntó Pippa—. Creo que deberíamos seguir el ejemplo de lo que están haciendo otras familias reales. Yo soy una de las últimas en la línea de sucesión al trono, y me parece que bastaría con que llevase un dispositivo de emergencia de esos con los que solo tienes que pulsar un botón para pedir ayuda. ¿Sabes la reprimenda que me echó Giles la semana pasada solo porque fui a dar un paseo por la playa de Saint Cristophe?

—Pero tienes que entenderlo, Pippa —le dijo Bridget—. Hoy en día cualquiera puede hacerte una foto con su teléfono móvil, y acaba en las redes sociales; no puedes esperar tener el anonimato ni la privacidad de una persona normal.

—Sí, pero no me ayuda el tener a un escolta detrás de mí a cada paso que doy.

—Creía que te llevabas bien con Giles. Que yo sepa no había tenido ningún problema contigo hasta… bueno, hasta lo del incidente con ese Lafitte.

Pippa sintió que una profunda irritación se apoderaba de ella. Tiempo atrás se habría limitado a suspirar y quedarse callada, pero en ese momento no pudo contenerse.

—Hicisteis una montaña de un grano de arena. ¿O vas a decirme que tú nunca has salido con un hombre al que Stefan considerara inapropiado para ti?

—A Stefan le parece inapropiado cualquier hombre que no haya escogido él —dijo Bridget con sorna, y se puso a andar arriba y abajo por el saloncito—. Casi no aprobó lo mío con Ryder hasta que se le ocurrió que podría proponerlo como el nuevo ministro de Sanidad. Pero lo de ese Lafitte fue distinto —sacudió la cabeza—. Ha habido demasiada mala sangre entre su familia y la nuestra. Además, su padre tuvo que tener una influencia pésima en él.

—Lo mismo podrían decirse de la influencia que tuvo nuestro padre en nosotros —masculló Pippa.

Bridget le lanzó una mirada cortante.

—¿Qué estás diciendo?

—Estoy diciendo que quiero que mis asuntos personales sigan siendo personales. Estoy diciendo que puedo tomar mis propias decisiones en lo que se refiere a las cuestiones de mi seguridad y de con quién puedo o no salir.

—No queremos entrometernos en tu vida; es solo que no queremos que te hagan daño.

—Lo sé, pero ya no tengo cuatro años. Soy una

mujer adulta. Puede que sea la hermana pequeña, pero no necesito que vigiléis cada cosa que hago. Quiero que Tina, Stefan y tú paréis esto, y quiero que lo paréis ahora —le falto poco para dar un zapatazo.

Bridget parpadeó y suspiró.

—A Tina y a mí puedes convencernos, pero te deseo suerte con Stefan.

Pippa inspiró profundamente, preparándose para la reunión con su hermano Stefan, que había pedido verla esa mañana a primera hora. Sospechaba que tenía algo planeado para ella, pero esa vez no iba a comportarse como un dócil corderito. Le iba a decir exactamente lo que pensaba.

Recorrió el largo pasillo hasta el ala opuesta del palacio, y luego subió las escaleras que llevaban al despacho donde trabajaba su hermano.

Pippa llamó a la puerta, y de inmediato le abrió el secretario personal de Stefan, que la saludó con una pequeña reverencia.

—Buenos días, Alteza. El príncipe la espera.

—Gracias.

Pippa cruzó la antesala y entró en el despacho. Su hermano se levantó y sonrió.

—Gracias por venir —le dijo, y rodeó la mesa para ir a darle un abrazo.

—¡Como si fueras a dejar que me negara! —lo picó Pippa. Se fijó en un juguete de madera sobre su mesa y lo señaló—. ¿Para Stephenia? —le preguntó con una sonrisa.

—Eve y la niñera la traen a hacerme una visita aquí al despacho de vez en cuando. Me gusta tener al menos un par de cosas que pueda tocar. No quiero que cuando crezca recuerde mi despacho como si fuera una tienda de objetos de porcelana.

—Eso está bien —dijo Pippa—. Es muy distinto de cómo nos criaron a nosotros.

—Esa es la idea. Siéntate por favor.

Pippa habría preferido quedarse de pie, porque de algún modo eso la hacía sentirse más fuerte, pero tomó asiento en una de las sillas frente al escritorio de Stefan.

—¿Cómo está Eve? —le preguntó.

Los ojos de su hermano se iluminaron al oír el nombre de su esposa.

—Con algo de náuseas y un poco más cansada de lo normal, creo, aunque intenta disimularlo. Le he pedido a su secretaria que limite el número de invitaciones a actos que acepta. Veremos si funciona; a veces puede ser tan terca como... —se quedó callado un momento y añadió—: como yo.

Pippa se rio.

—Una de las muchas cosas que nos gustan de ella.

Stefan asintió, pero luego se puso serio, y Pippa supo que iba a pasar al motivo por el que le había pedido que fuera a verlo a su despacho.

—Si no te importa, antes de que empieces a hablar, me gustaría decir algo —le pidió nerviosa.

Stefan parpadeó, como sorprendido, y vaciló un instante antes de asentir.

—De acuerdo; adelante.

Pippa inspiró y entrelazó las manos sobre el regazo.

—La semana que viene es mi cumpleaños —dijo.

Stefan sonrió.

—Lo sé. Ese es uno de los motivos por los que quería que habláramos.

—¿Ah, sí? Bueno, lo que iba a decir es que... he pensado mucho en ello, y creo que podemos restringir la función de mis escoltas solo a los actos oficiales —le explicó. Stefan se quedó mirándola, sorprendido de nuevo—. Es lo que están haciendo otras casas reales —continuó—. Además, el gobierno y los medios están mirando con lupa todos nuestros gastos; y creo que sería una excelente manera de demostrarles que podemos ser ahorradores.

Pippa se echó hacia atrás en su asiento y esperó la respuesta de Stefan.

—Lo consultaré con los consejeros. Sin embargo, en principio mi respuesta es no. Después de lo que le pasó a Bridget y a Eve el año pasado he aprendido que no podemos contar con que nuestros súbditos se comporten siempre de un modo civilizado.

—Pero era un acto oficial, y había medidas de seguridad —dijo Pippa.

Stefan entornó los ojos irritado, como si estuvieran reviviendo los oscuros recuerdos de aquel día. Pippa comprendía que le doliera pensar en ello porque Eve, la mujer a la que amaba, había resultado gravemente herida.

—He dicho que los consultaré con nuestros consejeros, pero debes comprender que me tomo muy en serio la protección de todos los miembros de esta familia.

—Y lo agradezco —respondió ella—, pero insisto.

Stefan ladeó la cabeza, como si no pudiese dar crédito a lo que estaba oyendo.

—¿Perdón?

A Pippa se le encogió el estómago. Conocía esa expresión, aunque con quien más la había usado era con Bridget, que siempre le replicaba. Ella, en cambio, era de quienes evitaban una discusión como si fuera la peste. Pero esa vez no; esa vez iba a ser distinto.

—Digo que insisto. No es algo que suela hacer, pero en esta ocasión, insisto. Y creo que también deberías saber que estoy pensando en buscarme un apartamento.

Su hermano se quedó callado un momento.

—¿Y cómo piensas pagarlo?

—Tengo ahorrado en mi cuenta lo que no gasto del presupuesto que tengo asignado. No necesito un vestido diferente cada día; la gente no está pendiente de lo que me pongo.

—Subestimas el interés de la gente en ti —le dijo él—. Como demuestra la gente que se arremolinó a tu alrededor cuando te dejaste llevar por el impulso de dar un paseo por la playa la semana pasada.

Pippa contrajo el rostro.

—Sí, y todas esas personas fueron muy educadas.

—Si te mudas fuera de palacio serás completamente vulnerable.

—¿Vulnerable a qué? Podría poner una alarma y cuando saliera llevaría conmigo un dispositivo para avisar por si me pasara algo. Admítelo: Jacques pronto tendrá la edad suficiente y a él sí le dejarías vivir fuera de palacio.

—Eso es diferente. Es un chico, y se sentiría atrapado si tuviera que seguir viviendo aquí.

—¿Y cómo crees que me siento yo?

Stefan la miró como si le hubiera dado una bofetada, y Pippa se sintió algo culpable.

—Creía que te gustaba estar con la familia, poder disfrutar de los gemelos, de Stephenia, compartir con nosotros las cenas familiares...

—Y me gusta —contestó ella—. Adoro a mis sobrinos y a vosotros también. Aunque me mudara fuera de palacio no habría ninguna razón para que no pudiera seguir viniendo a cuidar de los niños o asistir a las cenas familiares. Es solo que necesito algo de espacio.

Stefan suspiró e irguió los hombros.

—Quizá solo necesitas un respiro. Cuando te diga lo que he planeado para ti sé que te encantará.

A Pippa se le pusieron tiesas las antenas. Siempre había algo que temer cuando Stefan tenía un plan.

—No hace falta que... —comenzó.

Stefan levantó una mano para interrumpirla.

—Tú ya has tenido la oportunidad de hablar; ahora me toca a mí: te he preparado un viaje a la costa de Italia por tu cumpleaños.

Pippa pensó de inmediato en Amelie y sacudió la cabeza.

—Te agradezco la idea, pero no es un buen momento para tomarme unas vacaciones. Por mis estudios —añadió.

—Solo será por unos días, y te vendría bien. Solo tendrás que hacer dos apariciones públicas durante el viaje. Una para celebrar el aniversario de un museo, y la otra la botadura de un nuevo crucero que hará una parada en Chantaine. Incluso te he buscado un acompañante: el conde Salvatore Bianchi. Es un poco mayor que tú, pero su familia está considerando la posibilidad de abrir varias bodegas en el principado, así que me gustaría estrechar la relación con ellos. ¿Y

quién sabe?, a lo mejor surge el amor entre vosotros
—dijo con una sonrisa.

Una sospecha asaltó a Pippa.

—Has dicho que ese conde es algo mayor que yo.
¿Cómo de mayor?

Stefan se encogió de hombros.

—No estoy seguro. Es viudo y tiene hijos. Creo
que uno de ellos estudia con Jacques.

¡Con Jacques! ¡Su hermano de diecinueve años!

—O sea, que por lo que dices podría ser mi padre
—dijo Pippa.

—La edad no es más que una cifra, Pippa. Te aseguro que tendrás más en común con el conde que con
ese futbolista de Bridget. Mi secretario te entregará el
itinerario más tarde y el estilista de palacio te ayudará
a escoger la ropa que llevarás para el viaje.

—¿Y si no quiero ir?

—Ya se han hecho los preparativos. Hay gente es-
perándote. Además, por la conversación que hemos tenido es evidente que necesitas estas vacaciones. Lo
pasarás bien —concluyó Stefan levantándose.

—Sí, claro, porque Su Alteza Real lo ha decretado
—masculló ella levantándose también.

Stefan la miró irritado.

—Siempre había pensado que podía contar contigo.

Pippa sintió una punzada; no le gustaba decepcio-
nar a su hermano.

—Lo siento. Iré a ese viaje, pero quiero que sepas
que no voy a cambiar de idea respecto a mudarme y a
reducir las medidas de seguridad en torno a mí.

—Ya veremos —respondió él.

Capítulo 7

DOS días después Pippa consiguió escaparse para ir a hacerle otra visita a los Lafitte. Fue otra vez en el viejo Ford desde la biblioteca con el feo disfraz, y en cuanto llegó a la cabaña y se bajó del coche se quitó la peluca y como llevaba su ropa debajo, se bajó la falda y se empezó a desabrochar la horrenda blusa de abuela.

Oyó un silbido de admiración y al alzar la vista vio a Nic sonriéndole desde la casita de invitados. Estaba apoyado en el marco de la puerta y llevaba unos vaqueros y una camiseta negra que resaltaba sus anchos hombros y sus musculosos brazos.

—No pares —le dijo refiriéndose a su «striptease».

Pippa puso los ojos en blanco y fue hacia él.

—Odio este disfraz.

—Pero funciona —replicó él.

Eso no se lo podía negar.

—¿Cómo está tu madre? —le dijo tendiéndole la falda y la peluca para acabar de quitarse la blusa.

—Un poco revuelta. Quizá necesite hacer una salida a algún sitio —respondió Nic—. Una salida corta. ¿Alguna idea?

—Pensaré en algo. ¿Has conseguido algo con tus hermanos?

—He tenido noticias de uno de ellos y estoy intentando hablar con los otros. Tal vez tenga que recurrir a métodos poco convencionales para conseguir que me escuchen.

Ella le lanzó una mirada inquisitiva, pero Nic sacudió la cabeza.

—No quieras saberlo.

—La verdad es que me interesa —dijo Pippa—. Puede que yo también tenga que recurrir a ese tipo de tácticas con mi familia en algún momento.

—Bueno, he pensado en mandar a un policía falso a detenerlos cuando vayan de camino al trabajo para que les entregue un mensaje de mi parte.

—¿No es un poco drástico?

Nic se encogió de hombros.

—Las situaciones desesperadas exigen medidas desesperadas.

Pippa no pudo sino sonreír. Verdaderamente era un hombre de recursos.

—Bien hecho.

Nic esbozó una media sonrisa.

—Y eso es solo el primer paso. Tengo otros en mente si eso no funciona.

Pippa asintió.

—Bueno, ¿y qué hacemos con tu madre esta tarde?

—No sé, habrá que ver de qué humor está.

—¿Qué tal va de apetito?

—No ha mejorado mucho desde el último día que estuviste aquí.

—A lo mejor podríamos llevarla a una heladería.

—Si vamos a la ciudad, tendrás que ponerte otra vez el disfraz —le recordó él.

—Lo sé, por eso quería aprovechar refrescarme un rato antes de volver a ponérmelo.

Entraron en la cabaña, y fueron hasta el salón, donde Amelie y Paul estaban sentados frente al televisor, abrazados el uno al otro. No quería interrumpir, pero Paul los vio entrar y les dijo:

—Ah, pasad, no seáis tímidos.

Amelie alzó la vista hacia ella.

—¡Pero si es Pippa!

La alegría que pareció darle el verla de nuevo hizo que se le encogiera el corazón.

—Sí, voy a quedarme un rato. Nic y yo estábamos preguntándonos si te apetecería ir a algún sitio.

—Oh, sí, estoy deseando salir un rato —dijo Amelie—. Y Paul podría venir también; ya le duele menos el pie. Puede ponerse un sombrero y unas gafas de sol para que no lo reconozcan.

—Estupendo; ¿qué tal si vamos a tomar un helado?

A Amelie se le iluminó el rostro.

—Me parece perfecto —se volvió hacia Paul—. ¿Crees que puedes aguantar el viaje en el coche?

—Por ti puedo hacer cualquier cosa —dijo Paul—. Y a mí también me apetece un poco de helado —añadió riéndose suavemente.

Saltaba a la vista que se querían muchísimo, pensó Pippa, sintiendo que el corazón se le encogía de nuevo.

Volvió a ponerse el disfraz, y los cuatro se marcharon a la ciudad en el todoterreno de Goldie. En la heladería a la que fueron, la mejor de Chanteine, pidieron helados de diez sabores distintos y Amelie por supuesto probó un poco de todos.

Cuando regresaron a la cabaña, Paul y Amelie se retiraron a descansar un poco antes de la cena, y Pippa y Nic se sentaron un rato en el jardín, al borde de la piscina.

—¿Cómo lleva tu padre lo de tu madre? —le preguntó Pippa.

—Depende del día. Algunos se niega a aceptar la realidad. Otros se esfuerza por aprovechar cada momento. Desde luego puedo decirte que no está en condiciones de llevar su negocio.

—¿Lo estás haciendo tú por él?

Nic asintió.

—Alguien tenía que hacerlo y, si no lo hacía yo, sabía que no iba a hacerlo nadie.

—¿Significa eso que habrías preferido que uno de tus hermanos se ocupara de ello?

—Habría preferido que lo hubiera hecho cualquiera, pero como he dicho sabía que no habría nadie dispuesto a hacerlo. Mi padre es un exconvicto. La confianza que genera su negocio es precaria, en el mejor de los casos.

—Pero, si es así, ¿cómo se las han arreglado tus padres todo este tiempo? Nunca he oído que tuvieran problemas de dinero —preguntó Pippa. Nic se quedó callado, y de pronto comprendió—. Les has estado ayudando tú, ¿no?

Nic suspiró.

—El negocio de mi padre tiene un potencial enorme, pero tal y como está la economía, y con su reputación… es una auténtica lucha.

Pippa pensó en todo lo que estaba haciendo Nic por sus padres y sintió una enorme admiración por él, y también algo más profundo, algo que no supo identificar.

—Eres un buen hijo.

—Tú harías lo mismo en mis circunstancias —replicó él.

Pippa sacudió la cabeza.

—No sabría cómo hacer todo lo que estás haciendo tú —dijo—. Además, la relación que yo tenía con mis padres no se parecía en nada a la que tú tienes con los tuyos.

Nic la miró a los ojos.

—Pero al final estuviste a su lado.

Pippa inspiró profundamente, recordando la muerte de su padre y de su madre, y asintió.

—La mayoría de nosotros lo estuvimos. Stefan y Valentina nos unieron y no fue fácil para ellos. Creo que les hicimos sufrir.

Nic asintió.

—Son momentos duros. Pero cuando hay más gente te sientes arropado.

—Pero tú no tienes a nadie a tu lado —murmuró Pippa.

Nic se encogió de hombros y esbozó una sonrisa.

—Los Lafitte somos gente dura; hemos tenido que

luchar para llegar donde hemos llegado. No hay sangre real en nuestras venas.

—Bueno, nunca se sabe —replicó ella—. A lo mejor alguno de tus antepasados más lejanos pertenecía a la nobleza.

Nic se rio.

—Tú sabrás; tú eres la experta en genealogía. Seguro que podrías conseguirme esa información para la semana que viene.

Pippa se puso seria.

—Me temo que no para la semana que viene. Stefan me manda a un viaje —dijo deprimida.

—¿Adónde?

—El sitio no es lo malo; es mi acompañante.

Nic la miró con los ojos muy abiertos.

—¿Otro acompañante?

—Sí, eso he dicho. Y también me armé de valor y le dije que quería que se relajaran un poco las medidas de seguridad en torno a mí y mudarme a un apartamento propio, lejos de palacio.

—Seguro que fue muy bien —dijo Nic con sarcasmo.

Pippa se rio.

—No, fue fatal. Me ignoró por completo.

—Bueno, a lo mejor lo que tienes que hacer es adelantarte y buscarte ese apartamento aunque él no te haya dado el visto bueno. Eso sí, prepárate para que te despojen del título de princesa. Tengo entendido que lo que más valora Stefan es la lealtad, y sin duda pensará que estás desafiándolo.

Aquellas palabras hicieron que a Pippa se le encogiera el corazón. Nic había descrito a Stefan a la perfección.

—Detesto la idea de decepcionarlo. Siempre está diciéndome que sabe que puede contar conmigo porque no le doy problemas.

—A veces para poder ser uno mismo hay que romper barreras.

Pippa lo miró pensativa.

—¿Cuándo aprendiste eso?

—Cuando tenía unos ocho años.

Pippa sonrió.

—Sabias palabras.

—En la infancia se aprenden lecciones que te sirven para toda la vida —contestó él—. Bueno, ¿y dónde te manda Stefan y cuándo te marchas?

—A Capri, en Italia, dentro de tres días. Se supone que es un regalo de cumpleaños, pero tengo que hacer dos apariciones públicas y mi acompañante tiene un hijo de la edad de mi hermano pequeño.

—¿La idea ha sido de Stefan? —más que como una pregunta, sonó como una afirmación.

—Sí, están intentando emparejarme. Bridget me buscó un deportista joven, pero Stefan quiere un hombre que tenga un valor añadido para Chantaine.

—Vaya. A mí madre le dará mucha pena si no podemos celebrar contigo tu cumpleaños.

Pippa trató de pensar en qué momento podría escaparse para hacerles otra visita.

—Podría venir el viernes por la tarde.

—Por la noche.

Pippa parpadeó.

—¿Por la noche? —repitió—. ¿Cómo esperas que pueda escaparme el viernes por la noche?

—No sé, haz gala de tu creatividad —respondió él divertido—. Eres una Devereaux; puedes hacerlo.

Pippa suspiró.

—Está bien; veré qué se me ocurre. Bueno, tengo que volver a ponerme el disfraz para volver a la biblioteca.

—A menos que quieras quedarte —dijo él en un tono seductor.

A Pippa le habría gustado quedarse, aunque no lo reconocería jamás.

En cuanto Nic le dijo a su madre lo del cumpleaños de Pippa, esta le dijo a Goldie que preparara una tarta, y le pidió que comprara serpentinas.

A las siete de la tarde del viernes, cuando Pippa llegó vestida con el feo disfraz que le había buscado, Nic salió a recibirla y le ayudó a quitárselo.

—No sabes lo que me ha costado escaparme —le dijo Pippa mientras se recogía el cabello en una coleta.

—Haremos que merezca la pena —dijo Nic, y la condujo hasta la puerta de la cabaña.

Cuando lo vio llamar con los nudillos, Pippa frunció el ceño.

—¿Por qué no entramos directamente? —preguntó.

—Déjame, mujer; ¿no ves que estoy siendo educado?

—Oh —murmuró Pippa.

—Adelante —respondió la voz de Amelie desde dentro.

—Tu madre está despierta —dijo Pippa sorprendida.

Nic abrió la puerta, y cuando entraron estaban esperándolos allí de pie Amelie, Paul y Goldie que gritaron «¡Sorpresa!», y arrojaron serpentinas de colores al aire.

Pippa se quedó boquiabierta.

—¡Madre mía! —exclamó atrapando una de las serpentinas. Una amplia sonrisa afloró a sus labios—. Sois geniales, pero no deberíais haberos molestado; no me esperaba nada.

—Queríamos celebrarlo como es debido —dijo Amelie—. Te merecías una fiesta.

Momentos después estaban sentados en el salón. Goldie fue a la cocina y regresó con una tarta de cumpleaños con las velas encendidas.

—Ay, ay, ay… ¿todas esas velas ya? A ver si vamos a provocar un incendio —bromeó Nic.

Pippa le lanzó una mirada de fingida irritación antes de volver de nuevo la vista a la tarta.

—No sé qué decir —murmuró mirando a todos—. Gracias.

A Nic lo complació verla tan feliz.

—¿Lista para apagar las velas, princesa? Pide un deseo.

—¿Solo puede ser uno?

Nic se rio suavemente.

—Tantos como puedas pedir mientras las apagas.

—De acuerdo —Pippa se mordió el labio, pensando qué iba a pedir, inspiró profundamente, y apagó las velas.

—Bueno, hora de cortar la tarta y abrir los regalos —dijo Amelie.

—¡Regalos! —repitió Pippa—. Pero yo no esperaba que me hubierais comprado nada.

—¿Cómo no íbamos a regalarte nada? —replicó Amelie—. En las fiestas de cumpleaños tiene que haber regalos.

Goldie sirvió la tarta con champán para todos, y el señor Lafitte le tendió a Pippa una caja envuelta en papel de regalo.

—Este es mío —dijo.

Era una caja de bombones de una de sus tiendas favoritas.

—Oh… no teníais que haberos molestado, de verdad —dijo Pippa, sorprendida y halagada—. En serio que no esperaba todo esto.

—A los Lafitte nos gusta el elemento sorpresa; no lo olvides —le dijo Paul guiñándole un ojo.

—Gracias, señor Lafitte —dijo Pippa acercándose para besarlo en la mejilla.

—Llámame Paul, querida.

—Gracias, Paul.

Le tendieron otro regalo, y cuando lo abrió se encontró con una bufanda de punto. Miró a Amelie con los ojos llenos de lágrimas.

—No me digas que…

—Me temo que sí —respondió Amelie riéndose—. No está muy bien hecha, pero espero que te guste.

—Lo guardaré siempre como un tesoro —dijo Pippa con un nudo en la garganta.

No recordaba haberse sentido tan especial en ninguno de sus cumpleaños. Por diversas razones muchas veces su familia no había hecho nada por su cumpleaños: por conflictos de agenda entre unos y otros, porque sus hermanos estaban muy ocupados…

—Sois todos un encanto —le dijo a los Lafitte y a Goldie. Se le quebró la voz de la emoción, y tuvo que tragar saliva antes de volver a hablar—. No podéis imaginar lo mucho que significa esto para mí.

—Bah, bobadas. Seguro que cada año celebran un

baile en palacio por tu cumpleaños y los mejores chefs te preparan una tarta inmensa —dijo Paul.

—Solo un par de veces. Mis padres muchas veces estaban fuera, en algún viaje oficial, cuando llegaba mi cumpleaños. Para mis hermanos era igual. Todo el mundo estaba muy ocupado —dijo encogiéndose de hombros; no quería que sintieran lástima de ella. Se mordió el labio y sonrió—. Pero esta fiesta que me habéis preparado es maravillosa. Me habéis hecho sentir especial.

—Es que eres especial —corrigió Amelie, acercándose para darle un abrazo.

Pippa la abrazó también, y la asustó lo delgada y frágil que parecía. Sin embargo, a pesar del deterioro por su enfermedad, era evidente que Amelie era una mujer muy fuerte.

Cuando Goldie se ofreció a servirle otra copa de champán, Pippa le dijo que prefería agua; tenía que conducir para volver a palacio.

—Ha sido una velada maravillosa —dijo Amelie—, pero estoy agotada, así que me iré a descansar. Mañana estaré otra vez en forma; lo prometo.

—Pues claro que sí —dijo Pippa—. No esperamos menos de ti. Aunque yo voy a estar fuera unos días y no podré veros hasta la vuelta.

Amelie frunció el ceño.

—¿Te vas fuera? Oh, vamos a echarte de menos.

—Yo a vosotros también —respondió Pippa, que detestaba la idea de dejar atrás a los Lafitte.

Amelie estaba tan débil que temió que le pudiera pasar algo mientras estaba en Italia.

—Buenas noches, cariño, y feliz cumpleaños de nuevo —le dijo Amelie.

Cuando Paul y ella se hubieron ido a la cama y Goldie se llevó los platos a la cocina para fregarlos, Pippa se volvió hacia Nic.

—Debería irme ya.

—Apenas has comido tarta. Herirás los sentimientos de Goldie si no te tomas al menos un pedazo más —le dijo Nic—. Te diré qué haremos: nos llevaremos lo que queda a la casa de invitados, y también el champán.

Pippa negó con la cabeza.

—No creo que deba beber más. Luego tengo que conducir.

—Ya me ocuparé yo de eso.

—¿Cómo?

Nic se encogió de hombros.

—Confía en mí.

Pippa decidió darle un voto de confianza por una vez. Al fin y al cabo, viendo lo bien que se estaba comportando con sus padres, estaba descubriendo un lado de él que no conocía.

—De acuerdo; te sigo —dijo levantando su copa de champán.

Cuando entraron en la casa de invitados, una agradable brisa refrescaba el saloncito.

—¿Qué tal llevas el estar aquí?, ¿te ha costado hacerte a un sitio tan pequeño?

—A veces me interrumpen mis padres cuando estoy trabajando —dijo Nic mientras dejaba la tarta y el champán sobre la mesita—, pero en general me gusta. Además, ¿de dónde te sacas que necesito más espacio?

Pippa se rio.

—Estaba pensando en tu yate. Es enorme.

—Eso es distinto.

—¿Y tu rancho de Texas? ¿También es distinto?

—¿Y qué me dices del enorme palacio en el que vives tú? —le espetó él a su vez.

—Mis aposentos, que es la parte del enorme palacio en la que vivo, no son tan grandes —contestó Pippa—. Y estoy preparada para irme a un apartamento.

—¿Y por qué has decidido hacerlo precisamente ahora?

Pippa se encogió de hombros.

—Ya hace tiempo que tenía que haberlo hecho.

—Siéntate —le dijo Nic, señalándole el sofá con un ademán.

Con el estómago lleno de mariposas, Pippa tomó asiento y bebió un sorbo de su copa de champán.

Nic se sentó junto a ella con un plato en el que había servido una porción de tarta.

—Sería una lástima dejar que se echara a perder —dijo.

Tomó un trocito con el tenedor y se lo acercó a Pippa a la boca.

—Ummm… —murmuró esta mientras lo saboreaba—. Desde luego está deliciosa. Goldie podría ser un repostero de primera.

—Goldie es un portento —asintió Nic—: hace las veces de guardaespaldas, enfermero, mecánico, cocinero… Diablos, hasta sería la mejor de las niñeras.

Pippa sonrió.

—Sería una niñera bastante peculiar, tan grande y musculoso —comentó quitándole el tenedor a Nic para tomar otro pedacito de tarta.

—¿Ya tienes las maletas hechas?

A Pippa casi se le atragantó el bocado ante la mención de su viaje a Italia y tuvo que tomar un sorbo de champán antes de poder hablar.

—No, lo he estado dejando para el último momento porque no tenía ánimo para ponerme a ello. Además, el estilista de palacio me ha escogido algunos conjuntos, así que no tendré qué pensar qué me llevo. Detesto admitirlo, pero me da pánico, y es ridículo porque… ¿quién no se sentiría feliz con un viaje a Capri? Pero es que con esas apariciones públicas que tendré que hacer, y el hecho de ir con ese conde como acompañante… —hizo una mueca—. No parecen unas vacaciones en absoluto.

—¿Vas a tener tiempo libre alguno de los días que estés allí?

—El último, ¿por qué?

—Porque podríamos vernos.

A Pippa el corazón le dio un brinco y empezó a latirle como loco.

—Oh. Eso sería… —«Maravilloso», pensó para sus adentros—. No creo que debamos. Mi escolta estará pendiente de mí y…

Nic se encogió de hombros.

—Lo despistaremos —dijo—. Aunque si prefieres que no…

—¿Estás seguro de que puedes irte y dejar a tu madre?

Nic asintió.

—Ha estado bastante estable y será solo un día o dos. En realidad tengo que ir de todos modos porque tengo un negocio pendiente con un colega en Roma y he estado posponiéndolo demasiado tiempo. Así que cuando haya acabado con él puedo reunirme contigo en Capri.

Aunque sabía que era una locura considerar siquiera un encuentro secreto, Pippa no se vio capaz de negarse. De hecho, aunque abrió la boca para decir que no, sus cuerdas vocales no parecían querer pronunciar esa palabra. Todo su ser ansiaba estar con Nic, y estaba cansada de negarlo.

—De acuerdo —dijo finalmente—. Pero podría haber problemas; lo sabes, ¿verdad?

Nic se rio.

—Llevo lidiando con problemas de todo tipo desde que tenía seis años.

Pippa se preguntó qué tenía Nic que la hacía sentirse más fuerte. Cuando estaba con él se sentía capaz de hacer casi cualquier cosa.

Nic la miró a los ojos, y Pippa tuvo la impresión de que debía haberle leído el pensamiento, porque la atrajo lentamente hacia sí, dándole la oportunidad de apartarlo, pero ella no lo hizo.

No podía dejar de preguntarse por qué seguía intentando seducirla. Era un hombre con experiencia y era guapo; podría tener a la mujer que quisiera.

—¿Me deseas porque no puedes tenerme? —le preguntó en un susurro, con el corazón en la garganta.

—No —respondió él—. Además lo dos sabemos que antes o después serás mía. La cuestión es cuándo —concluyó. Y sus labios descendieron sobre los de ella.

Pippa se derritió contra él. Tenía miedo de confiar en él, y también de dejarse llevar por sus propios sentimientos, pero el miedo a perderlo era aún mayor.

Respondió al beso con toda la pasión que había en

su interior, y notó la sorpresa de Nic, que se detuvo un instante antes de besarla con más ardor.

Pippa deslizó los dedos entre los mechones de su corto cabello, y de pronto Nic se recostó hacia atrás en el sofá y tiró de ella, colocándola sobre él. Pippa notó su erección, y el saber que la deseaba hasta ese punto la excitó también a ella. Bajó las manos a sus hombros, y se estremeció cuando el beso se volvió todavía más sensual.

No recordaba haber sentido nunca nada parecido. Aunque Nic y ella habían estado saliendo, nunca habían llegado hasta el final. Cuando sus labios se despegaron, Nic le frotó suavemente la espalda con la mano y murmuró contra su boca:

—Sabes dónde va esto, ¿verdad?

Jadeante, Pippa hundió el rostro en su hombro.

—¿Crees que estás preparada para esto? —le insistió Nic.

Parecía que no iba a ponérselo fácil. Iba a hacer que fuera ella quien eligiera. Quizá fuera esa la razón por la que lo deseaba tanto, porque había ya esperado demasiado. Levantó la cabeza y lo miró a los ojos.

—Sí, lo estoy.

Nic sonrió.

—Yo también lo estoy, pero quiero que lo pienses un poco más.

Pippa parpadeó.

—Perdona… ¿Me estás diciendo que no quieres hacerlo conmigo?

Nic se incorporó, pero no apartó los brazos de su cintura.

—No quiero que hagas algo impulsivo y luego te arrepientas.

Pippa sintió que una ráfaga de ira se apoderaba de ella. Lo miró con los ojos entornados y le dijo:

—Hablas como mi familia. ¿Tú también me crees incapaz de tomar decisiones por mí misma?

—No es eso. Solo pretendo protegerte —replicó Nic.

—Eso es lo mismo que dicen ellos. Todos me tratáis como a una niña —dijo apartándolo—. Me voy a casa.

—No puedes conducir; has tomado demasiado champán. Yo te llevaré.

Pippa se levantó y se rodeó la cintura con los brazos, sintiéndose humillada, rechazada, vulnerable.

—Goldie puede llevarme.

—Te llevaré yo —insistió Nic, levantándose también.

Pippa se mordió el labio y apartó la vista.

—Pippa, sabes que te deseo —dijo él tomándola de la barbilla—. ¿Qué más tengo que hacer para demostrártelo?

Pippa tragó saliva.

—Pues parece que te resulta muy fácil controlar ese deseo —contestó en un murmullo.

Nic le tomó la mano y la puso sobre su pecho. El corazón de Nic latía rápido y con fuerza bajo su palma.

—¿De verdad te parece que me resulta fácil? Si quieres, puedo darte más pruebas de que no es así —dijo bajando la mano de Pippa a su duro abdomen.

—Está bien, te creo —dijo ella sin aliento.

—¿Qué quieres hacer?

—No lo sé, me has dejado confundida. Creía que en lo tocante al sexo serías como un tornado que no se detiene ante nada, no tan… considerado.

Nic la atrajo hacia sí.

—Bueno, normalmente sí que soy como un tornado, pero por algún motivo contigo es distinto.

Un enjambre de sentimientos contradictorios zumbaba dentro de Pippa. Sabía que no era ninguna belleza, y eso hizo que su falta de autoestima saliera a flote. A lo largo de los años había conseguido no pensar demasiado en su imagen, pero de pronto las críticas que había recibido por parte de los medios todo ese tiempo la bombardearon de repente. Quizá no fuera lo bastante sexy.

Después de todo, aunque Nic había estado muy excitado hacía unos momentos, había podido controlarse sin demasiado esfuerzo, dijera lo que dijera.

—Debería irme ya —murmuró.

—Pippa…

—Si no te importa, preferiría que no siguiéramos hablando de esto. Además, tengo que arreglar las maletas para el viaje.

Con Goldie siguiéndolos en otro vehículo Nic la llevó a palacio. El silencio entre ambos era tan incómodo que Pippa casi no podía soportarlo. Sí, sabía que le había dicho que no quería hablar, pero al día siguiente se marchaba, e iba a hacerlo llena de dudas.

Quizá fuera lo mejor que no lo hubieran hecho, se dijo. Quizá pudiera aprovechar el viaje para aclararse las ideas.

Cuando estaban a un par de calles, Nic detuvo el coche junto a la acera.

—¿Llegarás sana y salva a palacio si te dejo conducir desde aquí?

—Pues claro —respondió ella. Luego, abrumada por esos sentimientos que parecían estar jugando al tira y afloja con ella, Pippa se mordió el labio y se quedó callada un momento, antes de añadir—: Gracias por la fiesta de cumpleaños, y por traerme. Y… escucha, no tienes por qué ir expresamente a verme a Capri. Solo estaré allí…

—¿Estás diciéndome que no quieres que vaya? —la cortó él con una mirada penetrante.

Pippa inspiró.

—Estoy diciendo que conoces mi situación. Puede que no pueda verte después de todo y que hagas el viaje en balde, así que la decisión es tuya. Adiós —le dijo, y se bajó del coche.

Capítulo 8

PIPPA llegó a Italia el día siguiente y el conde Bianchi fue a recibirla al aeropuerto. Estaba casi calvo y tenía una panza considerable, pero se esforzó por no compararlo con Nic, lo cual era difícil porque había empezado a comparar a todos los hombres con él.

De camino al castillo del conde, Pippa le pidió que le hablara de sus hijos, y descubrió que el mayor tenía cinco años más que ella. De hecho, también tenía varios nietos. Le enseñó sus fotos, y mencionó que le gustaría volver a casarse.

Cuando llegaron al castillo, después de retirarse a descansar un rato a su dormitorio y de cambiarse, bajó a cenar con él en el comedor, y fueron al museo donde

Pippa tenía que hacer un discurso. Al regresar, el conde la invitó a quedarse un rato con él a tomar una copa en el salón, pero Pippa se excusó diciendo que estaba cansada.

Al día siguiente salieron a navegar en su yate, y Pippa acudió con el conde a la botadura del nuevo crucero.

Y cada segundo maldecía a Stefan por haber organizado todo aquello.

Era evidente que alguien le había dado esperanzas al conde, y tenía que estar parándole los pies constantemente.

Cuando regresaban al castillo en una limusina, el conde se inclinó hacia ella y le preguntó:

—¿Lo ha pasado bien?

Pippa se alejó discretamente.

—Sí, aunque ha sido un día muy largo; estoy deseando retirarme a descansar.

—Pues es una lástima, porque iba a proponerle ir a la playa y cenar en un restaurante en el paseo marítimo donde se come muy bien.

—Oh. Se lo agradezco, pero ya se ha tomado demasiadas molestias por mí.

El conde suspiró.

—¿Puedo preguntarle algo? —le dijo Pippa—. ¿Cuánto hace que falleció su esposa?

Él la miró sorprendido.

—Diez meses y tres días.

Pippa sonrió y le tomó la mano.

—Aún cuenta los días —dijo conmovida—. No pretendo saber lo que siente, pero me parece que no está preparado para iniciar otra relación. Imagino que se siente solo, pero creo que debería tomarse su tiempo. Es un buen hombre, y se merece encontrar a una mujer que lo quiera y lo merezca.

El hombre inspiró y le sonrió.

—He sido un viejo tonto al pensar que una joven princesa podría sentirse atraída por mí.

Pippa sacudió la cabeza.

—No es eso —se apresuró a asegurarle—. Lo que pasa es que es evidente que no ha superado todavía la muerte de su esposa. Lamento su dolor, pero creo que es muy afortunado por haber amado de esa manera.

—Sí, sí que lo soy —asintió él, y empezó a hablarle de su esposa.

Media hora después, cuando llegaron al castillo, pareció sorprendido por lo rápido que se le había hecho el trayecto de regreso.

—Disculpe si la he aburrido —le dijo azorado.

—En absoluto. Me encanta escuchar las historias de amor de otras personas, y la que hubo entre su esposa y usted fue muy bonita.

—Es usted encantadora. Si yo fuera algo más joven, o hubiera dejado atrás el luto…

—Ya llegará el momento —le dijo Pippa, y le dio un beso en la mejilla—. Ya verá; encontrará a la mujer adecuada.

El conde se rio suavemente.

—Tiene gracia cuánto pueden enseñarnos los jóvenes —dijo, y la ayudó a bajar de la limusina—. Si alguna vez puedo hacer algo por usted, estaré encantado de ayudarla —añadió, antes de besarle la mano.

—Gracias. Lo que yo deseo para usted es que encuentre a alguien que vuelva a ocupar su corazón, y entre tanto que disfrute de sus nietos.

El conde se rio de nuevo.

—Seguiré su consejo.

A la mañana siguiente Pippa abandonó el castillo del conde y fue al lujoso hotel de la costa en el que el secretario de Stefan le había reservado una habitación. Después de cómo se había despedido de Nic antes de partir, no estaba segura de si aún querría reunirse con ella como había dicho. ¡Se había mostrado tan temperamental con él, y él en cambio tan calmado…! Eso la había enfurecido todavía más, porque era como si no pudiera controlarse. No quería ser la única que se sintiera así; quería que él sintiera lo mismo.

Cuando entró en su suite, abrió las puertas del balcón y salió fuera para inspirar el aire del mar. La vista era tan hermosa que se negó a seguir preocupándose por si Nic aparecería o no. Tenía un día para relajarse de verdad, y lo iba a disfrutar, se dijo.

Se puso el biquini que le había comprado el estilista y se miró en el espejo. No estaba mal. Se aplicó protector solar, se puso un vestido playero sobre el biquini, una sandalias, y bajó a la playa. El hotel ponía a disposición de los clientes tumbonas y sombrillas, así que escogió una tumbona y pidió a uno de los empleados que le pusiera una sombrilla cerca.

Mientras miraba el mar allí recostada se le ocurrió que a Amelie le habría encantado aquello, y ese pensamiento la hizo sentirse intranquila porque empezó a preguntarse si estaría bien. Quizá si leía una revista o un libro…, se dijo buscando en su cesta. Sacó una novela histórica que había comprado hacía semanas pero

aún no había empezado, y justo cuando iba a abrirlo
cayó una sombra sobre ella.

Pippa imaginó que sería uno de los camareros, que
se había acercado a preguntarle si quería algo de beber. No eran ni siquiera las doce del mediodía, pero
quizá un cóctel suave...

Sin embargo, cuando se incorporó y se giró se encontró con Nic allí de pie. El corazón le palpitó con
fuerza, y fue incapaz de articular palabra, aunque solo
hubiera sido para saludarlo. Iba vestido con unos vaqueros y una camisa blanca con las mangas dobladas,
y aunque no podía verle los ojos porque llevaba gafas
de sol, lucía en su rostro una sonrisa burlona.

—¿Todavía sigues enfadada? —le preguntó.

Pippa podría haberle espetado que él era el motivo
de su enfado, pero estaba tan contenta de verlo que no
quería perder el tiempo con discusiones.

—No demasiado.

—Eso está bien. ¿Quieres quedarte aquí, o te apetece algo de aventura?

—Algo de aventura —respondió ella sin pensárselo dos veces—. Si me das un minuto, le diré a mi escolta que voy a hacer un pequeño tour por la isla.

Una media hora después Pippa iba montada en una
motocicleta agarrada con fuerza a la cintura de Nic
mientras zigzagueaban por las calles de Capri. Si Stefan
o Giles supieran lo que estaba haciendo, le cortarían la
cabeza, pensó echándose a reír mientras Nic tomaba
una curva.

—¿Qué te hace tanta gracia? —le preguntó él a gritos para que la oyera por encima del ruido del motor.

—Esto de ir en moto me da un miedo horrible —le gritó ella a su vez—. Me río por no chillar.

Nic soltó una carcajada.

—Pues esto no ha hecho más que empezar.

Nic se detuvo detrás de un palacete con unas escaleras de piedra que bajaban a un muelle donde había amarradas varias embarcaciones de recreo.

—¿Y ahora qué? —le preguntó Pippa.

—Vamos a dar otro paseo, pero por el mar —dijo Nic tomándola de la mano.

—¿Cómo has organizado todo esto? —inquirió ella mientras bajaban las escaleras.

—Este palacete es de un amigo mío que está fuera de la ciudad. Me ha dicho que podía usar la casa, su lancha y la piscina.

—Bueno, ¿y dónde vamos? —le preguntó Pippa cuando hubieron subido a la lancha.

Nic sonrió de un modo misterioso.

—A un sitio al que solo puedes llegar en lancha —respondió mientras se ponían en marcha.

Unos veinte minutos después Nic aminoraba la velocidad, y Pippa vio que se aproximaban a una formación rocosa enorme que sobresalía del mar. Cerca había una barca alargada de remos con un hombre sentado en ella.

—¿Es la Gruta Azul? —le preguntó a Nic excitada—. Leí acerca de ella antes de salir de Chantaine y tenía muchas ganas de verla, pero en Internet decía que siempre estaba abarrotada de gente y ahora parece que no hay nadie; ¿cómo es posible?

—He pagado para que podamos tenerla para nosotros solos durante una hora —respondió Nic.

Pippa parpadeó.

—Te debe de haber costado una fortuna —dijo—. Stefan pondría el grito en el cielo si se enterase.

—Pero no tiene por qué enterarse —replicó él con una sonrisa.

Cuando llegaron cerca de la barca apagó el motor y dejó caer el ancla.

El hombre que estaba sentado en la barca remó para acercarse a la lancha y los dos subieron a ella.

—*Buongiorno* —los saludó el hombre—. Soy Roberto y seré su guía.

—*Buongiorno* y *grazie*, Roberto —respondió Pippa—. Estoy muy ilusionada con ver la gruta.

—Espero que cante bien —le dijo Nic al guía, estrechándole la mano.

Roberto sonrió de oreja a oreja.

—Como Frank Sinatra, *signore*.

Se sentaron en la proa, de espaldas al guía, que empezó a remar. Cuando se acercaban a la entrada de la gruta Roberto les dijo:

—Prepárense para entrar en la Grotta Azurra, un espectáculo de la naturaleza que ha conmovido a quienes la visitan desde los tiempos de la Antigua Roma. No en vano en el suelo de la gruta descansan restos de estatuas de dioses paganos. Agáchense un poco para no golpearse la cabeza —les pidió antes de pasar bajo el arco que formaba la entrada—. Ya está, ya pueden erguirse.

Pippa se quedó boquiabierta al ver la belleza que los rodeaba.

—¡Qué maravilla! —murmuró fascinada—. Es como si el agua del mar estuviera iluminada desde abajo. ¡Y qué azul tan intenso!

—Así es, *signorina* —dijo el guía detrás de ellos—.

La razón es que hay otra apertura en la gruta, sumergida, situada en la parte inferior de piedra caliza. Permite que pase la luz del sol iluminando el agua desde abajo —les explicó—. Metan las manos en el agua.

Nic y Pippa hicieron lo que les decía.

—¡Oh, es precioso! —murmuró Pippa viendo el fulgor azulado que envolvía sus dedos.

—Como usted, *signorina* —la piropeó el guía, y empezó a cantar *Bella notte*.

La acústica era impresionante. Pippa casi no se atrevía a respirar porque no quería perderse ni un detalle de aquella experiencia. Cuando Nic le rodeó la cintura y la atrajo hacia sí, Pippa se dijo que aquella era la clase de magia que quería atesorar en su corazón para los días tristes, para los días malos.

—Gracias por traerme aquí —le dijo a Nic.

Él sonrió.

—No hay de qué, princesa —susurró él, y la besó en los labios.

Después de abandonar la gruta, almorzaron en un pequeño pueblecito de la costa, y luego dieron una vuelta en la lancha y regresaron al palacete cuando ya atardecía.

—¿Tienes hambre? —le preguntó Nic—. Mi amigo me dijo que tomáramos lo que quisiéramos de la nevera y de la despensa, pero podríamos pedir algo de comida a domicilio. He pensado que lo preferirías a ir a un restaurante, donde alguien podría reconocerte.

—Me parece perfecto.

Entraron, y Pippa tomó un botellín de agua de la nevera antes de salir al patio, desde donde se veía el mar. Se sentó en una de las sillas de mimbre, y suspiró de puro contento mientras oía a Nic llamar por teléfono para pedir la comida. Unos minutos después se unía a ella con una cerveza en la mano.

—Bueno, ¿te gusta Capri? —le preguntó antes de llevarse la lata a los labios.

—¿Cómo podría no gustarme? —respondió ella sacudiendo la cabeza—. Hoy lo he pasado maravillosamente. Mejor que nunca.

Nic se rio.

—¿Qué pasa?, ¿por qué te ríes?

—Por nada. Es que me hace gracia verte tan entusiasmada.

—Tú no lo comprendes porque tienes libertad para ir a donde quieras cuando quieras.

Nic sonrió y le acarició la mejilla.

—Poder ir donde quieras cuando quieras no está mal, pero la persona con quien lo compartas puede suponer una gran diferencia —respondió. Tomó otro sorbo de cerveza—. ¿Tienes que llamar a tu escolta?

Aquel recordatorio hizo a Pippa contraer el rostro.

—Me dijo que lo llamara cuando estuviera de vuelta en el hotel —murmuró tamborileando los dedos en la mesa—, pero supongo que podría llamarlo y decirle que he regresado y que estoy sana y salva.

—Como tú veas —respondió Nic, y tomó otro sorbo de cerveza.

Decidiendo que sería lo mejor para que su escolta se quedara tranquilo, lo llamó por el móvil.

—Necesito ir al servicio a refrescarme un poco —le dijo a Nic cuando hubo colgado.

Este le indicó dónde estaba, y Pippa entró en la vivienda. Cuando se miró en el espejo casi no se reconoció. Tenía las mejillas sonrosadas, sus ojos brillaban de un modo inusitado, y su cabello rizado, que se había dejado suelto, tenía un aspecto más salvaje que nunca. Pippa se rio y sacudió la cabeza. Intentar domar su pelo era una batalla perdida.

Poco después llegaba su cena: pasta, marisco y vino. Mientras comían oscureció, pero Nic encendió unas velas y se quedaron charlando al fresco. Nunca había visto a Nic tan relajado. Bromeaba a menudo, pero Pippa sabía que lo hacía para encubrir sus sentimientos y disimular las presiones a las que estaba sometido.

—Te gusta mucho el mar, ¿no? Parece que es terapéutico para ti —dijo poniéndole una mano en el brazo.

—Supongo que sí —respondió él—. ¿Qué me dices de ti? ¿Te gusta el mar?

Pippa se encogió de hombros.

—Ahora sí, pero no siempre me ha gustado. Cuando era niña mi padre desaparecía con frecuencia para irse a navegar. Ahora, echando la vista atrás, creo que lo hacía porque no era feliz; necesitaba escapar.

—Bueno, ser soberano de un principado no debe de ser fácil —admitió Nic.

—Hay quien sirve y quien no —opinó Pippa—. Stefan se lo toma muy en serio. A veces quizá demasiado en serio; es muy controlador.

—A mucha gente le cuesta delegar —dijo Nic—. ¿Qué tal si dejamos de hablar y nos damos un chapuzón en la piscina?, ¿te apetece? Podemos apagar las luces y bañarnos a la luz de la luna.

Pippa todavía llevaba el biquini debajo del vestido, y la idea resultaba demasiado tentadora como para rechazarla.

—Cuando quieras —dijo poniéndose de pie.

Su reacción hizo reír a Nic.

—Debería habértelo propuesto antes. Espera, iré a por unas toallas.

Nic entró en la casa y al poco rato salió con dos toallas de ducha. Apagó las luces, y condujo a Pippa a la piscina.

La superficie del agua reflejaba la tenue luz de la luna igual que un espejo.

—¡Qué bonito! —murmuró Pippa.

Nic se tiró a bomba a la piscina, salpicándole las piernas.

—Venga, métete —la llamó con una sonrisa pícara.

Pippa vaciló solo un instante antes de tirarse también, y un par de segundos más tarde los brazos de Nic le rodeaban la cintura.

—El agua está un poco fría —dijo.

—Entrarás en calor enseguida, ya lo verás —respondió Nic atrayéndola hacia sí.

Pippa alzó la vista a su rostro.

—Tú desde luego parece que frío no tienes —observó con una sonrisa azorada al notar el calor de su cuerpo.

—Eres tú, que me pones a cien cuando te tengo cerca —murmuró él, bajando la cabeza para besarla.

Fue un beso breve, pero bastó para prender la mecha del deseo en su interior, y le rodeó instintivamente la cintura a Nic con las piernas.

—Ummm… Eso me gusta —murmuró él.

Su boca descendió de nuevo sobre la de ella y sus lenguas se enroscaron la una con la otra. El suave vaivén del agua a su alrededor no hacía sino añadir sensualidad a la experiencia.

Nic deslizó las manos por sus muslos y la asió por las caderas mientras seguía devorando su boca con ese beso con lengua que estaba volviéndola loca. Cuando sus labios se despegaron, Pippa se rio, sintiéndose más viva que nunca.

—Me encanta tu risa —murmuró Nic contra sus labios.

—Me alegro, porque no recuerdo haber sentido tantas ganas de reír como cuando estoy contigo.

Nic sonrió.

—Contén el aliento —le dijo.

Volvió a besarla, dio una vuelta con ella en sus brazos, y se hundió poco a poco en el agua. Era una experiencia increíble e increíblemente sexy ser besada así.

Segundos después Nic los llevó a ambos de nuevo a la superficie y despegó sus labios de los de ella. Pippa aspiró por la boca y se quedó mirando su apuesto rostro. Cuando sus ojos se encontraron casi pudo notar la electricidad que chisporroteaba entre ellos. Tomó su rostro entre ambas manos y murmuró:

—Eres un hombre increíble.

—Ese sí que es un buen cumplido —dijo Nic con una sonrisa lobuna.

—No es un cumplido; es lo que pienso.

—En ese caso me alegra que pienses así —murmuró él, desanudando la parte de arriba de su biquini.

Cuando las manos de Nic apartaron las copas y se cerraron sobre sus senos, Pippa aspiró por la boca, sobresaltada porque no se lo esperaba.

—¿Quieres que pare? —le preguntó Nic.

Pippa solo vaciló un instante antes de contestar en un susurro:

—No.

Nic apoyó su frente en la de ella.

—Pippa, tienes que saber que, si seguimos, yo no voy a querer parar —le advirtió.

Con el corazón martilleándole contra las costillas, Pippa se mordió el labio.

—Yo tampoco.

Entre besos y caricias, Nic le quitó la parte de abajo del biquini y él se quedó desnudo también. Se excitaron el uno al otro de tal modo que Nic estuvo a punto de hacerle el amor allí mismo, pero se contuvo. En vez de eso la condujo fuera de la piscina, la envolvió en una toalla, se puso él otra, y alzó a Pippa en volandas para llevarla dentro.

Cuando llegaron al dormitorio la depositó en la cama, se abalanzó sobre ella y comenzó a devorarla de nuevo a besos.

—¿Estás segura de que quieres esto? —le preguntó Nic, haciendo un esfuerzo por dominar su deseo.

—Sí —murmuró ella, rodeándole el cuello con los brazos.

Nic deslizó una mano entre sus muslos, y comenzó a acariciarla hasta que la notó húmeda, y luego introdujo un dedo entre sus pliegues para enloquecerla aún más.

—Nic… —jadeó ella clavándole las uñas en los hombros.

—¿Es esto lo que quieres? —le preguntó él con la voz ronca por el deseo.

—Sí… —suspiró Pippa, a la que le faltaba poco para suplicar.

Los labios de Nic descendieron hasta su pecho, y

tomó un pezón en la boca. Pippa notó como una descarga eléctrica.

—Nic… hazme tuya…

Oyó a Nic rasgando el envoltorio de un preservativo, y poco después le separó las piernas. Cuando la penetró, Pippa se quedó sin aliento, y sintió un dolor punzante por aquella invasión.

—Oh.

Nic se detuvo, y se quedó mirándola sorprendido. Maldijo entre dientes.

—Deberías habérmelo dicho.

—Ni siquiera se me ha pasado por la cabeza —murmuró Pippa—. No podía pensar más que en… —meneó un poco las caderas, sintiendo que el interior de su cuerpo se estaba acomodando a su miembro—. En esto —dijo meneando de nuevo las caderas.

Nic se las sujetó.

—¿Es que quieres volverme loco?

—¿Acaso es eso algo malo?

Nic gruñó y comenzó a mover las caderas a un ritmo lento y delicioso. Cada embestida le provocaba unas sensaciones exquisitas.

—¿Estás bien? —le preguntó Nic.

—Sí… oh, sí… Esto es tan… oh…

Pippa sintió que aquella deliciosa tensión iba en aumento. Se aferró a los hombros de Nic y lo miró a los ojos. Con la mandíbula apretada por el esfuerzo que estaba haciendo para contenerse, Nic deslizó una mano entre sus piernas y sus dedos hicieron magia, provocándole unas sensaciones increíbles.

Pippa se estremeció, y de pronto todo su cuerpo se contrajo con una descarga indescriptible de placer al tiempo que se arqueaba hacia él.

—Nic… —suspiró, sintiendo como si su voz se hubiese separado de su cuerpo.

Él la abrazó con fuerza, y emitió un intenso gemido al alcanzar también el clímax.

Aquella había sido la experiencia más profunda de su vida, pensó Pippa, y supo que después de aquello nunca sería la misma. Los jadeos de ambos se entremezclaron en el silencio. Pippa sentía a Nic dentro de sí, en su mente, en su sangre, y se preguntó si podría siquiera volver a respirar sin pensar en él.

Capítulo 9

LA melodía insistente de su móvil despertó a Nic, que se volvió de mala gana hacia la mesilla para tomarlo y se lo llevó al oído para contestar.

—¿Sí?

—Nic —era su padre—, tu madre se encuentra mal. Necesita ayuda y no consigo contactar con su médico.

Nic se incorporó como un resorte en la cama.

—¿Qué le pasa?

—Tiene el vientre hinchado y mucho dolor —dijo su padre.

—Voy para allá enseguida —respondió Nic antes de colgar.

Pippa, que se había despertado, lo miró sin poder aún despegar los ojos.

—¿Qué ha ocurrido?

—Es mi madre; no está bien y mi padre no consigue ponerse en contacto con su médico.

—Hay alguien que podría ayudarla —dijo Pippa.

—¿Quién?

—Mi cuñado, Ryder McCall.

—Pero, si le pides ayuda, se enterará de que mi padre está en Chantaine. ¿No te causará problemas?

—¿Qué es más importante?, ¿los problemas que yo pueda tener, o tu madre? —le preguntó Pippa.

Dos horas después estaban en un avión rumbo a Chantaine. Aunque estaban sentados en filas distintas para que su escolta no sospechase nada, Pippa estaba segura de que estaba en tensión. Desearía poder hacer algo para ayudarle, pero no había nada que pudiera hacer.

El cáncer de Amelie no podía curarse, y lo único que podían hacer por ella era procurar que durante el tiempo que le quedaba estuviera a gusto y que no tuviera dolor.

Cuando aterrizaron y salió del avión le dijo a Giles, su escolta, que tenía que ir al lavabo y desde allí llamó a Ryder con el móvil. Antes de salir de Capri, Nic y ella habían quedado en que al llegar a Chantaine él se iría directamente a la cabaña y ella avisaría a Ryder y lo llevaría allí.

Cuando Ryder contestó, le dijo:

—Ryder, soy Pippa. No digas nada que pueda revelar con quién estás hablando. Te llamo por una emergencia.

Ryder se quedó callado un momento antes de preguntar:

—Dime qué puedo hacer.

—Hay una mujer enferma de cáncer que se encuentra muy mal. Esperaba que pudieras ayudarla.

Antes de bajar del coche, Ryder le preguntó a Pippa:

—¿Y cómo de grave es el cáncer que tiene?

De camino a la cabaña, Pippa le había explicado la situación.

—La han dado por desahuciada —respondió—. Solo queremos que tenga los menos dolores posibles y que pueda estar tranquila en el tiempo que le queda.

Ryder la miró a los ojos y le dijo:

—Deberías decirle esto a Stefan y a los demás.

—Mi familia no lo entendería. Ya sabes cómo odian a los Lafitte.

—Nunca he comprendido ese resentimiento —murmuró Ryder.

—Ryder, sé que te estoy poniendo en un compromiso, pero necesito tu ayuda y que me guardes el secreto.

—Lo primero es fácil, pero lo segundo no lo es. Tienes que contárselo a tu familia.

A Pippa se le hizo un nudo en el estómago.

—Centrémonos en el problema de hoy —le pidió Pippa—. Por favor, ayuda a Amelie.

Cuando Ryder vio a la madre de Nic les dijo que la hinchazón del vientre se debía a una retención de fluidos y que necesitaba llevarla a una clínica para poder llevar a cabo el drenaje que la aliviaría. Goldie los llevó a ambos en su coche, y unas horas después llevaba a Amelie de vuelta a la cabaña.

—Gracias por tu ayuda —le dijo Nic a Pippa cuando la acompañó fuera para despedirse—. ¿Te causará esto problemas?

Pippa se encogió de hombros.

—Le he pedido a Ryder que no se lo diga a mi familia, pero aunque se enterasen… lo importante es que tu madre esté bien.

Nic frunció el ceño.

—Sabes que no le queda mucho tiempo.

—Lo sé, pero quiero que hasta que llegue el momento esté tranquila y que tenga los menos dolores posibles.

Nic le tomó la mano y se la apretó.

—¿Cómo he podido tener la suerte de encontrar a una mujer como tú?

Pippa sonrió.

—Esa es una pregunta excelente. Yo me hago la misma con respecto a ti.

Al día siguiente Pippa quería hablar con Stefan, pero su secretario le dijo que estaba muy ocupado. Sin embargo, como Pippa todavía estaba profundamente irritada por que le hubiera endosado al conde, por mucho que hubiese resultado ser un hombre encantador, decidió tomar una medida inusual: le mandó un mensaje al móvil. Sus hermanos y ella tenían instrucciones de no molestar a su hermano con mensajes de texto, y ella siempre lo había respetado, pero ese día se le había agotado la paciencia.

Le mandó un mensaje que decía: *Feliz cumpleaños a mí misma. Me mudo fuera de palacio y renuncio a mi escolta. Besos, Pippa.*

Segundos después recibía otro de Stefan: *Te ordeno que no hagas nada hasta que hayamos hablado.*

Ella a su vez le mandó otro: *Perdona, pero no acepto órdenes de alguien que intentó emparejarme con un hombre que me dobla la edad.*

Luego apagó el teléfono. Sintió una descarga de adrenalina correr por sus venas y cómo el corazón le martilleaba contra las costillas. Nunca se había atrevido a desafiar a su hermano, y aquello la hizo sentirse exultante... hasta que recordó que todavía no tenía dónde vivir.

Se pasó la mañana haciendo llamadas para encontrar un apartamento, por la tarde estuvo visitando varios, y a las cinco y media de la tarde ya había firmado el contrato de alquiler de uno con un dormitorio.

Era un poco más caro de lo que habría querido pagar, pero estaba muy céntrico. Si pudiera resolver el asunto de su escolta...

Volvió a encender el teléfono, temiéndose los mensajes de texto y de voz que se encontraría. Inmediatamente aparecieron varios de Stefan, y algunos de ellos escritos con mayúsculas. Los borró sin leerlos, y le mandó uno diciéndole que estaba preparada para hacer un anuncio público renunciando a su escolta.

Medio minuto más tarde el teléfono sonó y se le encogió el estómago al ver que era Stefan quien llamaba. Por un instante consideró pulsar el botón de ignorar la llamada, pero se dijo que sería una cobardía y contestó.

—Buenas tardes, Su Real Majestad —le dijo.

—¿Se puede saber qué diablos te ha dado? —quiso saber Stefan—. Admito que no estuvo bien mandarte a Italia con el conde, pero esto es ridículo; estás reaccionando de un modo completamente desproporcionado.

—No es verdad. Acabo de cumplir veinticinco años.

—Pero nunca antes te habías quejado —replicó Stefan—. No puedo permitir que te mudes fuera del palacio y que te quedes sin escolta.

Si su actitud pomposa no fuera tan ofensiva, Pippa se habría reído.

—Imagínate que soy un hombre y te darás cuenta de que ya hace tiempo que debería haber hecho esto —le dijo.

—Pero no lo eres. Eres mi hermana pequeña y es mi deber protegerte.

Pippa se enterneció.

—Eso es muy dulce por tu parte, Stefan, y lo agradezco, pero no puedo seguir viviendo en palacio. Me siento enjaulada. Ya es hora de que me vaya.

—No lo comprendo. Hasta ahora siempre te habías mostrado razonable.

—Más bien obediente —corrigió ella—. Me siento como Rapunzel, solo que con un desastre de pelo.

Stefan suspiró.

—Al menos consiente en seguir con tu escolta.

—No. Me hace sentir como si tuviera una correa. Además, no lo necesito salvo cuando tengo que hacer apariciones públicas. Y los ciudadanos te aplaudirán si les ahorramos ese gasto.

Stefan maldijo entre dientes.

—Prométeme al menos que seguirás asistiendo a nuestras cenas de familia.

—Pues claro que sí —respondió Pippa enternecida—, pero con lo ocupado que estás te aseguro que ni me vas a echar de menos.

—Ya te echo de menos.

Los ojos de Pippa se llenaron de lágrimas. Sus emociones la habían pillado con la guardia baja, pero se negó a dejarse llevar por ellas.

—Te prometo que cuando nazca haré de canguro de vuestro bebé las veces que haga falta —le dijo—. Ya sé que canto fatal, pero ninguna de las nuevas generaciones de Devereaux escapará de mis horribles canciones de cuna.

Stefan se rio.

—Te quiero, Pippa.

Que su inflexible hermano hablase de sus sentimientos era algo tan raro que a Pippa se le hizo un nudo en la garganta.

—Y yo a ti —murmuró antes de colgar, y prorrumpió en sollozos.

Al día siguiente Pippa se mudó a su nuevo apartamento, y consiguió escapar al radar de Bridget, que estaba ocupada con la supervisión de las obras en su rancho.

A mediodía ya había terminado con la mudanza, y para su sorpresa tenía más espacio para sus cosas en el apartamento que el que había tenido en sus aposentos de palacio.

Sentía una extraña mezcla de alivio y nerviosismo, pensó sentándose en el sofá. Inspiró profundamente. Era libre. Eso era lo que había querido, ¿no?

Unos golpes en la puerta la sobresaltaron. Se levantó, y cuando acercó el ojo a la mirilla vio que era Nic.

—¿Cómo me has encontrado? —le preguntó sorprendida abriendo la puerta.

—Gracias a Goldie —respondió él encogiéndose de hombros—. ¿Vas a invitarme a pasar?

Pippa se sintió algo vergonzosa de pronto, pero asintió y se hizo a un lado.

—Pues claro, pasa.

Nic entró y miró a su alrededor.

—¿No es pequeño para ti?

—No. De hecho es más espacioso que mis aposentos de palacio —replicó ella cruzándose de brazos.

—¿En serio? ¿Te habían puesto en las mazmorras o algo así?

Pippa se rio.

—No, pero estoy casada y no tengo niños así que no necesitaba tanto espacio. ¿Cómo ha sabido Goldie que me había mudado aquí?

Nic se encogió de hombros.

—Tiene sus métodos. Yo no le pregunto; solo hace lo que le pido —respondió—. ¿Has pedido pizza?

—¿Pizza?

—Es una tradición. Cuando te mudas pides pizza para cenar porque estás demasiado cansado como para cocinar.

—No lo había pensado, pero…

—Pago yo —le dijo Nic con esa sonrisa suya tan sexy—. Por no haber podido llegar antes para ayudarte con la mudanza.

—Es muy amable por tu parte.

—En realidad tengo mis motivos —le confesó él—. Me apetece pizza y esperaba que quisieras compartirla conmigo.

—Pues claro que la compartiré contigo.

Cuarenta y cinco minutos después estaban sentados en la alfombra devorando una pizza explosiva.

—Deberíamos haber pedido una pizza vegetariana —dijo Pippa, dándole otro mordisco a su segunda porción a pesar de todo.

Nic sacudió la cabeza.

—Ni hablar. En el día de mudanza todo el mundo se convierte en carnívoro.

—Si tú lo dices… —respondió ella con una sonrisa.

—Seguro que a Stefan no le ha hecho ni pizca de gracia que te hayas mudado. Me apuesto cualquier cosa a que creyó que no te atreverías.

—Decir que no le hizo gracia es decir poco —dijo Pippa sonriendo de nuevo—. Y sí, creía que no me atrevería a hacerlo aunque le había advertido que lo haría. Ya no podía soportar más seguir viviendo en palacio y con un escolta detrás de mí todo el tiempo.

—Es curioso que te hayas decidido a dar el paso justo ahora. ¿Hemos tenido algo que ver en ello los Lafitte?

—Tal vez —admitió ella—. Sois todos tan independientes… Me hicisteis darme cuenta de lo enjaulada que me sentía.

—¿Y ahora cómo te sientes?

—De maravilla —respondió Pippa, reacia a dejarle entrever el mínimo atisbo de inseguridad.

—Y un poco asustada.

—Yo no he dicho eso.

—Tus labios no lo han dicho, pero tus ojos sí —respondió Nic. La tomó de la barbilla y le dijo—: Todo irá bien, Pippa; eres más fuerte de lo que creen los demás.

—¿Cómo estás tan seguro?

Nic se rio suavemente.

—Tú misma me lo has demostrado con creces.

La intensidad de su mirada la excitó y la hizo sentirse más intrépida que nunca. Se inclinó hacia él, tomó sus labios, y el primer beso dio paso a otro, y a otro, y a otro… Poco después él le quitaba la blusa y la falda, ella a él la camisa y los vaqueros, y tras un frenesí de besos y caricias sus cuerpos se unieron.

—¿Estás bien? —le preguntó Nic, haciendo un esfuerzo por contenerse.

—Sí —respondió ella, rodeándolo con las piernas.

El baile comenzó y los dos se entregaron a la pasión.

A la mañana siguiente Nic se despertó antes del alba en el colchón sobre el suelo en el que habían hecho el amor. Pippa respiraba suave y pausadamente en sus brazos. Probablemente seguía dormida. De buena gana se quedaría allí con ella, pero el deber lo llamaba. Tenía que ocuparse de su negocio, del de su padre, y también de su madre.

—Estás despierto —murmuró de repente Pippa contra su cuello.

—¿Cómo lo has sabido? Si no me he movido…

—Porque te noto tenso. Y casi puedo oír girando los engranajes de tu mente.

—Creía que estabas dormida.

La suave risa de Pippa le hizo cosquillas en la garganta.

—No.

Nic acarició su magnífica cabellera rizada con una mano, y deslizó la otra entre sus piernas.

—Pues si estás despierta…

Pippa aspiró por la boca.

—Oh, Nic…

—Oh, sí… —murmuró él, y comenzó a hacerle de nuevo el amor.

Una hora después se habían dado una ducha juntos y Pippa se secaba el pelo mientras Nic volvía a ponerse la ropa del día anterior.

—¿Va a estar bien? —le preguntó cuando acabó de vestirse.

Pippa apagó el secador y asintió.

—Tengo un montón de cosas por desembalar. Mi mayor temor es recibir una visita de Bridget o una llamada de Tina.

Nic le masajeó los hombros.

—Tú puedes con ellas.

—Supongo, aunque no será divertido precisamente —dijo ella haciendo una mueca.

—Llámame si hay que partirle la pierna a alguien —bromeó Nic.

Pippa se rio.

—No creo que eso sea una buena idea.

—Luego te llamo —le dijo Nic—, pero ahora en serio, si necesitas cualquier cosa, llámame.

—Lo haré. Y, si puedo, haré un hueco para ir a ver a tu madre.

—Seguro que eso la alegraría —dijo Nic—. Está un poco en baja después de que tuviéramos que llevarla a la clínica el otro día.

Pippa suspiró.

—Ojalá pudiera cambiar las cosas.

—Ya lo has hecho —dijo Nic.

—¿Has podido contactar con tus hermanos?

—Ya he hablado con dos de ellos; solo falta uno

—respondió él—. Las tres primeras veces que hablé con ellos se negaron en redondo. A la cuarta conseguí arrancarles un «tal vez».

—Eres un buen hombre —dijo Pippa conmovida, tomando su mano.

Nic se la apretó antes de llevársela a los labios para besarla.

—Cuidado: no olvides que mis antepasados fueron piratas —bromeó.

Capítulo 10

NIC se metió un par de antiácidos en la boca mientras miraba la pantalla de su tableta e intentaba encontrar una fecha en la que hacer un viaje de negocios de un par de días. Últimamente su madre parecía más cansada, y se pasaba la mayor parte del día durmiendo. No sabía qué hacer. Si se marchaba y su madre moría estando él fuera, nunca se lo perdonaría.

Había pensado que el día en Capri con Pippa lo ayudaría a eliminar esa tensión que sentía todo el tiempo, pero no había sido así.

Desde el principio había sabido que aquello no iba a ser un paseo, pero nunca habría imaginado el efecto que aquella situación tendría en su cuerpo. Había empezado a sentirse como un animal enjaulado, y en los últimos días apenas había dormido más de tres horas seguidas.

El saber que la muerte de su madre era inminente parecía estar ahogándolo, como si unas manos invisibles estuviesen tratando de estrangularlo. No hacía más que tomar antiácidos. Desde el primer momento había estado decidido a mantener sus emociones bajo control, pero la frustración que sentía por no poder cambiar las cosas y el avance de la enfermedad estaba desgastándolo. A través de la ventana abierta oyó a su madre cantando. ¿Pero qué…? ¡Era la una de la madrugada! Se asomó, y al ver a su madre acercándose a la piscina en camisón el corazón le dio un vuelco. Salió corriendo de la casita de invitados.

—¡Mamá! ¿Qué diablos estás haciendo?

Su madre se detuvo y giró la cabeza para mirarlo.

—Ah, hola, cariño. ¿Qué haces aún levantado?

Nic respiró aliviado. Al menos no había perdido la cordura.

—Estaba repasando cosas del trabajo —respondió yendo junto a ella.

Su madre ladeó la cabeza y frunció las cejas.

—No estás durmiendo bien, ¿verdad? —afirmó más que preguntó—. Anda, siéntate un rato conmigo. Iba a darme un chapuzón, pero puede esperar —dijo sentándose en una de las sillas de jardín.

Nic sacudió la cabeza pero se sentó a su lado.

—Mamá, no puedes meterte en la piscina. El doctor McCall dijo que tendrías que esperar cinco días para poder bañarte o nadar.

Su madre frunció el ceño.

—Habría jurado que ya habían pasado cinco días

—agitó la mano—. Mi memoria no anda muy fina últimamente. Los medicamentos me ayudan con el dolor, pero me hacen sentirme soñolienta. Es difícil elegir entre lo uno y lo otro —suspiró—. Pero ya está bien de hablar de mí. ¿Cómo te va con Pippa?

—¿A qué te refieres? —inquirió él rascándose la barbilla.

—Bueno, es evidente que hay algo entre vosotros. Es un milagro que las chispas no hayan hecho aún que salga ardiendo la cabaña las veces que nos ha visitado. ¿Qué piensas hacer?

—Es complicado.

Su madre se rio.

—¿Crees que no entiendo de complicaciones?

—Está muy unida a su familia, y ellos me odian. No puedo pedirle que se enfrente a su familia.

—Pippa es fuerte, y tú lo eres también. Puede que juntos consigáis lo que parece imposible.

Nic lo dudaba. No podía pedirle algo así a Pippa después de todo lo que había hecho por su madre y por él.

—No tienes fe —dijo su madre—. Hazme caso, piensa en lo que te he dicho.

—Lo haré —le prometió Nic.

—Y quisiera que no sufrieras tanto por mí. Estoy bien, cariño, lo he aceptado. El que me preocupa un poco es tu padre, pero creo que, si le compras un perro, lo sobrellevará mejor.

Nic parpadeó.

—¿Un perro?

Su madre asintió.

—Cuando me haya ido necesitará a alguien que le haga compañía y sienta una adoración ciega por él. Hazme caso.

A Nic se le encogió el estómago por el cariz que estaba tomando la conversación.

—Mamá, no tenemos que hablar de esto.

—Pues claro que tenemos que hablar de ello —replicó su madre poniendo su mano sobre la de él—. Me tienes preocupada.

Nic apretó la mandíbula.

—No tienes que preocuparte por mí. Tú me enseñaste a ser fuerte.

—Sí, pero no tienes superpoderes. Sé que para tus adentros creías que podrías salvarme, y el que no hayas podido hacerlo te está destrozando. Si hubiera sabido que esto iba a ser tan duro para ti, me habría quedado en Estados Unidos y habría ingresado en una clínica. Esto está siendo una carga muy pesada para ti.

—No querría que las cosas hubieran sido de otra manera —le aseguró Nic—. Excepto que me habría gustado que hubiese una cura —murmuró, luchando por contener las lágrimas.

—Oh, cariño, siempre me tendrás contigo aunque ya no esté —le dijo su madre—. Sé que al principio será doloroso, pero estás condenado a llevarme para siempre contigo a donde vayas porque llevas mis genes.

Nic se rio a pesar de la tristeza que lo embargaba.

—¿Hay algo más que pueda hacer por ti?

—Ya has hecho muchísimo. Me has dado todos estos días maravillosos aquí en Chantaine. Ahora vive tu vida —le dijo su madre—. Y, si tienes que ocuparte de los negocios, hazlo, pero no dejes aparcado tu corazón y diviértete. ¿Me prometes que lo harás?

Nic inspiró profundamente.

—Te lo prometo.

Amelie miró la piscina con tristeza.

—¿No vas a dejarme hacer trampa y darme un chapuzón rápido?

—Un día más y podrás pasarte todo el tiempo que quieras en el agua, pero hasta entonces no.

—Eres un tirano —bromeó su madre—. Pero de todos modos estoy demasiado cansada. Buenas noches, cariño. Intenta descansar. Ya sabes lo gruñón que te pones cuando no descansas.

Nic puso los ojos en blanco.

—Lo intentaré.

La ayudó a levantarse y la acompañó hasta la puerta de la cabaña.

Al día siguiente Pippa volvió a visitarlos de nuevo. Apenas se había bajado del coche cuando empezó a quitarse el disfraz.

—¡Cómo… odio… este disfraz! —masculló desabrochándose la fea blusa—. Lo odio, lo odio y lo odio.

Su retahíla hizo sonreír a Nic, que aprovechando que estaba de espaldas fue y la agarró por detrás. Pippa dio un gritito.

—Soy yo —la tranquilizó él—. Es que esa peluca gris hace que se desaten mis hormonas.

Pippa se rio y se volvió hacia él.

—Estás loco.

—Lo estoy, y no sabes cómo me alegra verte —murmuró él antes de tomar sus labios con un largo beso.

—¿Cómo están tus padres?

—Mi padre está mucho mejor, pero mi madre está más débil. Va a resultar difícil mantener a mi padre ocupado. Supongo que le diré a Goldie que lo canse un poco con algo más de ejercicio.

Pippa asintió.

—¿Y tú cómo estás? —le preguntó.

—Estoy bien —contestó él encogiéndose de hombros.

—Estás mintiendo, pero lo comprendo —dijo Pippa apretándole la mano—. Siento que tengas que pasar por esto, pero no serías el hombre que... —se quedó callada un segundo—. No serías el hombre al que admiro si esto no fuera difícil para ti.

—Quería pedirte algo. Mañana me voy de viaje. ¿Crees que podrías venir esta noche?

Pippa asintió, y Nic se sintió aliviado.

—Mandaré a Goldie que te recoja. Solo tienes que ponerte el disfraz y todo irá bien.

Pippa emitió un cómico gemido de desesperación.

—Estoy deseando dejar de tener escolta para poder quemar esta peluca.

—No te apresures; podrías volver a necesitarla.

—Bueno, ¿y dónde vas mañana?

—Tengo que volver a los Estados Unidos por negocios, y también por una cuestión personal —respondió Nic—. Anda, vamos a ver a mi madre.

Horas más tarde, después de que se fuera su escolta, Pippa estuvo trabajando un poco en su tesis hasta que la llamó Goldie al móvil para decirle que estaba esperándola abajo.

Durante todo el trayecto hasta la cabaña tuvo el estómago lleno de mariposas. Cuanto más tiempo pasaba con Nic, más sentía que lo que había entre ellos se estaba afianzando, pero con el odio que su familia tenía a los Lafitte lo suyo era imposible. No iba a pensar en eso, se dijo, esa noche no.

—La llevaré de vuelta a casa cuando usted me diga, señorita —le dijo el amable gigante cuando se bajaron del coche al llegar—. Que disfrute de la velada.

—Gracias, Goldie.

Pippa fue hasta la casita de invitados, pero antes de que pudiera llamar a la puerta esta se abrió. Nic la tomó de la mano y la arrastró dentro.

—¿Por qué has tardado tanto? —murmuró atrayéndola así.

—Tuve que esperar a que mi escolta se fuera.

—¿Has cenado?

Pippa negó con la cabeza.

—Estupendo, porque Goldie nos ha preparado unos aperitivos y ha hecho un pastel de albaricoques —dijo Nic soltándola para ir a la cocina.

Cuando hubieron acabado de cenar sentados en el sofá, Pippa le preguntó a Nic:

—¿A qué hora te marchas mañana?

—No quiero que hablemos de eso, pero me iré sobre las cinco. Mi vuelo sale temprano.

Pippa dejó escapar un gemido de culpabilidad.

—¿A las cinco? Pues, si es así, debería marcharme y tú deberías irte a la cama; tienes que descansar.

—Puedo dormir en el avión. Aunque me atrae la idea de ir a la cama... —murmuró rodeándole la cintura con los brazos.

Pippa apuró el vino que quedaba en su copa, y mirándolo a los ojos lo desafió.

—Y entonces, ¿a qué estás esperando?

Nic la tomó de la mano de inmediato y la condujo al dormitorio.

—Nunca había deseado tanto a nadie —dijo mientras se besaban.

Con el corazón latiéndole como un loco, Pippa comenzó a desabrocharle la camisa.

—Me alegra saber que no soy la única que se siente así —murmuró mientras él la ayudaba a desvestirse también.

Pronto estaban los dos desnudos y sin aliento hechos una amalgama de miembros sudorosos en la cama. Cuando Nic la penetró, se miraron a los ojos, y Pippa sintió que aquello era algo más que la unión de dos cuerpos.

Nic comenzó a mover las caderas y ella le respondió arqueándose con cada embestida hasta que alcanzaron el clímax.

—Nunca es suficiente —jadeó Nic momentos después, cuando yacían el uno junto al otro—. Es como si jamás fuera a saciarme de ti.

Y ella quería que fuese así, pensó Pippa acurrucándose contra él.

—Te necesito a mi lado —le susurró él—, querría tenerte a mi lado todo el tiempo.

Pippa pensó que le gustaría que le dijera que la amaba, que cuidaría de ella siempre. Ese pensamiento la sorprendió. No. No quería que cuidaran de ella; quería ser fuerte e independiente, y apoyarlo y cuidar de él.

—Yo siento lo mismo.

Capítulo 11

QUIERO ir a la playa —dijo Amelie a las tres y
media de la tarde.

Pippa parpadeó.

—¿A la playa?

El día hasta ese momento había sido igual que el
anterior: Amelie había estado tricotando, charlando
con ella y sesteando.

—Sí, quiero nadar un poco —dijo Amelie levantándose—. Iré a ponerme el bañador.

Pippa se levantó también.

—No estoy segura de que eso sea buena idea.

—Oh, ¿lo dices por lo que me hicieron en la clínica? El médico dijo que pasados cinco días podría ba-
ñarme si quería. Y han pasado más de cinco días —re-

plicó Amelie—. Claro que tú no habrás traído un bañador y no creo que te valga ninguno de los míos. A lo mejor debería ir sola.

«Ni hablar».

—No te preocupes. Como he venido en pantalón corto no hay problema —contestó Pippa—. Yo me quedaré en la orilla. Ve a cambiarte.

Mientras Amelie se alejaba por el pasillo se preguntó si no se cansaría antes siquiera de que salieran, pero para poco rato después Amelie volvió con una energía sorprendente y vestida con un caftán que cubría el bañador y su delgada figura.

—Ya estoy lista para nadar como un pececillo —anunció.

—Estupendo —dijo Pippa—. Le pediremos a Goldie que nos lleve.

Amelie frunció el ceño.

—Pero… ¿y Paul?

—Está durmiendo la siesta; le dejaremos una nota.

—Excelente —dijo Amelie—. ¡Pues vamos a la aventura!

«Que Dios nos asista», pensó Pippa.

Unos veinte minutos después estaban en la playa más cercana, en la que ese día no había prácticamente nadie. Amelie se sacó el caftán por la cabeza y lo dejó caer a la arena, junto a su toalla. Luego levantó el rostro hacia el sol y sonrió como una niña.

A Pippa se le encogió el corazón. Tomó su móvil y tomó varias instantáneas de Amelie con él. No se le daba bien hacer fotos, pero esperaba poder captar el amor de Amelie por la vida.

—Vamos, antes de que el agua se ponga demasiado fría —le dijo.

Pippa guardó el móvil en su bolso y corrió hacia el mar con ella. El agua ya estaba bastante fría, pensó soltando un gritito. Y eso que solo se había metido hasta las rodillas.

—Muy caliente no está —dijo.

Amelie se rio y alcanzó la mano de Pippa.

—¿Verdad que esto es precioso?

Pippa inspiró profundamente y miró el mar azul con sus suaves olas blancas.

—Sí que lo es.

—Yo siempre quise ser un pez o un delfín —dijo—. O una mariposa —añadió con una sonrisa, y Pippa vio que los dientes le castañeteaban un poco.

—Eres todos esos animales en uno.

Amelie se rio. Se le estaban poniendo los labios violáceos.

—Eres un encanto; la princesa perfecta —de pronto la sonrisa se desvaneció de sus labios—. Hay una cosa que me da rabia: saber que no voy a poder conocer a mis nietos. Tú podrías tener a mi primer nieto.

Pippa se quedó mirándola sorprendida.

—¿Un nieto? —repitió.

El estómago le había dado un vuelco. ¿Habría intuido algo Amelie? De hecho, se le estaba retrasando el periodo, pero nunca había tenido un periodo regular, así que no estaba preocupada. Además, Nic había utilizado preservativo cada vez que lo habían hecho.

—No te preocupes; todo irá bien. Tendrás un bebé precioso —dijo Amelie.

Pippa se preguntó por un momento si la madre de Nic no estaría delirando.

—Te estás enfriando; deberíamos volver.

—Solo un rato más —le pidió Amelie—. Quiero sentir el agua y las olas un poco más.

Pippa le apretó la mano, debatiéndose entre la comprensión y el temor por su frágil salud.

De pronto Amelie soltó su mano y se echó hacia delante, metiéndose entera en el agua.

—¡Amelie! —la llamó Pippa sobresaltada.

A los pocos segundos, después de darle aquel susto de muerte, Amelie sacaba la cabeza del agua. Pippa la ayudó a levantarse.

—¿Qué pretendías hacer? —le preguntó preocupada.

—¡Qué bien se está bajo el agua! —exclamó Amelie con una sonrisa—. Me siento como si tuviera nueve años otra vez.

Estaba temblando. Pippa la rodeó con los brazos y la llevó hacia la orilla.

—Vamos a por las toallas. Te vas a congelar.

Los dientes de Amelie castañeteaban con más fuerza mientras la secaba y la liaba en la toalla. Luego, cuando llegaron al coche, Goldie se apresuró a bajar para abrirles la puerta y ayudar a Amelie a subir.

—Goldie, enciende la calefacción, por favor —le pidió Pippa.

—Pero si hace ca… —se calló cuando Pippa lo miró.

Amelie estaba tan delgada y frágil que el haberse metido en el agua fría la afectaba mucho más que a una persona sana.

—Sí, Alteza.

—Dios, espero que no se ponga peor por esto —murmuró Pippa preocupada, frotándole los brazos a Amelie.

—No le pasará nada —la tranquilizó Goldie—. Ha hecho lo correcto, Alteza. Era lo que ella quería hacer.

Volvieron a la cabaña y Pippa ayudó a Amelie ha ponerse un pijama y meterse en la cama. Solo después de que Goldie le prometiera que estaría pendiente de Amelie para asegurarse de que estaba bien accedió a marcharse. Cuando se subió al taxi que le había pedido Goldie y miró la hora maldijo para sus adentros. Esa noche tenía una cena con su familia e iba a llegar tarde…

Corre que te corre se dio una ducha al llegar a su apartamento, se vistió y se recogió el pelo en un moño. Nada de maquillarse, decidió para no perder más tiempo. Se fue en su coche a palacio, y corrió al comedor, donde ya estaban todos: Stefan, Eve y la pequeña Stephenia, y también Bridget, Ryder y los gemelos.

Cuando entró, todos se quedaron en silencio.

—Eh… hola —los saludó esbozando una sonrisa forzada—. Siento llegar tan tarde; se me ha echado el tiempo encima —se disculpó mientras ocupaba su asiento—. ¿Cómo llevas el embarazo, Eve?

Esta la miró compadecida.

—Mejor, gracias.

Pippa miró a Bridget.

—¿Y qué tal el rancho?

—Bien. Si conseguimos que acaben con los trabajos de fontanería y con la cocina en el plazo previsto, dentro de nada estará todo listo —respondió Bridget—. ¿Por qué tienes el pelo húmedo?

—Es que me acabo de dar una ducha —dijo Pippa alcanzando su vaso de agua.

Por suerte, gracias a sus sobrinos, que pronto empezaron a hacer de las suyas, pronto dejó de ser el centro de atención y la cena transcurrió con normalidad. Cuando les sirvieron el postre tomó algunas cucharadas, y luego le pidió discretamente a uno de los sirvientes que retirara su plato.

—Bueno, ha sido una cena deliciosa, pero tengo que marcharme ya. Mañana quiero ponerme a trabajar temprano en la tesis, a ver si avanzó —dijo echando su silla hacia atrás.

Stefan se levantó.

—Si ya has terminado, me gustaría que habláramos un momento a solas; en mi despacho.

—¿Cómo va tu tesis? —le preguntó Stefan cuando cerró la puerta de su despacho tras de sí.

Pippa habría preferido que escogiera otro tema para romper el hielo. En la última semana apenas le había dedicado tiempo a su tesis.

—Bien, avanza un poco lenta, pero avanza.

—Has estado muy ocupada desde que volviste de Italia —comentó Stefan.

Cuando Pippa lo vio tomar la tableta que tenía sobre la mesa y encenderla se puso aún más nerviosa.

—Bueno, es que con la mudanza y todo eso… —vaciló, sin saber si debía seguirle el juego o ir al grano, pero finalmente se decantó por lo segundo—. ¿Dónde quieres llegar?

—Justo antes de cenar me han llegado unas fotografías tuyas que se han publicado en cierta red social. Me sorprendería que no apareciesen mañana también en la prensa —le mostró unas fotografías suyas con

Amelie en la playa esa tarde—. Esa mujer me resulta familiar —le dijo en un tono gélido.

A Pippa se le hizo un nudo en el estómago.

—Su Majestad tiene buen ojo —le dijo con sorna—. Sí, es Amelie Lafitte.

Stefan apretó la mandíbula.

—¿Se puede saber de qué diablos va todo esto?

Pippa suspiró.

—Estoy ayudando a una familia que está sufriendo una tragedia.

—¿Qué tragedia? Había oído que había estado enferma, pero, si está bañándose en el mar, es que ya se ha recuperado.

Pippa sacudió la cabeza.

—Tiene un cáncer terminal; está… está muriéndose.

Una expresión de sorpresa cruzó por el rostro de Stefan.

—Vaya. Lamento oír eso —se aclaró la garganta—. Pero, dicho eso, cualquier relación con los Lafitte está terminantemente prohibida en esta familia. Exijo que cortes lazos con ellos de inmediato.

Pippa apretó los labios.

—Lo siento, pero eso no es posible.

Stefan ladeó la cabeza con incredulidad.

—Ya lo creo que es posible. Solo tienes que mandarles un mensaje diciéndoles que cuentan con tus mejores deseos pero que no puedes seguir viéndoles.

—No puedo hacer eso y no voy a hacerlo.

Stefan apretó la mandíbula.

—Pippa, después de recibir estas fotos le pedí a mi secretario que investigase a los Lafitte, y ha averiguado que aprovechaste tus conexiones familiares para proporcionarles una casa. Y no se trata solo de eso: Paul Lafitte fue expulsado de nuestro país y su presencia aquí es ilegal. ¿Cómo crees que se sentiría Georgina si supiera que estás dejando que un delincuente use la cabaña que les dejaron sus padres?

—No es un delincuente —replicó ella, perdiendo la paciencia—. Es un hombre anciano con un pie roto que está a punto de perder al amor de su vida.

—Pippa, no vamos a discutir eso. Lo que has hecho es ilegal y es deshonesto.

—No me siento orgullosa de haberos mentido; detesto haber tenido que mentiros, pero con vuestra actitud no podía deciros la verdad.

—Me parece que no comprendes que esto supone una mancha en nuestro apellido. Insisto en que pongas fin a tu relación con los Lafitte —le dijo Stefan—. Por favor, no me obligues a hacer algo que no quiero.

Pippa se estremeció, pero el que intentara manipularla de esa manera la puso furiosa.

—¿Estás amenazándome? ¿Con qué? Adelante, dilo, no te andes por las ramas.

Stefan se quedó callado un momento y entornó los ojos.

—Si no dejas de ver a los Lafitte, me veré obligado a considerar quitarte el título.

Pippa no vaciló.

—Entonces hazlo. Ayudar a los Lafitte en estos momentos tan dolorosos para ellos es lo más importante que he hecho en toda mi vida. Si por ello pierdo mi título, que así sea. Buenas noches, Stefan —le dijo, y salió del despacho.

El ruido de sus tacones resonaba en el suelo de mármol a cada paso que daba mientras se alejaba por el pasillo. Si Stefan llevaba a cabo su amenaza, tal vez aquella fuese la última vez que caminase por ese pasillo, pensó. O peor: tal vez Stefan y los demás romperían toda relación con ella. Aquel pensamiento la llenó de dolor y tuvo que apretar los puños porque de repente le temblaban las manos. A pesar de que su familia no era perfecta, los quería y los echaría muchísimo de menos. No soportaría perderlos.

El avión comenzó su descenso sobre Chantaine justo cuando pasaban unos segundos de las ocho de la mañana. Nic se frotó los ojos, que parecían papel de lija.

Aunque parecía un milagro, sus tres hermanos iban a bordo de aquel avión con él. Alex, el menor, roncaba suavemente a su lado. Paul Jr., al que llamaban James, y Michael estaban sentados al otro lado del pasillo.

El avión tomó tierra con algún que otro tumbo, y Nic rogó porque no fuera un presagio de cómo iba a ser la visita de sus hermanos a la cabaña.

Alex se despertó y se pasó una mano por la cara antes de mirarlo con los ojos medio guiñados.

—Bueno, parece que hemos llegado. ¿Seguro que nuestro padre no está encerrado en una mazmorra de Chantaine?

—Cuando me marché, al menos no lo estaba —contestó Nic—. Además, no has venido a ver a nuestro padre, sino a nuestra madre —le recordó—. Si es que eres lo bastante hombre.

Alex lo miró furibundo, pero con esas mismas palabras de desafío Nic había conseguido convencerlos para que lo acompañaran.

La limusina que había contratado estaba esperándolos a la salida del aeropuerto para llevarlos a la cabaña. Cuando llegaron fue su padre quien abrió la puerta, y se quedó mirando anonadado a sus cuatro hijos apoyado en las muletas.

—¡Que me ahorquen…! —murmuró.

—Eso es lo que habríamos hecho nosotros hace años si hubiéramos podido —le dijo James con aspereza—. ¿Dónde está mamá?

La expresión de su padre se endureció.

—Está echándose la siesta, y, si no vais a tratarla con respeto y con amabilidad, ya podéis iros por donde habéis venido —les dijo, y les cerró la puerta en las narices.

Se hizo silencio entre los hermanos.

—Parece que el viejo no ha cambiado nada —dijo Michael al cabo.

—Sí, es un cabrito, pero siempre ha sido muy protector con ella —comentó Alex.

—Cuando no estaba en prisión —puntualizó James.

—Esto es ridículo —dijo Nic—. Vamos a entrar a esperar a que mamá se despierte porque es a ella a quien habéis venido a ver, y me gustaría que intentarais no tener más enfrentamientos con papá.

Cuando entraron, Goldie le dijo que su padre se había ido al patio de atrás. Nic le pidió a sus hermanos que se sentaran, puso un partido de béisbol y Goldie les sirvió unos aperitivos, unos sándwiches y unas cervezas.

Sus hermanos parecieron apaciguarse mientras comían y veían la televisión, y al cabo de unos minutos, finalmente apareció su madre.

Nic apagó el televisor. Se la veía muy cansada, pero era evidente que estaba emocionada de ver a sus otros tres hijos allí.

—¿Estoy soñando? —preguntó con una enorme sonrisa.

—Ve con ella —le dijo Nic a Michael al oído.

—¿Yo? —preguntó Michael, repentinamente vergonzoso.

Nic asintió, y un instante después se ponía de pie para abrazar a su madre.

—Siento no haber…

—Nada de disculpas —lo cortó su madre abrazándolo con fuerza—. ¡Me alegro tanto de veros!

Un momento después James se levantó y fue a abrazarla también.

—Te echaba de menos, mamá.

Finalmente Alex se levantó también y fue junto a ella.

—Soy el peor de tus hijos —se acusó azorado.

—No —replicó ella con una sonrisa—. Sois los mejores hijos que ninguna mujer podría tener porque habéis venido a verme antes de que… —se quedó callada y la sonrisa se desvaneció de sus labios—. Antes de que me convierta en una mariposa.

A Nic se le hizo un nudo en la garganta. Le había costado un esfuerzo enorme hacer posible aquello, y deseaba que no hubiera sido necesario.

Su madre se sentó y tomó un bocadito minúsculo de esto o aquello mientras tomaba sorbitos de limonada y charlaba con ellos.

Quiso saber qué hacía cada uno de ellos y cómo les iba. Para su decepción ninguno se había casado y ninguno tenía hijos. Los animó a disfrutar de Chantaine al máximo durante el tiempo que estuvieran allí, pero Nic sabía que sus hermanos se marchaban a las cinco de la mañana del día siguiente.

Al cabo de un rato notó que su madre estaba cansándose.

—Deberíamos dejarte descansar —le dijo.

—Dentro de un rato —replicó ella—. Antes hay algo que quiero deciros. No os va a gustar, pero tengo que decirlo. Creo que ya va siendo hora de que os comportéis como hombres.

La habitación se quedó en silencio, y los hermanos se removieron inquietos en sus asientos.

—Es verdad que vuestro padre quebrantó la ley varias veces, pero lo hizo porque quería darme lo mejor. Quería darme la clase de vida que tendría una princesa, porque eso es lo que habría sido si no me hubiese casado con él, aun cuando yo no se lo había pedido. Sentía que no podía competir con lo que me habría dado el príncipe Edward.

Nic nunca lo había visto de ese modo.

—Yo puedo entender eso —dijo James—, pero convirtió nuestras vidas en un infierno al destruir la reputación de la familia.

—Es cierto —dijo su madre—, pero de eso hace mucho tiempo. Ya es hora de que lo olvidéis y lo dejéis atrás.

—¿Que lo olvidemos? —repitió Michael—. Tuvimos que mudarnos a otros estados para poder establecernos por nuestra cuenta.

—Y lo habéis hecho —insistió su madre—. Tengo dos cosas que pediros: que os comportéis los unos con los otros como verdaderos hermanos, que estéis unidos, y que perdonéis a vuestro padre.

Nic notó cómo sus hermanos se cerraban en banda al oír aquellas palabras, pero esperaba que al menos pensaran un poco en ello.

—Estoy cansada —dijo su madre—. Creo que ahora sí que me voy a ir a dormir. Pero me encantaría poder hacerme una foto con mis chicos.

Nic llamó a Goldie, que hizo unas cuantas fotos de los cinco antes de que su madre se fuera a la cama. Sus hermanos también se retiraron a dormir pronto pues a la mañana siguiente tenían que levantarse temprano.

Pensó en llamar a Pippa, pero había sido un día muy largo y estaba agotado. La llamaría al día siguiente por la tarde, se dijo, cuando sus hermanos se hubieran marchado.

Al alba se levantó para despedir a sus hermanos, que se fueron en el taxi que les había pedido, y se volvió a la cama para dormir un poco más. Sin embargo, apenas habían pasado una hora cuando unos golpes en la puerta lo despertaron. Cuando fue a abrir se encontró a Goldie con expresión angustiada.

—Disculpe, señor, pero su madre ha fallecido.

Capítulo 12

NIC oyó llegar un vehículo y salió de inmediato a la puerta. Era Pippa; la había llamado para darle la mala noticia. Esta se bajó del coche y corrió a abrazarlo.

—Lo siento tanto, Nic… ¿Cómo estás? —le preguntó.

Tenerla entre sus brazos era como un bálsamo para su alma.

—Estoy bien; sabíamos que este momento llegaría antes o después.

—Pero uno nunca está preparado —murmuró ella, echándose hacia atrás para escrutar su rostro—. ¿Y tu padre?, ¿cómo está?

—No está bien. Le dolía el pie y ha pasado toda la

noche en el patio. Creo que debió de tomarse una dosis extra de analgésicos para el dolor porque mis hermanos estaban durmiendo en la habitación de invitados y no se despertó siquiera cuando se fueron esta mañana. Goldie fue a llevarle un cruasán y un zumo a mi madre esta mañana y se la encontró muerta. Mi padre está horrorizado de que haya muerto sola —se le quebró la voz.

Pippa tomó su mano.

—Pero tus hermanos… ¿tu madre llegó a verlos?

Nic asintió.

—Es casi como si hubiera estado esperando para verlos antes de irse —murmuró.

—Hiciste algo maravilloso al traerlos aquí —dijo Pippa—. Imagino que hay un montón de cosas por organizar. ¿Puedo ayudarte en algo?

Nic inspiró profundamente.

—Quería pedirte un favor más: mi madre quería que sus cenizas fueran esparcidas aquí, en Chantaine. Y que se celebrara un pequeño funeral.

—Veré qué puedo hacer —dijo—, aunque Stefan ahora mismo no sé si me habla siquiera —añadió con una sonrisa amarga.

—¿Por qué? ¿Todavía está enfadado porque te hayas ido de palacio?

Pippa agitó la mano para quitarle importancia. No quería preocupar a Nic con nada en ese momento.

—Stefan siempre está enfadado por una cosa u otra —dijo—. ¿Y qué pasa con tus hermanos? Has dicho que se marcharon esta mañana.

—Vienen de regreso. No habían embarcado aún cuando los llamé para decirles lo que había pasado —respondió Nic—. Solo espero poder hacer esto rápido para poder llevar a mi padre de regreso a Estados Unidos. Aquí hay demasiados recuerdos tristes para él.

Pippa asintió. Nic fue dentro, con su padre, y ella se quedó fuera haciendo unas llamadas para ver qué se podía hacer respecto a los últimos deseos de Amelie. Minutos después entraba en la casa con expresión de alivio.

—He conseguido que Stefan nos dé permiso para celebrar el funeral de tu madre. Como hace buen tiempo he pensado que tal vez querríais que fuera al aire libre. Hay un parque con grandes extensiones de césped en el otro extremo de la isla. Podrían colocarse allí unas sillas para tu familia y las personas que quieran asistir. Pondremos una esquela en el periódico; sé que tu madre tenía mucha gente que la quería.

—Eso sería estupendo, gracias —murmuró Nic tachando mentalmente eso de su lista.

Se sentía como si tuviese por delante un viaje de miles de kilómetros. Pippa hacía que todo pareciese más fácil, pero pronto estaría de nuevo en los Estados Unidos y tendría que ocuparse de todo él solo.

Dos días después Pippa tomaba asiento en la cuarta fila de sillas que se habían dispuesto para el funeral de Amelie. No quería atraer la atención sobre sí. Era una mañana preciosa; a Amelie le habría encantado.

—Perdón, ¿este asiento está ocupado? —preguntó una voz familiar a su lado.

Cuando Pippa alzó la vista la sorprendió ver a Bridget y a Eve, y se levantó sintiéndose como si el corazón fuera a estallarle de alegría.

—No puedo creerme que hayáis venido —murmuró con una sonrisa—. No sabéis cómo os lo agradezco.

—Pues claro que hemos venido; somos tu familia —dijo Eve—. Stefan no ha venido porque no quería que se montase un espectáculo, pero le envía sus condolencias a los Lafitte.

Pippa la abrazó.

—Has debido de echarle un buen rapapolvo para que os dejara venir, porque la última vez que hablé con él me dijo que iba a quitarme el título.

Bridget puso los ojos en blanco.

—Esa amenaza nos la ha hecho a todos en algún punto. Es solo que a veces no puede soportar no tener el control. La mayoría de las veces —se corrigió con una sonrisa socarrona antes de tenderle los brazos—. Ven aquí. Eres boba por sufrir en silencio tu sola —le dijo mientras la abrazaba—. ¿Por qué no podrás ser como yo y hacer que todo el mundo sufra contigo?

A pesar de lo triste que se sentía, las palabras de su hermana hicieron reír a Pippa.

—Sabía que ninguno de vosotros lo aprobaría, pero no podía darles la espalda.

—Esa es una de las muchas razones por las que te queremos —dijo Eve tomando asiento.

Bridge se sentó también, y durante los minutos siguientes llegó mucha gente; tanta que faltaron sillas.

—No sabía que había tanta gente que la recordaba —dijo Bridget sorprendida.

—Lo comprenderías si la hubieras conocido. Ojalá hubiérais tenido esa oportunidad —dijo Pippa, y de repente se le llenaron los ojos de lágrimas—. Era una persona mágica.

Pippa puso su mano sobre la de ella para reconfortarla, y en ese momento llegaron los Lafitte, que ocuparon los asientos de la primera fila. Poco después el sacerdote se colocaba frente al grupo y empezaba la ceremonia.

Nic leyó un mensaje que había escrito su madre para la ocasión. El verlo tan entero leyendo esas últimas palabras de su madre hizo que a Pippa se le encogiera el corazón. Sabía que estaba sufriendo, pero jamás lo dejaría entrever, y deseó poder hacer algo para poder aliviar ese sufrimiento.

Cuando el funeral estaba terminando, Bebe, la propietaria de la crepería favorita de Amelie, se acercó al frente para dirigirse a todos.

—Le pido a la familia que disculpen la intromisión, pero me gustaría decir unas palabras. Amelie era una persona maravillosa. Yo tuve la suerte de recibir una visita suya hace poco, y varios de nosotros queríamos tener un último gesto con ella, así que pedimos permiso para plantar en este parque una buddleia en su honor. Está allí mismo —dijo señalando a unos metros.

Pippa sollozó. Las buddleias eran unos arbustos afamados porque la fragancia de sus flores atraía a las mariposas, y en ese momento había varias. Nic y ella se miraron. Amelie había dicho muchas veces que quería ser una mariposa. En ese momento el vínculo entre ellos se estrechó. Siempre recordarían ese instante.

Nic le había pedido a Pippa que fuera a la cabaña después del funeral, y ella había llamado a un servicio de catering para que llevaran comida. Con la agitación de los últimos días, seguramente Nic, su padre y sus hermanos apenas habían probado bocado.

Cuando llegó estaban comiendo en silencio. Nic le presentó a sus hermanos y todos le dieron las gracias por lo que había hecho por su madre. Nic y ella salieron fuera.

—Ha sido un funeral precioso; creo que a tu madre le habría gustado —dijo Pippa.

—Sí, en especial lo del arbusto y las mariposas. No me lo había esperado —respondió Nic metiéndose una mano en el bolsillo. Con la otra se aflojó la corbata.

Tenía unas ojeras terribles; seguramente no había dormido nada.

—¿Qué más puedo hacer por ti? —le preguntó Pippa.

Nic la atrajo hacia sí.

—Ya has hecho más de lo que podría haber imaginado jamás. El resto depende de mí. Mañana me llevo a mi padre a Estados Unidos.

Pippa dio un respingo. Le había dicho que esa era su intención, pero no pensaba que fuesen a marcharse tan pronto.

—¿Mañana?

—Sí, tengo que alejarlo de aquí, de los recuerdos. Enviaré a alguien para que limpie la cabaña.

—Puedo ocuparme yo de eso.

—No, ya has hecho suficiente. Demasiado —dijo, y suspiró—. Cuando te dije que el destino volvería a unirnos, no imaginé que sería así, que acabaría de esta manera.

Pippa sintió una punzada de nervios.

—¿Qué quieres decir?

—Pues que tengo que marcharme y asegurarme de

que mi padre va a estar bien; nadie más puede hacerlo.

El corazón le dio un vuelco a Pippa.

—¿Te estás despidiendo de mí?

—No, solo estoy diciendo que no puedo quedarme aquí contigo. Cuando mi padre se haya hecho a la situación, veremos si aún quieres seguir con lo nuestro.

Pippa lo miró con incredulidad.

—Pues claro que querré. ¿Por qué no iba a querer?

—Tu familia odia a la mía. A sus ojos nunca seré suficientemente bueno para ti.

—La actitud de mi familia está cambiando; mi hermana y mi cuñada han venido al funeral, y Stefan les pidió que os transmitiera sus condolencias. Además, lo que importa es lo que yo sienta por ti, no lo que sientan ellos.

—Sí, pero te has llevado un montón de golpes por mi culpa, y te mereces un descanso para decidir si esto te merece la pena o no.

—Pero, Nic… —comenzó ella.

Él le impuso silencio con un dedo en los labios.

—Hazme caso; es lo mejor —dijo, y la besó.

Dos semanas después, Pippa no había vuelto a saber de Nic, y empezaba a no estar tan segura de que aquello fuera lo mejor. Además, estaba preocupada. La regla seguía sin bajarle, y estaba teniendo náuseas por las mañanas.

Pasaron varios días más antes de reunir el valor suficiente para averiguar si estaba embarazada o no. Incluso se puso el disfraz de abuela para ir a una farmacia sin ser reconocida y poder comprar un test de embarazo casero. Casi se desmayó al ver que el resultado era positivo. Para asegurarse compró otros tres test de embarazo en tres farmacias distintas. El resultado de todos era positivo.

Sabía que debía decírselo a Nic, pero no era la clase de noticias que una podía dar por teléfono. Ni iba a mandarle un mensaje al móvil que dijera: *¡Adivina quién va a ser papá!*. Imaginaba que debía de estar muy ocupado haciéndose cargo de su padre y de los negocios de ambos, pero que no la hubiera llamado ni una sola vez no hacía sino alimentar sus dudas.

Lo cierto era que nunca habían hablado de matrimonio, y no quería que se casara con ella solo porque se había quedado embarazada. Quería que le propusiera matrimonio porque no podía vivir sin ella.

Pasó otra semana y seguía sin tener noticias de Nic. ¿Acaso la habría olvidado? El solo pensamiento la aterraba. ¿Y si solo había sido un idilio sin importancia para él? ¿Y si no se había enamorado de ella como ella de él? ¿Significaba eso que estaba sola? Sola con un bebé en camino…

Había logrado faltar a dos cenas familiares, pero cuando Stefan la convocó a una reunión con sus hermanos no pudo poner excusas. La reunión, además, iba a tener lugar en su despacho, lo que indicaba que se trataba de algo serio.

Cuando entró en el despacho vio que se habían dispuesto varias sillas frente a su escritorio. Ya estaban allí Bridget, y también su hermana Ericka, que vivía en París, y su hermano pequeño, Jacques, que había abandonado a su equipo de fútbol en mitad de la temporada para acudir a la llamada de Stefan. Ericka y Jacques estaban hablando por sus móviles.

—¡Pippa, dichosos los ojos! —dijo Bridget antes de fruncir el ceño—. Cielos, tienes un aspecto horrible; ¿qué has estado haciendo? Tienes que dejarme que te concierte cita en un spa.

—No es nada, es solo que he estado acostándome tarde varios días trabajando en mi tesis.

—Pues deberías tomarte un descanso. ¿Cómo están los Lafitte?

—Nic y su padre volvieron a Estados Unidos; tenían muchos asuntos que arreglar tras la muerte de Amelie.

Bridget asintió con un murmullo, como si estuviera pensando algo.

—Pero seguís en contacto, ¿no? Nic no te habrá dejado tirada después de todo lo que has hecho por su familia.

—No me ha dejado tirada —replicó ella a pesar de que así era como se sentía—. Es solo que está muy ocupado. ¿Tienes idea de por qué nos ha pedido Stefan que vengamos?

Bridget negó con la cabeza.

—Debe de ser algo importante cuando también nos ha pedido a Jacques y a mí que vengamos —dijo Ericka, que había acabado de hablar por el móvil.

Jacques terminó su conversación y se acercó también.

—Estamos todos menos Valentina —comentó—. A mí Stefan tampoco me ha dicho…

No terminó la frase porque en ese momento entraron Eve y Stefan en el despacho, y detrás de ellos el secretario de Stefan que cerró la puerta.

—Sentaos, por favor —les pidió muy serio.

A Pippa se le encogió el estómago al ver su expresión.

Stefan suspiró y se sentó en el borde de su mesa.

—Como todos sabéis, nuestro padre no era perfecto. Hace unos días he sabido que tuvo una amante durante varios años, una actriz de poca monta. Se llamaba Ava London. Parece ser que hubo dos hijos de su relación.

Pippa y sus hermanos gimieron al unísono. Stefan asintió.

—Según nuestros asesores esto no debería afectar en la cuestión sucesoria. El hijo, Maxwell Carter, tiene treinta y ocho años y vive en Australia. La hija, Coco Jordan, es… es niñera y vive en Texas. Según parece Ava llegó a un acuerdo con nuestro padre: él la mantendría de por vida a condición de que dieran en adopción a sus dos hijos y no revelara a nadie su existencia. Ava falleció hace dos semanas, y su abogado está decidido a hacer que se cumpla su última voluntad: que sus hijos sepan que llevan sangre real en las venas.

—Estupendo —masculló Bridget—. Esto parece una pesadilla.

—Lo es —dijo Stefan—. Puede que tengan derecho a una herencia.

Bridget resopló.

—Eso no es justo; nosotros llevamos toda la vida asistiendo a actos oficiales y representando a la familia real. ¿Qué han hecho ellos?

A Pippa el dinero le importaba poco.

—Bueno, ¿y qué clase de personas son? —preguntó.

Bridget se quedó mirándola.

—¿Y eso qué importa? —le espetó—. Son hijos ilegítimos.

—Son personas —replicó Pippa—. También son hermanos nuestros aunque sean hijos de otra madre.

Eve la miró con una sonrisa y le hizo una señal de apoyo levantando el pulgar.

—Pippa siempre pensando en los demás —dijo Stefan con una media sonrisa—. Los padres adoptivos de Coco ya han fallecido. Parece que ella está terminando sus estudios ahora porque los dejó para cuidar de su madre que padecía una enfermedad terminal. Sus padres no le dejaron herencia alguna, así que no sabemos cómo reaccionará cuando sepa que tal vez podría sacar algo de ser una Devereaux. Hemos decidido invitarla a venir para tratar el asunto con ella lo antes posible.

—*Mon Dieu* —dijo Ericka—. ¿La vas a traer aquí? ¿Por qué no compras su silencio y ya está?

—Porque algo así siempre acaba sabiéndose. Nuestro objetivo es intentar que esto juegue de algún modo a nuestro favor.

—¿Y qué puedes contarnos de nuestro nuevo hermano? —preguntó Jacques—. Con nuestra suerte seguro que es un traficante de drogas o algo así —añadió con sarcasmo.

—Sus padres viven en Ohio. Él es licenciado en Ingeniería y lleva varios años trabajando en Australia. Aún no se ha puesto en contacto con nosotros.

—¿Y la hija sí? —preguntó Bridget.

Stefan asintió.

—Pero todavía no ha aceptado nuestra invitación de venir a Chantaine.

Pippa no estaba escuchando. Había empezado a pensar en lo horrible que era que su padre hubiera renegado de dos hijos suyos, y no pudo evitar pensar en su situación, en Nic, en que hacía semanas que no sabía nada de él. De pronto le sobrevinieron las náuseas.

—Perdonadme —dijo levantándose—, tengo que…

No pudo terminar y entró corriendo en el cuarto de baño que se conectaba con el despacho de Nic.

Después de vomitar se enjuagó la boca, se echó agua en la cara, y se miró un momento en el espejo, reuniendo fuerzas para lo que sabía que le esperaba al otro lado de la puerta.

Inspiró profundamente varias veces y la abrió. Todos sus hermanos estaban de pie, esperando. Bridget se cruzó de brazos.

—¿Y bien?, ¿hay algo que quieras decirnos? —le preguntó.

Pippa se mordió el labio.

—La verdad es que no.

Eeve se rio, pero Stefan la miró con los ojos entornados.

—Pippa… —dijo en un tono de advertencia.

Pippa suspiró.

—Está bien: Eve no es la única que está embarazada.

Stefan apretó la mandíbula.

—Ese Lafitte… —dijo repugnado—. Le haré pagar por esto…

—¡No! —exclamó Pippa, pero el estómago se le revolvió y tuvo que salir corriendo al baño de nuevo.

Eve salvó a Pippa de una desagradable discusión con Stefan, y volvió a su apartamento aliviada. Sin embargo, seguía intranquila por no saber nada de Nic, así que finalmente decidió llamarlo, y al ver que no contestaba le dejó un mensaje en el móvil.

—Nic, espero que tu padre y tú estéis bien. Cuando puedas, llámame; necesito hablar contigo.

Menos de veinticuatro horas después recibió una llamada, y cuando vio que era él, el corazón empezó a latirle tan deprisa que apenas podía respirar.

—Hola —lo saludó.

—Hola. Perdona que no te haya llamado hasta ahora. Mi padre intentó quitarse la vida con una sobredosis de somníferos y ha estado en el hospital. Ahora está en observación, y lo está tratando un psiquiatra. ¿Tú cómo estás?

Pippa se llevó una mano a los labios, espantada.

—Cuánto lo siento, Nic. Yo estoy bien. Es solo que hacía mucho que no sabía nada de ti.

Nic se quedó callado un momento.

—¿Seguro que estás bien? Te noto rara.

—Sí, estoy bien.

—Quería llamarte, de verdad, pero me ha sido imposible.

—Lo entiendo —dijo ella haciendo un esfuerzo por contener sus emociones—. Siento que tu padre lo esté pasando mal.

—No sé cómo no imaginé que pasaría algo así —murmuró Nic—. La buena noticia es que mi hermano pequeño ha ido a verlo al hospital un par de veces —añadió—. A mis otros dos hermanos parece que les importa un comino, pero con Alex parece que hay esperanza.

—Eso es estupendo —dijo Pippa—. Me alegro.

Hubo otro incómodo silencio.

—¿Seguro que estás bien? —insistió Nic.

—Sí, de verdad.

—¿Y qué tal con tu familia? ¿Stefan sigue agobiándote?

—No más de lo normal.

—Ya. Bueno, tengo que dejarte —dijo Nic—. Te llamaré dentro de un par de días. Me alegra que hayas llamado; es estupendo volver a oír tu voz.

Nic colgó, y a Pippa le llevó unos segundos volver a respirar. Sus últimas palabras resonaban dentro de ella: «Es estupendo volver a oír tu voz».

Nic llamó al día siguiente y le dejó un mensaje. Pippa no había podido responder porque estaba reunida con un profesor de la universidad.

Tres días después llamaron a la puerta de su apartamento, y cuando fue a la puerta vio a Nic por la mirilla. El corazón comenzó a martillearle contra las costillas y el estómago le dio un vuelco, pero inspiró profundamente varias veces y abrió la puerta.

—Hola —lo saludó.

—Hola —respondió Nic escrutando su rostro—. ¿Estás bien? No tienes buen aspecto.

—Yo también me alegro de verte —respondió ella sarcástica.

Le hizo pasar y fue al cuarto de baño a echarse un poco de agua en la cara. Cuando regresó, Nic estaba de pie en medio del salón con expresión preocupada.

—¿No estarás enferma, verdad?

—No. Es solo que últimamente estoy con algo de náuseas.

Nic frunció el ceño.

—Ese era uno de los síntomas de mi madre.

A Pippa se le encogió el corazón.

—Oh, no, no es eso. No estoy enferma, Nic.

—¿Has ido al médico?

—No, pero sé que no lo estoy, te lo aseguro.

Nic escrutó su rostro de nuevo.

—¿Y entonces qué te ocurre?

Pippa inspiró profundamente.

—¿Por qué no nos sentamos? ¿Te apetece una copa?, ¿un vaso de agua?

—Un vaso de agua me irá bien.

Pippa fue a la cocina y regresó al pequeño salón con dos vasos de agua con hielo. Le tendió uno a Nic, que se había sentado en uno de los sofás, y ella se sentó con su vaso en el otro, frente a él.

—¿Cómo está tu padre?

—Bien. Lo tienen vigilado y Alex va a verle con regularidad —Nic tomó un sorbo de su vaso y lo dejó en la mesita—. ¿Se puede saber qué está pasando, Pippa? Si quieres dejarme, no tienes más que decirlo.

Pippa lo miró boquiabierta.

—Ese pensamiento ni se me había pasado por la cabeza.

—¿Y entonces por qué estás tan rara?

—¿Qué quieres? Hace casi un mes que no nos vemos y prácticamente hacía tres semanas que no hablábamos.

—Ya te he explicado lo de mi padre.

—Sí, pero eso no cambia el hecho de que hemos estado tres semanas sin hablar.

Nic frunció el ceño.

—¿Por qué no lo sueltas de una vez?, ¿qué te pasa?

Pippa tomó un sorbo de agua, esperando que eso calmase sus nervios.

—¿Por qué has venido?

—He venido por ti —respondió él. Cuando Pippa se limitó a asentir, añadió—: Y porque te echaba de menos.

—Vaya, bueno es saberlo —dijo ella con aspereza.

—Pippa, ¿vas o no vas a decirme de qué va esto?

—Preferiría no discutir sobre eso en este momento —le dijo ella dejando también su vaso en la mesa—. Preferiría saber qué es lo que sientes de verdad por mí.

Nic se quedó mirándola un buen rato y se pasó una mano por el cabello.

—La verdad es que esto no entraba en mis planes.

—¿Qué quieres decir?

Nic se encogió de hombros.

—Sabía que antes o después ocurriría algo entre nosotros, pero...

—Pensabas que solo sería algo pasajero.

—Sí.

Era una respuesta sincera, lo que le había pedido, pero Pippa no pudo evitar sentir una punzada en el pecho.

—¿Y tú?

—Yo solo sé que no podía alejarme de ti, y la situación con tu madre complicó aún más las cosas. Quería estar contigo, a tu lado, servirte de apoyo —Pippa cerró los ojos y le abrió su corazón—. Me enamoré de ti, y ahora tengo miedo de estar sola en esto.

—No estás sola —dijo Nic. Pippa abrió los ojos y lo miró—. Pero no quiero interponerme entre tu familia y tú.

—No es justo que tomes esa decisión por mí —le dijo ella—. ¿No ves que estás haciendo lo mismo que

Stefan? —entrelazó las manos y le preguntó lo que más temía—: ¿Seguro que no estás escudándote en eso para ocultar el hecho de que no me quieres de verdad y que no quieres estar conmigo?

Los ojos de Nic relampaguearon de ira.

—Eso es lo más ridículo que te he oído decir.

—Pues a mí no me lo parece, y, si tengo que forzarte para que te comprometas, quizá no quiera esto después de todo.

Nic fue a sentarse a su lado y la tomó de la mano.

—Pippa, ¿qué es lo que quieres de mí?

—No mucho —respondió ella con una sonrisa triste—. Solo amor y devoción.

—Creía que sabías que tenías ambas cosas; te quiero.

Pippa tenía miedo de creerle.

—¿Y por qué no me lo has dicho antes? —le preguntó con los ojos llenos de lágrimas.

—Porque estaba esperando a saber si tú sentías lo mismo —dijo él, poniéndole una mano en la mejilla. Cuando lo miró a los ojos Pippa vio lo que tanto había ansiado ver en ellos—. Te quiero, Pippa. Es solo que no quiero hacer de tu vida un infierno. Quería darte la oportunidad de… de que entraras en razón.

—Ya es demasiado tarde para eso —respondió ella riéndose suavemente—. Además, si entrar en razón significa no tenerte a mi lado, no quiero entrar en razón —se mordió el labio—. Hay otra cosa que tengo que decirte.

—¿Qué es?

—Que estoy embarazada.

Epílogo

Nic se sintió como si Pippa le hubiese golpeado la cabeza con una maza. Le llevó unos segundos reaccionar.

—Tenemos que casarnos —le dijo—. Sin duda tu hermano querrá matarme, pero nuestro hijo se merece un padre y una madre.

Pippa contrajo el rostro.

—Vaya, qué romántico —murmuró con aspereza.

Nic estaba hecho un manojo de nervios por dentro. No quería perderla. Tenía que decirle lo que había estado ocultándole todo ese tiempo, Pippa tenía que saberlo; no podía dejar que siguiera teniendo dudas.

—Te quiero, Pippa. Quiero estar contigo el resto de mi vida. Es solo que no sabía cómo podríamos solucionar los problemas entre tu familia y la mía. Dame una oportunidad; no entraba en mis planes enamorarme de una princesa.

—Eso está mucho mejor —dijo Pippa apoyando la cabeza en su pecho—. No quería que te sintieras obligado a estar conmigo solo porque estoy embarazada.

—Pues claro que no —replicó él acariciándole el cabello.

No podía creer lo afortunado que era. Le daba igual que Pippa fuera una princesa. Con título o sin él era una mujer maravillosa, y no sabía cómo había logrado ganarse su corazón.

—Entonces que se supone que tengo que hacer, ¿comportarme como un pirata y raptarte?

Pippa se rio y levantó la cabeza para mirarlo.

—No, creo que bastará con que hables con Stefan.

Nic preveía que no iba a ser fácil, pero eso no iba a detenerlo.

—Estoy dispuesto —le dijo, y selló su promesa con un beso.

Horas después Nic se reunía con Stefan. No lo culpaba por querer proteger a su hermana. Si estuviese en su lugar, él reaccionaría del mismo modo. Stefan le dio su consentimiento, y Nic le prometió que cuidaría de Pippa. Sospechaba que le costaría ganarse a todo el clan, pero haría lo que fuera para conseguirlo; lo haría por Pippa.

Además, a pesar de sus diferencias, en ciertos aspectos Nic y Stefan tenían bastante en común, y una de las cosas en la que estuvieron de acuerdo fue que debían casarse de inmediato.

Tres semanas después pronunciaban sus votos, prometiéndose amarse y respetarse en la salud y en la enfermedad, en la riqueza y en la pobreza. Nic nunca había imaginado que pudiese amar tanto a una mujer, ni que pudiese ser tan feliz.

Hasta que meses después Pippa lo hizo aún más feliz cuando dio a luz a una niña preciosa. Pippa insistió en que la llamasen Amelie, y Nic tenía la sensación de que pronto la pequeña haría con ellos lo que quisiera, como su madre. No estaba seguro de ser merecedor de tanta dicha, pero no renunciaría a todo aquello por nada. En cuanto a Su Alteza, la princesa Pippa, parecía igual de feliz de estar a su lado, y haría todo lo que estuviese en su mano para que fuera así por muchos años.

enfermedad en la riqueza y en la pobreza, hasta que
la lnitertnied nos separe, amen pero dord usir otro
us que pudo acontar bien...

Hacia dos meses, durante y ires noches que di
toda cuando duran ld a nuestra única casa,
cierto, en que la llamaron Abuela. A Ne tuvo la-ser-
cion de que pronto la luz aturniard estaba ir cra
quienes como su madre. No está la senorde aunque
mecedor de naret feliad, cup to achatrerra, n tuvo
auentai por utitri, Le echaria a su vida, la poltera
Ropa esecia qual de Ella despejarla de ada senia-
tieda la ute vollittin en su ringue junt theotra cer
por un anos.

JULIA™

KIMBERLY LANG

EL PRIVILEGIO
DE AMARTE

Capítulo 1

GOOSE cabeceó hacia un lado, sacando a Lily de sus ensoñaciones a tiempo de ver que se dirigía hacia una rama baja. En el último momento se agachó y lo condujo de nuevo a la senda.

—Pórtate bien, caballo.

En respuesta, Goose resopló.

Sería culpa suya si Goose la tiraba. Sabía que no debía despistarse, sobre todo teniendo en cuenta que a Goose le gustaba retar al jinete y demostrar quién estaba al mando. Pero la tranquilidad y la belleza de la finca de los Marshall resultaban hipnotizadoras, lo que unido a la cadencia del paso de Goose tras la carrera, hacían que fuera difícil evitar que se le fuera la cabeza.

La gente que pagaba dinero por clases de yoga o por pasar un rato en un diván, deberían dedicar media hora a hacer aquello. Era una terapia gratis para encontrar la paz.

No, para ella no era gratis puesto que los Marshall la pagaban. Cada día daba las gracias al cielo por haber acabado allí. Era perfecto.

Casi habían llegado al río cuando Goose empezó a trotar entre los árboles. Podía ver el sol de la mañana reflejarse en el agua y miró al cielo para sentir el calor sobre su piel. Goose se dirigió directamente al agua y un fuerte tirón impidió que se adentrara hasta una profundidad que con seguridad hubiera mojado su único par de botas.

—Esta vez no, Goose. Ya me sé tus bromas. No voy a volver a pasarme el día con los pies mojados.

Como si entendiera, el caballo resopló y luego bajó la cabeza para beber. Lily sacó una botella de agua y se tomó un momento para disfrutar de la vista del sol asomándose por las montañas mientras bebía.

La finca de los Marshall, Hill Chase, era un paraíso en la tierra. A pesar de estar lo suficientemente cerca de Washington para servir de retiro a los varios miembros de la familia que se dedicaban a la política, parecía estar a años luz.

También era un negocio en sí, además del hogar familiar, y Lily se esforzaba por no desentonar con el resto de los empleados. Respiró hondo y exhaló, con la tranquilidad de que había sido muy cauta.

Su asistente social le había dicho que ese día llegaría. Por entonces, Lily no había creído a Jerry, pero ahora...

Era cierto que podía volver a empezar. De hecho, se corrigió, ya lo había hecho. La antigua Lily iba desapareciendo día a día y la Lily que era ahora, empezaba a sentirse más ella misma. Era como si hubiera estado atrapada en una caja y ahora fuera capaz de moverse y respirar libremente.

Sacudió la cabeza para apartar aquellos pensamientos. Aunque habría sido feliz pasando el día allí, todavía tenía dos caballos más a los que ejercitar y una larga lista de tareas por hacer en los establos.

—Venga, Goose, vamos.

—¿Tan pronto? Acaban de llegar.

Al oír aquella voz, Lily se asustó y la botella de agua se le cayó y fue a parar a las pezuñas de Goose, junto al agua. Se giró en la silla de montar para ver al dueño de aquella voz y distinguió a un hombre nadando a unos metros al que solo se le veía la cabeza y los hombros sobresaliendo del agua.

—Lo siento, no pretendía asustarla —dijo el hombre sonriendo a modo de disculpa.

—No me lo esperaba.

La finca era privada y nadie sabía que estaba allí, así que no tenía motivos para asustarse. Además, Goose parecía haber reconocido la voz puesto que había relinchado al oírla. Un segundo más tarde, el caballo había empezado a acercarse al hombre, ignorando sus intentos por detenerlo.

Necesitaba aquel momento. El hombre se había acercado lo suficiente como para reconocerlo. Se trataba de Ethan Marshall, uno de los muchos nietos del senador Marshall. Había oído que había vuelto tras un largo viaje al extranjero y, aunque había visto muchas fotografías suyas, ninguna se acercaba a la realidad.

Todos los Marshall eran genéticamente afortunados: pelo rubio color miel, intensos ojos verdes, marcados mentones y prominentes pómulos. Pero Ethan parecía llevarse el premio, combinando aquellos rasgos con algo más. Las gotas de agua que le caían del pelo resbalaban por sus anchos y bronceados hombros, formando surcos entre sus pectorales y abdominales que volvían al agua a la altura de su cintura.

Volvió a alzar la vista. Aquel hombre era lo suficientemente atractivo como para provocar palpitaciones. Apartó la mirada de Goose para encontrarse con los ojos de ella y sonreír, consciente de que había estado observándolo.

—Soy Ethan Marshall.

—Lo sé. Es un placer conocerlo por fin. Bienvenido a casa —dijo haciendo que Goose retrocediese para evitar mojarse los pies.

—Gracias…

—Lily, soy Lily Black —dijo sonrojándose.

—Encantado de conocerla, Lily. ¿Cuántas veces le ha mojado Goose las botas?

—Tres —respondió, encogiéndose de hombros mientras él sonreía—. Supongo que aprendo despacio.

—Bueno, por si acaso no lo sabe, Tinker intentará hacer lo mismo.

Tinker era el caballo de Ethan, un gran semental blanco con una vena más traviesa que Goose.

—Tinker me tiró al río el segundo día —dijo y, al ver la sonrisa de Ethan, continuó su confesión—. Luego se fue y tuve que volver a los establos caminando.

Ethan sonrió, emitiendo un sonido masculino que la hizo estremecer.

—Algo de eso oí, pero no sabía de quién se trataba. Quizá debería disculparme.

—¿Por qué? ¿Le enseñó a hacer eso?

—Era la manera de mantener alejados a mis hermanos y a mis primos cuando yo no estaba.

Su sonrisa resultaba contagiosa y hacía que la conversación fluyera. ¿Cuánto tiempo hacía que no mantenía una charla sobre ningún tema en particular? Era una sensación agradable, aunque extraña.

—Su caballo está mal acostumbrado. Menos mal que es bonito.

Él le guiñó el ojo, pillándola desprevenida.

—Creo que dicen lo mismo de mí.

Aunque podía parecer engreído, su tono resultó autocrítico. Por desgracia, sus ojos volvieron a clavarse en su piel bronceada. «Bonito» no era la mejor palabra para describir los encantos de aquel hombre.

Goose estaba tirando de las riendas, tratando de acercarse al agua y a Ethan. Lily se sintió aliviada por tener algo en lo que concentrarse puesto que había perdido el hilo de la conversación. Goose resopló y sacudió la cabeza, pero Lily no estaba dispuesta a darse por vencida delante de Ethan Marshall. No quería que pensara que no podía hacerse con el caballo.

—Creo que se alegra de verlo, señor Marshall. Normalmente se porta mejor.

—Ethan, llámame Ethan. Ya hay demasiados señores Marshall por aquí.

Lily sintió que la cara le ardía, aunque esta vez no era por vergüenza.

—De acuerdo, Ethan —dijo y al verlo sonreír,

sintió un escalofrío—. Creo que debería volver a los establos. Ha sido un placer conocerte.

—Lo mismo digo, Lily.

Hizo girar a Goose hacia la orilla, en donde estaba flotando la botella de agua.

—Señor Marshall, quiero decir Ethan, ¿podrías recogerme la botella?

—No.

Ella se giró en la silla para mirarlo. La sonrisa de su rostro le hizo preguntarse si se habría equivocado al juzgarlo. Le había pedido algo sencillo. ¿Acaso tenía un ego muy grande? ¿Era demasiado pedirle a un Marshall que recogiera la botella que se le había caído a una de sus empleadas?

—No te lo pediría si no fuera porque no llevo botas altas y me las llenaría de agua.

Ethan se encogió de hombros.

—Lo siento, no puedo ayudarte.

Quizá después de todo fuera un engreído.

Ethan cruzó los brazos y su sonrisa se amplió.

—Estoy seguro de que no te has dado cuenta, pero lo único que me cubre es el agua.

Lily sintió de nuevo el calor de su rostro al escuchar aquellas palabras. Había mantenido aquella conversación a escasos dos metros de ella estando desnudo. No pudo evitar que sus ojos volvieran a pasear desde su pecho a su estómago hasta llegar al agua.

La risa de Ethan la hizo levantar la cabeza y

se giró tan rápido en la silla de montar que Goose protestó.

—Si voy a buscarla, uno de los dos se sentirá violento —dijo sin dejar duda de a quién se estaba refiriendo.

Ya se sentía bastante azorada. Se fijó en la orilla y vio un montón de ropa apilado sobre una piedra. ¿Por qué no lo había visto antes? Se había estado comiendo con los ojos el pecho de aquel hombre y solo unos centímetros debajo del agua estaba… le ardían las mejillas.

—¿Todavía quieres que vaya a buscar la botella?

Sus palabras sonaron desafiantes a la vez que jocosas, antes de oír el chapoteo del agua, como si Ethan estuviera saliendo.

—¡No! —exclamó y a continuación carraspeó—. Quiero decir que no te preocupes, yo la recogeré.

Sin mirarlo desmontó, tomó la botella y volvió a montar en un tiempo récord. Espoleó a Goose sintiendo la humedad en sus pies, y lo hizo trotar. No le importaba que pareciera la huida cobarde que estaba siendo; tenía que salir de allí antes de morirse de la vergüenza.

El sonido de las carcajadas de Ethan la persiguió y Lily evitó obligar a Goose a galopar.

¡Desnudo! ¡Había estado todo el tiempo desnudo!

El poner distancia de la escena del crimen le ayudó a que su corazón se calmara, pero aquella tranquilidad se volvió incómoda. A Ethan le resultaba divertido en aquel momento, pero ¿seguiría pareciéndoselo más tarde? ¿Y si se lo contaba a alguien, como por ejemplo a su abuela? La señora Marshall seguramente no lo encontrara divertido.

¿Podrían echarla por aquello? La sola idea la hizo sentir un escalofrío. Más que el trabajo, adoraba y necesitaba la seguridad de Hill Chase. La posibilidad de perderlo todo por dejarse llevar por el encanto y el pecho de aquel hombre…

«Estaba desnudo todo el tiempo. ¿Cómo voy a poder volver a mirarlo a los ojos? Pero ¿cómo saberlo? Ha sido un accidente».

Lily alzó la barbilla. Sí, había sido un accidente y no había causado ningún daño, por lo que las probabilidades de perder su trabajo eran muy escasas. Tenía que dejar de ponerse siempre en el peor de los casos. La próxima vez que viera a Ethan, lo cual ocurriría más pronto que tarde, simularía que nada había pasado.

Claro que cada vez que cerraba los ojos, lo que veía era…

No, ella no lo olvidaría.

Ethan Marshall cubierto tan solamente por el agua del río sería una imagen que se llevaría a su tumba.

Y lo cierto era que estaba encantada con la idea.

—¿Vas a contarme de qué demonios iba todo eso? —preguntó Brady al subirse a Spider aquella misma tarde.

Ethan contuvo la risa antes de comprobar los estribos y montar a Tinker.

—¿De qué iba el qué? —preguntó, poniendo su voz más inocente.

—Lily estaba muy torpe en los establos y se ha ruborizado —dijo Brady, dirigiéndole una mirada de hermano mayor—. ¿Qué le has hecho?

—Llevo aquí menos de doce horas. ¿Qué te hace pensar que le he podido hacer algo?

—Vamos, Ethan, estamos hablando de ti —dijo Brady.

La reacción de Lily al verlos llegar a los establos había sido casi cómica. Al verlo, se había puesto como un tomate y a punto habían estado de caérsele los arreos que llevaba.

—Quizá es su forma de ser.

—Me temo que no porque de lo contrario asustaría a los caballos.

—¿No estás seguro? Pensé que habías dejado claro que lo sabías todo.

—Apenas he cruzado tres palabras con ella desde que empezó a trabajar aquí.

Tinker y Spider salieron lentamente por la puerta de los establos y Ethan se puso las gafas de sol.

—Eres demasiado bueno como para hablar con los empleados, ¿verdad?

—No sigas por ahí. Yo tampoco estoy aquí todo el tiempo. También tengo un trabajo, ¿sabes?

Ethan reconoció el cansancio y la frustración en la voz de Brady. Él también formaba parte de la maquinaria política a la que su familia llevaba dedicada más de cuarenta años.

—Tampoco a mí me ha hablado demasiado. No parece charlatana, más bien tímida.

Por lo que había pasado antes, Ethan habría pensado que Lily era reservada, pero no tímida. Spider y Tinker estaban impacientes por correr y tuvieron que contenerlos mientras le contaba a Brady su encuentro junto al río.

—¿Y no se dio cuenta?

—No hasta que se lo dije.

—Eso no está bien —dijo Brady—. Deberías habérselo dicho antes. Con razón está ahora tan apurada.

—Lo superará —dijo Ethan y al ver que Brady no decía nada, detuvo a Tinker—. ¿Qué?

—Tal vez deberías disculparte con ella.

—¿Por qué? ¿Qué he hecho?

—¿Además de avisarla de que estabas desnudo?

—Somos adultos…

—No importa. Vas a quedarte aquí las próximas dos semanas. Esto… —dijo señalando hacia los establos— no puede continuar. Dale un respiro a la chica. Si no lo haces, se lo harás pasar mal cada vez que vayas al establo.

Brady tenía razón. Aunque la reforma de su piso debía haber acabado hacía una semana, seguía patas arriba. Hill Chase sería su casa hasta que los obreros terminasen. Y aunque dudaba de que el trabajo que se le había acumulado en su ausencia le dejara tiempo libre, pretendía aprovecharlo al máximo. Estaría en los establos con bastante frecuencia en el futuro inmediato. Si Lily se había quedado tan alterada después de su encuentro, sería cruel dejar que la situación continuase.

El teléfono de Brady sonó y lo sacó del bolsillo. Al ver el número, puso los ojos en blanco.

—Tengo que contestar.

Ethan asintió. La campaña estaba a punto de comenzar y su padre tenía que librar una gran batalla para mantener su escaño en el senado. Personalmente, a Ethan no le importaba si el actual senador Marshall mantenía su escaño, pero a su abuelo, cuyo legado político era una carga para su hijo y probablemente la única razón por la que Douglas Marshall había ganado, le importaba mucho. Y mientras el sentido del deber de

Brady le había hecho entregarse a su padre, Ethan no. Era incapaz de ayudar a su padre, pero por respeto a su abuelo se las arreglaba para no molestar.

Brady iba a estar más ocupado de lo habitual con las elecciones. Ethan estaba sorprendido de que incluso se hubiera tomado el día para hacer una breve visita. Las campañas políticas no se tomaban los domingos libres.

Brady aflojó las riendas mientras seguía ocupado con el problema y Spider se acercó al borde del camino para mordisquear la hierba. Tinker tiró de las riendas, impaciente por ponerse en marcha, pero Ethan lo contuvo esperando a Brady. Por fin estaba en casa y se alegraba de ello. No tenía prisa por llegar a ninguna parte.

En el prado contiguo vio a Lily tirando de Biscuit por el ronzal. No sabía que el caballo estaba herido a juzgar por la venda de una de sus patas y por el ritmo tranquilo que Lily le imponía.

Lily se veía pequeña al lado de Biscuit. No sabía bien cuál sería su altura puesto que por la mañana la había visto montada en Goose. La camiseta verde que llevaba con el logotipo de los establos Marshall le quedaba suelta, casi camuflando sus curvas, aunque se había subido las mangas dejando ver unos brazos tonificados. Llevaba la camiseta metida en unos vaqueros ajustados que acentuaban los músculos de sus piernas.

Lily parecía estar hablando con Biscuit. Sus movimientos hacían que su larga coleta morena se agitara y Biscuit parecía asentir con la cabeza a lo que Lily estuviera diciendo. Como si se hubiera dado cuenta de su mirada, Lily se giró de pronto y lo vio observándola.

Brady seguía hablando por teléfono y parecía que iba a continuar unos minutos más, así que Ethan dirigió a Tinker hacia Lily. Aprovecharía y se disculparía.

Para su sorpresa, Lily se encontró con él en la valla. Levantó la cabeza protegiéndose los ojos del sol con la mano y, a pesar de que sus mejillas estaban algo rosadas, el rojo intenso había desaparecido. Quizá aquel rubor se debiera al calor.

—¿Ocurre algo? —preguntó preocupada mirando a Brady—. Pensé que ibais a dar un paseo.

Él desmontó.

—Así es. Brady se está ocupando de algo del trabajo, así que he venido para disculparme.

—¿Disculparte? ¿Por qué?

Parecía no saberlo.

—Por lo de esta mañana.

Lily sacudió la cabeza.

—Creo que soy yo la que te debe una disculpa. Estoy muy avergonzada…

—Lo imagino.

—Estaba pensando cómo disculparme cuando apareciste y… Bueno, me pilló desprevenida.

Lily evitaba mirarlo a los ojos.

—Bueno… —dijo él, pero Tinker lo interrumpió empujándolo para olisquear el hombro de Lily—. ¡Quieto!

Lily sonrió y acarició a Tinker entre los ojos, su lugar favorito. Al parecer, conocía bien a su caballo.

—Está bien, travieso —murmuró Lily al caballo, apartándose la melena hacia el otro hombro.

Brady se había equivocado con Lily. No era tímida, tan solo callada, tal y como a él le había parecido. Dado que a Brady no le gustaba estar equivocado, Ethan estaba deseando restregárselo por las narices.

—Pensé que habías dicho que estaba mal acostumbrado.

—Oh, así es.

Tinker estaba deleitándose con la atención, e incluso empujó de un cabezazo a Biscuit cuando intentó conseguir los mimos de Lily.

—No hay duda de que le gustas. Y a Tinker no le gusta todo el mundo.

· —Sabe que me muero por los chicos encantadores. Aquel día en el río no empezamos con buen pie, pero supo ganarme y desde entonces nos llevamos bien, ¿verdad, muchacho? —dijo acariciando al caballo.

—Entonces también hay esperanzas para mí, ¿no?

Lily se quedó inmóvil unos segundos antes de que sus ojos marrones se encontraran con los de él por primera vez aquella mañana.

—¿Te estás comparando con el caballo?

No, Lily no era tímida y aquel pensamiento despertó algo en él.

—En muchos aspectos —replicó arqueando una ceja.

Lily se quedó boquiabierta unos instantes, pero enseguida se recuperó.

—Así que los rumores son ciertos…

Él carraspeó algo preocupado.

—¿Rumores de qué?

—De que eres un tipo encantador, pero perverso.

Aquello lo hizo sonreír.

—Me declaro culpable.

—Al menos eres sincero.

—La sinceridad es importante, ¿no te parece?

—A veces sí —respondió ella después de unos segundos.

—¿Solo a veces, no siempre?

Una sombra asomó en su expresión. Si no la hubiera estado observando, no se habría dado cuenta.

—La vida es demasiado complicada para ser

tan tajante. A veces es mejor una mentira inocente que la verdad.

—No estoy de acuerdo contigo, Lily.

—¿De veras? —preguntó ella ladeando la cabeza—. ¿Piensas que hay que ser siempre honesto?

—Sí.

—Eso no me lo esperaba de ti.

Él se irguió instintivamente, pero intentó mantener un tono de voz de curiosidad.

—¿Y eso por qué?

—¿Sabes que tu familia se dedica a la política, verdad?

Su estallido en carcajadas hizo que los dos caballos lo miraran tan sorprendidos como Lily.

—De ahí mi exagerado interés por ser sincero sobre todas las cosas.

—Entonces, no lo olvidaré —dijo ella sonriendo.

Brady y Spider se unieron a ellos en aquel momento.

—Bueno, esto está mejor que antes.

Ethan adivinó el tono burlón en la voz de Brady, pero Lily se ruborizó.

—Lo siento.

Con razón Brady pensaba que era tímida.

—No te preocupes, Lily —le dijo Brady guiñándole un ojo—. Estoy seguro de que todo es culpa de Ethan.

—Vaya, gracias.

—Mira, en ocasiones la verdad duele —añadió Brady.

Ambos rieron, dejando a Brady confuso. Finalmente, sacudió la cabeza y se dio por vencido.

—¿Estás listo, Ethan?

—Sí —contestó montando en Tinker y ajustando las riendas—. Hasta luego, Lily.

—Pasadlo bien —dijo despidiéndose con la mano.

Brady parecía distraído al espolear a Spider. Enseguida, Tinker aceleró para alcanzarlo.

—¿Va todo bien?

Brady suspiró.

—El problema de siempre. Voy a tener que volver esta noche.

—Nana se sentirá decepcionada.

—Pero no tanto como lo estará si no vuelvo a resolver este asunto y perdemos las elecciones —dijo sacudiendo la cabeza.

—Quizá necesite perder.

Brady suspiró.

—Es un padre lamentable y un desastre como persona, pero es un legislador increíble. Eso lo aprendió del abuelo.

—Aun así, no sé cómo lo haces.

—Intento verlo todo con perspectiva, Ethan.

—¿Hay perspectiva?

—Sí. A papá no le da miedo afrontar los problemas difíciles o dar la cara por cualquiera. Está haciendo grandes cosas y tengo que apoyar eso.

—Tendré que creerte.

—¿Quiere eso decir que contamos con tu voto?

—¿Quieres que te diga la verdad?

—Realmente no —respondió Brady sin mirarlo.

—Entonces mantendré mi boca cerrada.

—Hay una primera vez para todo.

—Vaya —dijo Ethan llevándose la mano al pecho—. Hoy no estás demasiado contento.

—Ya te he dicho que siempre hay una primera vez para todo. Y tampoco será por no haberlo intentado antes.

—¿Qué se supone que significa eso?

Brady clavó la mirada en su hermano.

—Lily.

—Querías que me disculpara y lo he hecho. Fin de la historia.

—Si tú lo dices. ¿Sabes? No había reparado antes en ella. Es bastante guapa. Tiene unas piernas muy bonitas. Lástima que tenga que volver a la ciudad esta noche.

Ethan sabía cuándo lo estaba pinchando, aunque eso no justificaba las súbitas ganas que sentía de tirar a su hermano de la silla de montar. Las risas de Brady solo sirvieron para acentuar ese deseo. Como si Brady le hubiera leído el pensamiento, espoleó a Spider y el caballo se lanzó a correr. Tinker echó el peso en las patas traseras dispuesto a seguirlo y Ethan se lo permitió.

Era un placer volver a estar en casa.

Lily observó a los dos hombres bromear mientras se alejaban, entre una mezcla de afecto fraternal y disgusto. Al ver a Tinker galopando, contuvo la respiración. El caballo era impresionante, pero más lo era el hombre que lo montaba. Ethan parecía haber nacido en la silla de montar, moviéndose con la misma gracia que el caballo mientras acortaba distancias con su hermano. Pudo escuchar los gritos y vítores antes de que los caballos desaparecieran entre los árboles.

En los últimos tres meses había conocido a la mayoría de los Marshall. Eran una gran familia, con bastantes tragedias privadas debido al gran número de miembros que la formaban. También había bastantes tragedias públicas, la mayoría inesperadas teniendo en cuenta su poder y riqueza. Siempre parecían estar en medio de un torbellino, lo que provocaba titulares en los periódicos y en las noticias de televisión y que algún Marshall acabara encerrándose en el estudio del exsenador. Solían discutir entre ellos, pero cerraban filas y se mostraban como un frente unido cuando eran atacados desde el exterior.

Era agradable, aunque a la vez extraño. Tampoco tenía referencias que le ayudaran a encontrarle sentido.

Ahora que empezaba a creer que había aprendido a entender lo que sucedía a su alrededor, aparecía Ethan en escena, completamente diferente a lo que se había imaginado por los rumores, y provocaba un cambio en la energía que sentía en la finca.

Irradiaba una energía de él que la hacía sentir un hormigueo desconocido. Y aunque todavía le aturdía sentir aquellos ojos verdes mirándola, tenía que admitir que no le resultaba una sensación desagradable.

Los rumores decían que se quedaría una temporada en la finca. Al parecer, estaba reformando su casa y no podía vivir en ella. Probablemente lo vería con frecuencia y el hecho de que eso no le importara le hacía sentir que había dado un gran paso adelante.

Era una lástima lo que pensaba de la sinceridad.

Capítulo 2

EL rugido de su estómago hizo que Ethan desviara la atención de los correos electrónicos que le había enviado la semana pasada Joyce, su secretaria. Eran correos que había fingido no haber recibido. De un vistazo se dio cuenta de que todo en la finca había despertado, desde los jardineros que trabajaban en los rosales de Nana bajo su ventana, hasta los establos, de donde estaban sacando a los caballos hacia el camión del herrador.

Teniendo en cuenta que la familia y todos sus miembros parecían haberse mantenido solventes durante su ausencia, nada requería su atención inmediata. Se estiró, cerró su ordenador portátil y lo dejó sobre el escritorio antiguo que había junto la ventana. El sol brillaba, un agradable cambio en comparación con los habituales cielos cubiertos de Londres, y no estaba dispuesto a pasar el día encerrado en una habitación.

El vestíbulo del ala familiar estaba tranquilo, aunque eso probablemente cambiaría en cualquier momento. Hill Chase era el núcleo de la familia y todo el mundo acudía allí de vez en cuando. Incluso había recibido un correo electrónico de Finn aquella misma mañana, diciéndole que tomaría un avión el día de su cumpleaños para hacer una visita, aprovechando que Ethan estaba en casa. Esperaría a que entrara en el espacio aéreo de Virginia para decírselo a sus abuelos puesto que cabía la posibilidad de que Finn cambiara de opinión en el último momento.

Al bajar la escalera percibió el olor a café y a beicon recién hecho, pero al llegar al vestíbulo, vio luz en el estudio de su abuelo y se dirigió hacia allí en vez de a la cocina. Las puertas de caoba estaban abiertas y se oía el ruido de un teclado. Era extraño, pues su abuelo no era ducho con las nuevas tecnologías y, a menos que su artritis hubiera mejorado súbitamente, era imposible que tecleara a aquella velocidad.

Se llevó una sorpresa al ver a Lily sentada en el enorme escritorio de su abuelo, mordiendo un lápiz mientras mantenía la mirada fija en la pantalla. Llevaba el pelo recogido en dos coletas y eso le daba un aire inocente, lo que le incomodó al recordar uno de los sueños que había tenido con ella la noche anterior.

—Buenos días —dijo, sujetando un lápiz entre los dientes—. Ya he terminado con estos...

Sonó otro clic del ratón y la impresora se puso en marcha.

—Buenos días —contestó él.

Lily dio un salto y se giró, agarrando en el aire el lápiz que se le había caído de la boca.

—¡Ethan! Pensé que era el senador, quiero decir, tu abuelo el senador, no tu padre...

—Bueno, no soy ninguno de ellos —dijo acercándose al escritorio—. ¿Qué estás haciendo?

—Informes.

—¿No tienes ordenador en la oficina de los establos?

Lily hizo amago de poner los ojos en blanco, pero se contuvo.

—Claro que sí. Es solo que el senador... —dijo y se detuvo, mordiéndose el labio en busca de las palabras adecuadas—. Bueno, es muy exigente en el modo en que le gusta que se hagan algunas cosas.

—Es una manera muy educada de decirlo.

—Son sus establos, así que lo hago a su manera —dijo sonriendo—. Tampoco es tan complicado. Bueno, ya he acabado aquí. Si necesitas el ordenador…

Recogió los papeles de la impresora, los grapó y los metió en una carpeta. Luego, tomó sus cosas y se levantó de la silla.

—No, es solo que oí que había alguien y me asomé a ver quién era.

—¿Vas a salir con Tinker hoy? Van a ponerle nuevas herraduras, pero puedo hacer que esté listo cuando quieras.

Con aquella carpeta y las trenzas, parecía una estudiante dirigiéndose a clase.

—¿Cuántos años tienes?

—¿Cómo? —preguntó abriendo los ojos como platos.

—No importa —dijo y señaló la taza de café de Lily—. Voy a la cocina. ¿Quieres más café?

—Sí, gracias. Tendrás que acompañarme. Desde aquí no sé cómo llegar a la cocina.

—¿Todavía no conoces bien la casa? —le preguntó una vez en el vestíbulo.

—Algo así. Solo sé llegar a la cocina por el jardín. Nunca desde…

Lily se detuvo y se quedó boquiabierta. Ethan se giró para ver cuál era el problema, pero no vio nada.

—¿Lily?

—Lo siento, es que nunca había visto una cosa así.

—¿A qué te refieres?

—A la escalera.

Lo único que Ethan vio fue la escalera de mármol que siempre había estado allí.

—Sí, llega hasta la segunda planta.

—Parece sacada del castillo de un cuento de hadas.

—Sí, es como si Cenicienta pudiera aparecer en cualquier momento.

Hablaba tan en serio que Ethan se sintió mal por tomárselo a broma. Se acercó a ella. Olía a cítricos, un aroma que le sentaba muy bien.

—No se lo digas a Nana —dijo él murmurando—, pero cuando el pasamanos está recién barnizado, en la última vuelta se gana mucha velocidad.

—Estoy segura —dijo girándose hacia él—. Siento la distracción, sigamos —añadió sonriendo tímidamente.

Carraspeó y se apartó de Ethan, no sin antes de que él advirtiera que su mirada se había oscurecido. Al verla humedecerse los labios con la lengua, una sensación de ardor invadió su estómago.

Ethan salió de su ensimismamiento y recorrieron el resto de la distancia hasta la cocina en silencio.

Al acercarse a la puerta, Lily se le adelantó.

—Buenos días, Gloria. Te traigo a alguien que necesita que lo alimentes.

—¡Ethan! Me preguntaba cuándo vendrías —exclamó Gloria y lo abrazó, embriagándolo con su olor a café y canela—. Siento no haber estado ayer en casa para darte la bienvenida.

Gloria se había ocupado de la cocina de Hill Chase desde que tenía memoria. Lo miró con ojo crítico.

—Estás más delgado. ¿Acaso no había comida en Londres?

—No tan buena como la tuya.

Por detrás de Gloria veía a Lily sirviéndose café.

—Por supuesto que no. Ve y siéntate que voy a prepararte algo —dijo y sin ni siquiera darse la vuelta, añadió—: Tú también, Lily.

Lily se quedó quieta en su intento por escapar.

—Ya he comido, Gloria. Solo he venido por café —dijo alzando la taza y dirigiéndose hacia la puerta—. Me vuelvo a los establos. Hasta luego.

Gloria suspiró, le puso un plato lleno a rebosar y le llenó la taza.

—Lily está en los huesos.

Para alguien que apreciaba las curvas de Lily, Ethan no estaba de acuerdo con aquella observación.

—Esa chica come como un pájaro —concluyó Gloria.

—Lily apenas es una chiquilla. ¿Qué años tendrá? ¿Veinticinco?

—Yo diría veintidós o veintitrés. Es tan dulce que aparenta menos. Y no te creas que no me doy cuenta de lo que pretendes.

Ethan tragó un bocado de galletas.

—¿Cómo? —preguntó, mostrándose inocente.

—Te conozco muy bien. Deja a Lily en paz.

A pesar del poco tiempo que llevaba allí, Lily ya tenía una aliada.

—Haces que parezca como si quisiera hacerle algo terrible.

—Sé que no sería a propósito. Pero Lily es una buena chica y no necesita que te aproveches de ella.

—Tan solo sentía curiosidad por saber qué edad tiene. Ahora ya lo sé. ¿Hay más salchichas? —preguntó cambiando de tema.

Ethan se preguntó qué sabría Lily que la hacía mostrarse tan protectora con ella.

Como era predecible, el afán de Gloria por dar de comer hizo que enseguida se acercara a los hornillos.

—Me temo que vas a estar solo hoy. El senador y la señora Marshall se fueron temprano esta mañana a casa de los Weatherly a conocer al nuevo potro de Spider. Lo tenían pensado antes de saber que vendrías, pero sabían que tendrías muchas cosas en las que ocuparte.

Tenía mucho que hacer, como contestar correos electrónicos y hacer llamadas. Pero, si habían esperado hasta entonces, un día más no supondría diferencia. Todo un día sin hacer nada importante le resultaba muy apetecible.

—No hay problema. Estoy seguro de que encontraré algo en lo que entretenerme.

Gloria le sirvió las salchichas en su plato y lo miró con el ceño fruncido.

—Esa frase, viniendo de ti, siempre equivale a problemas.

Lily se dio cuenta del momento exacto en el que Ethan entró en los establos. El ambiente cambió. Aquello le parecía tan absurdo como le había parecido el día anterior.

Quizá se debía a que estaba en el establo de al lado del de Tinker cuando el caballo había levantado la cabeza, relinchando.

En veinticuatro horas había empezado a sentir algo por Ethan Marshall. Podía parecer una tontería, pero era cierto. Después de todo, no había nada en aquel hombre que no mereciera la pena. Mientras se diera cuenta de lo que le estaba pasando, no había problema. Era realista. Sabía cómo funcionaban las cosas y cuál era su sitio. No era diferente a enamorarse de una estrella de cine, igualmente inalcanzable.

Aun así, era una sensación agradable, que hacía mucho tiempo que no experimentaba.

Oyó a Ethan saludar a su caballo y el modo en que habló a Tinker le hizo sonreír. Aquellos caballos eran mascotas, puesto que no participaban en competiciones ni espectáculos. Por lo que había visto, no había ningún Marshall que no estuviera loco por los caballos.

Salió del establo de Duke con una lata de aceite en la mano, atrayendo la atención de Ethan. La sonrisa que él le dedicó, hizo que se le encogiera el estómago.

—¿Duke está enfermo otra vez?

—Sí, creo que ese caballo necesita terapia o algún antidepresivo. Nada de lo que estamos haciendo parece ser de ayuda, así que intento que su establo sepa mal antes de que se lo coma todo.

—Finn me ha dicho que vendrá el próximo fin de semana. Quizá eso tranquilice a Duke.

Sabía que Finn era el hermano pequeño de Ethan. Era el atrevido, el que vivía en Los Ángeles y producía películas.

—No le vendrá mal. Quizá Duke le eche de menos —dijo Lily y, al ver a Tinker apoyando el morro en la puerta del establo, añadió dirigiéndose al animal—: Estate tranquilo, eres el siguiente al que van a cambiar las herraduras. Lo siento, Ethan, pero estamos un poco retrasados. Hoy se han complicado las cosas por aquí.

—¿Cuándo no?

—Cierto —contestó dejando la lata de aceite

en el suelo—. Si quieres, puedo avisarte cuando Tinker esté listo.

Volvió al establo de Duke, perdiendo de vista a Ethan, y empezó a echar paja en el suelo.

—No importa.

Ethan le habló desde la derecha, sobresaltándola. Se giró sorprendida de que la hubiera seguido, y aún se sorprendió más al ver que tenía entre las manos una horquilla.

—¿Qué estás haciendo? —preguntó Lily al ver que empezaba a esparcir la paja hacia los rincones—. Quiero decir por qué lo estás haciendo.

—Has dicho que las cosas se habían complicado hoy, así que se me ha ocurrido ayudar.

¿Ethan Marshall limpiando un establo?

—¿Qué pasa si te pillan haciendo mi trabajo?

—Cielo, he limpiado estos establos miles de veces.

—¿De veras? —dijo demasiado distraída por el movimiento de sus fuertes hombros como para decir nada más.

—Sí, de verdad —contestó sonriendo—. Probablemente se me da mejor que a ti.

Como si eso fuera algo que pudiera poner en su currículum.

—Te creo. Mira, si estás esperando a Tinker…

—Me vendrá bien. Paso mucho tiempo sentado en una mesa y me estoy volviendo blando.

Blando no era una palabra que hubiera elegido para describir a Ethan. Se adivinaban sus bíceps bajo la camiseta, cómo sus músculos se contraían y estiraban con cada movimiento. Lily se colocó ante el ventilador y cerró los ojos para disfrutar del aire en su cara.

—¿Estás bien?

Lily se giró y vio que había parado de trabajar y que la estaba mirando preocupado.

—Estoy bien —dijo y continuó ahuecando la paja.

—Cuando tenía quince años, la sobrina del encargado de los establos vino a trabajar aquí. Era poco mayor que yo y era la chica más guapa que había visto jamás —dijo y se apoyó en el rastrillo—. Ella también lo sabía y me dijo que le impresionaba mi técnica para limpiar los establos. Aquel verano limpié muchos establos.

—¿Para impresionarla?

«¿Acaso no eran suficientes su atractivo, encanto y dinero?».

Ethan rio.

—Solo quería que hiciera su trabajo, pero sí, yo pensaba que la estaba impresionando.

¿Podía ser despedida por dejar que Ethan hiciera su trabajo? Era algo a lo que no se podía arriesgar.

—Si te digo que estoy impresionada, ¿te estarás quieto?

—¿No quieres que te ayude?

—Lo cierto es que no. Prefiero hacerlo sola.

Ethan la miró extrañado y dejó el rastrillo a un lado.

—Entonces, adelante.

Lily suspiró aliviada.

—Gracias.

Quizá su atracción por Ethan no fuera una idea tan buena como le había parecido. Estaba haciendo el ridículo.

En vez de marcharse, Ethan se apoyó en la pared, como si tuviera todo el tiempo del mundo y ningún sitio al que ir. Lily se dispuso a terminar fingiendo que no estaba allí, pero era un hombre imposible de ignorar. Tinker asomó el morro y frotó su hocico contra el hombro de Ethan, que lo acarició.

—¿De dónde eres?

Era una pregunta inocente, pero aun así a Lily no le gustó. Era el inicio de más preguntas.

—De Mississippi.

—Eso explica tu acento. ¿De qué parte?

Trató de mostrarse reservada. Se encogió de hombros y recurrió a las respuestas que tenía preparadas.

—Nos mudamos muchas veces, así que de ningún sitio en particular.

—¿Qué te trajo a Virginia?

«Fue lo más lejos que pude llegar antes de quedarme sin dinero».

Tragó saliva y procuró mostrarse tranquila.

—Mis ganas de conocer otra parte del país.

—Debe de ser difícil estar tan lejos de tu familia.

Lily contuvo un resoplido.

—No hay nada que pueda hacer, así que me he hecho a la idea.

—Gloria me ha contado que ocupas el apartamento que hay encima de la oficina de los establos.

«Concéntrate en lo que estás haciendo. Tal vez así capte la indirecta».

—Así es.

—¿Te gusta vivir en Hill Chase?

Podía adivinar la impaciencia en su voz ante sus respuestas vagas, pero ella estaba deseando poner fin a aquella conversación.

—No pretendo ser grosera, pero ¿puedo saber por qué estás haciendo todas estas preguntas?

Él arqueó las cejas sorprendido y Lily se arrepintió de haber dicho aquello.

—Por ser cordial.

—¿Por qué?

—Quizá sea un tipo cordial. ¿Es eso un problema?

«Sí».

—Me doy cuenta de que tuvimos un extraño comienzo, pero, por favor, no pienses que tienes que ser amable conmigo. Tan solo trabajo aquí.

Ethan se quedó en silencio unos minutos. Lily pensó que quizá había ido demasiado lejos.

—Entonces, te dejaré.

—Gracias.

Lily empujó la carretilla vacía, sintiendo la mirada de Ethan en su espalda al marcharse. Una vez fuera, detuvo la carretilla junto a la pared y se apoyó en ella.

Había sido descortés con el nieto de su jefe, pero no había podido evitarlo. El motivo lo desconocía. No era la primera vez que le hacían aquellas preguntas. Formaban parte de una conversación normal, nada fuera de lo habitual, y hasta entonces había sido capaz de inventarse las respuestas. Pero había algo diferente en el modo de preguntar de Ethan que lo hacía más difícil.

Cayó en la cuenta demasiado tarde y apoyó la cabeza en la pared. La atracción que sentía por Ethan no era peligrosa.

Por suerte, Ethan no iba a quedarse mucho tiempo en Hill Chase. Tendría que guardar la compostura lo mejor que pudiera. Y la próxima vez que fuera, lo tendría todo bajo control.

Ethan se quedó observando a Lily hasta que dobló la esquina. Por sus hombros, era evidente que estaba tensa. Se comportaba como si aquellas simples preguntas hubieran sido hechas por el Tribunal de la Inquisición.

—¿Cuál es el problema de Lily? —preguntó mirando a Tinker—. Tú tampoco lo sabes, ¿verdad?

De todas formas, todos aquellos que pensaban que Lily era tímida debían de estar ciegos, además de ser unos estúpidos. De eso estaba seguro. A Lily simplemente no le gustaba hablar. Entendía esa sensación.

Lo correcto sería dejar a Lily en paz, respetar su intimidad y olvidarse de aquellos grandes ojos marrones. Pero eso último era imposible.

Además, tampoco quería. Había algo en Lily que lo intrigaba. A diferencia de las mujeres del club con las que Nana se empeñaba en emparejarlo, Lily parecía real. Había mujeres que lo buscaban por su apellido, su dinero o su posición social, pero para Lily aquellos detalles parecían ir en su contra. Lily era diferente y suponía un reto, lo cual le resultaba irresistible.

Le vibró el teléfono en el bolsillo al recibir un mensaje de texto. *Necesito que vengas a la fiesta del sábado para recaudar fondos, traje oscuro,* leyó.

No estaba dispuesto a ir, así que borró el mensaje.

Como si Brady hubiera adivinado lo que había hecho, un segundo mensaje llegó: *Los abuelos te matarán si no vas.*

Brady estaba sacando la artillería pesada. Primero le había dado una charla apelando a su sentido del deber y, al ver que no había funcionado, había recurrido a los abuelos. De repente sintió la necesidad de visitar a Finn en California el sábado. Nadie esperaba que Finn se mostrara amable, que pusiera cara de felicidad a los contribuidores y votantes, y Ethan envidiaba eso. Al mismo tiempo, las cosas habían sido difíciles para Finn. Era demasiado joven para entender lo que estaba pasando y los intentos de Brady y de él para proteger a Finn habían acabado complicando las cosas a la larga. En lo que a los trapos sucios se refería, no era suficiente para echar a perder la campaña, así que, aunque no serviría para nada airearlos, le fastidiaba tener que seguir la corriente.

Borró el segundo mensaje de Brady y guardó el teléfono. Ignoraría lo desagradable, fingiendo que no existía y poniendo una cara positiva... Aquel era el modo de actuar de los Marshall.

Y él era, como a todo el mundo le gustaba recordarle, un Marshall.

Pero a la vez...

Volvió a sacar el teléfono y envió un breve mensaje a Brady: *No*.

Dos horas más tarde, Lily se sentía la más idiota del planeta, pero no por su enamoramiento. Eso podía soportarlo. Era vergonzoso y era precisamente esa vergüenza lo que alimentaba ese sentimiento en aquel momento.

Había reaccionado desproporcionadamente, tomándoselo todo en el sentido equivocado. Había dejado que sus sentimientos y temores afectaran lo que en un principio era completamente inocente. Al parecer, Ethan era un hombre afable. Mientras ponían las herraduras a Tinker, había dado una vuelta por los establos hablado con todo el mundo, desde el encargado de los establos, Ray, hasta el chico que llevaba los piensos, ofreciéndose a ayudar a cualquiera. En un momento dado, creyendo que ya se había ido, se lo había encontrado jugando con los gatos del granero.

Sin duda alguna era una idiota y el castigo mental al que se estaba sometiendo, le estaba levantando dolor de cabeza. Para empeorar aún más las cosas, miró el reloj y comprobó que apenas eran las dos. Había transcurrido medio día. Necesitaba una aspirina.

El hecho de que se ofreciera alojamiento con aquel trabajo había sido una gran ventaja, especialmente en aquel momento. Un par de minutos a solas le ayudaría a aliviar el dolor de cabeza y a recuperar la tranquilidad.

Aunque todavía iba a encontrarse con la causa de aquel dolor. Si la finca de los Marshall era del tamaño del pueblo en el que había nacido, ¿por qué tenía que encontrárselo continuamente?

Lily lo saludó con una inclinación de cabeza y al ver que Ethan se la devolvía, aceleró el paso mientras subía la escalera, tomando los escalones de dos en dos. Lo cierto era que le daba igual lo que pensara.

A medio camino, tropezó y buscó la barandilla para agarrarse, pero no pudo evitar caerse. El pie tropezó con la contrahuella del peldaño y se le torció la rodilla. Al caer de lado, vio las estrellas al golpearse la cabeza con la barandilla.

Al momento sintió unas manos en los hombros sujetándola y pudo recuperar el aliento. Sin mirar, sabía quién había sido su salvador. El día no podía empeorar más.

Ethan la tomó de la barbilla y estudió su cara para asegurarse de que no se hubiera hecho daño.

—¿Estás bien?

—Sí, qué torpeza.

El tenerlo tan cerca, unido a la vergüenza que sentía, hacía que le ardiera el rostro.

La ayudó a estirar la pierna y a ponerse de pie. Al apoyar el peso, hizo un gesto de dolor y Ethan frunció el ceño.

—Entremos y veamos el daño que te has hecho.

—Estoy bien —protestó ella, mientras Ethan se inclinaba y le pasaba un brazo bajo las piernas.

Un segundo más tarde estaba en sus brazos, apoyada contra aquel pecho en el que tanto se había fijado el día anterior. Inspiró disfrutando de su olor masculino. Le ardía la piel, pero no estaba segura de si era la suya o la calidez que transmitía la camisa de él.

Ethan siguió subiendo los escalones restantes como si no le pesara nada y la llevó hasta su apartamento. Al dejarla sobre la cama, apartó los cojines para que pudiera apoyarse cómodamente en el cabecero.

—Solo ha sido un tropezón. Estoy bien.

Se sentía algo aturdida, pero no tenía nada que ver con el golpe que se había dado en la cabeza. De hecho, estaba empezando a acostumbrarse a aquella sensación.

En dos zancadas, Ethan se acercó a la pequeña cocina y Lily reparó en lo pequeño que era su apartamento. Él parecía llenar todo el espacio, haciéndolo parecer aún más diminuto. Al momento volvió con un paño húmedo que colocó en su frente. Al ver su gesto de preocupación, Lily se sorprendió.

El sonido que emitió hizo que Ethan frunciera el ceño. Sacó el teléfono y empezó a marcar un número.

—Voy a llamar a un médico.

—No hace falta. Estoy bien, tan solo ha sido un golpe, nada importante.

Ethan no parecía convencido, pero guardó el teléfono.

—Veamos. ¿Tienes hielo?

—Aquí no.

—Voy a bajar a por un poco y a por un par de vendas. ¿Necesitas ayuda para quitarte los vaqueros?

—¿Cómo dices? —preguntó sorprendida.

—Tenemos que echarle un vistazo a tu pierna.

Lily bajó la mirada y vio sangre en la tela. De repente el dolor se intensificó.

—Puedo soportarlo.

—Entonces, te ayudaré a quitarte las botas —dijo él y antes de que pudiera protestar, le había quitado las botas y estaba saliendo por la puerta—. Volveré en un momento.

Seguía atónita y no tenía ninguna duda de que volvería enseguida. Ethan parecía empeñado en ser su caballero de brillante armadura. Aunque no era la típica damisela necesitada, tenía que admitir que era agradable sentirse mimada, en especial por Ethan.

Eso no quería decir que necesitara su ayuda para quitarse los vaqueros, pensó mientras apartaba el tejido de la herida. Aunque tuviera que dejar de comer, iba a comprarse unas nuevas botas con su siguiente paga. Serían altas, ya que estaba cansada de mojarse los pies y de darse golpes en las espinillas.

El sonido de pisadas en la escalera la sacó de sus pensamientos, haciéndola reparar en que estaba casi desnuda desde la cintura y que su camiseta apenas llegaba al principio de sus muslos. Buscó bajo la almohada su pijama y se puso el pantalón justo en el momento en el que Ethan abría la puerta.

Traía compresas de hielo del congelador y el botiquín de primeros auxilios de los establos. Quizá se hubiera golpeado la cabeza más fuerte de lo que creía. Dejó la bolsa roja en la cama, junto a ella.

—¿Dónde hay toallas?

Ella señaló el armario.

Envolvió una de las compresas en una toalla pequeña y le dijo que se la pusiera en la cabeza. Luego colocó otra de las toallas bajo la pierna antes de sacar un bote de solución salina del botiquín.

—Esto puede escocerte un poco —le advirtió.

—No tienes que… ¡Ay!

—No seas cobarde —bromeó—. ¿Cómo está la cabeza? ¿Tienes vista borrosa o doble visión?

—No —dijo quitándose la toalla de la cabeza y viendo sangre en ella—. Vaya, estoy hecha un desastre. No necesitaré puntos, ¿verdad?

—Tan solo es una herida fea. Déjate el hielo. ¿Te duele algo más? —dijo limpiándole la espinilla con una gasa.

—Gracias. Mira, estoy bien, de verdad. Te agradezco la ayuda, pero puedo ocuparme sola.

—¿Y perderme la oportunidad de acariciarte la pierna? De ninguna manera.

Fue un comentario tan absurdo y fuera de lugar que la hizo reír. Se acomodó en las almohadas y se puso el hielo en la frente. No estaba conmocionada ni imaginándose cosas. Ethan estaba flirteando con ella allí, en la intimidad de su apartamento, mientras la única ropa que llevaba era...

Tal vez fuera la clase de hombre que flirteaba con todas las mujeres que se cruzaban en su camino. Quizá fuera parte de su carácter afable. No debería sacar conclusiones. Después de todo, ¿no se había equivocado una vez ya? Seguía siendo divertido, a pesar de la sangre y el dolor.

Estaba disfrutando demasiado como para ignorar sus propias habilidades seductoras.

—¿Sueles acariciar las piernas de todas las chicas que pasan por los establos?

—Solo si sangran —dijo él sonriendo—. No quiero que me abofeteen.

—Buena política —dijo estudiando el vendaje que le había puesto en la espinilla—. Estoy impresionada.

—Yo también lo estoy —dijo él, esbozando una medio sonrisa—. Tienes unas piernas muy bonitas.

Si su corazón latía más deprisa, iba a acabar desmayándose. Quizá no estuviera lista para desplegar todos sus encantos seductores.

—Me refería al vendaje. Está muy bien hecho.

—Tengo mis talentos.

«De eso estoy segura».

Ethan tiró los desechos a la basura.

—Seguramente querrás tomar una aspirina. En breve empezará a dolerte la cabeza. ¿Tienes?

—Sí.

Hizo amago de levantarse, pero Ethan la detuvo.

—Quédate un momento sentada, ¿de acuerdo? Has estado a punto de provocarme un infarto.

—Entonces, quizá deberías ser tú el que descansara —murmuró mientras Ethan la miraba expectante—. De acuerdo, están en el baño, en el armario de las medicinas.

Él asintió y fue a buscar las aspirinas. Oyó que abría el armario de las medicinas y la idea de que Ethan rebuscara entre sus cosas la incomodó. Enseguida volvió con un vaso de agua y un par de pastillas.

Ethan apoyó la cadera en la mesilla y la observó tragarse las pastillas.

—Gracias, Ethan. No suelo tener caídas, pero te agradezco que me hayas ayudado.

—¿Quiere eso decir que me perdonas por lo que fuera que dije esta mañana que te molestó?

—Creo que soy yo la que te debe una disculpa. No soy una persona demasiado sociable. Prefiero estar entre animales. Hablando de ellos, creo que debería volver al trabajo.

—Creo que deberías descansar un rato.

—No, estoy bien —dijo quitándose el hielo de la frente—. Creo que la herida ya no sangra.

—Deja de tocártela —dijo sacando una tirita y sentándose junto a ella para estudiar el corte—. Seguramente tendrás un cardenal mañana, pero no creo que te deje cicatriz.

Lily escuchó las palabras, pero sin llegar a comprender su sentido. Ethan estaba muy cerca y todo el oxígeno de la habitación parecía haber desaparecido. Trató de inspirar, pero su olor la embriagó, provocándole escalofríos.

Cerró los ojos y trató de calmar su pulso. Mala idea. Sin distracción visual, sentía con más intensidad su roce. Sus dedos se movían con suavidad al ponerle la tirita en la frente.

—¿Te estoy haciendo daño?

Abrió los ojos, lo cual fue un gran error puesto que la mirada de Ethan estaba clavada en ella y no en sus heridas.

Seguía estando muy cerca, lo suficiente como para ver aquellos reflejos dorados en sus ojos verdes y poder contar sus pestañas. Le costaba respirar y se sentía aturdida.

El tiempo se congeló al ver que sus ojos se

oscurecían y recorrían su cara. Notaba que el cuello le ardía y una sensación de calidez invadía su pecho. Ethan estaba a escasos centímetros de ella. Podía sentir su aliento junto a los labios y la caricia de sus dedos desde la herida hasta la barbilla, le resultó hipnótica y paralizante.

Luego, su boca se encontró con la suya. Fue un leve roce que le hizo sentir un cosquilleo en los labios. Ethan deslizó su dedo gordo hasta el cuello de Lily, y una sensación de deseo explotó en su pecho.

Puso su mano sobre la de él y sintió su tensión. Estaba conteniéndose.

—¿Qué estás haciendo?

Su risa fue una de las cosas más sexys que jamás había escuchado, suave como una caricia.

—Besarte —contestó él y le acarició con la lengua el labio inferior—. A menos que quieras que pare…

«¡No!».

Todas las terminaciones nerviosas de su cuerpo reaccionaron al unísono, haciendo saltar las alarmas de su cabeza. Ethan deslizó la otra mano hasta la base de su cuello y Lily cerró los ojos.

—Pero ¿por qué?

Capítulo 3

ERA una buena pregunta para la que Ethan no encontró respuesta.

—Porque quiero.

Oyó el gemido de Lily en respuesta y el pulso en su cuello se aceleró bajo sus dedos. Debía de haberle gustado aquella respuesta.

—Pero ¿crees que es una buena idea?

—La mejor que he tenido en mucho tiempo.

Le dio otro beso en la comisura de los labios y sintió que otro escalofrío la recorría.

—Me gusta tu sabor, Lily.

—Oh.

Los músculos de su cuello se relajaron, permitiéndole acceder a la fina piel bajo su mentón. Lily bajó la barbilla y sus labios se encontraron con los de él. Al principio se mostraron dubitativos y poco a poco se volvieron más insistentes. El roce de su lengua le hizo sentir un fuego en su estómago que poco a poco se fue extendiendo por sus venas.

Lily giró su cuerpo hacia el de él y se hundió en las almohadas. El beso se volvió más profundo, ardiente y devorador. Con una mano lo sujetó por la muñeca mientras recorría su clavícula hasta descansar en su pecho, justo encima de su corazón. Al tocar con la otra mano su bíceps, sintió frío a pesar del calor de su piel...

¿Frío? Su cabeza estaba hecha un lío por el beso de Lily y la única parte que seguía funcionando sabía que aquello no estaba bien.

Soltó una maldición y se apartó. Lily parecía confundida. Pero también encantada, pensó y se obligó a pensar en otra cosa. Estaba acariciando a una mujer herida justo después de curarla. A Lily parecía no importarle, pero... no era un buen momento.

—¿Ethan? ¿Ocurre algo?

Se mordió el labio inferior, aún hinchado y húmedo por los besos, y arrugó la frente, confundida. El gesto debió de dolerle porque se llevó una mano a la tirita.

Se le había soltado una de las trenzas y no recordaba haberlo hecho él, aunque sí había acariciado la suavidad de su pelo. Su respiración seguía siendo entrecortada y tenía las mejillas sonrojadas. Cuando Lily volvió a mojarse los labios con la lengua y se apartó el pelo de la cara con la mano temblorosa, tuvo que contenerse para no acercarse a ella de nuevo.

—No pasa nada, pero creo que deberías descansar un rato. Le contaré a Ray lo que ha pasado y le diré que venga a verte luego.

Lily se quedó… ¿Sorprendida? ¿Decepcionada? ¿Triste? Era difícil saberlo, puesto que había bajado la cabeza y el pelo le caía sobre la cara.

—Tómatelo con calma, ¿de acuerdo? Y no te quites el hielo.

Ella asintió antes de que Ethan se fuera.

No se arrepentía de haberla besado, pensó mientras trataba de calmarse. La pregunta de Lily acerca de si le parecía una buena idea tenía su mérito.

Estaban los problemas evidentes. El mayor de todos era que ella trabajaba para sus abuelos. Ellos no aprobaban las relaciones que no fueran estrictamente profesionales con los empleados. Lo contrario podía dar lugar a una demanda por acoso sexual o aparecer en las portadas de los periódicos.

Además, Lily era joven y muy dulce. Quizá no fuera capaz de entender las reglas básicas que siempre establecía. Eran reglas que debía haber dejado claras antes de besarla.

Era incapaz de apartar aquella sensación de deseo que lo embargaba y se llevó la mano al estómago. Lily era una tentación y ahora que conocía que sabía tan dulce como parecía...

Probablemente Tinker ya tendría sus nuevas herraduras y estaría preparado para ser montado, pero le resultaba imposible subirse a una silla de montar en aquellas condiciones. Lo mejor sería volver a la casa principal y trabajar un rato antes de cenar.

La primera parada sería para darse una ducha, una ducha muy fría.

La cena podía haber resultado incómoda, pero Nana tenía una regla sobre asuntos desagradables mientras comían. Sin duda alguna, Douglas Marshall era un tema desagradable, al menos para Ethan. Así que evitaron mencionarlo, charlando sobre los caballos, la política en general, el viaje de Ethan a Londres y la última causa benéfica de Nana.

Pero una vez acabaron de tomar el café, Nana se retiró alegando estar fatigada y el abuelo sugirió que se fueran al estudio, una señal de que iba a ser llamado a capítulo, como Brady había predicho.

No sería la primera vez ni la última.

El estudio del abuelo parecía congelado en el tiempo. Todo eran maderas oscuras y elegancia clásica. Su aversión por lo nuevo dejaba anclada en el pasado aquella estancia. La única concesión al nuevo siglo era el ordenador que había en su escritorio y eso se debía a que no había conseguido evitar tener uno o que no había sabido camuflarlo mejor. Pero el estudio resultaba acogedor por su familiaridad y su ausencia de cambios.

El abuelo fue directamente al bar, sirvió dos whiskys y le dio uno.

—No deberías beber eso —dijo Ethan tomando su copa y apoyándose en la chimenea.

—Así que eso es lo que has estado haciendo en Londres durante tanto tiempo. ¿Cómo te las has arreglado entre tantas fiestas para conseguir el título de Medicina? —preguntó el abuelo, sentándose frente a la chimenea—. Aunque, si quisiera algún consejo médico, ya tenemos suficientes médicos en la familia.

—Y es evidente que no haces caso a ninguno de ellos.

El whisky era excelente y a su abuelo no le gustaba darse por vencido en sus placeres sin una buena discusión.

—Tu abuela no sufre si no lo sabe —dijo el viejo arqueando su ceja—. ¿Piensas decírselo?

—Posiblemente.

El abuelo sacudió la cabeza.

—¿No estás contento con tu asignación?

Ethan sonrió.

—Está bien, pero no te lo bebas todo, ¿de acuerdo?

—Hijo, soy viejo y me he ganado este trago. La vida no merece la pena si no te concedes algunos pequeños placeres —dijo y cerró los ojos unos instantes mientras disfrutaba de la bebida—. ¿Estás preparado para ir al grano?

—Más me vale.

—Van a ser unas elecciones difíciles. Mark Taylor quiere el escaño. Los actuales senadores están dispuestos a defender su escaño y no somos una excepción.

«¿Somos?».

Era como si todos se presentaran a las elecciones, no solo su padre. La idea de negocio familiar adquiría un nuevo significado cuando los negocios eran la política.

—Me mantengo informado. Las encuestas siguen siendo buenas…

—Pero no estupendas. A Taylor le gusta jugar sucio, así que esas cifras son muy volátiles. Podríamos perder posiciones sin darnos cuenta.

—Papá se aprovecha de tu nombre y de tu legado. La mitad de los votantes piensa que te sigue votando a ti.

—Eso es algo que Taylor pretende hacer cambiar. Todos tenemos que echar una mano, incluyéndote a ti. Empezando por la fiesta de recaudación de fondos.

—Esa noche estoy ocupado.

—Entonces, desocúpate. No espero que participes activamente en la campaña, pero confío en que al menos vayas y te muestres sonriente.

—Lo siento, no soy tan hipócrita.

—Pero eres miembro de esta familia y por tanto, tienes intereses en que continuemos manteniendo ese escaño.

—Me arriesgaré.

—No puedes hacerlo. La familia Marshall ha de permanecer unida. Tienes responsabilidades no solo con esta familia, sino con la gente de Virginia y con el resto del país. No puedes ignorarlo.

Al abuelo le gustaba referirse al deber y a la responsabilidad, y por más que Ethan quisiera ignorarlo, le era imposible. Suspiró y se sentó en la butaca de enfrente.

—El tema es…

—Sé cuál es el tema, Ethan, y por eso no te pido más. No siempre he estado orgulloso de Douglas. Como padre, es algo difícil de digerir porque es mi error. La manera en que trató a tu madre fue una vergüenza y vosotros os merecíais más de lo que os dio. No dejo de preguntarme en qué me equivoqué con tu padre.

Su abuelo era un político innato y aquel era el dolor más sincero que Ethan jamás había escuchado. Por primera vez vio a su abuelo viejo y cansado.

—Pero estoy orgulloso de ti. De Finn y de Brady también. Mantener ese escaño es algo más que proteger mi legado. Es proteger el vuestro también. Los trapos sucios crean un barniz que lo cubre todo y nunca se acaba de quitar. Lo que presentemos al público nos protege a todos de ese barniz.

—Eso no es honesto.

—No, es política. A la gente le gusta pensar que están votando a alguien que les gusta o a alguien que les gustaría ser. Pero la mejor persona para hacer un trabajo sucio no siempre es aquella con la que te irías a tomar una cerveza después del trabajo.

¿No había dicho Brady más o menos lo mismo?

—Como papá.

—Como tu padre —dijo el abuelo y se tomó el último trago de su copa—. Piénsalo de esta manera: no tendré que volver a pedírtelo hasta dentro de seis años.

Ethan sabía cuándo darse por vencido por mucho que le pesara. Seguía pareciéndole deshonesto, aunque realmente no estaba mintiendo a nadie. Su padre era un buen senador y probablemente haría más cosas en la siguiente legislatura. Se estaba preocupando por tonterías y, mientras se limitara a apoyar la candidatura de su padre, no estaba siendo deshonesto.

—De acuerdo. Puedo asistir a fiestas y a eventos para recaudar fondos, pero eso es todo.

El abuelo asintió y el gesto de cansancio desapareció de su cara. Cualquier angustia que le quedara, se aliviaba sabiendo que al menos estaba haciendo feliz a su abuelo. No le debía nada a su padre, pero sí todo a su abuelo.

—Eso está bien, hijo. Presta atención a los problemas porque ahí es donde somos más fuertes —dijo poniéndose de pie, ofreciéndose para tomar la copa vacía de mano de Ethan—. Voy a echarme un poco más. ¿Me acompañas?

Ethan le entregó su copa agradecido.

Lily no había parado en todo el día, incapaz de sacudirse su perplejidad. Quizá fuera confusión. Fuera como fuese, le era imposible concentrarse. Le gustaría poder culpar de aquella confusión al golpe, pero sabía que no se había dado tan fuerte. No, el motivo de aquel caos en su cabeza no era otro que Ethan Marshall. O más concretamente el beso de Ethan Marshall.

Incluso en aquel momento, horas más tarde, aún seguía suspirando como una adolescente. En lo que a besos se refería, los de Ethan eran de una gran calidad. Todavía le costaba respirar. Había dado con un punto sensible en su cuello que ni ella sabía que tenía. Solo de recordarlo se le encogían los músculos de los muslos.

Como si pudiera olvidarlo. A Lily le estaba costando un gran esfuerzo convencerse de que de veras había ocurrido y que no era producto de una alucinación a consecuencia del golpe. Tal vez fuera alguna clase de amnesia, que en lugar de olvidar cosas estaba recordando algunas que ni siquiera habían pasado.

De ser así, era una agradable sensación. Todavía podía sentir la presión de sus labios sobre los de ella y la tensión de su cuerpo. Todavía lo saboreaba. Nunca antes había tenido una ensoñación con aquella clase de detalles.

Ethan Marshall la había besado. La sola idea le parecía ridícula. Las cosas así no le pasaban a alguien como ella. La gente como los Marshall se besaba con gente como ellos: rica, bien relacionada, con buena educación,…

Ella no era ninguna de aquellas cosas. Y no era que Ethan no lo supiera. Ella trabajaba en los establos de su familia. No hacía falta ser muy listo para darse cuenta de que ella no pertenecía a su círculo social.

Ella era una paleta de Mississippi que vivía de su sueldo. Sus únicas relaciones eran con la gente que salían en los programas de televisión llevando esposas. El padre de Ethan era senador, mientras que su padre era un criminal. El árbol genealógico de él estaba lleno de gobernadores y presidentes de grandes compañías, el de ella de estafadores y cuatreros.

Claro que también estaba aquel pequeño problema suyo…

Sí, Ethan Marshall no besaba a mujeres como Lily Black, al menos no a propósito y no más de una vez. Lo que explicaba por qué Ethan se había retirado tan bruscamente de su apartamento. Debía de haberse dado cuenta de lo que estaba haciendo. Había sido un beso que no olvidaría fácilmente y que estaba segura de que no volvería a ocurrir.

Habían sido un par de días muy extraños.

Eso quizá explicara su dificultad para estarse quieta unos minutos y por qué seguía en los establos a las ocho de la tarde en vez de estar viendo la televisión.

Los establos estaban muy tranquilos y los caballos no necesitaban nada, pero le hacía sentirse ocupada.

El puesto de Tinker estaba vacío y su puerta abierta. Lily miró a su alrededor, confiando en ver a Tinker paseando por los establos. Pero no estaba allí.

Su corazón dejó de latir antes de recuperar la

calma. Tinker era un caballo muy valioso, pero no el que alguien robaría. Tenía demasiado mal genio como para irse con un desconocido. Incluso si alguien dejaba abierta la puerta distraídamente, lo que provocaría que fuera despedido al instante, Tinker era muy vago como para alejarse de la comodidad del hogar. Así que, ¿dónde demonios estaba aquel caballo?

«Tranquila hasta que haya alguna razón para asustarse».

Lily fue a mirar al prado y, tan pronto como salió, oyó sonido de cascos. Un segundo más tarde, su corazón se detuvo por una razón completamente diferente.

Ethan estaba montando a Tinker sin silla. Parecían sacados de una película. Se veían sus siluetas entre los árboles, bajo la luz de la luna, entrando y saliendo de las sombras. Era una imagen capaz de hacer suspirar a cualquier mujer, especialmente a una que estaba bajo el hechizo de su beso. Podía pasarse allí en la valla el resto de la noche, mirando.

Pero Ethan debía de haberla visto y un momento más tarde Tinker se acercó a la valla.

—Lily, es tarde para estar aquí.

Se alegró de que estuviera oscuro y no pudiera ver sus mejillas sonrojadas.

—No dejes que te interrumpa. Al ver que no estaba Tinker en el establo, he salido a buscarlo.

Ethan acarició el cuello del animal.

—Hoy no pude salir a montar, así que…

—Entonces, te dejaré que lo hagas —dijo apartándose de la valla—. Buenas noches, Ethan.

—Lily…

—¿Sí?

«Por favor, no recuerdes lo que ha pasado antes. No quiero oír que ha sido un error. Deja que me quede con ese recuerdo».

—¿Quieres acompañarnos?

Ethan le ofreció una mano y Lily se dio cuenta de que se refería a subirse en Tinker.

Todos los razonamientos que había hecho antes le fastidiaban. Todas aquellas eran razones válidas para volver a darle las buenas noches y regresar a su apartamento. Pero su cabeza y su corazón no parecían estar de acuerdo. ¿Qué daño haría decirle que sí?

¿No era eso lo que había pretendido? Bueno, no eso exactamente, pero algo parecido. ¿No quería una nueva vida en la que nadie conociera su pasado, en la que la aceptaran por ser ella misma? ¿No se lo había ganado?

Tampoco le resultaba de ayuda que Ethan pareciera sacado de una fantasía. No sabía en qué momento se había vuelto a convertir en una soñadora quinceañera, pero el nudo de su estómago y el calor de sus venas no eran señales de madurez.

Entonces Ethan le sonrió y ya no le importó nada más. Pasó por entre la valla y la ayudó a montar.

Montar a pelo era una experiencia completamente diferente a hacerlo en silla. Podía sentir el calor del caballo bajo sus vaqueros y, dado que estaba apoyada en la espalda de Ethan, el calor era más intenso. No le quedaba más opción que rodearlo por la cintura y lo cierto era que le gustaba tener que hacerlo. Sus fuertes músculos le hicieron recordar el momento en el que los había visto cubiertos de agua.

—¿Habías montado antes a pelo?

Ethan giró ligeramente la cabeza al hablar, acercando a pocos centímetros su boca.

—No, no monto a caballo por entretenimiento, ¿recuerdas?

—Es una lástima. Lo haces muy bien. Pareces tener un talento innato.

Tinker se detuvo al borde del agua y Ethan la ayudó a bajar. A continuación él también desmontó y dejó que Tinker paseara por el agua para que bebiera. La sorpresa de Lily debió de hacerse patente en su rostro.

—No irá muy lejos, volverá.

—Qué interesante. Si yo hiciera eso, Tinker ya estaría a medio camino de vuelta a los establos.

—Tinker sabe quién es el jefe y no eres tú, lo siento.

—Debería pensar en quién lo alimenta y mostrar un poco de respeto.

Había un árbol caído a modo de banco en el que Lily se apoyó. Le temblaban las piernas. Hacía una noche tranquila y bonita bajo la luz de la luna, aunque resultaba algo desconcertante. Estaba lejos de los establos, sola, en un entorno romántico junto a un hombre que la hacía derretirse y que ya la había besado una vez ese día.

La esperanza de que volviera a hacerlo se mezclaba con el temor de que lo hiciera. Cuando Ethan se sentó a su lado, sin quererlo se puso tensa.

—No te preocupes, Lily, no voy a saltar sobre ti. De hecho, quizá debería disculparme por lo de antes.

—Oh.

«Maldita sea. ¡No!».

Él permaneció en silencio unos segundos más.

—O quizá debería disculparme por lo que va a pasar luego.

La cabeza se le hizo un lío.

—¿Por qué?

En vez de mirarla, Ethan se echó hacia atrás sobre el tronco del árbol y apoyó la cabeza en los brazos.

—Porque estoy pensando en repetirlo antes de que volvamos.

Lily no sabía si debería reírse o arrancarse el pelo, pero su corazón empezó a latir acelerado.

—¿Es eso una advertencia?

Ethan tenía los ojos cerrados, pero una sonrisa asomó a sus labios.

—Es una predicción.

—Entiendo.

Se alegraba de que tuviera los ojos cerrados. Al ver que no decía nada, Lily se dio cuenta de que Ethan le estaba dando la oportunidad de objetar, de rechazarlo, pero era incapaz de hacerlo a pesar de que sería lo más adecuado.

—Hace una noche muy agradable.

—Cierto.

Lily recogió las piernas y se abrazó las rodillas.

—¿Por eso saliste a dar un paseo, porque hace una noche agradable?

—Por eso y porque quería salir un rato de casa.

La frustración de su voz la pilló desprevenida.

—¿Por qué motivo?

De nuevo, aquella sonrisa.

—Para alguien que no le gusta contestar preguntas, haces muchas.

—¿De veras? Bueno, supongo que es porque los demás me parecen interesantes. Mi historia ya la conozco.

—No te pierdes demasiado. ¿Por qué crees que dejé Mississippi?

—Si buscas aventura, Hill Chase no es el lugar para encontrarla. Por aquí no hay demasiadas emociones.

Ella apoyó la barbilla en las rodillas y se quedó mirando el río.

—No busco aventuras ni emociones, sino algo que no he tenido. ¿No has deseado alguna vez…? —dijo ella, pero enseguida recordó con quién estaba hablando—. No, supongo que no.

—¿Que no qué?

—¿Ir a alguna parte donde nadie te conociera y no tuviera ideas preconcebidas?

—¿Qué te hace pensar que no o que no es lo que deseo todos los días?

Lily se giró para mirarlo.

—Porque… porque eres un Marshall.

«Además de guapo, encantador, rico, poderoso…».

—Lo dices como si fuera algo especial.

—Así es. ¿Acaso me equivoco?

—Todo el mundo se cansa de su vida de vez en cuando, Lily. En algún momento, todo el mundo quiere huir de casa.

—Ya.

—¿Esta vez no preguntas por qué?

Estaba sorprendida de lo fácil que le resultaba hablar con Ethan.

—Me muero por preguntar por qué, pero me siento moralmente obligada a contestar tus preguntas. Además, creo que no estamos preparados para ser confidentes ni que podamos llegar a serlo nunca. No sería apropiado, teniendo en cuenta que trabajo para tus abuelos.

—Qué manera tan interesante de verlo.

—Es menos complicada.

Él se echó hacia delante y apoyó los codos en las rodillas.

—Me da la sensación de que no te gusta complicarte.

—Prefiero las cosas simples. Es más fácil.

—Es una lástima.

—¿Por qué?

—Porque de todas formas las cosas acaban complicándose.

Ethan se había acercado tanto durante la conversación que estaba a escasos centímetros de que su boca rozara la de ella.

Enseguida apartó los razonamientos que había hecho antes. ¿A quién le importaba la lógica y la madurez? Aquella no era una experiencia que fuera a repetirse, así que sería una estúpida si la dejaba pasar.

Podía ser muchas cosas, pero no una estúpida.

El beso de Ethan no se parecía en nada a los que le habían dado antes. Había sido apasionado, pero paciente; divertido, a la vez que lleno de promesas y posibilidades. Y esas promesas y posibilidades la intrigaban.

Ethan tiró de ella y la hizo sentarse en su regazo, a la vez que se echaba hacia atrás para apoyarse en el tronco del árbol. Con una mano la sujetó por la cintura y con la otra la atrajo hacia su pecho.

Era el entorno adecuado en el momento perfecto. Pero los labios de Ethan en su cuello, el bulto que sentía bajo sus muslos, la luz de la luna, el sonido del río… Tenía que ser real porque su imaginación no era tan buena.

Lily sintió un cosquilleo al acariciar el algodón que separaba su piel de ella. Le fascinaba la manera en que sus músculos se contraían y su corazón se aceleraba.

Ethan le sacó la camisa de los vaqueros y le acarició la espalda, luego las costillas y finalmente cubrió su pecho. Ella dejó escapar un jadeo cuando una oleada de calor se extendió por su cuerpo.

Aquel jadeo llamó la atención de Ethan. No había dicho en broma que pensaba besarla otra vez, pero acariciarla no estaba en sus planes. Su sabor, el modo en el que respondía… Lily era una droga que le hacía perder el sentido y el control.

Un minuto más y la haría tumbarse en el suelo. Al decírselo, ella abrió los ojos como platos.

—Oh.

Aquella exclamación fue un suspiro, con una nota de decepción, una sensación que compartía porque no estaba preparado para esa posibilidad.

Al instante, Lily se puso de pie. Se metió la camisa por los vaqueros y se atusó el pelo, poniendo fin a aquel momento y a cualquier posibilidad.

De un silbido llamó a Tinker y para sorpresa de Ethan, el animal apareció trotando. Lily tomó las bridas.

—Creo que debería volver. ¿Podrías llevarme de vuelta?

A pesar de que intentó no darle importancia, era evidente que estaba incómoda. Incluso bajo la luz de la luna, vio que había vuelto a ruborizarse.

De nuevo, Ethan no estaba en condiciones de montar. Era una situación que empezaba a repetirse cada vez que Lily estaba cerca. Pero se subió al caballo, buscó la postura menos incómoda y ayudó a Lily a montar.

Sintió que se agitaba al tomarla de la cintura. Antes, se había amoldado a él, apoyando sus pechos en la espalda y apretando sus muslos contra los suyos. Esta vez estaba intentando mantener distancia entre ellos.

Se sintió tentado a dejar que Tinker arrancara a toda velocidad, lo que la obligaría a acercarse. Sin embargo, dejó que Tinker se pusiera lentamente en marcha de vuelta a los establos.

Los intentos por mantener una conversación se encontraron con respuestas monosilábicas, que fueron a peor a medida que se acercaban.

—Lily, mira…

Pero Lily ya se estaba bajando.

—Gracias por traerme —dijo dirigiéndose presurosa hacia la escalera—. Buenas noches.

Sin mirar atrás subió los escalones de dos en dos, abrió la puerta y desapareció.

Ethan no tenía ni idea de qué iba todo aquello.

Capítulo 4

A LA mañana siguiente, después de una noche en vela, Lily se sentía como un zombi y el café no le era de ayuda. Pero no era solo la falta de sueño lo que nublaba la cabeza. No, una vez más era Ethan el responsable de eso.

Le resultaba tan contradictorio que no le agradaba la confusión que le provocaba. Mientras su manera de actuar parecía indicar que estaba interesado en ella, no se le ocurría ni una sola razón por la que debía estarlo. Pero no podía evitar sentirse halagada y excitada. Aunque sabía que no debía acercarse a Ethan, no se había resistido a sentarse en su regazo la noche anterior.

Se había dejado llevar por las emociones del momento. Respiró hondo y apartó aquellos recuerdos que estaban impresos tanto en su cabeza como en su piel. Tenía mucha suerte de que Ethan hubiera entrado en razón cuando lo había hecho.

—Lily, cielo, creo que ya está suficientemente limpia —dijo Ray, sacándola de sus pensamientos—. Aunque agradezco que prestes atención a los detalles.

Lily bajó la mirada a la brida que estaba limpiando antes de devolverle una sonrisa boba al encargado de los establos.

—Lo siento, hoy tengo la cabeza en otra parte.

—¿Estás bien?

Tenía la mente hecha un lío, pero probablemente Ray no estaba preguntando eso, así que asintió.

—Tengo un pequeño cardenal, eso es todo. La pierna me duele un poco.

Las piernas le dolían y tenía algo de agujetas en los muslos de montar a pelo la noche anterior, pero evitó dar aquellos detalles.

—Si necesitas tomártelo con calma…

—No, estoy bien —le aseguró—. Quizá me esté afectando el cambio de tiempo. Me encanta el otoño.

Ray asintió y Lily continuó con lo que estaba

haciendo, obligándose a concentrarse en lo que tenía entre manos y olvidarse de lo que había hecho la noche anterior.

Pero no funcionó.

Algunos días no merecía la pena levantarse de la cama. Apenas habían transcurrido cuatro horas de aquel y ya apestaba. Harto de todo, Ethan cerró el ordenador antes de mandar algunos correos electrónicos de los que luego se arrepentiría, y respiró hondo para calmar su ira. Probablemente debería olvidarse también del teléfono móvil.

Se sentía orgulloso de ser consciente de que estaba llegando al límite. Aunque tenía el mismo temperamento que su padre, sabía cómo controlarlo. O al menos cómo no dejar que lo controlara a él.

Aquel sería un momento excelente para tomarse un descanso. Joyce era algo más que una secretaría y podía ocuparse de aquello ella sola con o sin su ayuda. Era un genio de las finanzas, con la habilidad de hacer malabarismos con las cifras, y agradecería no tener a Ethan interrumpiéndola. Pero su abuelo había insistido en que la familia se ocupara de los negocios familiares. Y aunque eran muchos Marshall, el número de los que estaban dispuestos o capacitados para hacerlo era muy reducido.

Era otro motivo para que le subiera la presión sanguínea. Lenta y cuidadosamente apartó la silla del escritorio, separándose del ordenador.

Parte del mal humor que tenía se debía a haberse levantado con mal pie. Si bien era por Lily, solo podía culparse a sí mismo. Ella no había tenido nada que ver con lo que le había hecho en sueños la noche anterior.

Se sintió tentado de irse a los establos, pero el sentido común le dijo que Lily estaría trabajando, como debería estar haciéndolo él.

La voz de Gloria sonó por el interfono para avisarle de que la comida estaba lista, lo que lo sacó de sus preocupaciones por el trabajo y por Lily. Sus abuelos ya estaban sentados a la mesa cuando llegó al pequeño comedor de diario de la familia.

—Ya estás aquí, cariño. No te he visto en toda la mañana.

Ethan saludó a Nana con un beso en la mejilla.

—Por desgracia, he tenido mucho trabajo que hacer.

—No es bueno pasarse el día encerrado en una oficina. Esperaba que pasaras más tiempo al aire libre. Este tiempo que nos acompaña no durará mucho más.

Para Nana, seguía teniendo catorce años. En ocasiones era una sensación agradable, como en aquel momento en que le estaba acariciando la mejilla.

—Créeme, hubiera preferido pasar la mañana haciendo otras cosas. Pero el deber me llama.

Su abuelo soltó el tenedor.

—Hablando de llamadas, Sylvia me ha llamado hoy.

—A mí también, abuelo, y ya me he ocupado de ello.

—Me alegro de oírlo. Me ha dicho que llevaba días intentando ponerse en contacto contigo.

—La tía Syl piensa que todo es urgente. Y, sinceramente, no me gusta que me dé clases sobre mis responsabilidades una mujer que nunca ha trabajado en su vida.

Ethan se percató de la sonrisa de su abuela. La relación entre Nana y la tía Sylvia era complicada y llena de mutuos reproches.

—Yo también lo he sufrido —afirmó su abuelo.

—¿Por qué no estoy sorprendido? —preguntó encogiéndose de hombros—. La verdad a veces duele.

Nana le dirigió una de aquellas miradas que lo hacían sentir como un niño.

—Pero se puede ser sincero y tener mano izquierda a la vez.

—No tengo tiempo para soportar las tonterías de la tía Syl. Si hubiera sido paciente…

—No todo el mundo aprecia tu franqueza, querido.

—Entonces, que se busque a otro con el que hablar.

—Ethan…

Nana parecía a punto de darle uno de sus discursos favoritos.

—Cuando te digo lo guapa que estás, sabes que lo digo de corazón y que no es solo un cumplido adulador.

—De todas formas —intervino su abuelo—, Sylvia vendrá el sábado a la fiesta de recaudación de fondos y tendrás que comportarte. Hoy conseguí tranquilizarla, aunque me costó trabajo, así que no vuelvas a contrariarla.

Era otro motivo por el que a Ethan le gustaba evitar aquellos eventos. Había demasiadas sonrisas y conversaciones fingidas y superficiales. Asintió aceptando la conclusión de su abuelo y los viejos parecieron quedarse contentos.

—Ah, por cierto —comentó Nana, fingiendo naturalidad—, la hija del senador Kingston también ha vuelto de Europa y estará el sábado por la noche. Es una muchacha encantadora. ¿Sabes? Su abuela y yo estábamos hablando de…

Aquel comentario no era casual. Nana tenía muchos años, pero seguía siendo muy práctica. Además, quería bisnietos.

Miró la montaña de comida que tenía en el

plato. Por desgracia, aún faltaba para acabar de comer.

Ducha, cena y a dormir, en ese orden iba a pasar Lily la tarde. No tenía ninguna duda de que esa noche dormiría. Tan solo tenía que permanecer despierta el tiempo suficiente para quitarse el olor a caballos y comer algo.

Al subir la escalera que llevaba a su apartamento, un bostezo hizo que le crujiera la mandíbula y pensó en no cenar. No sería la primera vez que se acostara sin cenar.

El agua caliente le provocó una sensación placentera, al igual que el pijama limpio, y sintió hambre. Se preparó un sándwich y puso las noticias.

Estaban entrevistando al actual senador Marshall, el padre de Ethan, que era muy parecido a él. Douglas Marshall era elocuente y apasionado, pero la dejó fría. Quizá fuera porque conocía a las generaciones anterior y posterior a él.

La personalidad de Ethan era más parecida a la de su abuelo, a quien adoraba. Ella no había conocido a sus abuelos, pero le gustaba imaginar que se parecían a Porter Marshall, por imposible que fuera. El viejo Marshall era una persona afable, al contrario que Douglas que era estirado y cuyo encanto parecía forzado más que natural. Lily sabía que era un buen senador, aunque no parecía una buena persona. No tenía nada en qué basar aquella opinión salvo en su intuición, pero llevaba toda su vida confiando en ella y nunca le había fallado.

Podía ser un juicio equivocado. No le gustaba montar a caballo tanto como al resto de la familia y apenas iba por los establos cuando visitaba la finca, por lo que no había tenido la oportunidad de relacionarse demasiado con él.

Douglas Marshall le recordaba a su padre, solo que con dinero y poder respaldándolo. La hacía estremecerse y sentía algo de lástima por Ethan y sus hermanos.

Vagamente recordaba lo que Ray le había contado acerca de Ethan y sus hermanos viviendo allí en la finca después de que su madre muriera. Eso podía explicar por qué Ethan estaba tan unido a sus abuelos y por qué se parecía más al anterior senador Marshall que al actual. Tampoco pudo evitar preguntarse por qué no habían continuado bajo la custodia de su padre. Solo había una razón para eso.

O quizá no, se corrigió. Quizá hubiera dejado de ver las cosas a través de un cristal de color rosa. Quizá los ricos y poderosos hicieran las cosas de otra manera que el resto de la gente.

Aun así, estaba convencida de que tenía más que ver con la manera de ser de Douglas Marshall que con ninguna otra cosa. Pero no era asunto suyo. No debería especular.

Apagó la televisión tras terminarse el sándwich y tomó un libro.

Al cabo de tres páginas recordó algo que había olvidado hacer y soltó una maldición. Tenía que hacer el pedido del pienso antes de las ocho y, aunque solo le quedaban diez minutos, tenía tiempo suficiente.

Se puso unas botas y tomó una sudadera de detrás de la puerta. Tenía un aspecto ridículo, pero no estaba en un concurso de moda. En el hipotético caso de que se encontrara con alguien, el pijama le cubría lo más importante. Tomó las llaves y bajó a la oficina.

El ordenador tardó siglos en encenderse y Lily esperó impaciente, tamborileando con los dedos en el teclado y con un ojo en el reloj.

Era sencillo hacer la orden y ya lo había hecho muchas veces, pero aun así llevaba su tiempo. Apretó el botón de enviar y miró el reloj del ordenador. Le habían sobrado dos minutos.

—¡Sí! —exclamó—. Lo conseguí.

—¿Se te ha olvidado hacer el pedido del pienso, eh?

Lily se sobresaltó al reconocer aquella voz y se giró en la silla para ver a Ethan apoyado en el quicio de la puerta de la oficina.

—No exactamente, pero ya está hecho. Y aún me sobra tiempo.

De nuevo, la presencia de Ethan parecía llenar

el espacio, haciéndola sentir que no había oxígeno para los dos. Su cuerpo bloqueaba la única salida y eso la ponía nerviosa por una razón que
desconocía. Y aunque había un escritorio entre
ellos a modo de barrera, de repente Lily cayó en
la cuenta de la escasa ropa que llevaba puesta.
Además, no llevaba ropa interior.

—¿Vas a volver a salir a montar a caballo esta
noche? —preguntó Ethan.

—No lo había pensado. ¿Por qué? ¿Quieres
ir?

—No, gracias —dijo Ethan sin moverse—.
Entonces, ¿hay algo que necesites de aquí?

Lily no estaba de humor para jugar a las preguntas.

—No. ¿A qué has venido tú?

—No estabas arriba y vi luz aquí.

—¿Me estabas buscando?

—Sí.

Se alegraba de haberla encontrado allí y no en
su apartamento.

—Preguntaría para qué, pero no estoy segura
de querer saberlo.

—He venido a hablar de lo de ayer.

Eso era lo que se temía.

Lily respiró hondo.

—Olvidemos que ocurrió. No hay problema.

Ethan alzó las cejas.

—Sí que lo hay.

—No quiero perder mi trabajo.

Ethan entró y cerró la puerta tras él.

—No quiero que me acusen de acoso sexual.

—No pretendo que todo esto se complique.

—Yo tampoco.

Ambos estaban de acuerdo en que aquello no era una buena idea. Pero entonces, ¿por qué Ethan seguía mirándola de aquella manera?

—Entonces, ¿por qué no olvidamos que sucedió?

—Porque no quiero. Quizá debería hacerlo, pero rara vez hago lo que debo.

Lily conocía aquella sensación, aquella libertad, y sabía que llevaba a tomar decisiones equivocadas.

—¿Así que siempre haces lo que quieres?

—Generalmente sí, a menos que sea imposible.

—¿Qué quieres de mí?

—¿De ti? —preguntó sorprendido—. Nada.

Lily sintió que el corazón se le encogía. Aquella exagerada sinceridad de Ethan podía resultar muy molesta.

Ethan cruzó la oficina, rodeó la mesa y se apoyó en los reposabrazos, inclinándose hacia delante hasta que sus rostros quedaron a escasos centímetros.

—Es solo que te deseo.

Pensándolo mejor, quizá la franqueza de Ethan no fuera algo tan malo. Nunca antes cinco palabras habían afectado tanto su libido. De repente empezó a hacer calor en aquella habitación y su falta de ropa interior dejó de ser un problema. Tragó saliva.

Podía haber consecuencias. Tal vez acabara arrepintiéndose.

O no, se corrigió cuando Ethan la besó. Lo rodeó por el cuello y dejó que la levantara del asiento. La acorraló contra la mesa y la hizo sentarse en ella antes de acomodarse entre sus piernas.

El beso se volvió carnal, salvaje y devorador. Ethan le quitó la sudadera y acarició la piel desnuda de su espalda bajo el pijama, atrayéndolo hacia él.

Lily quería sentir su piel bajo las manos, pero la camisa se lo impedía, así que tiró para sacársela por la cabeza. Luego, él hizo lo mismo con la de ella.

Lily quería estrecharse de nuevo contra su pecho, deseaba sentir el contacto de sus pieles. Pero Ethan estaba deslizando un dedo por entre sus pechos.

Ray guardaba unas viejas mantas en la oficina. Ethan tomó una de ellas mientras la sujetaba por la cintura para levantarla de la mesa.

Al dejarla en el suelo sobre la manta, Lily tuvo un momento de pánico. Había llegado el momento de la verdad, de decidir si seguir adelante o detenerse. Pero todos los argumentos racionales se esfumaron al sentir la boca de Ethan sobre su pecho.

Aquel roce hizo que su sangre comenzara a hervir. Sintió una mano sobre el vientre y el calor se extendió por sus caderas hasta los muslos. Luego unos dedos juguetearon con el borde del pantalón del pijama y se aferraron a una de sus nalgas, antes de volver a besarla.

No sabía qué le gustaba más, si sentir sus manos sobre ella, su boca en el cuello o su piel junto a la suya. Acarició la piel cálida del pecho de Ethan, sintiendo sus latidos y cómo se contrarían los músculos de su abdomen al recorrerlos.

El beso de Ethan era ardiente y sus manos impacientes, pero no parecía tener prisa. Le bajó lentamente el pantalón y continuó explorándola, con cuidado de no tocarle el vendaje. Su cuerpo se estremeció bajos sus caricias.

Estaba desnuda y Ethan no. Sus manos temblaron de deseo mientras buscaba la cremallera de sus vaqueros. Al acariciar el bulto de sus pantalones, Ethan respondió con un movimiento de caderas y un gemido junto a sus labios.

Lily sintió como si una corriente eléctrica recorriera su cuerpo provocándole cosquilleos que nunca antes había experimentado. Se sintió torpe intentando bajarle la cremallera y Ethan tuvo que ayudarla. Se quitó la última prenda sin separar la boca de la de ella y Lily se dio cuenta de que no estaban al mismo nivel en más aspectos de los que había pensado.

—Hay algo que deberías saber —dijo ella, empujándolo por el pecho para apartarlo.

Tardó unos segundos en procesar las palabras de Lily. Aquella frase no sonaba bien y menos en un momento como aquel. Se había sonrojado, su respiración era entrecortada y era incapaz de mirarlo a los ojos mientras se mordía el labio inferior.

Ethan la tomó de la barbilla y la obligó a mirarlo.

—¿El qué?

—Yo… —dijo y suspiró—. No suelo hacer esto muy a menudo.

Por el color de las mejillas de Lily, enseguida cayó en la cuenta de a qué se estaba refiriendo.

—¿Quieres decir que no lo has hecho nunca?

—Sí, sí lo he hecho, pero no muy a menudo. Es solo que… no quiero que te hagas grandes expectativas.

No esperaba que Lily fuera tan vulnerable y mucho menos que lo admitiera. Y aunque sus palabras mostraban cierta duda, sus manos seguían ocupadas, acariciándolo con ímpetu.

—No tenía muchas, pero las has superado con creces.

Con eso se ganó una sonrisa y Lily hundió los dedos en su pelo, atrayéndolo hacia ella para fundirse en un beso.

El cuerpo de Lily estaba lleno de contrastes. Su piel sedosa envolvía unos músculos tonificados por el esfuerzo de su trabajo, no por un gimnasio. Tenía pecas en la nariz y los hombros bronceados en contraste con la piel pálida de su vientre. Al saborearla, le clavó las uñas en los hombros.

Todo en Lily era real, algo que escaseaba en su vida. Era algo novedoso, a la vez que estimulante.

La confesión de Lily no dejaba de dar vueltas en su cabeza, lo que le recordaba que debía ir lenta y cuidadosamente. Claro que la reacción a sus caricias le hacía hervir la sangre, dificultándole la habilidad de pensar. La necesidad de hundirse en ella, de sentir su piel aterciopelada rodeándolo, lo invadió.

Ethan buscó con una mano en sus vaqueros hasta que encontró el preservativo que con tanto optimismo había guardado un rato antes. Lily se movía incansable a su lado, animándolo a que se diera prisa. Luego, empezó a gemir al sentir que se colocaba sobre ella.

Lily era incapaz de pensar. Le ardía el cuerpo

y, aunque no estaba segura de cuánto tiempo más sería capaz de soportarlo, no quería que Ethan dejara de acariciarla.

Era un placer sentir su peso sobre los muslos y cuando la penetró… Se sentía al borde de un abismo y deseaba más, así que buscó con las caderas las suyas. Podía sentir la tensión de sus muslos, de su fuerza y poder entre las manos.

Justo cuando empezaba a pensar que se estaba volviendo loca, Ethan empezó a moverse y dejó de preocuparse por su cordura. Cada embestida la excitaba más, hasta que el placer fue imposible de soportar y su cuerpo empezó a estremecerse. Se aferró a Ethan mientras la llevaba al límite. A lo lejos, oyó el gemido de Ethan y sintió sus brazos rodeándola.

Entonces, todo explotó.

Ethan la miró con arrogancia al acariciarle la cara interior del brazo. Lily deseaba darle un puñetazo, pero no tenía la fuerza para hacerlo. Además, se había ganado el derecho a mostrarse arrogante. Su visión seguía siendo borrosa.

—¿Estás bien? —le preguntó con tono jocoso antes de darle un beso en el hombro.

Sus labios no parecían estar funcionando adecuadamente, como si le costara articular una respuesta. Tampoco su cabeza daba con una. Lily se limitó a sonreír y asintió. Cerró de nuevo los ojos.

—Lo siento si te he hecho daño —añadió él.

Ella abrió los ojos y vio que estaba preocupado.

—Ya te lo he dicho, no…

Podía adivinar que Ethan estaba conteniendo una sonrisa.

—Me refiero a tu pierna. Y también a tu cabeza —dijo acariciándole la tirita de la frente.

—Ah —exclamó sintiéndose avergonzada—. No, estoy bien.

—Estupendo —dijo y sus ojos se entornaron—. Pero… si…

—Todo bien, de verdad.

—¿Solo bien? —preguntó él arqueando una ceja—. Entonces, te debo una disculpa. Esperaba que dijeras increíble o incluso fantástico.

Ethan le tomó la mano y se la llevó a los labios, haciendo que le acariciara su sonrisa.

—¿Estás buscando halagos?

—Bueno, me gusta pensar que no me doy por vencido estando bajo presión —dijo mordisqueándole un dedo—. Estoy seguro de que la próxima vez lo haré mejor.

Lily se quedó con la boca seca.

—¿La próxima vez?

—Esta vez —se corrigió él, poniéndose encima de ella otra vez.

Capítulo 5

A LILY le había resultado difícil acostumbrarse a tener un día libre fijo. Su horario de trabajo podía cambiar de semana en semana, pero los miércoles eran siempre suyos. Las dos primeras semanas se había dedicado a pasear por ahí, pero ahora tenía una rutina que le agradaba.

Los treinta minutos que tardaba en volver a la civilización en coche, se le hacían una eternidad, pero ya se había acostumbrado. Incluso le gustaba porque disfrutaba del aislamiento de Hill Chase y la distancia hasta la ciudad aumentaba la sensación de estar lejos de todo.

Como de costumbre su primera parada fue para cobrar el cheque de su paga y luego a la lavandería en donde el dueño se hizo cargo de su colada mientras ella seguía haciendo recados. La siguiente parada fue en la farmacia para comprar algunos artículos de aseo. Aquella sencillez se estaba convirtiendo en cotidiano, algo que estaba empezando a gustarle.

Aquel día, su paseo por la farmacia la llevó hasta el expositor de preservativos. Por si no hubiera podido dejar de pensar en la noche previa, aquello se la hizo revivir más intensamente.

Le ardía la cara, pero no era por vergüenza ni por remordimiento. La noche anterior había hecho realidad muchas de sus fantasías y no tenía de qué arrepentirse. Aún en las primeras horas del día seguía suspirando, incapaz de dormirse. La luz intensa del día le había hecho afrontar la realidad de lo que había ignorado la noche anterior.

A pesar del sexo fantástico, había sido una tonta por querer ver más allá de lo que había pasado. Ethan le había dejado claras sus intenciones, aunque no se lo hubiera dicho abiertamente, y lo respetaba.

Sinceramente, no estaba segura de querer hablar sobre ello. A veces, había que disfrutar de los momentos de felicidad y no preguntarse de dónde y por qué venían. Así, las cosas eran mucho más simples.

No se arrepentía de haberse acostado con Ethan. Era el mejor sexo que había tenido jamás. No tenía mucha experiencia para comparar, pero no podía imaginárselo mejor. Aunque Ethan le había preguntado sutilmente, no había sido capaz de darle una respuesta satisfactoria de por qué, a la edad de veintidós años, tenía menos experiencia de lo que era de esperar en una mujer de su edad.

¿Cómo explicarle, sin confesarle más de lo que quisiera, que una delincuente como ella no estaba dispuesta a abrir completamente su corazón?

El porqué acostarse con Ethan era diferente, era un asunto que ya analizaría en otro momento. Tenía que asumirlo y recrearse con el recuerdo. Tampoco podía confiar en que se repitiera. Lily dio la espalda al expositor y fue a pagar antes de que pudiera cambiar de opinión.

Seguía sintiendo calor en el rostro después de devolver unos libros en la biblioteca y recoger los nuevos que Judith le había reservado. Luego, se sentó ante uno de los ordenadores y revisó su correo electrónico.

Solo unas cuantas personas tenían su dirección. Quería romper con todo, pero había un par de personas con las que quería mantener el contacto aunque fuera esporádicamente.

Al ver el correo electrónico de TJ, sonrió. La

salida de TJ del centro de reinserción social para
volver a la vida normal había sido difícil, pero ya
parecía haberlo superado. En su último correo
electrónico le había contado que tenía un nuevo
trabajo y un nuevo novio, esta vez alguien respeta-
ble. En esta ocasión, el mensaje era breve:

*Te está buscando. No tiene ni idea de dónde
estás y le he dicho que yo tampoco. He oído que
también fue a hablar con Jerry.*

Lily sintió náuseas y se obligó a respirar hondo.

«Ahora soy adulta. Papá ya no puede seguir
haciéndome daño».

Nunca había dudado de que su padre la buscaría. Después de todo, la necesitaba para hacer las
cosas para las que no tenía habilidad o para las que
era demasiado vago. Eso y el hecho de que se había llevado dinero debían de fastidiar mucho a su
padre. Además, no le gustaba que nadie contrariara
sus planes.

Pero ¿hablar con Jerry? Jerry la había apoyado
en su plan de huir de Mississippi para buscar otro
sitio en el que volver a empezar. Había firmado
sus papeles con una sonrisa, diciéndole que había
protagonizado la historia con más éxito del programa de prevención. El oficial de la libertad condicional también había estado de acuerdo. Había

abandonado el centro de reinserción social y se había ido de la ciudad contenta y aliviada.

Ni Jerry ni TJ la traicionarían aunque supieran dónde estaba. Sabían qué clase de hombre era su padre. Claro que, si la estaba buscando entre sus antiguos amigos y los trabajadores sociales, aquello no debía de ser bueno.

No quería volver a tener que estar pendiente de guardarse las espaldas.

Lily cerró el programa y pidió cambio de varios dólares a Judith, quien le dijo que estaba pálida y le preguntó si necesitaba sentarse. Lily la convenció de que estaba bien y salió de la biblioteca a toda prisa.

A dos manzanas encontró una cabina de teléfono y llamó a TJ. Su voz sonó turbia. Si TJ había vuelto a beber…

—Soy Lily.

—¡Cariño! ¿Cómo estás?

—Estoy bien, muy bien. ¿Y tú cómo estás?

—Tirando.

La única manera en que TJ tiraba era con una botella en la mano.

—¿Has visto a Jerry últimamente?

—Por supuesto. Está muy orgulloso de ti. Te pone de ejemplo. Así es como me enteré de que tu padre le había ido a ver. Eso me asustó.

—Bueno, no me preocupa mi padre, me preocupas tú.

—Lily, cariño, estoy bien.

—No lo parece.

—Es lo mismo de siempre, ya sabes. Por aquí, algunas cosas no cambian nunca.

Eso era lo que más le preocupaba.

TJ suspiró antes de continuar.

—Pero en tu último mensaje… ¡Vaya! Te va muy bien. A veces pienso que debería haberme ido contigo.

—Podías haberlo hecho. Todavía puedes irte y empezar una nueva vida.

—No, estoy bien. ¡Ah! Te tengo noticias. Roger y yo vamos a casarnos.

Lily se pasó una mano por la cara, desesperada. Dijera lo que dijese, caería en saco roto.

—Vaya, espero que seáis muy felices juntos.

Aquellas palabras dejaron un terrible sabor en su boca.

—Te invitaría a la boda, pero sé que no puedes venir.

—Así es.

—Tu padre está muy enfadado. Vino despotricando por no tener un sitio donde vivir cuando salió.

—Le escribí para decirle que Sid tenía todas sus cosas en su sótano.

—Sí, pero eso no cambia el hecho de que el banco se quedó con su remolque. También dijo que le robaste dinero.

«Ese dinero era tan suyo como mío».

—Bueno, tendrá que lidiar con sus problemas —dijo sin ninguna intención de sentirse culpable.

—Te prometo que no le contaré nada, ni siquiera que has llamado.

—Lo sé. Gracias por la advertencia. Y mantente alejada de mi padre.

—No te preocupes. Tu padre no es un problema para mí.

—Cuídate, ¿de acuerdo?

—Tú también, cariño.

TJ colgó el teléfono, dejando a Lily muy triste.

Lily metió unas cuantas monedas más en el teléfono. Jerry no contestó, así que le dejó un mensaje diciéndole que estaba bien, pero que había que prestar atención a TJ. Era todo lo que podía hacer por ella.

Terminó de hacer sus recados, pero sin la agradable sensación que aquellas escapadas solían dejarle. La compra de sus nuevas botas tampoco le sirvió para levantarle el ánimo.

Había llegado muy lejos y su conversación con TJ le había servido para darse cuenta de lo afortunada que era. Recordó las palabras de Jerry: «No es suerte. Hay que trabajar duro para conseguir que la vida cambie». No podía ayudar a TJ, especialmente porque TJ no quería ayuda, pero se las había arreglado para salvarse ella y debería estar orgullosa por ello.

Ni siquiera el llegar al camino de entrada de Hill Chase la animó como solía hacerlo. La vista de la mansión, rodeada por sus extensos jardines, era tan perfecta como de costumbre. Pero la sensación que le causaba aquel paisaje se le mezclaba ahora con Ethan y le hacía pensar en él.

Lily dejó las cosas en su apartamento, tomó una botella de agua, un libro y una manta, y se fue a su roca favorita. No quería quedarse dentro y mucho menos ponerse a pensar. Necesitaba aislarse un rato.

Había descubierto aquella roca por casualidad. Parecía diseñada para recostarse en ella a leer.

Lily trató de enfrascarse en la lectura, pero quizá no había elegido bien el libro. La novela romántica que tanto deseaba leer, la estaba volviendo loca. En la página tres el protagonista se convirtió en Ethan y nada pudo hacer para apartar su imagen de la cabeza.

Y con los recuerdos de la noche anterior tan frescos, las descripciones provocaron que sus pechos se pusieran tensos y una sensación de calor se apoderara de su vientre.

Necesitaba una novela de terror o cualquier otra historia que no fuera de amor. Lily acabó cerrando el libro, apoyó la cabeza hacia atrás y trató de no pensar en nada.

No sabía cuánto tiempo llevaba mirando las

nubes, cuando oyó el sonido de unos cascos. Enseguida identificó al caballo y al jinete, y Lily no supo si estaba excitada o nerviosa al ver que Ethan se acercaba. ¿Cómo enfrentarse a él? La intimidad que habían compartido la noche anterior había abierto un abismo entre ellos.

Ya fuera por los nervios o por las hormonas, su corazón latía cada vez más fuerte y más rápido según se acercaba Tinker.

Ethan hizo que Tinker se detuviera y la miró sonriendo.

—Gloria me dijo que probablemente te encontraría aquí. Te manda unas galletas.

—Gracias —dijo extendiendo las manos para recoger la bolsa, pero Ethan no se la tiró.

En vez de eso, desmontó y se sentó en la manta, a su lado, antes de abrir la bolsa.

—Pensé que Gloria me las había mandado a mí —bromeó Lily.

—Pero seguro que las ibas a compartir. Después de todo, te las he traído yo y son mis favoritas —dijo dando un bocado a una de las galletas—. ¿Qué estás leyendo?

Lily le entregó el libro y Ethan arqueó las cejas al leer el título.

—No pensé que te gustaran las novelas románticas.

—¿Por qué no? —preguntó en tono desafiante y tomó una galleta.

—Bueno… —comenzó, algo alterado bajo el escrutinio de la mirada de Lily—. Pareces tan práctica…

—¿No puedo ser práctica y que a la vez me gusten los finales felices?

Él sacudió la cabeza.

—Por eso lo llaman ficción, ¿sabes?

—Eso es posiblemente lo más triste e hipócrita que he oído en la vida. No sé si debería sentir lástima por ti u odiarte.

—Ninguna de las dos cosas. Acepto las cosas como vienen. Ser realista es mucho mejor que ser optimista o hipócrita.

—Pero es imposible ser realista sin perder el optimismo y la esperanza. ¿No es eso parte de la política, el querer hacer las cosas mejor aunque tengas que trabajar con lo que tienes?

Ethan se quedó considerando aquellas palabras durante unos segundos.

—Quizá, si es por eso que la gente se mete en la política. Pero yo no tengo nada que ver con la política.

—Pero tu padre y…

La expresión de Ethan se endureció.

—Yo no soy mi padre.

Lily se dio cuenta de que tenía razón sobre Douglas Marshall y que era un tema delicado para Ethan. Pero enseguida vio que recuperaba la compostura y su gesto se suavizaba.

—Quizá de ahí venga mi cinismo. He pasado mi vida en ese ambiente.

—Entiendo.

Así era. Ella también había crecido en una especie de «negocio familiar» y ¿no estaba negándolo al igual que él?

—Entonces, no te gusta la ficción, tan solo hechos ¿no?

—Así es —dijo tomando de nuevo la bolsa de galletas.

—Qué aburrido.

—En absoluto. Preferir la realidad en vez de la ficción significa que sé cómo son las cosas, no cómo creo que son o cómo deberían ser —dijo Ethan estirándose en la manta y colocando las manos detrás de la cabeza—. Eres un buen ejemplo, Lily Black.

—¿Cómo dices?

—Dejas que todo el mundo piense que eres tímida porque eres reservada. Eso es ficción porque sé que no eres tímida. Lo que pasa es que no quieres hablar con la gente y eso es un hecho. Así que o desconfías de todo el mundo o tienes algo que ocultar.

Aunque adivinaba un tono jocoso en su voz, Lily no pudo evitar sentir un vuelco en el estómago.

—No veo por qué tengo que contarle la historia de mi vida a todo el que conozco. Tampoco tiene sentido que mezcle a nadie en mis asuntos personales.

—Sé que no puedes tener mucho que ocultar porque si no, no habrías pasado la revisión de antecedentes necesaria para trabajar aquí.

Lily sintió que la boca se le secaba y a punto estuvo de atragantarse con la galleta.

—Así que —continuó Ethan—, o tienes problemas personales o desconfías de la gente.

Dio un largo trago de agua mientras pensaba en qué decir sin que pareciese que se estaba poniendo a la defensiva.

—No suelo confiar en alguien a quien acabo de conocer, pero hay una gran diferencia entre ser cauta y reservada y ser desconfiada e hipócrita.

—¿Me estás llamando desconfiado e hipócrita?

—Sí, y tu necesidad de ver el mundo en blanco y negro lo corrobora. No hay un sí o un no rotundo ni una respuesta verdadera o falsa.

Ethan se incorporó, apoyándose en un codo.

—Eso depende de las preguntas que se hagan.

—¿Y si no te gustan las respuestas que te den?

—Todo me parece bien siempre y cuando las respuestas sean sinceras. Conozco los hechos para emitir un juicio.

Lily no sabía si mostrarse horrorizada o enfadada.

—¿Me estás juzgando? Eso es ofensivo.

—Quizá «juicio» no es la palabra correcta.

Necesitaba poner fin a aquella conversación.

—Sinceramente, estoy de acuerdo.

—Pero todo el mundo tiene una opinión sobre los demás, incluso tú.

—Ah, no, no me midas por el mismo rasero. No me gusta opinar sobre los demás, especialmente cuando las opiniones se basan en lo que dicen otros.

—Hace tres días nunca te hubieras fijado en mí y anoche…

«Estupendo, otra cosa de la que no quiero hablar».

—Espera. Si quieres hablar de lo de anoche… bueno, mejor dejémoslo.

—¿Por qué?

Ella respiró hondo antes de contestar.

—Porque sé que fue algo excepcional, no tienes por qué explicármelo —dijo poniéndose de pie y recogiendo sus cosas, haciendo a Ethan rodar por el suelo al tirar de la manta—. Fue estupendo, pero podemos continuar con nuestras vidas.

Ethan se levantó al ver que se iba.

—¿Podemos dar marcha atrás a esta conversación? ¿De qué demonios estás hablando?

—No pretendo que lo de anoche se repita —dijo ella y a punto estuvo de atragantarse con la

mentira—. De hecho, creo que deberíamos volver a poner unos límites en nuestra relación más
apropiados con el lugar que ocupo aquí en Hill
Chase. Gracias por las galletas, señor Marshall.
Disfrute del resto del paseo.

Por suerte, no estaba lejos de su apartamento.
Ethan no dijo nada más ni trató de seguirla. Quizá había dado un gran avance en su vida y necesitaba dar un paso atrás. Todavía le quedaba mucho por aprender y, aunque lo que sentía por
Ethan Marshall le había parecido algo positivo,
echando la vista atrás ahora se daba cuenta de
que debería haber actuado con más cabeza.

«Vivir para aprender y seguir adelante, pero
sin hacer tonterías». Aquel era el lema que Jerry
solía usar en el programa de reinserción.

Tal vez acostarse con Ethan no podía considerarse como una tontería, pero debía aprender algo.
Tenía que ser capaz de seguir adelante.

Ethan no sabía muy bien lo que había ocurrido. Lily se había ido enfadada, dejando atrás el
improvisado picnic y la interesante conversación
que estaban manteniendo.

Ethan llamó a Tinker con un silbido y el caballo apareció trotando a su lado de inmediato. Todavía podía dar alcance a Lily, pero decidió no hacerlo. Lo mejor sería dejar que antes se calmara.

Tampoco sabía qué había dicho para moles-
tarla.

Tinker había estado esperando pacientemente y
ahora estaba intentando llamar su atención golpeán-
dolo con el hocico. Ethan puso un pie en el estribo
y, al hacerlo, vio el libro de Lily en el suelo.

Sacudió la cabeza y se acercó a recogerlo del
suelo. Aquella mujer hablaba de relaciones apro-
piadas mientras leía cuentos de hadas. Aquello
era una novedad. Tampoco había conocido nunca
a ninguna mujer que no quisiera contarle todo
sobre ella. No parecía pensar que estuvieran lis-
tos para compartir confidencias, aunque estuvieran disfrutando de un sexo alucinante.

Sin lugar a dudas, Lily era diferente.

Tenía razón sobre una cosa: se habían saltado
las reglas básicas. Poner límites a su relación podía ser una buena idea. En dónde exactamente
iban a poner aquellos límites, tendrían que discutirlo.

A pesar de lo quisquillosa que era Lily, estaba
deseando discutirlo con ella. Prometía ser interesante.

El trabajo y sus abuelos mantuvieron a Ethan
ocupado más tiempo del que había pensado, e incluso cuando por fin pudo escaparse, su abuelo le
dedicó una expresión muy significativa.

Pocas cosas pasaban en la finca de las que su abuelo no se enterara y, aunque ya fuera un adulto, no le agradaba la idea de que se hubiera enterado de lo que estaba pasando entre Lily y él.

Rio para sí mismo mientras subía la escalera hacia el apartamento de Lily.

—¡Adelante! —exclamó Lily, tras llamar a su puerta.

Abrió, no muy seguro de la bienvenida que se iba a encontrar. Estaba sentada en un pequeño sofá, sentada sobre sus pies y con un libro en el regazo. El apartamento estaba oscuro, a excepción de la lámpara bajo la que estaba leyendo.

Al verlo, no se sorprendió. Tanto su voz como su expresión permanecieron neutrales.

—¿Qué te trae aquí?

—Te he traído esto —dijo él, dándole el libro—. Se te cayó.

—Gracias. Volví a buscarlo y cuando no lo encontré, supuse que tendría que pagar por él en la biblioteca para que lo reemplazaran.

—Al menos, tenías otro para leer.

Dejó el libro de su regazo sobre la mesa y bajó las piernas. El pantalón que llevaba le llegaba a medio muslo, dejando ver aquellas bonitas piernas en las que Ethan no había podido dejar de pensar en todo el día.

—Hoy saqué varios libros de la biblioteca.

La tranquilidad de la habitación hacía que las

pausas de su conversación fueran más intensas y, a pesar de sus planes e intenciones, no se le ocurría la manera de abordar el tema que había ido a discutir. Lily esperaba impaciente, dejándole el peso de la conversación.

—A veces se me olvida lo tranquilo que es esto por la noche.

—Me gusta el silencio.

Lily se pasó el pelo por detrás de las orejas y Ethan se dio cuenta de que estaba mojado. Respiró hondo y percibió el sugerente olor de su champú. Había humedad en el ambiente, lo que indicaba que acababa de ducharse. Al instante, su mente se recreó en la imagen, haciendo que toda la sangre se le acumulara en la entrepierna.

—Si hubieras compartido casa durante años con gente ruidosa, valorarías la tranquilidad y el silencio.

Aquello podía ser alguna pista, pero Lily era difícil de interpretar. La conversación era casual, lo cual era bueno. Pero no le había ofrecido asiento, cosa que no era una buena señal. Tampoco había muchos sitios donde sentarse: en el sofá junto a ella, en la cama o en una de las dos sillas de la mesa. Aquel apartamento era funcional, pero no lo que él consideraría cómodo.

—Debería haber llamado antes, pero no figura ningún teléfono tuyo en la lista de contactos del despacho de mi abuelo.

—No tengo teléfono —dijo y al ver la cara de sorpresa de Ethan, añadió—: Sé que te cuesta creerlo, pero así es. Tampoco tengo ordenador.

—Entonces, ¿cómo…?

—Sé que para ti es necesario estar permanentemente en contacto, pero hay gente que no lo necesitamos.

—Pero en caso de emergencia...

—No es habitual que surja una verdadera emergencia. Además, todo el mundo tiene teléfono y pueden llamar.

—¿Cómo te comunicas con tu familia y amigos?

—No tengo mucha familia y tampoco estamos tan unidos. He perdido el contacto con mis viejos amigos y últimamente he viajado tanto que apenas he conocido gente. Si necesito hablar con alguien de casa, uso los teléfonos públicos o el servicio de Correos. De todas formas, sé cómo funcionan y, si alguna vez necesito uno, me haré con uno.

Era extraño encontrar a alguien de menos de cincuenta años que no estuviera digitalmente conectado, pero el que Lily reconociera que apenas tenía familia y amigos, le dio lástima. Claro que tampoco parecía triste por ello, más bien aliviada. Si de veras estaba tan sola, parecía contenta por ello.

—Te agradezco que me hayas traído el libro

—dijo Lily, volviendo a recoger el que había dejado en la mesa.

No, no estaba dispuesto a marcharse después de hablar de teléfonos. Estaba empezando a pensar que Lily había cambiado de conversación a propósito.

—No es la única razón por la que he venido a verte.

—¿Necesitas algo más?

Ethan se dio cuenta de que trataba de parecer desinteresada, pero era evidente que estaba nerviosa.

—Así es —contestó Ethan y al ver que no le ofrecía asiento, optó por sentarse en una de las sillas—. Podemos empezar hablando de lo que ocurrió anoche.

Lily soltó un soplido.

—¿Por qué? ¿Por qué tenemos que hablar de eso? Es algo que ocurrió. Y fue estupendo, pero como ya te dicho, no significó nada ni espero que vuelva a ocurrir. Así que no hay nada de lo que hablar.

Ethan respiró hondo para tranquilizarse.

—No estoy de acuerdo.

—Entonces, habla tú —dijo ella, cruzando las manos sobre su regazo—. Ya he dicho todo lo que tenía que decir.

Ethan no sabía por dónde empezar. Estaba desconcertado, especialmente por la manera en que Lily lo estaba mirando. Parecía estar riéndose de él.

«No pierdas la compostura y no digas nada de lo que puedas arrepentirte».

—Somos adultos…

Ella asintió.

—Adultos sensatos —continuó él—, que se han conocido y se han acostado.

Lily abrió los ojos como platos al verlo recorrer la distancia que los separaba para hacer que se pusiera de pie. Apenas pudo dejar escapar una exclamación antes de sentir su boca sobre la suya. No protestó y después de la sorpresa inicial, el beso se volvió ardiente y devorador.

Lily se puso de puntillas para estrechar su cuerpo contra el de él.

—Ethan… —dijo separándose lo suficiente para tomar aire—. No deberíamos estar haciendo esto otra vez.

—Pídeme que me pare y lo haré.

Confiaba en que no pusiera a prueba la veracidad de aquella amenaza.

—Pensé que querías hablar —dijo Lily, acariciándole los músculos del cuello.

—¿Qué te parece más tarde?

Lily sonrió y empezó a tirar de la camisa de Ethan hacia arriba. Él se apartó el tiempo necesario para quitársela por la cabeza y rápidamente le quitó a ella la suya.

En tres pasos, sus gemelos chocaron con el borde de la cama. Se sentó y tiró de Lily para colocarla sobre su regazo. Luego, la hizo girarse para que se tumbara de espaldas y se colocó junto a ella.

Lily era incapaz de recuperar el aliento. La noche anterior había sido espontánea, algo fuera de la realidad. Pero aquello era muy real. Los labios y las manos de Ethan se movían con decisión, quitándole la ropa y recorriendo cada centímetro de su cuerpo. La pasión desenfrenada de la noche anterior había desaparecido, pero seguía sintiendo la misma urgencia y desenfreno, aunque por una razón diferente. Ethan la estaba llevando al límite a propósito y eso la hacía querer gritar.

Al ver que se levantaba, se sintió desesperada. Ethan la observó mientras se quitaba el resto de la ropa, aumentando su desesperación.

Pero cuando sintió su cuerpo sobre el de ella, su piel junto a la suya, todas las dudas desaparecieron rápidamente. Por primera vez en su vida estaba teniendo lo que quería, lo que había soñado. Aquello era lo que Ethan le estaba ofreciendo, nada más y nada menos. Y puesto que era todo lo que ella podía ofrecerle, era lo más cercano a la perfección que podía esperar.

Capítulo 6

HOY estás de muy buen humor. ¿Quién iba a decir que desparasitar caballos podía hacer que una mujer sonriera? —bromeó Ray al acabar con Spider.

—Hace un día muy bonito. Los pájaros cantan, el sol brilla… ¿Por qué no iba a estar contenta? —dijo Lily, tratando de quitarle importancia, a pesar de la sonrisa cómplice de Ray.

Pero le resultaba difícil borrar la sonrisa de su rostro. Tenía un secreto, un bonito secreto, que podía costarle el trabajo.

Los últimos dos días habían sido surrealistas. Bueno, si no surrealistas, muy diferentes a su ambiente habitual. Ethan y ella no habían llegado a tener una conversación profunda, pero estaba segura de que se entendían bien.

Le había pedido a Ethan discreción. Tenía que trabajar allí y no quería enfrentarse a los problemas que surgirían si corría el rumor de que había algo entre ellos.

Así que cada uno se dedicaba a sus asuntos, ella a sus quehaceres en los establos y él... a lo que fuera que hiciera cuando no estaba montando a Tinker o merodeando por los establos. Al menos, la presencia de Ethan en los establos era habitual, así que sus caminos se cruzaban con frecuencia. No tardó mucho tiempo en desear que surgiera la más mínima conversación.

Cada noche aparecía en su puerta y no se iba hasta que empezaba a amanecer.

Durante aquellos días apenas durmió. Se sentía como en una nube. Por suerte, si alguien más aparte de Ray se había dado cuenta de su continuo buen humor, nadie le había dicho nada.

Ray cerró la puerta del establo de Spider.

—Bueno, sea lo que sea que te tiene tan contenta, me alegro. Es agradable verte sonreír.

—Gracias.

Ray volvió a la oficina y Lily comprobó que todos los animales tuvieran agua. Para ser sábado, el día estaba siendo muy tranquilo. Lo normal hubiera sido que toda la familia Marshall estuviera pasando el fin de semana en Hill Chase, pero la mayoría se habían quedado en la ciudad para la fiesta de recaudación de fondos que se celebraba aquella noche. Los pocos que habían ido a la casa, estaban ocupados.

Aquella fiesta suponía que no vería a Ethan esa noche. Se había quejado mucho, dando un montón de razones para no ir, aunque sabía que iba por contentar a sus abuelos y por mantener la armonía familiar.

Pero por las protestas de Ethan se había dado cuenta de que había una pieza del puzle que no encajaba. Podía decir que la gente era superficial o alegar que no estaba de acuerdo con la maquinaria política, pero no cuadraba. Había otra razón que no le estaba diciendo y, por la naturaleza de su relación, no se sentía a gusto para preguntársela.

No deseaba que llegara aquella noche, tanto por Ethan como por ella, pero por diferentes motivos.

Como si con sus pensamientos lo hubiera atraído, Ethan entró en los establos. Su pulso se aceleró y se preguntó si alguna vez no tendría aquella reacción. Al verla, sonrió.

Se encontraron a medio camino y Ethan la tomó por el codo.

—¿Tienes un momento?

—Claro —contestó y dejó que la llevara fuera—. ¿Qué está pasando? —preguntó al ver que empezaba a subir la escalera hacia su apartamento.

—Ven arriba conmigo.

—¿Ahora, en mitad del día? —preguntó mirando a su alrededor para ver si había alguien observándolos—. ¿Estás loco? Tengo mucho trabajo por hacer. No puedo desaparecer contigo para…

Al ver que Ethan sacudía la cabeza, se calló.

—Vaya, Lily, por sugerente que sea esa idea, no es por eso por lo que estoy aquí. Venga.

Lo siguió arriba y una vez dentro del apartamento, la tomó entre sus brazos y la besó.

—Pensé que habías dicho…

—Puede que no tenga tiempo para seducirte como es debido, pero siempre me gusta aprovechar el tiempo que tengo.

—¿Así que me has traído aquí para…? —dijo, pero Ethan la interrumpió, señalándole una bolsa grande negra que había sobre la cama—. ¿Qué es eso?

—Algo para que te pongas esta noche.

Era una bolsa demasiado grande para contener lencería.

—Pero esta noche vas a la fiesta para recaudar fondos.

—Quiero que vengas conmigo.

El corazón le dio un vuelco a la vez que el estómago se le encogía.

—No creo que sea una buena idea.

—¿Por qué no?

—¿Quieres que te enumere todos los motivos o solo los diez primeros?

Ethan se apoyó en el marco de la puerta y cruzó los brazos.

—Dame una buena razón.

—Es para recaudar fondos y yo no tengo dinero.

—Pero eres votante. Además, ir a fiestas elegantes es una de las ventajas de relacionarse con la gente adecuada.

Claro que ella no era una de esas personas adecuadas.

—A tu abuela le daría un ataque al corazón si me llevaras de acompañante.

—El corazón de Nana está bien. Es más fuerte de lo que parece.

—Eso no quiere decir que le parezca bien.

«Además, podría despedirme».

—Puedo ocuparme de mi abuela. ¿Algún otro argumento?

Lily no quería seguir detallando motivos.

—Nunca he estado en esa clase de fiestas y no sabría cómo comportarme.

Le daba vergüenza admitirlo, pero no había muchos clubs selectos en Locken, Mississippi. Aunque de haberlos, tampoco habría sido bienvenida, ni la habrían invitado a asistir.

Ethan también quitó importancia a aquello.

—Llevo toda la vida haciéndolo. Las reglas son sencillas. Habla de lo que sea. Sé educada, pero no demasiado charlatana. Mastica con la boca cerrada. Sonríe y asiente. Bebe lo suficiente para relajarte, pero no hagas tonterías ni pierdas los papeles —dijo sonriendo—. Eres guapa, encantadora y conoces a mi familia. Eso te abre las puertas en Washington.

—Ethan, te agradezco la invitación, pero no puedo.

—¿Tienes otros planes?

—No —admitió.

—Entonces di que sí. No estaremos mucho, tan solo un par de horas.

Estaba emocionada y no solo porque Ethan estuviera tan guapo. Ir a una fiesta elegante en Washington era entrar en el territorio de Cenicienta y, ¿qué mujer no quería ser Cenicienta por una noche? Pero podía hacer el ridículo frente a toda aquella gente importante, además de avergonzar a Ethan y a toda la familia Marshall.

—¿Es apropiado el vestido?

Ethan sonrió.

—Vestidos. Nunca antes he hecho de hada madrina, así que llamé a mi prima y le pedí varios modelos. Puedes ponerte el que más te guste.

—¿Y si no me quedan bien?

—Te quedarán bien.

Aquello podía salir mal por varios motivos. También cabía la posibilidad de que Ethan o ella se arrepintieran. Pero sabía que lamentaría no ir. Había hecho muchas cosas de las que se arrepentía y no quería tener que hacerlo por las que no había hecho.

—¿A qué hora tengo que estar lista?

«Recaudar fondos» no era la expresión adecuada. Si la gente lo que quería era colaborar con un candidato o con una plataforma, lo único que tenían que hacer era extender un cheque. El propósito de un evento para recaudar fondos era facilitar que los donantes pidieran explicaciones cara a cara de lo que se iba a hacer con su dinero. Era el juego más viejo de Washington y a Ethan no le gustaba jugarlo.

Aquella era en parte la razón por la que le había pedido que lo acompañara. Así podía evitar tener que ir hablando con unos y con otros. Lily parecía estárselo pasando muy bien. Su conocimiento y amor por los caballos le hacía tener un punto en común con varias personas y en aquel momento estaba conversando con un par de mujeres de su edad. Solo que Lily no sabía que una de ellas era la sobrina del vicepresidente.

Brady se acercó a él. Había estado ocupado

desde que llegaran, así que apenas habían inter-cambiado un saludo.

—¿Has traído a Lily?

—Ya sabes la respuesta. ¿Es eso un proble-ma?

—No si no te importa que todo el mundo em-piece a comentar que te estás acostando con una de las chicas del establo.

—Simplemente he traído a una amiga a esta fiesta. ¿Qué pasa si trabaja para los abuelos? Se puede interpretar como que estamos en contacto con la gente normal.

—Lo que me preocupa es eso del contacto. ¿Sabes cuántas carreras se han arruinado por una relación sexual inapropiada con empleados?

Ethan rio.

—En primer lugar, no tengo una carrera polí-tica y, en segundo lugar, no es mi empleada.

—Buscarle los tres pies al gato es mi trabajo.

—Y parece que algo exagerado.

Brady suspiró.

—Alguien tiene que fijarse en todos los deta-lles.

—No hay nada en qué fijarse aquí y no es asunto de nadie, fin de la historia.

—Deberías saber ya que no hay fin de la his-toria.

«Santo cielo, Brady parece estar inmerso en la maquinaria política».

—Tienes que salir más a menudo de Washington, Brady. Te estás volviendo paranoico.

Brady sacudió la cabeza.

—No es paranoia si están ahí fuera intentando cazarte. Así es la política y lo sabes.

Ese era un motivo por lo que no le agradaba venir de una familia dedicada a la política. La prensa creía que cualquier cosa era noticia y que formaba parte de la campaña.

—No, esto no es política, es una relación consentida entre dos adultos. La única persona que puede molestarse es Nana y eso porque es ella.

Brady dio otro sorbo a su bebida.

—Nana sabe que en el mejor de los casos lo que perdemos es una buena empleada.

—¿Y en el peor?

—Me niego a creer que eres tan ingenuo, Ethan. Y, si lo eres, cinco minutos viendo las noticias te sacarán de tu burbuja.

Brady tenía razón, aunque lo estaba sacando de quicio.

—Están pasando tantas cosas en esta campaña que no creo que Lily y yo llamemos la atención.

—¿Estás seguro de que Lily solo te quiere por tu aspecto y dulces palabras?

—¿Cómo? ¿Crees que no puedo impresionar a una mujer por mis propios méritos?

—Tus méritos incluyen una enorme fortuna y una familia poderosa. Los suyos no.

Ethan sacudió la cabeza.

—¿Desde cuándo te has vuelto tan esnob?

—No es esnobismo. Cuando sales con alguien…

—Ya no tenemos dieciséis años, Brady.

—Sea lo que sea que estás haciendo, cuando te sales de tu círculo social corres el riesgo de caer en manos de cazafortunas, por no hablar de la prensa y de posibles demandas… Es triste, pero es la primera razón para no relacionarse con empleados. Estas cosas pueden dár
sete la vuelta.

—Eso no es cierto —dijo Ethan—. Pero como dices, no soy tan ingenuo. Tampoco soy tan ingenuo como para no darme cuenta de que Nana está detrás de esta conversación. Te ha enviado ella, ¿verdad?

Brady ni siquiera intentó negarlo.

—Hay muchas cosas que considerar además de tu vida amorosa. Tienes responsabilidades y…

—Ahórratelo, Brady, no nací ayer. Sé lo que Nana se propone y nos estamos precipitando.

—Si tú lo dices…

—Lily y yo somos… somos…

—Estoy seguro de que la prensa sabrá recoger tus palabras y hacer que todo este asunto explote.

—No hace falta que seas sarcástico. Es lo que es, nada más.

—¿Es Lily consciente de ello?

—Sí.

—¿No será parte de un plan para ponerle una zancadilla a papá, no?

—No lo sé. ¿Está funcionando?

—Sé serio, Ethan.

—Te digo seriamente que papá no tiene nada que ver con ninguna de las decisiones que he tomado esta noche, ni con cualquiera otra que jamás haya tomado. Estoy aquí porque me lo pidieron los abuelos y traje a Lily porque quise. Sonreiré si se acerca alguna cámara, pero te habrás dado cuenta de que me he quedado en esta parte del salón.

—Como el resto de la gente.

Ethan se quedó de piedra al oír aquella voz y sus dedos se aferraron a la copa. Recordó la charla de su abuelo, forzó una sonrisa neutral y saludó a su padre con un gesto de cabeza.

Douglas Marshall tenía el pelo algo más oscuro que él y salpicado de canas. Ethan pensó que estaba ante sí mismo, pero con veinticinco años más. Eso no le ayudó a animarse.

—Hay mucha gente aquí que quiere hablar contigo. No quiero robarte tiempo.

—Ethan, no es suficiente con venir.

—Soy consciente de eso y me he asegurado de hablar con la gente debida. He cumplido con el deber hacia mi familia.

—Esperaba más de ti.

—¿Por qué? Estoy siguiendo tu ejemplo.

Douglas resopló indignado y Brady se interpuso entre ellos.

—No empecéis. Recordad que tenemos público.

Ethan se obligó a relajar los hombros.

—Por supuesto, no quiero avergonzar a la familia.

—Es demasiado tarde para eso, Ethan.

—¿Perdón?

—Tu cita. ¿Qué pretendías trayéndola?

Ethan sabía que el desdén de su voz no era solo por Lily.

—Lily es una joven encantadora, muy brillante e interesada en la política —dijo Brady poniendo la mano sobre el hombro de Douglas—. Estoy seguro de que Ethan pensó que disfrutaría viendo los entresijos de la política.

—No, he venido con Lily porque he querido. El hecho de que te enfade es un extra.

—Si querías avergonzarme ante la prensa con tu novia de turno, al menos podías haber encontrado a alguien más apropiado en vez de a una vulgar…

Brady carraspeó interrumpiendo a Douglas. Ethan dirigió la vista hacia donde Brady estaba mirando y vio a Lily a pocos metros, con la cara pálida. Ante la mirada de los tres hombres, comenzó a sonrojarse. Había escuchado el comentario de Douglas.

—Buen trabajo, senador. Creo que acaba de

perder un par de votos —dijo pasando junto a Brady para tomar la mano de Lily—. Vámonos.

—Está… Está bien.

—No, no lo está.

—No puedes irte.

Quedarse allí con Lily la haría sentirse más avergonzada.

—Es evidente que no te sientes bien, así que vámonos —dijo Ethan mirando a Brady, que asintió.

Sabía que su hermano se ocuparía de hacer oficial la historia de que Lily se había sentido repentinamente indispuesta.

Su padre se limitó a encogerse de hombros y se marchó.

El aparcacoches le trajo el coche. Por desgracia, su apartamento seguía en obras, así que no le quedaba más remedio que volver a Hill Chase.

Una vez en el coche, tomó a Lily de la mano.

—Lo siento mucho.

—No te disculpes. Te agradezco que me hayas traído y, a pesar de lo que ha pasado, no lo lamento —dijo mostrando una leve sonrisa—. Pero ambos sabemos que este no es sitio para mí.

—Eso no ha tenido nada que ver contigo. A mi padre le gusta hacerme daño y contigo ha encontrado un arma.

Lily asintió y no dijo nada. Se quedó mirando por la ventanilla mientras las luces de Washington iban desapareciendo.

—Mi padre tampoco es una buena persona —susurró—. Por eso no me gusta hablar de él. Es una de las razones por las que me marché de Mississippi.

Daba la impresión de haber una triste historia detrás. Con razón no había dicho nada cuando le había preguntado por su pasado.

—Me fui, vine aquí y empecé de nuevo —continuó Lily—. Siento que no puedas hacer lo mismo. No puedes irte. Es injusto —añadió y respiró hondo mientras tomaba su mano—. Alguna gente se queda atrapada y no hay nada que se pueda hacer.

Su familia estaba llena de títulos universitarios y doctorados de las mejores universidades y nadie se había dado cuenta. Pero Lily sí, aunque no supiera la historia completa. Y no intentaba analizarla ni darle consejos.

Ethan pisó el freno y se detuvo en el arcén.

Sorprendida, Lily miró a su alrededor.

—¿Qué ocurre? ¿Algo no...?

Eso fue todo lo que pudo decir antes de que la interrumpiera con un beso.

—¿A qué venía eso? —preguntó sonriendo unos segundos más tarde.

—La gente apesta.

—No todo el mundo, solo algunas personas —dijo acariciándole la mejilla—. Tú no.

Aquella era toda una alabanza.

Capítulo 7

CINCO días más tarde acabaron las obras en el apartamento de Ethan. Ese mismo día iba a volver a su casa. Lily sabía que eso sucedería, pero le había resultado más sencillo ignorarlo. Ethan no había dicho nada de lo que supondría ese cambio, pero Lily sabía que aquel feliz paréntesis iba a terminar. Ethan tenía una vida en Washington y un despacho en el que lo necesitaban. Sus visitas a Hill Chase se limitarían a los fines de semana.

Cuando se paraba a analizar aquella relación, se daba cuenta de que estaba basada en la comodidad más que en ninguna otra cosa.

Suspiró mientras cepillaba a Duke. Ethan encontraría otra cosa, u otra persona, que llenara su tiempo y atención.

Le fastidiaba. También le dolía. Pero ya era adulta y se había enfrentado a cosas más duras que había superado. Tenía que alegrarse de haber disfrutado de aquella oportunidad.

—Estás aquí.

Lily se sobresaltó al oír la voz de Ethan y a punto estuvo de caérsele el cepillo. Entró en el establo y en aquella intimidad le dio un beso.

—Estoy a punto de salir.

«¿Qué podía decirle?».

—Conduce con cuidado.

Ethan la miró extrañado y luego sacudió la cabeza.

—Mañana estaré todo el día ocupado en reuniones, así que no creo que llegue a tiempo de la cena de cumpleaños de Finn.

—Lo siento.

—Dependiendo de a qué hora termines el sábado y a qué hora pueda irse Finn, puedes ir con él o ir tú sola.

—¿Adónde?

De nuevo aquella extraña mirada.

—A mi casa. La fiesta de cumpleaños de Finn es el sábado por la noche, ¿recuerdas? Las limusinas nos recogerán allí.

—Ah, claro. Lo siento, he confundido los días.

—Entonces, ¿te veré el sábado?

—Sí.

Ethan le dio otro beso fugaz.

—Adiós —dijo Ethan saliendo del establo—. Ah, toma.

Le lanzó algo y Lily dejó caer el cepillo de Duke.

—¿Qué es esto?

—Es un teléfono. Me dijiste que sabías cómo funcionan, así que pensé que sabrías reconocerlo —dijo sonriendo—. Antes de que protestes, es muy sencillo, solo para llamadas y mensajes de texto. Mis números ya están grabados en la agenda.

—Gracias.

—Te llamaré luego. Adiós.

La dejó allí en el establo de Duke, saboreando una cálida sensación de felicidad y con una sonrisa estúpida en la cara. Duke la empujó con la cabeza, llamando su atención.

—Está bien, está bien.

Guardó el teléfono en el bolsillo y recogió el cepillo del suelo. Se había equivocado y, aunque no era la primera vez que lo hacía, nunca se había alegrado tanto.

Al mismo tiempo, aquello significaba que Ethan y ella iban a entrar en territorio desconocido. No sabía qué supondría, pero iba a tener que tomar una decisión. Había estado pensando en ello y no tenía demasiadas opciones. ¿Contarle a Ethan su oscura historia y esperar que él la comprendiera? ¿La odiaría por lo que había sido? Se enfadaría porque no se lo hubiera contado antes, pero ¿entendería por qué no lo había hecho? Claro que hasta ese momento había pensado que lo suyo no duraría demasiado, pero en ese momento...

Le había dado un teléfono, así que la llamaría. No era un regalo que pudiera considerarse romántico. Tampoco pretendía recibir flores o bombones. Suspiró. De nuevo aquella sensación de aturdimiento. Esta vez había algo más, una emoción desconocida que la hizo sentirse mareada y algo débil, a la vez que feliz.

Aquello era nuevo y terrorífico. Y todo por culpa de Ethan.

—¿Ha dicho Lily cuánto tiempo tardaría?

Finn sacudió la cabeza mientras se estiraba y ponía los pies sobre la nueva mesa de Ethan.

—No, solo que estaba esperando a que el veterinario echara un vistazo a la pata de Biscuit y que se iría tan pronto como pudiera —dijo haciendo una pausa para dar un sorbo a su cerveza—. Me he enterado de que casi le da un ataque cuando te vio en la fiesta de recaudación de fondos con Lily.

Ethan sabía muy bien a quién se estaba refiriendo.

—Así es.

Finn sonrió.

—Bien.

—Tenéis que madurar —dijo Brady volviendo de la cocina con un par de cervezas, y dio una a Ethan.

Finn levantó la suya para brindar.

—¿No son para eso los cumpleaños? Son la prueba de que uno está haciéndose mayor.

—Tú eres la prueba viviente de que los años no afectan en lo que a madurar se refiere.

—La madurez no tiene nada que ver con eso —dijo Finn levantando la mano—. Y no empieces con tus discursos.

Ethan no pudo evitar reírse puesto que era lo que Brady estaba a punto de hacer.

—No le debo nada. Me ha ignorado toda la vida, así que le estoy devolviendo el favor.

—Considérate afortunado.

—Y así me considero —dijo Finn—. Si Lily le irrita, solo consigue que esa chica me caiga mejor. Si no fuera porque los abuelos se llevarían un gran disgusto, contaría toda la historia a cualquiera que quisiera escucharla.

—Eso lo sabe él también —dijo Ethan—. Es un afortunado canalla.

—Resulta tentador, ¿a que sí? —preguntó Finn.

—Desde luego, pero no serviría para nada — comentó Brady—. Sería un cotilleo de hace veinticinco años que provocaría muchos comentarios por Internet, pero no afectaría a las encuestas ni al número de votantes. Muchas personas tienen matrimonios infelices e infieles, pero no se dan a la bebida. Parecería que fue una debilidad de mamá más que algo que hizo papá. No se puede convertir en otra cosa. Es un político querido, al menos fuera de esta habitación — dijo Brady—, y sus votantes la atacarían. ¿De veras quieres que sea así como recuerden a mamá?

Ethan odiaba cuando Brady se mostraba sensato. Finn se quedó mirando fijamente su bebida. Pero Brady no había acabado.

—Y teniendo en cuenta que salimos bastante bien, la gente pensará que algo tuvo que hacer bien como padre —añadió Brady encogiéndose de hombros—. Si quieres ir llorando a la prensa sobre la terrible infancia que tuviste por su culpa, todo el mundo pensará que es una historia de un pobre niño rico. La gente no simpatizará contigo porque tu padre no te quisiera lo suficiente o no te prestara atención. El perjuicio recaerá en ti… y en nosotros también —añadió—. Nosotros somos los que tendremos que soportarlo una y otra vez durante el resto de nuestras vidas. Y como has dicho, a los abuelos les daría un ataque. ¿De

veras quieres que eso recaiga en nuestras con-
ciencias?

Finn suspiró.

—¿Por qué tienes que ser tan racional? ¿Podrías por una noche dejar de ser perfecto? Consi-
déralo mi regalo de cumpleaños.

Brady asintió.

—Me parece bien, puesto que no te he comprado nada. Es un canalla.

Ethan rio a la vez que su teléfono vibraba. Enseguida leyó el mensaje: *Lily está aquí. Está subiendo.*

Brady recibió un mensaje en el suyo un segundo más tarde.

—Estupendo. Las limusinas también han llegado.

—Entonces, por fin ha llegado la hora de divertirse —dijo Finn.

A Lily le estaba costando mostrarse despreocupada. Ya le había resultado difícil mantener el
tipo en la fiesta para recaudar fondos sin parecer
una pueblerina, pero aquello era peor.

La fiesta había sido algo diferente. Todo el
mundo había ido para ver y ser visto, para relacionarse, o para buscar favores. Había sido algo
superficial y falso.

Aquello era cómo vivía realmente la clase alta.

Se había olvidado de todo en el instante en el que Ethan la había ayudado a entrar en la limusina y, aunque tan solo habían ido a Dupont Circle, le había parecido otro planeta: el planeta de la gente perfecta. Nunca en toda su vida se había sentido tan fuera de lugar como en aquel club.

Diem era el lugar de moda entre los jóvenes de la élite de Washington. Era moderno, a la vez que clásico, con una entrada privada para impedir el paso de los paparazzi y una lista de invitados cerrada para asegurarse de que todos formaban parte de la misma clase social y económica. Lily casi se esperaba que le negaran la entrada por su falta de linaje, pero el grupo recibió una cordial bienvenida y fueron acompañados hasta una mesa a la izquierda del escenario y pista de baile. A pesar de que ella se sentía fuera de lugar, nadie la miró con desprecio.

Si acaso, el llegar formando parte de la fiesta de cumpleaños de Finn Marshall del brazo de Ethan Marshall le granjeó algunas miradas de envidia.

Ethan se acercó a ella cuando les sirvieron la primera ronda de champán.

—¿Te he dicho lo guapa que estás esta noche?

Se lo había dicho y sintió un escalofrío tanto por el cumplido como por la sensación de su aliento en el cuello. Se giró y lo tomó por la solapa de la chaqueta.

—Tú también estás guapo.

Lo más importante era que la actitud de Ethan era completamente diferente a la de la semana anterior, durante la fiesta para recaudar fondos. Allí se había mostrado tenso y al límite. Esta vez, era evidente que se estaba divirtiendo.

Formaban un pequeño grupo compuesto por los tres hermanos Marshall, un par de primos y ella. Pero el número fluctuaba cuando alguien se acercaba a felicitar a Finn. Algunos eran hijos de senadores y magnates de los negocios, pero también había empleados del Tribunal Supremo, del Congreso... Todo el mundo formaba parte de la élite de Washington y para ellos era normal.

Cuando la hija del presidente llegó y saludó a los Marshall llamándolos por su nombre, Lily supo que había entrado en un sistema solar completamente diferente.

Pero su papel como cita de Ethan, claramente definido por la manera en que le ponía la mano en la rodilla o alrededor del hombro, hacía que fuera automáticamente aceptada por gente que en otra situación ni siquiera repararía en ella.

—¿Estás bien? —le preguntó Ethan en un cambio de música.

—Un poco abrumada —confesó—. Toda esta gente, toda esta música...

—¿Quieres que nos vayamos? —preguntó Ethan preocupado.

—No, claro que no. Me lo estoy pasando muy bien.

—¿Estás segura?

—Por supuesto.

—Bien —dijo y le rellenó la copa de champán—. Quiero que bebas para aprovecharme esta noche de ti.

«Como si necesitar alcohol para ello».

—Promesas, promesas…

Ethan le dio un beso en su hombro desnudo.

—Puedo prometerte una cosa… —dijo y su voz se tornó sensual mientras le detallaba aquellas promesas al oído.

Finn los interrumpió al sentarse junto a ella en el sofá.

—Os diría que os fuerais a una habitación, pero seguro que ya tenéis pensado hacerlo. Además, es demasiado pronto para que nadie se vaya.

Finn tenía los mismos genes que sus hermanos, pero era la versión de la Costa Oeste de los Marshall. Tenía mechones rubios en el pelo y una manera de comportarse que ocultaba su origen afortunado.

A Lily le había preocupado que Finn no quisiera incluirla en su celebración, pero si tenía algún problema con ella, sabía disimularlo muy bien con aquel encanto hollywoodiense. Era imposible que no cayera bien.

—Vete, Finn —le dijo Ethan—. Esta es una conversación privada.

Finn se arrimó a ella.

—Eres una mujer muy agradable, pero tienes un gusto terrible para los hombres. Ethan es casi tan malo como Brady.

Brady estaba a escasos metros hablando con uno de sus primos y se giró al oír que Finn decía su nombre.

—¿Qué pasa conmigo? —preguntó.

—Finn está tratando de seducir a mi cita y va a recibir un puñetazo en la boca, aunque sea el del cumpleaños.

—Es que es tan guapa —replicó Finn, dedicándole una sonrisa arrebatadora—. ¿Quieres bailar, Lily?

—Eres un idiota —dijeron al unísono Ethan y Brady.

En medio de aquellas bromas fraternales, Lily se limitó a sonreír y dar un trago a su bebida.

Se sentía en el paraíso.

Lily caminaba vacilante, mientras Ethan la acompañaba a la limusina. Tenía las mejillas sonrojadas y una sonrisa de oreja a oreja. Se aferró a su brazo con fuerza para evitar dar un traspié con aquellos altísimos tacones que se había puesto y que hacían sus piernas muy largas.

—¿Estás seguro de que no quieres quedarte con los demás? —preguntó ella mientras Ethan la ayudaba a entrar en el coche.

—Por supuesto —le aseguró por enésima vez.

—No debería haber tomado esa última copa de champán.

—¿No te duele nada, verdad?

—No, tan solo estoy contenta —dijo acercándose a él mientras el conductor ponía en marcha la limusina—. Me lo he pasado muy bien esta noche. Gracias.

—Me alegro de que te hayas divertido —dijo y Lily dejó caer la cabeza sobre el hombro de Ethan—. Para alguien ya se ha acabado la noche.

—Por supuesto que no. Estoy disfrutando de la sensación.

Él disfrutaba de sentirla a su lado y del jugueteo de sus dedos con los botones de la camisa.

—Me gusta tu familia.

La besó en la cabeza. No era la primera vez que se lo decía.

—Y a ellos les gustas tú.

La mano se quedó quieta y Ethan sintió que fruncía el ceño.

—Creo que a Brady no.

—Claro que sí, pero el encanto de Brady queda ensombrecido por su trabajo.

Su respuesta debió de agradarle porque enseguida volvió el movimiento de sus dedos.

—¿Y Finn?

—Finn es como es. No puedes tomarte en serio nada de lo que dice.

Lily levantó la vista del botón que acababa de desabrochar.

—¿Así que no piensa que soy guapa?

—Tiene muy buen gusto para las mujeres.

—¿Y a ti te parezco guapa?

—Alguien está buscando halagos.

Lily le había desabrochado tres botones más y había metido la mano bajo la camisa. Con el dedo gordo le estaba acariciando un pezón, haciendo despertar su deseo. Luego, dejó la mano abierta sobre su vientre.

—Sé que es un tópico, pero ¿sabes lo que siempre he querido hacer?

Fuera lo que fuese, estaba muy interesado.

—¿De qué se trata?

Se sintió desilusionado cuando Lily apartó su mano y se sentó en el asiento de enfrente. Enseguida volvió a animarse cuando, con una sonrisa traviesa, Lily se llevó las manos a la espalda. La seda del vestido comenzó a caer y sintió que se le acumulaba la sangre en la entrepierna al verla bajarse el vestido lentamente hasta la cintura.

A continuación levantó las caderas y tiró del vestido hasta sacárselo por las piernas. Unos segundos después, tenía el vestido sobre el regazo y Lily se reclinó sobre el asiento de cuero, vestida tan solo con lencería negra y aquellos zapatos tan sexys.

Apenas podía pensar, pero los pocos pensamientos que era capaz de formar, hacían que sintiera más presión contra su cremallera. No sabía si hundirse en ella o prolongar aquella vista tan deliciosa.

Era un aspecto de Lily que nunca había visto. Su sonrisa pícara le decía lo mucho que estaba disfrutando. Lily se pasó un dedo por el escote y Ethan se obligó a estarse quieto.

—¿Cuánto se tarda en llegar a tu casa?

Ethan apretó el botón del interfono.

—¿Sí, señor Marshall?

—Conduzca por la ciudad un rato. Nos apetece hacer turismo.

—Por supuesto, señor Marshall.

—¿Qué monumentos quieres ver?

—Tan solo uno: la expresión de tu cara justo antes de que te haga gritar.

Su valentía vaciló ante su franqueza, pero separó los labios y jadeó. Se cambió al asiento de Lily e hizo que lo abrazara con las piernas. Ella se estremeció al sentir su mano recorriéndola desde el tobillo a la cadera. Se le puso la piel de gallina cuando su lengua recorrió el borde del sujetador.

—¿Cuánto tiempo crees que tardaré en conseguirlo? —preguntó él.

Lily abrió los ojos como platos y los cerró de placer al sentir que tomaba su pezón en la boca.

Apenas le llevó un rato conseguirlo.

—¿Sabes? No te he echado de menos —dijo Joyce, mirando la última montaña de papeles que Ethan le traía.

Era más que una secretaria y sabía lo valiosa que le era a Ethan, por lo que le hablaba con una confianza que ninguno de los demás empleados se atrevía a tener.

—Sabes que sí.

Ella dejó un puñado de papeles ante él.

—Firma aquí. Puede que lo hiciera durante unos cinco minutos, pero luego descubrí una cosa increíble llamada vida.

—Te pago muy bien para que no tengas una vida.

Joyce suspiró.

—Necesitas buscarte una afición. Firma aquí también.

—¿Qué acabo de firmar? —dijo mirando las páginas.

—Acabas de vender tu alma.

—Muy bien, pensé que podía ser tu aumento de sueldo.

—No te pongas histérico —dijo Joyce recogiendo los papeles—. Necesito que le eches un vistazo al contrato de compra del inmueble de Chicago. Y no olvides que tienes una videoconferencia a las dos. ¡Ah! —exclamó e hizo una pausa—. Parece que el senador Marshall ha venido a verte.

Ethan levantó la mirada y vio a su padre bajo el umbral de la puerta de su despacho. Tenía una sonrisa en la cara, lo que significaba que a Ethan no iba a gustarle el motivo de su visita.

Joyce se excusó y cerró la puerta al salir.

—Tenemos que ser breves. Tengo un día muy ocupado.

—No tardaré mucho —dijo Douglas poniéndose cómodo en una de las sillas que había frente a la mesa de Ethan—. Se trata de tu novia.

—Déjalo. Lily no es asunto tuyo y no afecta en nada a tu campaña, así que…

—Pero podría ser así una vez que la prensa averigüe todo.

—¿Averigüe el qué? ¿Que trabaja para el abuelo? ¡Vaya problema!

Su padre sonrió, lo cual nunca era una buena señal.

—¿Así que no lo sabes? Cuando empezaste a salir con esa mujer para fastidiarme, te respeté por intentar marcarte un punto. El hecho de que no lo sepas… Bueno, es simplemente patético. Me estás defraudando.

—Bueno, no es la primera vez, ¿verdad? —

dijo Ethan soltando el bolígrafo y echándose hacia atrás en su sillón—. Seamos claros. Eres una mala persona y te sientes desilusionado porque me resisto a creer que eres Dios. Ya hemos tenido antes esta conversación. ¿Hay algo más que te haya traído aquí o ya hemos terminado?

—Has heredado la forma de pensar de tu madre —dijo Douglas sacudiendo la cabeza mientras se ponía de pie—. Quería ir punto por punto en esto, pero me ahorraré el placer —añadió lanzándole los papeles que llevaba sobre el escritorio—. Has aparecido en público con ella dos veces. Alégrate de que todavía no hayan llegado fotos a la prensa. Pero antes de que haya una tercera, deberías echar un vistazo a esto.

Y con aquellas, su padre se fue, dejándole con la duda de qué podía ser tan interesante como para hacer que el senador fuera hasta su despacho a aquella hora del día y luego no hablar de ello.

Cualquier encuentro con su padre, por breve que fuera, era garantía de que su presión sanguínea aumentaba y lo que apareciera en aquellos papeles no iba a serle de ayuda. Si la conversación hubiera versado de otro tema que no hubiera sido Lily, los habría tirado a la basura sin leerlos.

La primera página estaba escrita por el jefe de equipo de su padre y se refería a la investigación hecha sobre Lily Ann Black.

El malnacido había mandado investigar a Lily.

La indignación que sintió enseguida empezó a apaciguarse. Su padre no haría tanto ruido si no hubiera encontrado algo.

Ethan continuó viendo la solicitud de empleo de Lily y su carné de conducir. Tardó unos segundos en reconocer lo siguiente.

Era la ficha policial de Lily. Se la veía mucho más joven, posiblemente adolescente, y llevaba el pelo rubio con mechones rojos. Llevaba demasiado maquillaje, lo que acentuaba la hinchazón de su cara. Apenas podía reconocerla.

«Era tan solo una cría. La habrían arrestado por cualquier tontería».

Pero al pasar a la página siguiente, fue más evidente que la habían detenido por algo serio. Y no era por asuntos menores: piratería informática, participación en estafa, falsificación, robo, fraude... Con razón Lily se había marchado de Mississippi. El juez local probablemente había intentado mandarla a la cárcel.

Y Lily ni siquiera se había molestado en mencionarlo.

El hecho de que sus antecedentes penales hubieran sido cancelados explicaba por qué Lily había pasado la criba para trabajar en Hill Chase. Su padre debía de haber tirado de algunos hilos para conseguir aquella información. Ese abuso de poder de su padre hizo que su ira aumentara aún más.

Lily le había estado mintiendo todo el tiempo.

Con razón era reservada y no le gustaba hablar demasiado. No era tímida ni callada. Había tenido razón cuando había dicho que a Lily simplemente no le gustaba hablar. Ahora sabía por qué.

Lo que le resultaba peor era pensar que allí solo figuraban los delitos por los que la habían pillado. La lista de los delitos que había cometido seguramente era mucho más larga.

Solo Dios sabía qué más estaría ocultando.

¿Qué esperaba conseguir manteniendo todo aquello oculto? La gente ocultaba secretos por alguna razón y rara vez las cosas terminaban bien. Recordó la precaución de Brady durante la noche de la fiesta de recaudación de fondos. Él provenía de una rica y poderosa familia. La comprobación de antecedentes se hacía por su seguridad y Lily se las había arreglado para sortearla.

¿Tenía que creer que Lily había acabado trabajando allí por accidente?

Lily había interpretado una farsa y él se lo había creído todo. Lo que sabía de ella era falso.

No era más que una mentirosa.

Capítulo 8

AQUEL día había más actividad en los establos que de costumbre. Una de las pequeñas de la familia daba una fiesta de pijamas y el interés por los caballos de una docena de niñas de diez años era demasiado fuerte para controlarlo. Lily se dedicó a que las curiosas chiquillas no se metieran entre los caballos ni interfirieran con el trabajo de los empleados.

Aquello era prioritario en sus tareas. Además, Duke había vuelto a mordisquear su pesebre y esta vez había dado con un cable suelto y a punto había estado de electrocutarse. El herrero iba a volver ese día a cambiar las herraduras de otros caballos y andaban cortos de personal. Se escapó a la oficina a rellenar su botella de agua y a recuperar el aliento.

Estaba muy ocupada, pero disfrutaba haciendo todas sus obligaciones. Le gustaba su trabajo, su nueva vida y Ethan Marshall.

Aquella era una nueva sensación para ella, excitante a la vez que aterradora. Le había costado admitirlo, pero una vez que lo había hecho…

Aun así, si pensaba demasiado en ello, se sentía como en una nube, por lo que trataba de vivir el momento. No debía pensar ni en el pasado ni en el futuro, así que lo mejor era concentrarse en el presente.

Aquello era lo más cerca que había estado de la perfección y no sabía muy bien qué hacer.

Sacudió la cabeza para apartar los pensamientos de Ethan, mientras cerraba la botella. Al oír que la puerta se abría, se dio la vuelta y su corazón saltó de alegría al ver a Ethan allí.

—Vaya, qué sorpresa. No sabía que ibas a venir hoy.

Ethan no le devolvió el saludo y se movió lo suficiente para cerrar la puerta. Entonces fue cuando Lily reparó en su entrecejo fruncido y en la tensión de su mentón. Algo no iba bien y empezó a preocuparse.

—¿Va todo bien, Ethan?

—Tenemos que hablar —dijo él.

Lily intentó quitarle hierro al asunto porque estaba empezando a asustarse.

—¿No se supone que yo dijera eso? Ya sabes, yo soy la chica. Es a nosotras a las que nos gusta hablar —dijo y al ver que sus comentarios no servían para nada, se apoyó en la mesa y carraspeó—. Está bien. ¿De qué necesitas que hablemos?

—De esto.

Ethan sacó un puñado de papeles de su bolsillo trasero y se los dio.

Ella los tomó y los desenrolló para ver qué eran. Enseguida se le heló la sangre en las venas.

—¿De dónde has sacado esto?

—De los tribunales del condado de Jackson.

«¿Por qué ahora?».

Su pasado volvía a encontrarse con ella y se sintió mareada. Tragó saliva.

—Esos antecedentes han sido cancelados.

—Lo sé, pero eso no significan que no existan. Para eso tienes que conocer a la gente adecuada. Y conocemos a mucha gente, como probablemente ya te habrás dado cuenta —dijo en tono gélido, mientras cruzaba los brazos sobre el pecho y se apoyaba en la pared—. ¿Hay algo que quieras contarme?

«Por favor, no me odies».

Lily trató de mantener la calma.

—De eso hace mucho tiempo.

Ethan arqueó las cejas sorprendido.

—¿Es eso todo lo que tienes que decir? ¿No quieres negarlo o tratar de explicarlo?

—No puedo negarlo. Está todo ahí. Excepto por los cargos de posesión. Eso fue totalmente falso —dijo y al ver que no parecía demasiado convencido, añadió—: Y explicaciones… Bueno, no hay mucho que explicar.

—No estoy de acuerdo.

—Fui lo que podríamos llamar una adolescente conflictiva.

—¿Solo conflictiva? —replicó Ethan tratando de controlar su voz—. ¿Acaso hay alguna ley que no te saltaras?

«Ni se te ocurra contestar eso. Quédate tranquila, piensa en el presente».

—Fue hace mucho tiempo y ya he encarrilado mi vida.

—¿Y se te olvidó contármelo?

—No es algo de lo que me guste hablar. No estoy orgullosa de las cosas que hice y no me gusta hablar de ello.

—Eso no es excusa para ocultar la verdad.

—Por eso es por lo que cancelan los antecedentes juveniles, para poder empezar de nuevo y no tener que seguir recordándolo todos los días de tu vida.

—¿Cuándo pensabas contármelo? —preguntó enfadado Ethan.

Contestarle que nunca no parecía lo adecuado, pero Ethan no estaba esperando respuesta. Se apartó de la pared y empezó a pasear por la habitación.

—Esta es la clase de cosas que tengo que saber antes de dejarme ver con alguien en público. Cuando los periódicos se enteren de que he estado saliendo con una exconvicta...

—¿Es eso un problema? ¿Te avergüenzas de que te vean con alguien como yo?

La mirada de Ethan era ardiente, pero sus palabras permanecieron frías...

—Me has mentido, Lily.

Odiaba a las personas mentirosas.

—No, no lo he hecho. Tan solo no te lo he contado.

Ethan apretó la mandíbula.

—No voy a discutir. No habérmelo contado sigue siendo una mentira.

—¿Te preguntas por qué no te lo he contado? Mira cómo estás reaccionando...

—Está completamente justificado. Actúas como si se tratara de un par de multas de tráfico. Esto lo cambia todo.

—No lo entiendo. ¿Te molesta que tenga un pasado o que no te haya hablado de él?

—Las dos cosas. No eres la persona que pensé que eras.

Proscrita, procesada y, por el tono de su voz, a

punto de ser condenada. Estaba completamente equivocado.

—Todo eso me ha convertido en quien soy hoy, pero no quiere decir que siga siendo esa persona.

—Bonito juego de palabras. Deberías pensar meterte en política.

—¿No crees que la gente pueda cambiar?

—¿Como si te levantaras una mañana y decidieras pasar página?

—Ya me gustaría que hubiera sido así. Tuve que hacer un gran esfuerzo.

Ethan la miró con desagrado.

—Me parece sorprendente que decidir no violar las leyes te resultara un gran esfuerzo.

—Es más difícil de lo que parece. El juez Harris me dio la oportunidad.

«Lo que es más de lo que tú estás haciendo».

—No sé por qué.

Apenas podía seguir soportando aquel escarnio.

—No todo el mundo tiene la suerte de tener la infancia que tuviste, Ethan.

—Ser pobre no es excusa para saltarse las leyes.

—Tu familia se dedica a la política. La mía se ha dedicado a los chanchullos y a los delitos menores. Así es como conseguíamos llevar comida a la mesa.

—Eso no hace que sea legal.

—De pequeña, ni siquiera sabía que lo que hacía mi padre era ilegal. No fue hasta que se llevaron a mi padre la primera vez y me metieron en un hogar de acogida, que supe que estaba haciendo algo mal.

—¿Y acabaste haciendo las mismas cosas que él?

—Trabajaba para mi padre. No tenía otra opción. Sinceramente, estaba tan enfadada con el mundo por aquel entonces…

—Déjalo, Lily. Es bastante fácil distinguir entre el bien y el mal. Tú elegiste…

—Me gustaría que hubiera sido así de sencillo, pero no lo fue —dijo enfadada—. Algunas cosas no pueden darse por sentadas.

—Claro que sí.

El tono de Ethan le trajo malos recuerdos de las comisarías y de los juzgados, y de las preguntas de policías y abogados que prefería olvidar.

—Escucha, siento si te ha molestado que no te contara todo mi pasado. Cuando su último trabajo fue mal, mi padre terminó en la cárcel. El juez Harris me dijo que tenía que tener la oportunidad de llevar una vida lejos de la influencia de mi padre y me puso en un programa de reinserción durante cuatro años. Si lo completaba con éxito, mis antecedentes serían cancelados y podría empezar de nuevo mi vida sin esa carga. Legalmente, era como si nada hubiera pasado. Así que no, no te conté nada de esto porque no era asunto tuyo.

—No estoy de acuerdo.

Nunca conseguiría que lo viera de otra manera. Los ojos se le llenaron de lágrimas.

—No me importa.

—No puedes pretender que nunca pasó, Lily. No puedes huir de tu pasado de esa manera.

—Quizá tú no puedas, pero yo lo estaba consiguiendo.

—¿Qué demonios quieres decir con eso?

—Algunas personas aprenden de su pasado, de sus errores y superan sus problemas. Mi padre me convirtió en una delincuente, pero ahora estoy limpia. ¿Cuál es tu excusa?

—No trates de darle la vuelta a las cosas. Tú eres la delincuente y la mentirosa. Eres tú la que no ha sido honesta con esta relación.

Lily estaba tan enfadada que le temblaban las manos y tan aturdida que apenas podía hablar. Pero todavía era capaz de mirarlo a los ojos.

—Nunca te he mentido, al menos no en lo importante.

—No te creo. Y estás muy equivocada si crees que puedes mentir sobre tu pasado y que no tenga importancia.

—Y tú eres un canalla dejando que importe tanto.

El silencio que siguió su comentario le reveló todo lo que necesitaba saber. No había nada que pudiera decir para hacer que Ethan cambiara de opinión.

Lo había perdido desde el momento en que se había enterado de sus antecedentes. Toda aquella conversación había sido una pérdida de tiempo.

Se había acabado lo de llevar una nueva vida. La idea de que nunca conseguiría escapar...

Necesitaba aire.

Abrió la puerta y se fue de la oficina. Era lo más difícil que había hecho jamás. Todo en los establos seguía como un rato antes: los gritos de las niñas, los sonidos de Duke destrozando algo en su establo... Nada había cambiado. No había ninguna prueba de que su mundo se hubiera colapsado.

Las lágrimas que había estado conteniendo amenazaban con derramarse. Tenía que concentrarse para dar un paso detrás de otro...

—¡Lily! —la llamó uno de los empleados—. ¿Podrías...?

«Un pie detrás de otro. Sigue andando».

—Ahora no puedo.

Tenía que salir de allí antes de que se viniera abajo.

Mantuvo la cabeza alta al salir por la puerta y empezó a llorar al subir la escalera que daba a su habitación.

El dolor hacía que se le doblaran las rodillas y tuvo que respirar hondo para mantenerse en pie.

«Me lo merezco. Es el karma dándome una puñalada por la espalda».

Había hecho daño a algunas personas, las había engañado y se había aprovechado de ellas. Se merecía pagar por ello y el karma se estaba cobrando. En el fondo sabía que aquel día llegaría, pero nunca había pensado que el destino sería tan cruel. Le había dado alguien a quien amar para luego quitárselo como parte de su castigo.

No podía negar que no fuera justo. Le dolía, pero se lo tenía merecido.

Lily respiró hondo y se secó los ojos. Después de la ilusión y la felicidad que había conocido, tenía que volver a empezar de cero.

No, no de cero. Volvía a estar donde estaba antes de que Ethan se cruzara en su camino. Todavía tenía trabajo, un sitio donde vivir y seguía lejos de Mississippi.

Seguía teniendo cosas buenas. Tenía que pensar en eso. Pero olvidarse de Ethan en aquellas circunstancias sería duro allí en Hill Chase.

Nunca debería haberse relacionado con él.

—Tenías razón, Brady.

Hacía horas que Ethan y sus hermanos habían dejado la partida de póquer y se habían puesto a beber. Como siempre, habían evitado hablar de política y familia, dedicándose a temas más entretenidos como fútbol, películas y coches. En situaciones normales también habrían hablado de mujeres, pero con el asunto de Lily todavía fresco, habían preferido ignorarlo.

Al avanzar la noche, había resultado imposible no mencionarlo y las palabras se escaparon antes de que Ethan pudiera evitarlo.

—Por supuesto que tenía razón —dijo Brady al momento, antes de acomodarse en su asiento y sonreír—. ¿Sobre qué?

—Sobre Lily.

La sonrisa de Brady desapareció.

—Sí, lo siento. Pero al menos lo descubriste antes de que fuera demasiado tarde.

Las mentiras de Lily y su traición le habían dolido. Estaba acostumbrado a que le clavaran el cuchillo por la espalda, pero nunca por el pecho.

—Lo bueno es que fue flor de un día —continuó Brady—. Los pocos que repararon en Lily y en ti pensaron que era otra de tus aventuras y no hicieron demasiado ruido. El daño ha sido mínimo.

Si había sido mínimo, ¿por qué volvía a sentir esa noche la necesidad de beber hasta olvidar?

—El abuelo ha permitido que conserve el trabajo. Dice que ha pagado su deuda con la sociedad y que se merece una segunda oportunidad.

—Sigue sin parecerme una buena idea —dijo Brady—. Es demasiado blando. ¿Por qué está tan seguro de que ha cambiado? ¿Y si roba algo o…?

Ethan se encogió de hombros.

—Ni siquiera sé por qué quiere quedarse.

—Me da la impresión de que no tiene dónde ir —dijo Finn y sacudió la cabeza—. ¿Y a mí me llamáis idiota? No puedo creer que tengamos los mismos genes.

Ethan se giró hacia Finn.

—¿Tienes algo que decir, hermanito?

—Sí. Que los dos sois unos idiotas, especialmente tú —dijo señalando a Ethan—. Brady tiene la excusa de la campaña, ¿pero tú? Eres tonto.

—Te va a ser difícil seguir viviendo en Hollywood cuando te falten unos dientes.

Finn sonrió.

—¿Estamos un poco susceptibles esta noche, no? La verdad duele, ¿no?

—¿Tienes algo que decir que merezca la pena? —interrumpió Brady—. Llevas tanto tiempo en Hollywood que se te ha olvidado ver más allá de la superficie de las cosas.

—*Au contraire, mon frère*. Todo el mundo va a Hollywood a reinventarse y lo respetamos —dijo Finn echándose hacia atrás y cruzándose de brazos—. Y por muy superficial que creáis que somos, Hollywood es el único lugar que da una segunda oportunidad. Y una tercera y una cuarta, siempre y cuando uno lo siga intentando. Sois vosotros lo que vivís en el pasado y os pasáis la vida juzgando a los demás.

Ethan se pasó la mano por la cara.

—O estoy más borracho de lo que creo o lo que has dicho tiene sentido.

Finn parecía estar disfrutando con aquella conversación.

—Me hace bien Lily y, sinceramente, lo que me has contado de ella hace que me caiga aún mejor. El hecho de que quiera quedarse en Hill Chase demuestra que tiene agallas. La única pega es que estuviera contigo.

—Eso no cambia el hecho de que le mintiera a Ethan —dijo Brady saliendo en defensa de Ethan.

—¿Le preguntaste si tenía un pasado como delincuente que estuviera intentando olvidar?

—Por supuesto que no. Nunca se me ocurrió que tuviera que hacerlo.

—Entonces no te mintió.

Ethan suspiró.

—No está tan claro…

—Viniendo de alguien como tú, que ve el mundo en blanco y negro, resulta muy divertido.

Brady tosió.

—Para ser tonto, tiene un punto.

—Supongo que es normal que ocurra en ocasiones —dijo Finn y se puso de pie—. Bueno, mañana temprano tengo que tomar un vuelo, así que me iré a dormir. Es una lástima que sea tan tarde. Me lo he pasado muy bien.

Finn desapareció por el pasillo y Brady se sirvió otra copa.

—Ha hecho una buena observación —dijo Ethan, tomando la botella que Brady le ofrecía.

—Lo sé. Me sorprende que te hayas dado cuenta.

Eso era lo que le había estado preocupando durante los últimos dos días, pero no había querido reconocerlo.

—Hace un momento estabas de acuerdo conmigo.

Una sonrisa asomó a los labios de Brady.

—Tan solo intento ver las cosas con perspectiva.

—¿Y qué ves, además de dos idiotas?

Brady se quedó callado unos segundos.

—¿La amas?

—¿Cómo?

—Ya me has oído.

—La echo de menos.

—Conociéndote, vas a tener que disculparte.

Le había dicho algunas cosas terribles a Lily llevado por la ira, pero no iba a ser de lo único de lo que tuviera que disculparse.

—¿Crees que debería hacerlo?

Brady se mostró comprensivo.

—Si la alternativa es que sigas bebiendo y estés triste, sí, creo que deberías hacerlo.

—¿Y pretender que nada ha pasado?

—Lily vino aquí en busca de una segunda oportunidad. Quizá esté dispuesta a dártela a ti. Tienes que estar seguro de que no hay nada en su pasado que no puedas soportar. Ella va a tener que contártelo todo, para que puedas, para que podamos estar preparados para cualquier imprevisto.

Ethan echó la cabeza hacia atrás y cerró los ojos. Un par de semanas antes Brady lo habría considerado imposible. Pero eso había sido antes de conocer a Lily.

Lily lo había cambiado todo.

Era curioso lo poco que había cambiado todo mientras su mundo se había venido abajo. Sabía que había habido comentarios, pero la gente siempre había hablado de ella a sus espaldas. Estaba acostumbrada a eso. Al menos esta vez no la habían despreciado.

Había tenido miedo de que la despidieran, de que su pasado quedara expuesto, pero sorprendentemente los Marshall se habían reservado esa información. Todo el mundo parecía saber que había habido algo entre Ethan y ella, pero que todo había terminado.

Y aunque no lo estaba pasando bien, nada había cambiado. Al día siguiente de su última conversación con Ethan, había tenido una reunión con el senador en su despacho y, aunque al principio había sido tensa, se había mostrado más comprensivo que su nieto. Seguía teniendo trabajo y todo había vuelto a la normalidad.

Todo menos Ethan, pensó mientras dejaba que Goose bebiera en el río. El bienestar que encontraba allí antes de conocer a Ethan parecía haber desaparecido.

Hizo que Goose diera la vuelta y volvieron a los establos al trote. Al acercarse, Ray empezó a hacerle señas y le sujetó las bridas para que desmontara.

—Deberías habérnoslo contado, Lily.

Su corazón se encogió.

—¿Qué pasa?

Ray la abrazó.

—Feliz cumpleaños.

—No es…

—Tengo una sorpresa para ti. Yo me ocuparé de Goose, vete a los establos.

Había varios empleados por allí, todos muy sonrientes, y la felicitaron.

¿De dónde habían sacado la idea de que era su cumpleaños? ¿Cómo decirles que estaban equivocados?

—¡Sorpresa! —dijo alguien al verla atravesar la puerta.

No podía ser cierto. Se sintió mareada y cerró los ojos. Tenía que ser una alucinación, pero cuando volvió a abrirlos, allí seguía. Sintió un nudo en el estómago y se le disparó la adrenalina.

Allí estaba su padre, sujetando unos globos y con una caja envuelta.

¿Cómo la había encontrado? ¿Cómo había logrado entrar en la finca? Se suponía que allí estaba a salvo.

Ray apareció a su lado.

—¿Estás bien?

—Sí —dijo mintiendo—. Es que me he sorprendido al ver a mi padre.

Aquello sí era cierto. Sonrió para tranquilizar a Ray.

Su padre se acercó, mostrándose orgulloso. Su sonrisa podía engañar a los demás, pero no a ella.

—Feliz cumpleaños, pequeña —dijo en voz alta, abrazándola—. Sonríe, maldita sea —añadió en un susurro.

Lily lo intentó y se le revolvió el desayuno en el estómago.

—Pasa un rato con tu padre —le dijo Ray—. Podemos ocuparnos de todo esto durante una hora.

Su padre le pasó el brazo por el hombro, clavándole los dedos en el brazo. Aunque le dolía, no dejó de mostrarse sonriente. Al día siguiente tendría cardenales, pero no sería la primera vez. Al menos, tenía la tranquilidad de que no se arriesgaría a mostrarse de otra forma que no fuera como un padre cariñoso delante de toda aquella gente. Probablemente mantendría su voz y sus puños bajo control.

Tenía que sacar a su padre de allí enseguida.

—¿Qué estás haciendo aquí? —consiguió preguntarle.

—Me debes algo, muchacha, y he venido a recuperarlo.

Capítulo 9

ETHAN no sabía si le dolía la cabeza por todo lo que Finn le había hecho beber la noche anterior o por lo mucho que había estado pensando después. Aun así, le consolaba el hecho de que Finn se había sentido peor que él cuando se había marchado al aeropuerto aquella mañana.

Había decidido ir a Hill Chase para comprobar si había algo que salvar con Lily. No sabía muy bien lo que iba a decirle o cómo decirlo, pero estaba dispuesto a postrarse ante ella. Era lo suficientemente caballeroso como para admitir que no se había comportado con corrección y que se había dejado llevar por su temperamento en vez de por su cabeza.

Fue mirando por los prados, pero no veía a Lily por ninguna parte. Tampoco la vio al entrar en los establos y en la oficina solo encontró a Ray.

—¿Dónde está Lily?

—Está con su padre. Ha venido por sorpresa por su cumpleaños.

Aquel comentario llamó su atención. Ni era su cumpleaños, ni se llevaba bien con su padre. O al menos, eso le había contado.

—¿Sabes dónde están? —preguntó, tratando de mostrarse calmado—. Me gustaría conocerlo.

—La última vez que los vi se dirigían a su apartamento.

Ethan le dio las gracias con la cabeza y cerró la puerta de la oficina al salir. Subió la escalera que llevaba al apartamento de Lily y al llegar arriba se detuvo. La puerta estaba cerrada, pero la ventana del descansillo abierta, y pudo oír las voces del interior. Al oír su nombre se quedó quieto y, aunque se sintió ridículo, se acercó un poco más a la ventana.

—Pero ya no me veo con Ethan. Me dejó cuando se enteró.

La voz de Lily sonaba tensa y a punto de romperse.

—Vuelve con él.

—No es tan sencillo, papá.

—¿Alguna posibilidad de que estés embarazada?

Ethan sintió que la sangre se le helaba.

—¡No!

—¿Lo sabe él?

—Déjalo, papá. Te conseguiré el dinero, ¿de acuerdo?

—Sabes que los periódicos no pagarán tanto como su familia.

—Pero tendrá que ser suficiente. Es lo único que puedo hacer.

—Podrías hacer más y lo sabes.

—Lo pensaré y veré qué se me ocurre.

La sensación de frío en sus venas fue sustituida por una sensación de ira al oír a Lily hablando con su padre sobre cómo aprovecharse de él para conseguir dinero fácil.

Lo había estado usando. Le había contado que su familia se dedicaba a los chanchullos y a delinquir. Quizá ese era el motivo por el que había ido a Hill Chase.

Todo lo que le había dicho sobre pasar página y empezar una nueva vida no había sido más que palabrería. Y él se lo había creído. Lo había mirado a los ojos y le había mentido. Él en su estupidez, la había creído.

Finn tenía razón. Había sido un idiota.

—¡Ethan! —dijo Ray llamándolo desde la puerta de los establos—. ¿La has encontrado?

Las voces del interior se callaron y Ethan bajó a toda prisa la escalera. Un segundo después, la puerta de Lily se abrió y un hombre de mediana edad salió. Lily le siguió los pasos y se detuvo ante la escalera. Estaba pálida. Aunque hacía calor, se rodeó con los brazos como si tuviera frío.

El hombre saludó con la cabeza y sonrió al pasar junto a ellos, y se dirigió a su camioneta con matrícula de Georgia.

—Encantado de conocerlos a todos. Cuiden bien de mi hija —dijo y se metió en su camioneta.

Una vez a mitad del camino de entrada, Ethan oyó una puerta cerrándose y miró hacia arriba para comprobar que Lily había vuelto dentro. Unos segundos más tarde, la ventana también se cerró.

«Demasiado tarde, Lily».

—Vaya visita corta —murmuró Ray.

En parte deseaba subir aquella escalera y hacerla entrar en razón. Pero quizá con ello solo consiguiera darle munición para cualquier ataque que estuviera preparando.

—Te veré más tarde, Ray. Tengo que ir a ver a mi abuelo.

Ray lo miró extrañado, pero asintió.

Iba a tener que contarle a su abuelo lo que estaba pasando y quizá esta vez no fuera tan comprensivo acerca del pasado de Lily. La echaría de inmediato. Pero andaba en busca de dinero y despedirla podía darle argumentos para presentar una demanda.

No pudo dejar de pensar que aquello podía salir mal por muchas razones. Pero era bueno tener algo en lo que concentrarse que no fuera su propio dolor e ira.

Tenían las manos atadas para gestionar y mitigar aquello. Lo único que podía hacer era seguir las advertencias de Brady y poner a los abogados a trabajar.

Las manos de Lily temblaban tanto que no dejaban de caérsele las cosas. Por fin consiguió guardarlo todo en una bolsa y la dejó junto a la puerta. No tenía muchas cosas, así que acabó enseguida. La ropa que tenía en los cajones no era demasiada y la metió en otra bolsa. Sacó las botas del armario, pero dejó los dos bonitos vestidos que le había regalado Ethan allí colgados.

El desayuno seguía dándole vueltas en el estómago. No era el momento de ponerse enferma. Tenía que irse lejos de allí enseguida.

Ya se preocuparía por descubrir cómo su padre la había encontrado. Se sentía como si tuviera diecisiete años otra vez y se había jurado que nunca más volvería a sentirse así.

De repente, cayó en la cuenta de su estupidez.

Ocultarse en la finca de los Marshall había sido una buena idea, pero liarse con uno de sus famosos nietos no lo había sido tanto. Cualquiera la podía haber reconocido en cualquier fotografía y… ¿Cómo no se le había ocurrido antes?

«Porque estaba demasiado pendiente de Ethan».

No era el momento de castigarse, ya lo haría más tarde. El hecho de que su padre hubiera aparecido allí era suficiente para marcharse. Esperaba que usara su relación con Ethan para conseguir dinero fácil.

Habría dicho cualquier cosa para hacer que su padre se fuera de la finca. Había visto el símbolo del dólar en sus ojos. Su padre había visto que tenía una gran oportunidad ante él y no estaba dispuesto a dejarla pasar.

Lo cual quería decir que no la dejaría en paz. Aquello no tenía nada que ver con ella ni con el dinero que le había quitado. Aunque se lo devolviera, no se quedaría completamente satisfecho después de descubrir la mina de oro que eran los Marshall.

Y por la expresión de Ethan, seguramente se había dado cuenta.

No, no podía pensar en Ethan en aquel momento.

No podía quedarse allí.

Lily miró a su alrededor. Ya lo había recogido

todo. Tomó un cuaderno y le escribió una nota a Ray agradeciéndole todo y renunciando a su trabajo. Los ojos se le llenaron de lágrimas al sacar la llave del apartamento de su llavero y dejarla sobre la nota.

Metió la mano bajo el colchón y sacó sus ahorros. No eran muchos, pero suficientes para salir de Virginia. Ya pensaría más tarde dónde ir.

Se echó las bolsas al hombro y echó un último vistazo al apartamento. Había sido muy feliz allí.

Lily se asomó por la puerta para ver si había alguien por allí. Habría sido más seguro esperar hasta la noche, pero no podía hacerlo. No había nadie, así que bajó la escalera y corrió hacia la parte trasera de los establos, donde tenía el coche aparcado.

Al poco estaba saliendo por las puertas de acceso, diciéndole adiós al mismo guarda de seguridad que había dejado entrar al extraño que le había dicho que era su padre. Giró hacia la autopista como si se dirigiera a la ciudad.

Unos kilómetros más adelante, se paró en el arcén y dejó que corrieran las lágrimas que estaba reprimiendo. Cuando dejó de sollozar, una sensación de vacío se apoderó de ella.

Las otras veces en las que había tenido problemas, no había temido perder nada. Ahora, la oportunidad de llevar una vida normal había desaparecido.

Aquella era la sensación que se tenía al tocar fondo.

Dos horas más tarde, Ethan seguía en el despacho de su abuelo, contando los detalles más sórdidos y trazando un plan, cuando Ray llamó a las puertas correderas que daban al patio.

—Lily se ha ido —dijo sin más preámbulo.

—¿Cómo?

—Al ver que no volvía al trabajo, fui a buscarla. Encontré esta nota y sus llaves sobre la mesa. Su coche no está y no ha dejado nada en el apartamento.

Ethan tomó la nota. Era muy corta y ni siquiera estaba firmada. Le dio la vuelta como si esperara encontrar algo más por detrás.

—¿Le has dicho algo? —preguntó Ray en tono acusador.

—No he hablado con ella.

El abuelo tomó la nota y la leyó.

—Tengo la sensación de que tiene que ver con la visita de su padre.

Ethan no esperaba que las consecuencias de aquella visita se dejaran sentir tan pronto.

El viejo se pasó la mano por la cara.

—Quizá no escuchaste bien, hijo.

—Sé lo que escuché.

Ray parecía confuso.

—Si hay algún problema…

—No creo que tenga nada que ver con nosotros, Ray —comentó el abuelo—. Siento que vayas a estar escaso de personal durante un tiempo, pero intentaré sustituir a Lily lo más pronto posible.

—Siento que se haya marchado —dijo Ray, dirigiendo una mirada acusadora a Ethan—. Lily es una buena chica y una gran trabajadora. Le ha costado llegar hasta aquí.

Aquello llamó la atención de Ethan.

—¿Qué te ha contado?

—Nada en concreto. Es solo un presentimiento —dijo sacudiendo la cabeza—. Quizá fuera su padre. Puso una extraña expresión al verlo, pero luego se mostró feliz.

—¿Dices que no hay nada en el apartamento? —interrumpió el abuelo—. ¿No se ha dejado nada?

—Un par de cosas en el armario y su regalo de cumpleaños.

—No es su cumpleaños —dijo Ethan—. Su padre usó esa excusa para entrar en la finca.

—Ve a ver —dijo el senador poniendo una mano en el brazo de Ethan.

La ira y traición enseguida dieron paso a la confusión. El apartamento de Lily tenía prácticamente el mismo aspecto que cuando ella vivía allí. Hasta ese momento no se había dado cuenta de los pocos detalles personales que Lily tenía allí.

Como se había imaginado, la ropa que había dejado en el armario eran los vestidos que le había regalado. Al verlos, fue como si recibiera una bofetada. No tenía ni idea de por qué se sentía así.

Nada en lo que a Lily se refería, o a las reacciones que en él despertaba, parecían tener sentido.

Había un regalo encima de la cama. Ray lo recogió y se lo entregó.

—Mira, ni siquiera lo ha abierto.

El paquete era ligero. Al abrirlo, confirmó sus sospechas.

—Está vacío.

—¿Tienes idea de qué demonios está pasando? —preguntó Ray, frunciendo el ceño.

—Tengo un par de teorías.

Ninguna de ellas tenía mucho sentido, pero no quería admitirlo.

—Quizá llame en un par de días, al menos para decirnos dónde mandar su último cheque.

—Lo dudo.

Lily estaba huyendo de algo.

Solo para poner a prueba su teoría, sacó el teléfono y salió al porche. Marcó el teléfono de Lily y apretó el botón de llamada. Enseguida saltó el buzón de voz. Era el mensaje de la compañía, lo que quería decir que había borrado el suyo.

Lily no solo quería huir, sino desaparecer.

Cuatro días más tarde, el teléfono que le había dado a Lily llegó a su despacho, con matasellos de una pequeña ciudad del sur de Maryland y sin dirección de remite.

Capítulo 10

LILY necesitó menos de una semana para desaparecer del mapa completamente. Tres semanas después, Ethan seguía sin saber a dónde se había ido. Lily no tenía tarjetas de crédito, cuentas bancarias, ningún servicio contratado a su nombre… En su licencia de conducir aparecía la dirección de su última dirección: Hill Chase.

Y estaba seguro de que allí no estaba.

Allí donde estuviera viviendo, pasaba desapercibida. Incluso el investigador que trabajaba para la familia había rastreado su número de la seguridad social, pero no figuraba empleada. Si

Lily estaba trabajando, la estaban pagando en dinero negro.

Estaba empezando a preocuparse.

A pesar de que Brady tenía todo preparado por si Lily acababa yendo a los periódicos a vender una historia exagerada a los periódicos, todo seguía tranquilo. Brady seguía expectante, pero empezaba a creer que nada iba a pasar. Después de todo, cuanto más esperara Lily, menos interés tendría su historia.

Por su parte, Ethan estaba seguro de que nada pasaría. Pero por mucho que se lo dijera a Brady, su hermano prefería seguir siendo cauteloso.

Había tardado en darse cuenta de que la expresión de Lily de aquel día había sido de miedo. Recordaba el tono de su voz la noche que le había contado que su padre no era una buena persona y era uno de los motivos por los que se había marchado de Mississippi. Por eso se había ido de Hill Chase, porque volvía a huir de su padre.

Ethan estaba dispuesto a admitir que se había equivocado, que había dicho cosas ridículas y terribles. Estaba dispuesto a postrarse de rodillas si era necesario. Pero era muy difícil disculparse cuando la destinataria de aquella disculpa no aparecía por ninguna parte.

El investigador se sentía frustrado. Decía que Lily estaba bajando su tasa de éxito. No tenían ni idea de por dónde empezar a buscar.

Ethan estaba revisando su correo electrónico y atendiendo algunas llamadas mientras hacía tiempo hasta que Brady terminara su reunión y salieran a cenar.

—Ethan, ha venido un tal señor Black a verte —dijo Joyce por el interfono, interrumpiéndolo—. No tiene cita, pero dice que es el padre de Lily y que es muy importante que hable contigo.

«No tiene cita» era la manera de decirle que había avisado a seguridad para que lo sacaran del edificio.

—Hazle pasar.

—De acuerdo.

Excepto en el color del pelo, Lily debía de parecerse a su madre. Lily era pálida y delgada, mientras que Oscar era de piel aceitunada y corpulento. A pesar de que iba bien vestido, era evidente que había llevado una vida difícil.

Algo en él puso a Ethan inmediatamente en alerta, pero no supo el qué.

Sin más saludos o preámbulos, Oscar Black fue al grano.

—Lily no deja de decirme que usted es un buen hombre y espero que así sea.

Ethan no creía que Lily hubiera vuelto con su padre. Se reclinó en su asiento y puso los pies sobre la mesa.

—¿Por qué?

—Después del problema en el que la ha metido, espero que haga lo correcto.

—Si Lily tiene problemas, ¿por qué no se ha puesto en contacto conmigo?

—No es esa clase de problemas, no sé si me entiende.

Ethan sabía reconocer los intentos de extorsión.

—Entiendo lo que quiere decir. Si Lily está embarazada, asumo toda la responsabilidad.

—De hecho —dijo Oscar empujando el teléfono hacia Ethan—, llámela ahora mismo y dígaselo. Le ha roto el corazón a mi pobre hija.

—Ahórreselo.

La expresión que asomó en el rostro de Oscar sorprendió a Ethan. Era la misma expresión que había visto en su padre. La misma ira que cuando las cosas no salían como él quería. Oscar era como Douglas Marshall, solo que sin dinero ni estatus social.

Por un informe que Ethan había recibido, los dos tenían muy mal carácter. La única diferencia era el modo en que lo expresaban.

Oscar era un delincuente de poca monta que por primera vez se veía con el agua al cuello.

—Sé que Lily no tiene nada que ver en esto. De hecho, dudo que sepa dónde está ahora mismo. Así que a menos que tenga otra cosa de la que hablar…

Derrotado, Oscar dejó que se le cayera la máscara. Con razón Lily había sido una joven problemática. Aquello era lo que había visto el juez Harris y por lo que había llegado a un acuerdo con ella.

—Esa chica estúpida había dado con una mina de oro y no sabía qué hacer. Pensó que era Cenicienta hasta que usted la dejó.

Ethan se sentía incómodo hablando con aquel hombre.

—Creo que debería darse cuenta de que Lily ya no quiere…

—No me importa lo que esa chica quiera o lo que haga. Me debe dinero y no voy a olvidarlo.

—¿Cuánto?

Oscar se entretuvo haciendo cálculos.

—Diez de los grandes.

—Le daré cinco, pero que sea el final de su relación con Lily.

—Es mi hija.

—Y por eso ella cuenta con todo mi apoyo —dijo y apretó el botón del interfono—. Joyce, ¿puedes llamar a Frank Morgan y traer la caja azul? —preguntó y después de que la secretaria contestara, se dirigió a Oscar—: Hoy no estoy de humor para regatear. Le daré cinco de los grandes en metálico ahora y no volverá a acercarse a Lily, o a cualquier miembro de mi familia. Y si alguna vez vas más allá del norte de Atlanta, me aseguraré de que desaparezca sin dejar ni rastro. Le sugiero que acepte el acuerdo.

—¿O qué? —preguntó Oscar entornando los ojos.

—O mi equipo de seguridad te retendrá mientras llamo al oficial de tu libertad condicional y le digo que ha intentado chantajear a la familia de un senador.

La puerta de su despacho se abrió y Joyce entró con la caja de dinero que había sacado de la caja fuerte. Frank Morgan estaba junto a la puerta, mirando amenazante.

—Elija.

Oscar estaba morado de ira.

—El dinero —sentenció.

—Pensé que lo vería de esa manera —dijo Ethan y tras contar el dinero, se lo dio—. Recuerde que soy hombre de palabra y se arrepentirá si vuelve a cruzarse en mi camino. Frank, acompaña a esta persona hasta la salida y convéncelo para que en el futuro no salga del estado de Mississippi.

—Será un placer, señor Marshall —dijo Frank, crujiendo los nudillos mientras acompañaba a Oscar fuera de la habitación.

Joyce cerró la caja del dinero.

—Acabas de alegrarle el día a Frank. Hace mucho tiempo que no hace el papel de malo.

—Me gustaría que Frank aplastara a Oscar Black como si fuera un insecto.

—Me da la impresión de que Frank es difícil de poner en apuros. Pero su paciencia tiene un límite y, si hay alguien capaz de sacarlo de quicio, ese es el padre de Lily. Si hay alguien que puede sacar de sus casillas a Frank, ese es él.

—Afortunadamente Frank sabe que le conseguiría los mejores abogados, en caso de que pierda los estribos.

—Estoy seguro de que lo sabes —dijo Joyce—. ¿Para qué apunto que ha sido el dinero?

—Pon que ha sido un regalo.

—¿Para Lily?

—Sí, le he quitado un peso de encima.

—Es una lástima que no puedas decírselo. Estoy segura de que te lo agradecería.

Ethan no quería el agradecimiento de Lily. Quería saber dónde estaba.

Alguien tenía que saber dónde estaba. Era imposible desaparecer, aunque teniendo en cuenta el pasado de Lily, probablemente sabría cómo hacerlo. A favor tenía que era caro y dudaba que Lily pudiera gastar dinero en conseguirse una nueva identidad. Además, era ilegal y Lily ya no era una delincuente. Aquello le dio una idea.

«Odio este perro», pensó Lily mientras se frotaba la mano en donde Pinky la había intentado morder.

Le gustaban los animales, pero aquel perro consentido se había ganado su animosidad.

—Mira, bola de pelo, a mí me gusta esto tan poco como a ti, pero la señora Clarke quiere que te pinte las uñas de rosa, así que estate quieta.

Pinky le hacía pensar en sus añorados Goose, Tinker, Duke y en el resto de los caballos. Cleveland era diferente a la Virginia rural que tanto echaba de menos. El piso que compartía con Karen y Paula era muy diferente a su tranquilo apartamento en Hill Chase.

Se sentía triste y sola. Quería irse a casa y su casa era Hill Chase.

También estaba Ethan. No podía pensar en él. Le resultaba demasiado doloroso. Lo echaba de menos tanto que se había convertido en un dolor físico en el pecho que le impedía dormir por la noche. Daría cualquier cosa por tener a Ethan aunque fuera tan solo un rato.

Pero era imposible. Ethan le había dejado claros sus sentimientos. Mirando hacia atrás, probablemente no habría durado mucho más, aunque no hubiera aparecido su padre. Ethan formaba parte de aquel lugar y, estar allí con él sin poder tenerlo, habría sido un infierno.

Volvió a colocar a Pinky sujetándola con su brazo y sujetó su pata para darle una segunda capa de laca de uñas.

—Estoy completamente de acuerdo contigo,

pero si vuelves a morderme, te convertiré en una bola de pelo. ¿Sabes? Eres la décima parte de Goose, pero das el doble de trabajo. Dios mío, cuánto echo de menos a ese caballo.

—Si te sirve de consuelo, él también te echa de menos.

Pinky ladró al oír una voz nueva, pero Lily no se movió. Se le disparó la adrenalina, pero sus piernas se quedaron inmóviles.

«Estoy alucinando. Pinky me ha contagiado la rabia y me he vuelto loca».

Tenía que haber una explicación porque no había ninguna razón para que Ethan estuviera allí, en aquella tienda de mascotas de Cleveland.

Cerró el bote de laca y sopló las uñas de Pinky para que se secaran, mientras pensaba qué decir. Luego, dejó a Pinky en su jaula.

—Esto es toda una sorpresa —dijo girándose al hablar.

Al verlo allí junto a la puerta, le empezó a doler el corazón. La realidad superaba el recuerdo.

Iba vestido demasiado informal para estar trabajando, pero los vaqueros, las botas y la camiseta le sentaban tan bien como un esmoquin. El viento que soplaba ese día le había revuelto el pelo y sonrojado las mejillas. Estaba muy guapo.

—Supuse que sería una sorpresa. Ha sido muy difícil dar contigo —dijo Ethan entrando en la pequeña habitación.

—Pero has logrado dar conmigo. ¿Puedo preguntarte cómo?

«Porque todavía no me atrevo a preguntarte por qué».

—No ha sido fácil. Encontramos un blog en el que había una foto de los dos y en el que aparecía tu nombre.

—Entonces fue así cómo mi padre supo que estaba en Hill Chase —murmuró.

—Seguramente. Contacté con el bloguero y me dijo quién te había identificado. Di con esa persona y me contó que había estado contigo en el programa de reinserción. También me dio el nombre de otras personas que coincidieron contigo. Sus antecedentes no han sido cancelados como los tuyos, así que acabé dando con DJ y después de mucho esfuerzo para convencerla, me dijo que la semana pasada la llamaste desde un teléfono con prefijo 216. Llamé a todos los veterinarios, tiendas de mascotas, establos y lo que te imagines con ese prefijo.

—Demasiadas molestias —dijo y tragó el nudo que se le había formado en la garganta—. ¿Puedo preguntarte por qué?

—Estábamos preocupados por ti.

Aquello no se lo esperaba.

—¿Estábamos?

—Ray, el abuelo y yo —dijo sonriendo—. Sobre todo yo.

—Bueno, ya ves que estoy bien.

—Pero echas de menos a Goose.

—Sí, claro. Adoro esos caballos.

—¿Hay algo más que hayas echado de menos?

Ethan se obligó a hacer la pregunta porque estaba cansado de buscar y de estar preocupado. Lily tenía buen aspecto y no sabía si abrazarla aliviado o estrangularla por hacerle pasar por aquello.

—¿Quieres que sea sincera?

—Me gustaría.

—Echo mucho de menos Hill Chase. Sé que no pasé allí mucho tiempo, pero me sentí como en casa. Pero una vez que mi padre descubrió dónde estaba, no podía quedarme.

—Tu padre no volverá a ser problema.

—¿Por qué no?

—Cometió el error de venir a verme.

—Cuánto lo siento.

—No lo sientas. Tuvimos una buena charla. Intentó hacerme chantaje y le pagué, amenazándolo con poner fin a su libertad si volvía a acercarse a cualquiera de nosotros.

—¿Le pagaste? ¿Por qué? Yo no…

—Me contó que le debías un dinero y como había oído parte de vuestra conversación el otro día…

—Ese fue el dinero con el que llegué hasta Virginia. Era tan mío como suyo, pero él no lo veía de esa manera.

—Bueno, ahora ya estás libre.

—Te lo devolveré. Me llevará algún tiempo...

—¿Crees que es por eso por lo que he recorrido medio país buscándote? ¿Para reclamarte cinco mil dólares?

—¿Cinco mil? Eran tan solo tres mil.

—Me pidió diez.

—¿Diez? Ese hombre nunca ha tenido diez mil dólares en su vida —murmuró Lily.

—El dinero no importa. El caso es que tu padre no volverá a ser un problema. Puedes dejar de huir.

—Intentar chantajear viola su libertad condicional. Podías haber hecho que lo detuvieran.

—Eso todavía puede hacerse. ¿Es lo que quieres?

—Saltarse la ley implica ir a la cárcel, así de claro.

—No estaba seguro de lo que querías que hiciera. Es tu padre...

—Para mi desgracia.

—Eso es lo que hace que todo sea más complicado —dijo él y, al ver que Lily reía, preguntó—: ¿Qué te resulta tan divertido?

—Por fin has encontrado la zona gris.

—En todos sus tonos gracias a ti. Antes la vida era más sencilla.

—No sé si felicitarte o disculparme.

—Soy yo el que te debe una disculpa. Reaccioné exageradamente y… Bueno, ya sabes que a veces la gente apesta.

—Cierto. Pero después de lo que has hecho por mí, queda compensado. Mi padre no es tan valiente como para ponerte a prueba y eso me tranquiliza. Es un gran alivio. Gracias.

—No quiero tu agradecimiento, Lily.

—De acuerdo…

—Lo que quiero es a ti.

Un momento antes, Lily no habría imaginado que fuera posible estar más sorprendida. Todavía estaba asimilando lo que Ethan acababa de decirle.

—¿Me quieres a mí?

—Sí.

—¿Quieres decir aquí, ahora?

—Aquí precisamente no, pero ahora sí, y mañana, y los próximos cincuenta años.

Se sentía feliz, pero le resultaba difícil aceptar aquellas palabras. Necesitaba un poco de espacio y tiempo, además de alguna copa.

—Creo que deberíamos esperar un poco —dijo levantándose para dirigirse a la jaula de Pinky y poner fin a aquella conversación—. Salgo de trabajar a las cuatro. Podemos ir a algún sitio y hablar...

—Por el amor de Dios...

Ethan la tomó de la mano antes de que abriera la jaula.

—Mírame.

Lily levantó la vista hacia los ojos de Ethan, mientras la sujetaba por los hombros.

—Te quiero.

Cerró los ojos y se dejó llevar por aquella sensación que la embargaba. Se le llenaron los ojos de lágrimas y el dolor de su pecho desapareció.

—He venido hasta Cleveland para decírtelo y para pedirte que volvieras a casa conmigo.

—Pero mi pasado es un desastre que puede salpicarte a ti y a tu familia. Aunque mis antecedentes estén cancelados, la gente no tiene amnesia ni se puede impedir que acudan a la prensa a contarles todos los detalles.

Ethan le apartó el pelo de la cara.

—¿Crees que me importa?

—Tiene que importarte. Nunca podré borrar mi pasado.

—No tienes que borrarlo. Es lo que has vivido y lo que te ha convertido en la persona que eres hoy, pero no significa que sigas siendo esa persona. Tú misma lo dijiste —dijo y la besó suavemente en los labios—. Siento que tuvieras que vivir ese infierno, pero estoy enamorado de la persona en la que te has convertido.

—¿De verdad?

—De verdad.

—Te quiero —dijo abrazando a Ethan.

Había dejado Mississippi para empezar una nueva vida y nunca se había imaginado que sería tan buena.

Epílogo

SOLA por primera vez en días, Lily se giró frente al espejo y trató sin éxito de contener una sonrisa de felicidad. La elegancia del vestido requería aplomo por su parte, pero se sentía demasiado aturdida para mostrarse desenvuelta ese día.

No con aquella gran sonrisa en su cara.

Era agradable estar de vuelta a Hill Chase, pero ya no lo sentía como su casa. Su hogar estaba junto a Ethan y no le importaba el lugar.

En vez de en el pequeño apartamento de los establos, esta vez se quedaba en la mansión. Para disgusto de Nana, Ethan le había enseñado a deslizarse por la barandilla. Había vivido un momento de película cuando Ethan la había subido en brazos por la escalera.

Y, aunque ya no tenía que ocuparse de los caballos, podía montarlos siempre que quisiera.

Ethan le había ofrecido comprarle un caballo, pero estaba demasiado encariñada con los que ya había.

Lo que más le maravillaría era que Ethan la amara, aunque había tardado en creérselo. En pocos minutos, iba a casarse con él.

Había muchas razones que podían aguarle la fiesta si se dejaba. Empezando por las doscientas personas que esperaban abajo. Muchas de ellas pensaban que Ethan no estaba haciendo una buena boda y tenía que admitir que era cierto. Aun así, estaban allí porque asistir a una boda de un Marshall era demasiado fascinante como para dejarlo pasar.

Era toda una ironía.

Lily dio una vuelta más y su teléfono sonó.

—¿Vas a bajar o no? —preguntó Ethan.

Lily podía oír el murmullo de los invitados de fondo.

—¿Ya es la hora?

—Pasa de la hora. Vas a llegar tarde a tu propia boda.

—Tu reloj debe de ir adelantado.

—¿No te estarás arrepintiendo?

—Jamás. Estoy disfrutando cada momento del día.

—Te prometo que mejorará en cuanto bajes.

—Paciencia, Ethan. ¿Tienes prisa?

—Mucha.

—Entonces, enseguida bajo.

—Estupendo.

Llamaron a la puerta y Leslie, la organizadora de la boda, se asomó.

—Ya es la hora.

—Te veo en un momento —le dijo Lily a Ethan antes de colgar el teléfono—. Estoy lista. Vamos allá.

—Estás muy guapa —le dijo Leslie—. Pareces una princesa.

—Me siento como tal.

La música cambió al salir al rellano y todos los ojos se clavaron en ella. Ethan la esperaba al pie de la escalera, tan guapo y perfecto que quiso pellizcarse para asegurarse de que aquello era realidad.

Ethan la amaba incluso después de haberle confesado todos los pecados de su pasado, todos los oscuros secretos que quería olvidar. Lo más importante era que la había ayudado a curarse de sus viejas heridas. Le gustaba pensar que ella estaba haciendo lo mismo, curando las heridas de su pasado y construyendo un futuro donde todo lo anterior no importara.

Ethan se había equivocado y a Lily le gustaba recordárselo. La realidad y los finales felices eran posibles fuera de la ficción.

Se sentía como Cenicienta y, al final de aquella impresionante escalera de mármol, le estaba esperando la eterna felicidad.

AIMEE CARSON
CITA PERFECTA

En un rincón del cuadrilátero, representando a los hombres, está Cutter Thompson. Participar como famoso en un concurso de coqueteo supone la peor de las pesadillas para él.

Agitando la bandera de las chicas está Jessica Wilson. Tal vez Cutter piense que no necesita ayuda para coquetear con éxito, pero el radar profesional de Jessica indica otra cosa. Esta batalla de sexos se ve complicada por una intensa y profunda atracción.

N.º 481

LEANNE BANKS
EL ÚLTIMO DESEO

El idilio de la princesa Pippa con el magnate Nic Lafitte tenía que terminar. Sus familias estaban enfrentadas desde hacía generaciones.

Nic admiraba a la dulce princesa, sin embargo, trató de luchar contra la atracción que sentía por ella..., hasta que tras una noche de pasión descubrieron que Pippa estaba embarazada.

KIMBERLY LANG
EL PRIVILEGIO DE AMARTE

Lily necesitaba un nuevo comienzo y parecía haberlo encontrado. Después de todo, ¿para qué iban sus nuevos jefes, miembros de la influyente familia de los Marshall, a indagar más allá de su aspecto? Hasta que llamó la atención del rompecorazones Ethan Marshall…

Tener una aventura con un Marshall no era una buena idea, en especial para una mujer con un pasado escandaloso.

¡YA EN TU PUNTO DE VENTA!

SHARON KENDRICK

Miedo al olvido

Cuando se enteró de que el célebre Adam Black iba a convertirse en su jefe, Kiloran Lacey se puso furiosa, estaba demasiado acostumbrada a ser ella la que mandara. Y para empeorar aún más las cosas, Adam era el hombre más atractivo que había visto en su vida... ¡y no tardaron en acabar en la cama juntos! Adam había aprendido a no tener que depender de nadie. Era un increíble amante, pero se negaba a permitirle a Kiloran acercarse a él de verdad. Sin embargo, cuando un accidente le dejó sin memoria, tuvo que confiar en la ayuda de Kiloran para recuperarse... y para enfrentarse a su doloroso pasado. Estaban juntos de nuevo, la atracción era tan poderosa como siempre, pero ¿sería capaz ahora de amarla...?

SHARON KENDRICK
Miedo al olvido

JANICE MAYNARD
Terreno privado

JANICE MAYNARD

Terreno privado

Gareth Wolff intentaba ocultarse del mundo... hasta que Gracie Darlington se presentó ante su puerta víctima de la amnesia. El huraño millonario conocía bien a esa clase de mujeres. Sabía que ella quería algo, algo que él llevaba toda la vida intentando olvidar. Aun así, decidió no dejar que la sensual intrusa se marchara, al menos, hasta que pudiera saciar con ella su deseo. Sin embargo, cuando Gracie recuperara la memoria, podía ser demasiado tarde. Porque, además de su territorio, ella había invadido su corazón.

N.º 91

Christine Rimmer

El hijo secreto del príncipe

El príncipe Rule había viajado a Estados Unidos por un asunto familiar de verdadera importancia. Y no se iba a ir hasta que conociera a Sydney O'Shea, la madre de su hijo. Rule no esperaba que la abogada de Texas lo volviera loco de deseo, pero la ley de Monedoro lo obligaba a casarse antes de los treinta y tres años si no quería perder su herencia y su título. La solución perfecta sería casarse con Sydney. Ya tendría tiempo, después, de decirle toda la verdad. Si es que se la decía.

Matrimonio real

El frío y distante Alexander Bravo-Calabretti era el último hombre con el que la princesa Liliana de Alagonia habría querido casarse. Pero, después de un encuentro apasionado, se dio cuenta de que estaba embarazada y sus familias solo iban a aceptar una solución: una boda secreta.

Alex había accedido a casarse con Lili por el bien del bebé; no había otra opción cuando estaban en juego el futuro del trono de Alagonia y el honor de los príncipes. Pero, poco después, cuando representaba el papel de recién casado feliz, se dio cuenta de que deseaba que aquello pudiera ser real.

DESEO

EMILIE ROSE
PAPÁ POR SORPRESA

Pierce Hollister necesitaba una niñera urgentemente. Ann
Aronson, la mujer perfecta para el puesto, ya tenía un bebé
por lo que aquel hombre solitario se encontró viviendo en un
casa llena de niños. Entonces una complicación surgida de
pasado amenazó con destruirlo todo. ¿Defendería el papá m
llonario lo que era suyo?

JULES BENNETT
AL PRECIO QUE SEA

Anthony Price, el director más famoso de Hollywood, siempre conseguía
lo que quería. Sin embargo, la vida le
ofreció un guion de lo más inesperado
cuando obtuvo la custodia de su sobrina huérfana. Necesitaba a su mujer
más que nunca… pero ella se había
marchado tres meses atrás. Para conseguir que volviera, tenía que demostrar que estaba dispuesto a anteponer
la familia a su carrera.

N.º 56.

MERLINE LOVELACE
SECRETO MORTAL

Grace Templeton, cumpliendo la promesa que le había hech
a su prima en el lecho de muerte, dejó a un bebé en la puer
ta de los Dalton y, a continuación, se ofreció a trabajar co
mo niñera para intentar descubrir cuál de los gemelos Dalto
era el padre. La promesa incluía proteger al bebé, pero no ena
morarse del hombre que al final resultó ser el padre de Molly.

BIANCA.

DESEO

MAYA BANKS

ARRÁSTRAME AL PARAÍSO

El magnate Theron Anetakis solo tenía un problema… y acababa de entrar en su despacho. Después de ocupar su puesto en las oficinas de Nueva York, Theron pretendía casarse y formar una familia para consolidar su futuro, pero no se esperaba aquello. La pequeña Isabella Caplan se había convertido en una voluptuosa joven con planes propios, y esos planes no incluían dejar que el administrador de la fortuna de su padre la casara con otro hombre. Llevaba muchos años loca por Theron y había llegado el momento de seducir al ardiente magnate hotelero.

AVENTURA SECRETA

N.º 566

Tras una increíble noche de pasión, Jewel Henley descubrió que el exótico extranjero que la había vuelto loca era su nuevo jefe, Piers Anetakis. Y antes de poder ofrecerle una explicación, se encontró sin trabajo… y embarazada.

Cinco meses después, Piers al fin dio con ella. Decidido a explicarle los errores cometidos, se encontró con una innegable evidencia: Jewel estaba embarazada de su hijo. Su honor griego le exigía pedirle matrimonio, pero ¿había entre ellos algo más que lujuria? ¿Bastaría para que su matrimonio de conveniencia durase?